STEPHANIE PLOUM

LA FILLE DU PLONGEOIR

Roman

"La normalité est une route pavée : on y marche aisément mais les fleurs n'y poussent pas." Vincent Van Gogh

"La liberté, c'est la possibilité d'être, et non l'obligation d'être. " René Magritte

CHAPITRE 1

AUGUSTIN

Décembre 2017, Vancouver

Augustin venait de terminer son assiette et contemplait silencieusement la baie vitrée de la cuisine sur laquelle les gouttes de pluie venaient terminer leurs courses. Le bruit rythmé des gouttes qui toquaient aux carreaux, mêlé à celui plus imprévisible des rafales de vent avait un côté rassurant, au milieu du silence de mort qui s'était installé depuis le début du repas. Assis à la table de la cuisine avec ses parents, il terminait un plateau de sushis que son père était allé récupérer à la sortie du travail. L'ambiance était sinistre depuis qu'il était rentré de l'école. Sa mère semblait tendue, son père vide et éteint. Il n'osait pas poser de questions, ni même engager la conversation. C'était pourtant le début des vacances, mais il constatait avec tristesse, que son départ en France prévu le lendemain, ne le réjouissait pas. Il était très excité à l'idée de rencontrer ses cousins. Mamie lui avait dit au téléphone qu'elle allait lui préparer des bons petits plats français et surtout des crêpes. Il paraitrait même qu'on ne pouvait pas venir en Bretagne sans goûter à leurs fameuses galettes de sarrazin ! Une farine de blé noir au goût exquis et cultivé en Bretagne, avait-elle dit.

Ce serait le premier noël passé en France dont il se souviendrait. Ils n'avaient pas quitté le Canada depuis 2015. Sa grand-mère avait confectionné une couronne de l'avent avec des branches de sapins sur lesquelles elle avait collé des bougies blanches et des décorations et allumait une bougie chaque dimanche avant Noël. Elle attendait son arrivée pour décorer le sapin. Il le décorerait avec ses cousins. A la maison, ses parents n'achetaient jamais de sapin. Ils avaient investi dans un sapin électrique, une sorte d'arbre en aluminium qu'on branchait à une prise et qui disposait de LEDs aux extrémités des branches. C'est plus écologique, avait-dit sa mère, et surtout ça ne perd pas d'épines. C'est surtout particulièrement moche, avait-il pensé, mais il n'avait bien sûr rien dit. Surtout ne pas contredire sa mère, il n'aurait jamais eu gain de cause. Et pas la peine de compter sur son père pour trancher sur ce point. La question du sapin arbre versus sapin LEDs ne l'intéressait pas plus que de choisir entre une tondeuse électrique ou un robot. La réponse aurait certainement été de prendre un jardinier et de ne plus avoir à discuter là-dessus.

Il avait des étoiles pleins les yeux en pensant à ces trois prochaines semaines de magie dans la maison familiale de son père, mais quand il croisa le regard de sa mère, il se ravisa aussitôt et reprit un air neutre tout en se tournant à nouveau vers les carreaux mouillés.

« Maintenant Augustin, il est temps d'aller te coucher. Demain nous nous levons tôt pour prendre l'avion. » lui dit son père.

Augustin n'était pas fatigué. Il aurait voulu faire une soirée spéciale pour le début des vacances. Le genre de soirée qui commence par un petit apéro avec des chips, des tomates cerises et un petit jus, suivi d'une pizza et qui se termine en beauté par une petite glace. Le tout devant un dessin animé en famille. Il avait vu ça lors de la soirée pyjama chez son ami James et avait trouvé ça très cool. Mais il n'essaya même pas de proposer une exception à la règle. Sa mère ne le tolérerait pas. Il n'y avait jamais d'exception à la règle. Toutes les règles étaient définies et établies à l'avance, de telle sorte que les exceptions avaient déjà été étudiées, discutées par ses parents et validées en amont. Ceci permettait à sa mère de rester dans le contrôle en toute circonstance. Une soirée sushis sur l'îlot de la cuisine avec ses deux parents silencieux pour compagnie était déjà largement assez exotique pour eux. Comme Augustin était resté plongé dans ses pensées sans bouger, sa mère haussa le ton et dit d'une voix brusque :

« Augustin, tu as entendu ce que ton père t'a dit ? Il est l'heure de monter te coucher. »

Augustin se leva de sa chaise et répondit :

« Oui maman, bonne nuit ».

Son père leva à peine les yeux de son écran qu'il utilisait pour lire un nouveau livre de Jean d'Ormesson qu'il avait téléchargé. Augustin monta l'escalier qui menait aux chambres, laissant ses parents seuls dans la cuisine. Sa valise était déjà prête et fermée dans le couloir. Il entra dans sa chambre, alluma d'abord la lumière de son étagère, puis passa à celle de sa table de chevet, et commença ses vérifications.

Tout d'abord inspecter sous le lit…Ok, pas de cambrioleur caché…Puis ouvrir son placard et vérifier dans le fond également. Soulever son oreiller. Aligner les stylos sur son bureau. Replacer un livre dans sa bibliothèque par ordre alphabétique. C'était sûrement la femme de ménage qui les avait retirés pour enlever la poussière. Ne savait-elle pas que le L venait avant le R ? Le lion de Joseph Kessel se rangeait donc avant les Royaumes de feu…

Après être passé aux toilettes, il entra à nouveau pour vérifier que la chasse d'eau avait été bien tirée, qu'il avait bien fermé le robinet du lavabo et qu'il avait bien éteint la lumière. De retour dans sa chambre, il vérifia à nouveau sous le lit, puis dans l'armoire. Il dut également vérifier que la fenêtre de sa chambre était verrouillée. Une fois terminé tous ces rituels, comme chaque soir, il grimpa sur son lit et plaça ses doudous, de la même façon qu'il les avait placés la veille et les autres jours. Ils avaient tous une place bien définie, sans cela il ne trouvait pas le sommeil. Il alluma la veilleuse à côté de son lit. Celle-ci projetait au plafond un ciel étoilé. Bien au chaud sous sa couette, il regardait ce ciel, tout en entendant la pluie cogner contre sa vitre. A présent, il se sentait en sécurité. Bien sûr, un baiser de sa mère tandis qu'elle lui aurait remonté la couverture aurait pu avoir le même effet apaisant que ces multitudes de rituels, mais Fleur n'avait jamais le temps pour ce genre de choses.

« Arrête de faire ton bébé Augustin. Tu as passé l'âge de ce genre de choses ! » lui répondait-elle quand il osait émettre une telle demande.

Avait-il seulement un jour eu l'âge de ce genre de chose ? Il chassa vite cette pensée de son esprit. Il fut interrompu dans sa rêverie par les cris de ses parents qui visiblement étaient en profond désaccord. Il tendit l'oreille pour entendre le sujet de la dispute mais ne perçut que des bribes. Il se sentit soudain frigorifié, le cœur serré. Son corps était glacé et ses mains tremblaient. Ces temps-ci, les disputes devenaient de plus en plus fréquentes. Il sentait bien sa mère perpétuellement en colère contre son père. Et celui-ci semblait indifférent à tout ce qu'elle pouvait dire. Pire, il semblait indifférent tout court. A l'école, son copain James avait des parents divorcés. Il passait une semaine chez son père et une semaine chez sa mère. James disait que c'était génial parce qu'il avait une tablette chez sa mère et une console de jeux chez son père et qu'il pouvait jouer quand il voulait. Il lui avait aussi dit qu'il avait double de cadeaux à noël et aussi double de vacances.

Augustin, lui, ne savait pas trop quoi penser d'une telle situation. Avoir une seule console et une seule maison lui suffisait. Il aurait plutôt tout donné pour que ces disputes s'arrêtent, que ses parents se fassent un câlin, sortent au restaurant en amoureux le soir et qu'il reste avec une baby-sitter en les voyant partir main dans la main. Au lieu de cela, il était souvent gardé par une baby-sitter, mais c'était toujours à cause du travail de ses parents, de leurs diners d'affaire comme ils disaient. Le gratin de macaronis au jambon préparé par la baby-sitter, il le connaissait bien… Et les insomnies avant qu'ils soient de retour aussi.

Il fixait le ciel étoilé projeté sur le plafond et se dit que le plus beau cadeau que le père noël pouvait lui ramener cette année serait que ses parents arrêtent de se disputer et qu'ils passent plus de moments avec lui.

CHAPITRE 2

CAMILLE

Décembre 2017, Bretagne

Assoupie depuis moins d'une heure dans le train, ses écouteurs sur les oreilles, une chanson de Lana Del Rey en boucle, Camille sortit peu à peu de son sommeil quand la voix de la contrôleuse annonça l'arrivée imminente du TGV en gare de Rennes. Elle savait qu'il lui restait encore 30 minutes de trajet jusqu'à la gare de Saint Malo. Plus de la moitié du wagon s'était levé et se préparait à descendre en gare.

Une odeur âcre de transpiration se dégageait du couloir et elle espérait voir disparaitre au plus vite cette file agglutinée à côté de son siège. Elle avait trouvé un moyen de se couper des bruits extérieurs en écoutant de la musique ou des livres audio grâce à son casque, mais n'avait pas encore réussi à trouver le moyen de se défendre des odeurs environnantes. Celui qui créerait un genre de pince à linge antiodeur permettant néanmoins de respirer ferait sans doute fortune, pensa-t-elle.

Elle se sentait tout engourdie. La semaine avait été chargée au cabinet et elle avait à peine eu le temps de mettre 2 pulls, quatre slips, une brosse à dent et un gel douche dans un sac de voyage, de s'attacher les cheveux en queue de cheval et de filer à la station de métro en bas de son appartement.

Direction la gare Montparnasse. S'acheter un sandwich jambon, une bouteille de Badoit dans un stand de la gare, et sauter dans le TGV pour Saint Malo. Elle avait l'impression d'avoir accompli la plupart de ces gestes de façon mécanique, sans affect. Faire ce qu'elle avait à faire. Avait-elle d'autres choix ? Elle avait maintes fois reculé ce moment qu'elle appréhendait tant. Il était l'heure maintenant.

Elle reçut un sms, qu'elle ouvrit.

C'était Jonathan.

Je te souhaite un bon séjour. J'aurais voulu être avec toi dans ce moment compliqué mais je respecte ton choix. J'ai encore ton odeur sur ma peau. Hâte de te revoir vendredi. Je vais réserver quelque part. Je t'embrasse.

Elle réfléchit quelques minutes à la réponse qu'elle allait taper sur son clavier, commença à en rédiger une, puis, effaça le texte et sortit de l'application. Elle décida de n'en envoyer aucune. La parenthèse avait commencé dès sa montée dans le train. Un peu comme le casque anti bruit ou la pince à linge antiodeur. Les quatre jours qu'elle allait passer dans la ville où elle avait vécu de sa naissance à ses 20 ans allaient être une bulle où aucune once de sa vie actuelle ne devait s'engouffrer. Elle éteint son téléphone, s'assurant de bloquer ainsi toute interférence.

Elle avait commencé les premières pages du nouveau roman qu'elle avait acheté au kiosque avant de prendre son train. Elle ne connaissait pas cette autrice, mais avait choisi le livre en lisant la quatrième de couverture. Cela semblait parler de deuil et de secrets. Pas anodin pour un séjour comme celui qu'elle allait vivre, mais elle n'avait pas eu le temps de réfléchir, l'avait payé et s'était précipitée sur le quai. Confortablement installée dans son siège du wagon 12, elle avait commencé quelques pages avant de s'assoupir profondément. Maintenant tout à fait éveillée, la réalité la rattrapait. Depuis les six derniers mois, elle avait continué à régler le loyer de l'appartement qu'avait occupé sa mère afin de pouvoir se laisser la possibilité de trouver le bon moment pour le vider. La dernière fois qu'elle était venue à Dinard, c'était pour l'enterrement et elle avait préféré loger à l'hôtel. Elle ne savait pas si Victor y vivait encore, et elle n'aurait pour rien au monde pris le risque de le croiser là-bas. Aujourd'hui, elle avait prévu de passer quatre jours sur place, afin de faire le tri. Son objectif était simple : vider l'appartement, rendre les clefs à son propriétaire, rentrer à Paris et oublier à nouveau. Elle avait déjà contacté Emmaüs pour le vendredi matin. Cela lui laissait donc trois jours entiers à partir du lendemain de son arrivée pour organiser les cartons. Elle aurait même pu dire 3 jours entiers et 4 nuits, vu la qualité de son sommeil ces derniers mois. Dans la précipitation, elle avait oublié de glisser une boîte de somnifères dans son sac de voyage. Elles allaient être sympas les quatre prochaines nuits, se disait-elle. Elle n'avait prévenu personne de son arrivée. Elle espérait même pouvoir passer incognito, mais cela paraissait peu probable. Quand on passe 20 ans dans une petite ville en étant la fille de la couturière, tout le monde vous connaît. D'autant plus qu'elle ne comptait plus le nombre de fois où elle avait travaillé avec sa mère à la boutique, où elle l'avait remplacé pendant ses absences, ses maladies, ses hospitalisations.

Le train arriva enfin en gare de Saint Malo. Camille se leva, prit son unique baluchon, plaqua son bonnet fuchsia sur les oreilles, enfila son coupe-vent et descendit du train. Elle trouva un taxi dès sa sortie de la gare et demanda au chauffeur de la déposer dans la rue où se situait l'appartement dans lequel elle avait grandi. Elle enfuit son regard dans son téléphone, faisant semblant d'envoyer des messages importants espérant ainsi que le chauffeur n'engagerait pas la conversation.

Le traffic était fluide et la voiture arriva assez vite sur le barrage de la Rance. Elle leva les yeux et aperçut la pointe du Moulinet, sorte d'immense rocher surplombé de somptueuses villas, dominant la ville corsaire de Saint Malo. Quelques bateaux de pêche naviguaient dans la rade et rentraient au port. Le ciel chargé de nuages assez menaçants s'entrouvrait quelque peu pour laisser percer par endroit des rayons de soleil qui coloraient la mer de reflets brillants et argentés. L'écume, créée par le mouvement du barrage à la surface de l'eau, se laissait emporter par les fortes vagues, et après avoir dessiné des circonvolutions spumeuses, venait terminer sa course comme par magie en s'évaporant dans les airs. Elle entrouvrit légèrement la fenêtre, ferma les yeux et se laissa imprégner par l'odeur iodée. Que cette odeur familière lui avait manqué. Elle prit une profonde inspiration, profitant de cet instant et réalisant à présent qu'elle était de retour chez elle.

« Welcome home baby », pensa-t-elle

Après quelques minutes de trajet, le taxi se gara devant l'immeuble. Elle paya puis sortit sans dire un mot.

Une fois arrivée devant le porche de l'immeuble, elle fouilla dans son sac à main et trouva rapidement le trousseau de clés. Plutôt facile à repérer car représenté par une grosse balise de mer rouge miniature. Il avait appartenu à sa mère. Celle-ci l'avait reçu gratuitement dans une petite boutique de Perros-Guirec en cadeau pour avoir acheté un tee-shirt. La vendeuse leur avait désigné un panier avec multiples portes clés aux inspirations marines : balises de mer, phares, bouées… Louise lui avait laissé choisir celui qu'elle préférait et son choix s'était arrêté sur celui-ci.

Elle ouvrit la porte de l'immeuble et vérifia la boite aux lettres. Elle fut saisie de constater que son prénom y figurait encore aux côtés de celui de sa mère.

LOUISE MORIN

CAMILLE MORIN.

Une étiquette blanche où était inscrit VICTOR DUBOIS au stylo était également collée dessus. Elle prit une des clés dans la main et se mit à la gratter. Doucement d'abord, pour ne pas rayer la boîte aux lettres, puis plus énergiquement, voire frénétiquement, tentant d'enlever les résidus de colle.

Une fois l'étiquette enlevée, elle respira profondément et ouvrit la boîte aux lettres. Celle-ci était encombrée de prospectus et d'annonces publicitaires.

Elle monta l'escalier jusqu'au dernier étage. Elle remarqua que la cage d'escalier était moins sale que dans son souvenir. Pas de mégots au sol, pas de petits morceaux de papier peint décollés le long de l'escalier. La marche du 1er étage sur laquelle elle avait si souvent trébuchée avait été réparée. L'odeur également, un mélange d'urine et de cannabis qui lui donnait sans cesse la nausée, avait laissé la place à des effluves de peinture fraiche.

A peine entrée dans l'appartement, elle ferma la porte à double tour derrière elle et plaça le verrou de sécurité. Une habitude de sa mère, qu'elle avait gardée.

Elle respira profondément et regarda autour d'elle. L'appartement était plongé dans l'obscurité. Elle alluma la lumière du salon et se dirigea vers les fenêtres pour ouvrir les volets. L'odeur de renfermé l'incommodait. Décidemment aujourd'hui, son odorat était mis à rude épreuve…Une fois les volets ouverts, la pièce fut baignée par les rayons du soleil. Elle jeta un regard par la fenêtre et aperçut des passants qui traversaient la rue. En face, la vieille quincaillerie avait été remplacée par une pharmacie et sur le parking, avaient été installées différentes poubelles de tri. Plutôt pratique pour ce qu'elle avait à faire. Elle ferma les voilages et se retourna pour contempler l'appartement. La pièce à la peinture défraichie était divisée en deux parties, le salon avec un vieux canapé au tissu taché, recouvert d'un plaid orange et deux fauteuils bruns dont un semblait quelque peu troué. En face du canapé, sur une commode en bois était posée une télévision. De l'autre côté, une table de salle à manger avec des chaises de bistrot qu'elles avaient achetées dans une brocante et qu'elles avaient poncées et peintes dans différentes couleurs. Aux murs, elle reconnut certaines de ses toiles peintes quand elle habitait encore avec sa mère. Son regard s'attarda sur une peinture en particulier qui représentait la vue de la plage depuis le plongeoir de la piscine naturelle. Sur ce plongeoir était dessinée la silhouette d'une jeune fille qui lisait. Ce plongeoir avait toujours été son endroit préféré, un coin où elle avait passé de longues heures à contempler les vagues venant se fracasser sur les rochers, à observer les familles sur la plage, à rêver, à respirer les embruns et l'air iodé lui chatouillant les narines, à griffonner ses croquis, à écrire son journal. Ainsi assise sur le plongeoir, pourtant à la vue de tous, elle se sentait dans sa bulle, protégée, seule au monde, libre, pleine d'inspiration. A cette époque, pas besoin de casque anti bruit, ni de pince à linge désodorisante, ni de barbelés pour empêcher les autres de s'approcher trop près. Il lui suffisait d'être sur le plongeoir et le charme opérait. Elle se sentait invincible et intouchable. Jusqu'au jour où elle l'avait rencontré. Elle sur le plongeoir, lui dans la piscine,

Cette pensée soudaine lui fit l'effet d'une douche froide. Elle se sentit soudain glacée. Ça commençait bien. Faire barrage... Ne pas laisser son esprit divaguer... Reprendre les habitudes si durement apprises. Ficeler certaines pensées avec du fil de fer barbelé. Respirer, Inspirer, Expirer. Recommencer.

Une fois revenue au calme, elle sortit du salon et décida d'aller dans la cuisine pour boire un verre d'eau. Il lui restait un fond dans la bouteille qu'elle transportait depuis la gare de Paris.

De la cuisine, se dégageait toujours la même ambiance chaleureuse. Une cuisine faite de bric et de broc, en désordre, sublimée par un vieux vaisselier en bois où trônaient toutes sortes d'assiettes dépareillées. Au milieu, une table en formica bleu ciel qui devait dater des années 70, sur laquelle elle se souvenait que sa mère étalait ses pâtes de tartes. La tarte aux mirabelles, particulièrement appréciée par la mère et la fille, était réalisée chaque fin d'été. Sa mère dénoyautait les mirabelles et Camille les déposait sur la pâte. Elles la terminaient ensuite en ajoutant une crème qui se transformait en une sorte de flan par la magie de la cuisson. Elle pouvait encore se souvenir de la délicieuse odeur qui se dégageait dans la cuisine à l'ouverture du four. Une fois sortie, la tarte disparaissait au fil de la journée à coup de petites lichettes qu'elles se coupaient à tour de rôle.

Dans les placards de la cuisine, il restait des boîtes de conserves, des pâtes et du riz, du sucre, de la farine. Quelques mites alimentaires s'y étaient installées, visiblement. Camille toucha la table et s'assit sur une des chaises. L'émotion était forte. C'était certainement la pièce qui comportait le plus de bons souvenirs. Elle se leva pour tenter de voir s'il restait la crêpière qui avait servi à tant de goûters ou de soirées. Celle-ci était rangée à l'endroit habituel. Le frigo était vide, il avait été vidé il y a 6 mois par une proche amie de sa mère qui possédait les clefs de l'appartement. Elle était partagée entre l'envie d'ouvrir tous les tiroirs et placards, de retrouver tous les objets familiers, la saveur et l'odeur de tous ces souvenirs et une force qui la freinait, qui lui conseillait de prendre son temps, de ne pas chercher à aller trop vite. Avec les souvenirs d'enfance arriveraient aussi des souvenirs d'une toute autre saveur. Elle n'était pas impatiente de se remémorer ceux-là. Et elle ne savait pas encore comment laisser les filtres, accueillir les bons et laisser les mauvais derrière la barrière qu'elle s'était façonnée durant toutes ces années.

Elle sortit de la cuisine, passa devant la chambre de sa mère. La porte était fermée et elle n'y entra pas. Trop dur, trop tôt.

Elle se dirigea vers sa chambre à elle. Elle entra et fut saisie par un sentiment d'étrangeté. Tout y était encore à la même place comme quand elle était partie. Son lit était fait. On aurait pu imaginer que la veille encore, elle y dormait. Tant d'années pourtant s'étaient écoulées depuis la dernière fois qu'elle avait dormi dans cette chambre.

Le vieux coffre de pirate en bois dans lequel elle rangeait ses croquis et aquarelles était toujours au même endroit mais il était vide. Qu'est-ce que sa mère avait bien pu faire de toutes ses toiles ?

Ses étagères remplies de tous les livres qu'elle avait adorés, Rebecca, Jane Eyre, les Hauts de Hurlevent, Ambre, Jalna… tant d'héroïnes féminines inspirantes qui avait marqué l'adolescente qu'elle avait été. Tant de figures d'identification qui avaient ponctué ses rêves de jeunesse. Tant de rêves avaient été brisés, depuis…

Une vieille armoire avec quelques vieux habits. Quelques jeans, des sweats, une robe vichy, des bottes de pluie rouges, son ciré jaune. Son vieux doudou tout rafistolé et tout bouloché. Au fond de l'armoire, elle reconnut une boîte à chaussures. Elle se retourna, comme pour s'assurer qu'elle était seule et que personne ne l'espionnait, habitude qu'elle avait prise à l'adolescence. Elle la sortit de l'armoire et la posa devant elle. Elle la soupesa, c'était lourd… Un vrai coffre au trésor, un concentré d'enfance et d'adolescence. A l'intérieur, elle retrouva des coquillages, des bracelets brésiliens, des lettres, une vieille chaussure en poterie qu'elle avait fait en cours d'art. Elle parcourait et sortait un à un les objets de la boîte sans trop s'y attarder. Elle recherchait autre chose.Elle se mit à accélérer le tri, fouilla encore. Sa gorge se nouait. Elle trouva ce qu'elle cherchait : une vieille clef en laiton, marquée par le temps. Cela faisait des années qu'elle était là… Elle sentit soudain son cœur s'accélérer. D'un bond, elle se leva et se dirigea droit vers l'ancien secrétaire de sa chambre. C'était un meuble ancien en bois d'acajou, qu'elle avait déniché avec sa mère dans une vieille brocante. Elle s'en était servi comme d'un bureau sur lequel elle faisait ses devoirs et ses dessins au crayon. Mais surtout, elle avait découvert alors qu'elle était âgée de 16 ans, que ce secrétaire possédait une sorte de cachette secrète, un tiroir, invisible, sans poignet, et sans serrure que l'on pouvait ouvrir grâce à un loquet situé dans un autre tiroir. Quand elle avait découvert ce secret, elle s'était bien gardée d'en parler à sa mère et avait utilisé ce tiroir pour cacher son journal, dans lequel elle avait écrit de ses 11 à 20 ans. Elle ouvrit la porte avant du secrétaire avec la clef qu'elle venait de retrouver, ouvrit le tiroir, actionna le loquet et débloqua la cachette secrète. Le temps s'arrêta soudain. Elle sentit son cœur s'affoler dans sa poitrine, et sa gorge se serrer.

Il était là. Son journal. Intact.

Elle le prit en main et se laissa tomber par terre. Tous ses secrets s’y trouvaient inscrit. Il était temps maintenant.

La nuit risquait d’être longue…

CHAPITRE 3

JOURNAL DE CAMILLE

3 mai 1992, musique en écoute : Qui a le droit de Patrick Bruel

Salut cher Journal,

Je me présente, je m'appelle Camille et j'ai 11 ans. Je viens de casser ma tirelire pour t'acheter.

J'adore le cuir de ta couverture, l'odeur de ton papier et je suis impatiente de te raconter ma vie et mes secrets.

Est-ce que je vais te donner un nom ? Ce serait bien. Ce serait moins impersonnel. Tu vas quand même devenir mon confident, et ce pour un paquet d'années j'espère ! Pour l'instant je n'ai pas trop d'idées, je vais y réfléchir.

Je vis une période super difficile et je ne comprends pas bien tout ce qui se passe autour de moi.

Maman vient d'être hospitalisée. Elle est partie avec une ambulance et elle se débattait. Elle ne voulait pas qu'ils l'emmènent. C'est Madame Leroy, la voisine, qui a organisé cela avec le docteur Patrice, leur médecin traitant.

Maman m'avait dit que nous étions en danger et qu'il fallait qu'on se cache dans le grenier. Cela fait plusieurs jours qu'elle monte de la nourriture, de l'eau et des couvertures là-bas. C'est notre refuge selon elle. Elle avait décidé de ne plus me mettre à l'école. Je n'ai pas très bien compris contre quoi ou qui il fallait se protéger. Elle a un comportement bizarre depuis quelques semaines. Elle ne dort presque plus, semble ailleurs, paniquée, suspicieuse envers tout le monde.

Quand les ambulanciers sont arrivés, elle a refusé d'ouvrir la porte du grenier et ce n'est qu'à Madame Leroy qu'elle a finalement accepté d'ouvrir. Celle-ci lui a parlé longtemps et maman a accepté que je sorte du grenier en premier. Puis maman est sortie du grenier avec madame Leroy après encore une bonne heure de négociation. Quand elle a vu les ambulanciers, elle a hurlé, elle était comme possédée et a crié à madame Leroy qu'on l'avait trahi. C'est horrible. Je ne veux plus y penser. Je ne sais plus à qui faire confiance.

Madame Leroy m'a fait descendre chez elle. J'ai accepté de la suivre même si je me méfie un peu. Elle m'explique que maman va très mal, qu'elle a besoin d'aide et de médicaments pour se soigner. Qu'elle va rester quelque temps à l'hôpital et qu'elle reviendra quand elle sera mieux. J'ai demandé si je peux aller à l'hôpital avec elle pour lui tenir compagnie, mais madame Leroy a fait non de la tête avec un petit sourire compatissant.

« Pour l'instant tu ne pourras pas la voir, ni lui rendre visite. Mais c'est provisoire et quand elle sera mieux, je t'emmènerai à l'hôpital pour que tu lui parles. En attendant, tu vas venir habiter chez nous. Tu es la bienvenue autant de temps qu'il faudra. »

J'ai acquiescé. Je n'ai pas le choix. Aucun autre choix que d'attendre que maman rentre, aucun autre choix que d'aller vivre chez ces voisins inconnus, car il n'y a personne d'autre pour s'occuper de moi. Je n'ai pas de papa. Mais ça je te l'expliquerai plus tard, sinon j'en ai pour la nuit.

Je dis à Mme Leroy : « Mais son travail à la boutique ? Qui va s'en occuper ? »

« Pour l'instant personne, Camille, elle doit d'abord se soigner. »

« Mais moi je peux m'en occuper ! Je sais coudre, maman m'appris. Après l'école et le samedi et dimanche. ». J'ai crié même !!

Je ne veux surtout pas que maman se fasse licencier. On a besoin de son travail pour payer les factures.

« On verra Camille. Tu devrais te reposer un peu. Je vais te montrer ta chambre. Viens, on va te préparer un sac avec des habits et des affaires de toilette »

Je n'ai plus rien dit. J'ai l'impression que mon horizon est sombre. Je me laisse guider par cette voisine qui a l'air rassurante et sympathique.

Le premier soir, c'était bizarre. J'étais gênée à table de me retrouver avec des étrangers. Mme Leroy m'a dit de l'appeler Catherine et son mari Pierre. Ils ont un fils Matthias. Pas très loquace de premier abord, mais bon. On verra.

CHAPITRE 4

CHARLOTTE

Décembre 2017, Bretagne

Charlotte avait marché le long de la plage et se dirigeait à présent vers la serviette qu'elle avait posée à côté de celle de son mari Guillaume et de sa fille Valentine. Celle-ci semblait très excitée et ne pas du tout s'intéresser à son livre. Elle se redressa dès qu'elle aperçut sa mère approcher.

« Je suis tellement impatiente qu'ils arrivent ! J'ai hâte de faire découvrir la maison à Augustin ! La dernière fois qu'il est venu, il avait 5 ans, il ne doit presque pas se souvenir. Et je suis si contente de revoir oncle Ludo. Peut-être acceptera-t-il de jouer à des jeux de société avec moi ? Tu m'as dit qu'il adorait les jeux, maman ? »

« Oui Valentine. C'est vrai que quand Ludo avait ton âge et même lorsqu'il était bien plus âgé, il jouait beaucoup aux jeux de société. C'était un grand fan. Je ne compte plus les après-midis qu'il passait avec sa bande de copains à faire divers jeux tellement compliqués que j'étais déjà lassée avant même la fin de l'explication des règles. Mais je ne sais pas si c'est toujours le cas maintenant. Cela fait très longtemps que nous n'avons pas passé de vacances ensemble. Et dans mon souvenir, ce n'est pas le genre de Fleur de jouer. » répondit Charlotte.

« Je dirai que ce n'est pas le genre de Fleur de pouvoir s'amuser tout court. » ajouta Guillaume par-dessus son livre.

Charlotte lui fit des gros yeux de réprobation. Ce n'était pas le moment de commencer à envenimer la situation. Surtout devant Valentine qui aurait bien été capable de répéter ce genre de phrase d'un ton candide, l'air de rien. Guillaume ne semblait pas apprécier particulièrement sa belle-sœur, qu'il jugeait trop rigide et trop froide. Probablement qu'elle n'appréciait pas trop ses blagues. Finalement, Charlotte préférait cela à toutes ces femmes suspendues aux lèvres de son mari dès qu'il ouvrait la bouche. Elle ne comptait plus le nombre de repas organisés chez elle, où elle s'était sentie comme la gouvernante de la maison, aux petits soins pour ses hôtes, qui ne lui adressaient la parole que pour la féliciter de son délicieux potage de butternut ou de son savoureux bœuf bourguignon. Ils n'étaient certainement pas là pour elle, mais bien pour le charismatique mari qui partageait sa vie.

« Ça va être des chouettes vacances avec la famille américaine ! » cria Valentine en gigotant.

« Valentine, arrête de bouger, tu lances du sable sur toute ma serviette et sur mon livre ! » râla Guillaume.

Charlotte sourit. Valentine semblait si heureuse de retrouver son unique cousin qu'elle connaissait à peine. Elle se mit à penser en regardant sa fille aux heures qu'elle avait passées à jouer dans la maison avec Ludo, aux châteaux de sables gigantesques qu'ils avaient construits avec leur père, à leur cours de catamaran, aux glaces 3 boules qu'ils s'achetaient au glacier de la rue principale. Elle se sentait aussi très impatiente de revoir son frère ainé qu'elle chérissait. Mais elle sentait une appréhension à l'intérieur d'elle. Ludo avait beaucoup changé au fil du temps. Enfin c'est ce qu'elle avait pu constater quand elle lui parlait en visioconférence . Il n'appelait jamais, c'était toujours elle qui appelait, faisait du lien entre les cousins. Il était devenu froid, lointain, distant. Bien sûr ils avaient grandi et fait leur vie chacun de leur côté mais elle sentait une telle distance entre eux. Ludo qui avait toujours été à ses yeux la personne la plus solaire et séduisante de la terre, était devenu éteint, terne, froid et ennuyeux avec le temps. Peut-être le poids des responsabilités professionnelles. Ou l'influence de Fleur, sa femme, cette belle plante, bien élevée, pour qui chaque détail compte, et aucun geste ou mot n'est dû au hasard.

Il avait rencontré Fleur aux USA à l'âge de 22 ans à l'université de Stanford où il étudiait. Elle était française comme lui. Après leurs études, ils avaient trouvé un travail à Vancouver et s'y étaient installés. S'ensuit alors un parcours parfait, digne d'un conte de fée : des fiançailles, un mariage grandiose, une carrière professionnelle de rêve et un enfant quelques années plus tard. Que rêver de mieux ? Sur le papier, un sans-faute, aucune ombre au tableau. Comme d'habitude avec Ludo. Il savait capter l'attention de son entourage. Sans le vouloir, il réussissait tout ce qu'il faisait. Il suscitait l'admiration de leurs parents. Combien de fois Charlotte avait-elle aperçu cette lueur de fierté dans le regard de leur père quand il observait Ludo. Et combien de fois encore, elle avait entendu sa mère le citer en exemple à la boucherie pour dire qu'il avait dévoré la côte de bœuf, à la librairie pour dire qu'il avait lu Victor Hugo, Zola, Barjavel, et bien d'autres encore. Charlotte, à côté, guettait un regard admiratif ou attendait une parole valorisante. Un « on est fier de toi » ou « c'est beau ce que tu as fait » aurait suffi. Mais Ludo captait la lumière, captait l'attention, attirait la sympathie. Ces souvenirs lui nouèrent la gorge et elle réprima l'émotion qui montait en elle.

« Je vais monter me changer et aider maman dans les derniers préparatifs. » dit-elle.

Guillaume acquiesça sans lever réellement les yeux de son livre. Quand l'avait-il regardé vraiment la dernière fois ? Elle avait fini par ne plus se poser la question non plus, ni à espérer que cela arrive.

Valentine bondit de sa serviette et dit : « Je viens aussi, je vais vérifier que tout est prêt pour leur arrivée. »

Elles quittèrent la plage par la promenade le long de l'océan, afin de pouvoir admirer les vagues immenses qui venaient se fracasser sur les rochers. C'était une période de grandes marées. C'était leur moment préféré, le contact des embruns sur la peau, l'excitation à l'idée d'être éclaboussées par une vague un peu trop vigoureuse, l'odeur iodé du vent dans leurs narines, le gout du sel sur leurs lèvres. Elles s'arrêtèrent un moment pour contempler le spectacle qui s'offrait à leurs yeux. La mer, aux reflets turquoises, agitée, indomptable, majestueuse. Un moment suspendu hors du temps. Charlotte sortit de sa rêverie et revint dans la réalité quand une vague immense les aspergea. Elles étaient à nouveau toutes trempées.

« Allez, viens Valentine, on doit monter se sécher et voir si tes deux monstres de frères n'ont pas trop fait enrager mamie. »

Valentine sourit et fit un clin d'œil à sa mère. Elle aimait bien passer du temps avec elle sans la présence de ses deux insupportables petits frères Jules et Simon et de Fred l'ainé.

Arrivées dans le hall de la maison, elles croisèrent Geneviève qui revenait de la cave avec un panier de pommes à la main. Elle rit en les apercevant toutes trempées.

« Vous êtes belles comme ça ! Allez vite vous changer sinon vous allez attraper la mort ! »

CHAPITRE 5

AUGUSTIN

Décembre 2017, aéroport de Vancouver.

Assis du côté hublot, Augustin regardait la piste d'atterrissage. Il sentait une sensation de chaleur envahir sa poitrine. C'était toujours cette même sensation de chaleur et de sueur qui l'assaillait quand il commençait à être angoissé. Il avait dit à tous ses copains qu'il allait prendre un avion, un airbus, et qu'il allait survoler l'Océan Atlantique. Ils l'avaient tous regardé avec envie. Aucun d'entre eux n'était encore jamais allé en Europe. Certains n'avaient encore jamais pris l'avion. Il avait dû répondre à des questions sur la tour Eiffel, le Louvre, le château de Versailles. Il avait promis des cartes postales, des porte-clés lumineux et des caramels au beurre salé. C'était la seule spécialité culinaire qu'il connaissait car sa mamie lui en envoyait par colis depuis la Bretagne. Il avait cependant omis de leur dire qu'il avait une peur bleue de l'avion. Pour une fois qu'il avait quelque chose d'intéressant à raconter, que ses camarades semblaient vouloir connaitre ses projets, il n'avait pas voulu tout gâcher. Faire durer encore quelques instants cette minute de gloire. Être ne serait-ce qu'une journée un enfant qui intéressait ses camarades de classes, pouvoir lire dans leur regard de l'envie ou de l'admiration. Pour une fois qu'il n'avait pas été celui qui a fait perdre son équipe au volley, celui qui doit s'arrêter pendant la course tellement il est essoufflé tout en cherchant sa Ventoline dans sa poche pour éviter la crise d'asthme, celui qui a besoin d'une tablette pour écrire ses compositions (dysorthographie oblige), celui qui ne participe pas aux voyages scolaires. Officiellement il avait été malade à chaque fois. Officieusement, il était trop angoissé par l'idée qu'un de ses camarades s'aperçoive qu'il portait encore des couches la nuit. Alors la veille du départ du car scolaire, dans la nuit, il était pris de vomissements, avait des crampes abdominales, des diarrhées. Le matin, il ne se présentait pas au départ du car. Ses parents contactaient l'établissement scolaire pour dire que malheureusement, leur fils était malade et qu'il ne pourrait pas participer au voyage. Une fois l'heure du départ du car dépassée, il commençait à se sentir beaucoup mieux, les douleurs abdominales s'estompaient peu à peu et déjà dans l'après-midi, il se sentait guéri. Mais c'était trop tard pour rejoindre ses camarades. Il se blottissait avec soulagement sous sa couette, une bande dessinée devant lui et savourait le retour au calme. Hier, quand ses camarades lui avaient demandé les raisons de sa future absence une semaine avant le début des vacances scolaires, il avait pu briller pendant quelques secondes. Il était celui qui partait, pas celui qui ne faisait jamais rien.

Aujourd'hui, assis dans le siège de cet avion, il n'en menait pas large. Il cherchait désespérément un petit rituel qui pourrait conjurer la peur qu'il sentait grandir dans son ventre…

Si je tapote trois fois sur l'accoudoir avant d'ouvrir ma ceinture, l'avion ne tombera pas. Si papa se mouche avant le décollage, l'avion ne tombera pas. Si le bébé derrière moi pleure avant le décollage, c'est mauvais signe.

Son père l'interrompit dans ses réflexions : « Ça va fiston ? Tu as l'air un peu stressé… »

Augustin se raidit et tenta d'éluder la question : « Non, papa, tout va très bien. »

« Tu ne veux pas lire un peu ton magazine ? » lui demanda Ludovic en lui tendant le magazine qu'il avait choisi quelques minutes auparavant au kiosque de l'aéroport.

Augustin le prit sans dire un mot. Que répondre à son père ? Pour lui, son père représentait la personne qu'il admirait le plus. Il avait le sentiment qu'il ne lui ressemblait en rien, qu'il ne réussissait rien tandis que son père incarnait la réussite suprême. Comment lui parler de ce qu'il ressentait ? Comment lui parler de ses peurs, de ses rituels tous les soirs pour pouvoir trouver le sommeil, de ce que lui faisaient vivre ses camarades à l'école quotidiennement ? Par où commencer ? La seule personne à qui il avait réussi à raconter ses secrets, c'était Mr Poivron. Une bouillote en forme de poivron customisé avec des yeux et un sourire. Il ne se séparait jamais de ce personnage qui était devenu un ami et un confident en plus d'être son doudou.

Il avait bien sûr aperçu le regard agacé de sa mère le matin même quand il est arrivé triomphant au petit déjeuner en annonçant que Mr Poivron était prêt pour le voyage.

« Quand vas-tu donc arrêter de trimbaler ce doudou partout ? Tu viens d'avoir 10 ans Augustin. C'est ridicule. »

Il n'avait rien répondu et avait mangé son bol de céréales en silence.

Le coup de grâce était arrivé quant au moment de partir, il avait demandé pourquoi il n'y avait pas de valise pour sa mère dans la voiture.

« Je ne vais pas pouvoir vous accompagner tout de suite. Il faut que je reste ici pour mon travail. Tu vas partir avec papa et je vous rejoindrai d'ici quelques jours. Ça va ? »

Augustin s'était senti extrêmement déçu de ne pas débuter ce séjour tant attendu avec ses deux parents. Il était habitué aux impératifs professionnels de sa mère, mais là, il lui semblait qu'il s'agissait d'autre chose. Hier encore, avant la dispute de ses parents, elle n'avait pas dit qu'elle ne viendrait pas. Était-ce possible que son impératif professionnel soit arrivé pendant la nuit ? Ou se pourrait-il que ce changement de programme ait un lien avec la dispute qui avait éclaté hier soir entre ses parents ?

Augustin s'était sentit extrêmement triste. En plus, cela voulait dire que sa mère allait prendre un avion sans lui. Cette idée le paniquait. Il avait besoin de se savoir réunis avec ses parents pour se sentir bien. C'est pour cela qu'il détestait ces soirées où il était gardé par la baby-sitter. Il n'arrivait jamais à s'endormir avant d'entendre s'ouvrir la porte de l'entrée. Une fois qu'il avait la preuve que son père ou sa mère était rentré, il pouvait s'endormir. Il ne craignait plus d'être orphelin. Jusqu'à la prochaine fois…

Augustin sortit de son sac une petite boite à histoires qu'il avait reçue de sa grand-mère pour son dernier anniversaire. Celle-ci la lui avait envoyée dans un gros carton avec une jolie carte où elle avait inscrit : « Comme nous sommes un peu trop éloignés pour que je te raconte des histoires avant que tu t'endormes, tu pourras m'écouter ainsi que papy grâce à cette jolie boîte à histoires. ».

Sa grand-mère et son grand père avaient enregistré des histoires et il pouvait les entendre avec leurs propres voix à travers la boite. La boîte contenait aussi d'autres histoires que ses parents lui avaient téléchargées.

Sa tante Charlotte avait complété la boîte en achetant un casque audio afin qu'il puisse écouter sa boîte en toutes circonstances, comme aujourd'hui dans l'avion.

Il posa son casque sur ses oreilles, se blottit dans son siège et alluma la boîte. Il avait besoin de se changer les idées et de chasser ses angoisses.

Il choisit une histoire de noël, celle où une méchante sorcière tentait d'enlever le père noël pour l'empêcher de distribuer les cadeaux. Il ferma les yeux et visualisa la neige et les légers flocons dans le ciel de Laponie, la maison du père noël éclairée, les lutins rassemblant les derniers cadeaux, le traineau qui se remplissait progressivement et les rennes, qui attendaient patiemment, prêts à s'envoler pour leur nuit enchantée.

Il s'imaginait être ce petit garçon qui réussirait à délivrer le père Noël de la sorcière, puis à l'aider dans sa distribution de cadeaux. Ce petit garçon qui réussirait à sauver Noël. Ce petit garçon qui réussirait à sauver le couple de ses parents.

Avec le réveil matinal à 5h du matin, l'attente assez longue à l'aéroport et la douce voix dans sa boîte à histoire, il ne tarda pas à s'endormir, avant même le décollage de l'avion, laissant momentanément derrière lui ses peurs et ses angoisses. Les lumières et la féérie des images de Noël qui se formaient dans ses rêves l'envahissaient doucement.

CHAPITRE 6

JOURNAL DE CAMILLE

7 mai 1992, musique en écoute : “je t’aime mélancolie” de Mylène Farmer

Cher journal,

Je reprends à présent l’écriture.

Tu as vu ? A côté de la date, j’inscris le titre de la chanson que j’écoute avec mon walkman. J’adore tellement écouter de la musique...

Cela fait 4 jours maintenant que maman est partie à l’hôpital. Et je n’ai pas de nouvelles. Mme Leroy m’a dit qu’elle est considérée comme sa personne de confiance et que les médecins lui donneront de ses nouvelles très bientôt.

Je suis installée dans la chambre d’amis. Elle est assez grande et confortable. Il y a des photographies de voiliers sur les murs.

Les Leroy sont très gentils avec moi. Ils essayent de tout faire pour que je me sente bien chez eux.

Ils ont remonté de leur cave un plateau avec des tréteaux et m’en ont fait une sorte de bureau qu’ils ont installé dans ma chambre pour que je puisse faire mes devoirs en toute tranquillité.

Catherine m'a dit : « Matthias travaille toujours à la salle à manger en écoutant la musique ou le bruit de la maison, mais tout le monde ne fonctionne pas comme lui. Si tu veux être au calme pour travailler, tu as un endroit maintenant. »

Ils tiennent une librairie et y travaillent toute la journée. J'ai l'impression que c'est pas mal de travail car le soir, une fois rentrés, ils font encore la comptabilité. Catherine m'a aussi proposé de venir à la librairie après les cours, au lieu de rester seule à la maison. J'y suis donc passée aujourd'hui. J'aime beaucoup ce lieu, rempli de livres, moi qui adore lire. Je me suis installée dans une petite salle à l'arrière de la librairie, une sorte d'arrière-boutique où Catherine a installé un frigo avec des boissons et quelques collations. Une bonne odeur de café règne dans cette pièce. Une fois mes devoirs terminés, je choisis un livre et j'attends la fermeture pour rentrer avec eux. Matthias, leur fils, est plus âgé que moi de trois ans. Pour l'instant, il me parle peu. Il est tout le temps enfermé dans sa chambre à écouter de la musique ou avec ses copains au terrain de foot. Il est dans le même collège que moi. Moi je suis en 6ème et lui en 3 ème.

Je t'avais dit que je t'expliquerai un peu qui je suis. Alors je me lance.

En plus d'être une fille de 11 ans qui a une mère à l'hôpital, je ne connais pas mon père. Je ne sais pas qui il est. Maman ne m'a jamais rien dit. Et aussi longtemps que ma mémoire me permet de me souvenir, je ne lui ai jamais posé la question. Trop peur de la réponse sans doute… Ou trop peur de la blesser, quelque chose chez elle me fait penser que je ne dois pas poser la question, que ça la briserait.

En tout cas, il ne m'a jamais reconnu, je porte le nom de ma mère, Morin. Camille Morin.

Rien de très breton, car je crois que nous ne sommes pas de Bretagne. Ma mère a vécu en Bourgogne quand elle était petite. Je n'en sais pas vraiment plus. Maman déteste parler de son passé, ou de sa famille en général.

J'aimerais beaucoup interroger maman sur mon père, comprendre pourquoi il n'a pas voulu de moi. Peut-être que je comprendrais mieux aussi pourquoi maman est souvent si triste. C'est comme si la lumière s'éteignait dans ses yeux. Elle a le regard vide, elle semble perdue, absente. Comme je n'ose pas aborder le sujet, je reste avec mes questions sans réponse.

Tantôt j'imagine qu'il habite ici dans une de ces somptueuses demeures du bord de mer, mais qu'il est marié avec des enfants. Peut-être qu'il nous a déjà croisées et fait comme s'il ne nous connaissait pas. J'imagine qu'un jour, il regrettera et quittera sa famille pour vivre avec nous.

Pour ton info, cher journal, je suis ce qu'on appelle fleur bleue. Un cœur d'artichaut si tu préfères. J'aime les histoires qui finissent bien et j'ai vu tous les dessins animés de Walt Disney, de Blanche neige à la petite sirène en passant par la belle et le clochard. Je pense que j'ai besoin de m'évader un peu dans un monde imaginaire romanesque et romantique, un monde où les bons finissent toujours par gagner.

Mais je m'égare, désolée…

Tantôt j'imagine aussi que mon père était un vacancier venu passer des vacances, et qu'ils se sont aimés le temps d'un été et que maman n'a jamais pu lui dire qu'elle était enceinte car il était déjà parti sans laisser d'adresse. J'ai encore pleins d'autres idées en tête, tantôt grandioses et romantiques, tantôt tristes et sordides, mais la réalité est toujours la même. Des questions sans réponses, une vie en tête à tête avec ma mère.

J'ai de la chance d'avoir une maman extraordinaire.

Mon enfance a été peuplée de toutes les histoires qu'elle me racontait. Elle avait une imagination débordante et me faisait voyager tous les soirs vers d'autres contrés, vers des mondes féériques peuplés de sorcières, de fées, de princesses, de bossus, de dragons. C'était notre petit rituel à nous deux. Après son travail, nous rentrions à l'appartement, elle préparait le repas pendant que je dessinais ou faisais mes devoirs à la table de la cuisine, nous dinions et après c'était « notre moment » disait-elle.

Elle créait toute une ambiance avec des jeux de lumières, prenait parfois des marionnettes, projetait des lumières avec des lampes de poche au plafond, faisait des bruits avec un petit tambour ou des maracas. Elle avait même tenté l'harmonica mais sans grand succès. Moi, je m'asseyais par terre avec des coussins et des couvertures, et attendais que l'histoire commence. Et soir après soir, depuis mon plus jeune âge, je découvrais un autre conte que ma mère inventait sous mes yeux.

A la fin de l'histoire, je criais : « Encore une, encore une s'il te plait ! »

Mais à chaque fois, elle répondait : « Non ma poulette, il est l'heure de te brosser les dents. »

Je rentrais alors dans mon lit douillet et elle venait remonter ma couette jusqu'à mon menton et poser un baiser sur mon front.

« Fais de beaux rêves ma princesse. »

A ce moment-là, mon père ne me manquait jamais. Nous étions bien toutes les deux. Je pensais que ça durerait toujours comme cela.

Il y a eu des moments où elle était très absente. Elle semblait absorbée par d'autres choses. Les histoires se faisaient rares, notre complicité aussi. Elle ne semblait plus du tout s'intéresser à notre vie. Çela durait quelques semaines puis comme par magie, je retrouvais ma mère et ses histoires.

Avec son hospitalisation, les choses sont encore plus confuses pour moi. Elle n'est pas dans un hôpital classique mais dans un hôpital psychiatrique. Je ne connais personne d'autre qui soit allé dans un tel hôpital. Ça me fait peur car c'est un peu pour les fous, je crois. Quand j'ai posé la question à Mme Leroy, elle m'a expliqué qu'il n'y a pas que des fous dans un hôpital psychiatrique et qu'il y avait beaucoup de gens qui y allaient parce qu'ils étaient tristes ou qu'ils vivaient des choses compliquées dans leur vie. Je ne sais pas ce qui a bien pu se passer pour que maman en arrive là.

Elle est couturière et travaille dans une petite boutique du centre-ville. La boutique est tenue par Mme Léopoldine. Toutes les habitantes viennent demander des retouches, voire des créations de tenues et lui racontent leurs petites histoires. Maman, c'est un peu la confidente du quartier. Elle écoute toute la journée les histoires de ses clientes.

En été, elle a beaucoup plus de travail car la ville se remplit de familles parisiennes ou rennaises qui viennent passer leurs vacances d'été dans leurs maisons. On les repère facilement car leurs enfants sont toujours chics. Ils ont l'air de se connaitre et se retrouvent tous les ans. Parfois je l'aide au magasin. Elle me confie les boutons à recoudre. Je suis fière de pouvoir l'aider.

J'aime bien l'atmosphère de cette petite boutique. J'aime beaucoup les écouter discuter entre femmes. Au fur et à mesure qu'elles connaissent maman, les femmes se confient à elle. Il y a une certaine intimité entre une couturière et ses clientes. Les clientes parlent de leur corps, de leurs complexes, de leur besoin de plaire, de l'espoir qu'on les admire dans la nouvelle tenue qu'elles vont porter, de leur désir de séduire. Parfois certaines veulent couper la jupe plus courte pour être plus sexy, d'autres veulent masquer les marques des grossesses par des coupes plus amples au niveau de la taille. Je les écoute en silence, j'en apprends beaucoup.

Dans ma classe, j'ai peu d'amies. Les filles me trouvent un peu bizarre car je suis souvent dans mon monde, que je m'isole pour dessiner. Elles parlent beaucoup des garçons, tentent sans cesse de savoir qui est amoureux de qui. Cécile a déjà embrassé un garçon avec la langue. Ils se sont retrouvés au cinéma pour faire ça. Ça avait l'air dégueu quand elle nous a raconté. Mais elle avait l'air très fière car elle est la première fille de la classe à l'avoir fait. Nous avons toutes écouté ses explications avec attention. Je ne suis pas trop pressée d'essayer.

C'est déjà compliqué de faire face à la puberté. Je viens d'avoir mes premières règles. Je suis aussi une des premières de la classe à avoir de la poitrine. Les garçons passent leur temps à ricaner pendant les cours de sport. Ça me gêne beaucoup alors j'ai demandé à maman de m'acheter un soutien-gorge. Depuis, ils s'amusent à tirer sur mon soutien-gorge dans mon dos pendant les cours et à relâcher d'un coup sec. Si ça claque, ils rigolent. C'est douloureux et humiliant. Je ne sais pas trop comment faire pour qu'ils me laissent tranquille.

C'est difficile d'assumer ce corps qui change. Je ne veux pas de toutes ces transformations.

Cécile aussi porte des soutien gorges et elle semble très fière en se déshabillant dans les vestiaires du cours de sport. Ses parents lui ont acheté des ensembles et elle a les culottes assorties au soutien-gorge. Les garçons n'osent pas ricaner en la regardant, et elle n'a encore jamais connu le coup du soutien-gorge tiré claqué dans le dos. Ça fait une sacrée différence de traitement entre elle et moi.

Hier on a parlé des maillots de bain et Cécile nous a dit qu'elle s'était achetée un deux pièces pour l'été. Moi depuis que ma poitrine a poussé, je porte des ""“une pièce”. J'ai dit au groupe de filles que c'était bien plus pratique pour nager. Elles ont levé les yeux au ciel et Cécile a ajouté : « ouais, Camille, ça fait surtout nunuche. Un deux pièces, c'est bien plus sexy. »

Et les discussions autour des garçons ont repris de plus belle et les ont occupées pendant toute la pause déjeuner.

CHAPITRE 7

CAMILLE

Décembre 2017, Bretagne

Après avoir retrouvé son journal et lu les premières pages, Camille fut prise d'un sentiment de profond abattement. Les pensées s'étaient mélangées dans sa tête, lui donnant des nausées. Elle s'était préparée à ce séjour et à faire face à ce passé contre lequel elle avait créé autant de barrières. Le travail pour y arriver avait été très long et difficile, mais, elle s'était fondue petit à petit dans le moule de sa vie parisienne. Seules ses nuits, ponctuées quotidiennement d'insomnie, mettaient à mal ses stratégies pour faire table rase du passé. Les somnifères, dont elle abusait un peu trop souvent, lui donnaient l'illusion que tout allait pour le mieux.

Devant son journal, à l'odeur familière de crème Nivea qu'elle s'appliquait quotidiennement à l'époque, et aux pages jaunies et remplies d'écritures et de tâches d'encre, elle ne pouvait pas fuir. Une grande partie de sa vie était là. Et il allait bien falloir l'affronter. 4 jours Camille ! se motivait elle intérieurement. Seulement 4 jours… Le temps nécessaire pour vider cet appartement et régler cette succession. Après tout sera fini, tu rentreras à Paris, tu reprendras ta vie, tes habitudes, tes mensonges, tes défenses. Et tu seras libre de ne plus jamais revenir ici.

Elle commença à trier la cuisine. Le plus simple, le moins déstabilisant. La plupart des choses passaient dans des sacs poubelles, elle ne se voyait pas ramener du riz et des petits pois à Paris. La plupart de la vaisselle et des ustensiles finissaient dans les cartons pour Emmaüs. Elle voulut garder le joli moule à tarte peint à la main, celui des tartes aux mirabelles, la crêpière, et une théière en fonte asiatique dans lequel elle revoyait encore sa mère verser l'eau de son thé au jasmin. Et aussi deux bols bretons sur lesquels étaient inscrits Louise et Camille. Les bols du matin dans lesquels elle aimait tant manger ses céréales au chocolat baignant dans du lait froid.

Après avoir passé quasiment toute la nuit à trier la vaisselle et à repenser à ces instants précieux, elle s'aperçut qu'il était 5 heures du matin. Elle finit par se coucher dans son lit d'adolescente et s'endormit aussitôt sans somnifères et sans qu'aucun cauchemar ne vienne troubler ses quelques heures de répit.

Elle dormit jusqu'au lendemain matin et fut réveillée par un mal de tête tenace. Elle s'assit sur son lit, et se tint le crâne dans ses deux mains. Un thé bien noir s'imposait. La vue de la cuisine vidée et de l'ensemble des cartons déjà fermés et des 3 sacs poubelles qui trônaient dans la cuisine lui ôta toute idée de se préparer du thé dans cet endroit. Elle enfila des habits à la hâte et prit son sac.

Elle sortit de l'appartement et marcha vers la plage. Une légère bruine lui chatouillait le visage. L'air frais du matin la fit frissonner, et elle monta le col de sa veste. Elle avait oublié de prendre une écharpe et un parapluie. Elle n'avait plus l'habitude du crachin breton et des rafales de vent. Elle hésita à faire demi-tour mais se ravisa. Elle ne voulait pas retourner dans l'appartement, pas pour l'instant en tout cas. Elle passa devant un hôtel qui venait d'être rénové et qui semblait tout pimpant. Cet établissement n'existait pas à l'époque où elle vivait avec sa mère. Peut-être y avait-il au mieux un ancien bar PMU où trainaient deux ou trois poivrots venus taper le carton en fumant des gitanes. A l'époque, le quartier n'attirait pas grand monde à part les pécheurs revenus de la pêche du matin. La plage de graviers, où les bateaux de pêche déchargeaient leurs marchandises quotidiennes, était un cimetière de coquillages et de crustacés échoués et ne donnait pas envie d'y flâner.

Elle continua sa route et arriva à cet endroit préféré qu'elle avait surnommé « L'entre deux mers ». C'était un passage, une sorte de trait d'union entre le port à droite installé dans la plage du prieuré et la piscine naturelle à gauche installée sur la plage de l'écluse. De ce petit passage, elle avait toujours eu l'impression qu'une multitude de choix était possible. Elle prit à gauche, en direction de la piscine. Plus elle s'approchait, plus elle sentait l'émotion l'envahir. Si elle n'avait dû revendiquer qu'une seule place, qu'un seul endroit où elle se sentirait toujours chez elle, ce serait sur le plongeoir de cette piscine. Ici, nombre de pages de son journal avaient été écrites, nombre de chansons avaient été écoutées, nombre de croquis avaient été dessinés, nombre d'aquarelles avaient été peintes. La quasi-totalité de ses rêves avaient été échafaudés ici.Oui sans hésiter, cet endroit lui appartenait un peu.

La marée était haute et les vagues immenses venaient se fracasser sur les rochers autour de la piscine naturelle. Elle aperçut le plongeoir. Elle eut envie de s'y précipiter. De retrouver cette sensation de liberté qu'elle éprouvait quand elle était assise dessus. C'était aussi là qu'elle avait rencontré Ludo. Il avait osé l'interpeller, la déranger. Elle se souvenait de s'être sentie si mal à l'aise et agacée à la fois face à ce jeune homme inconnu, sûr de lui, qui s'était moqué d'elle en lui disant qu'elle n'était pas cap de sauter. Elle avait surtout été hypnotisée par ce regard. Des yeux bleus dont les reflets changeaient de couleurs selon la lumière comme seul l'océan pouvait le faire. Des yeux comme jamais elle n'en avait vu auparavant. Elle n'oublierait jamais ce regard. C'est pour fuir ce regard et son trouble, qu'elle s'était levée brusquement, avait rangé son livre dans son sac et avait pris la fuite, tout en lui répondant : « Ce n'est pas que je ne suis pas cap de sauter, c'est que je n'ai pas particulièrement envie de me baigner avec toi ! »

Elle se souvient encore de son rire. Il n'avait pas du tout été vexé. Peut-être qu'au fond il savait que c'était tout à fait faux et n'en avait cru aucun mot. Il avait eu l'air amusé devant ce petit bout de fille, ni femme, ni enfant qu'il avait eu plaisir à taquiner, et qui prenait la fuite comme si une mouche l'avait piquée.

Après plusieurs minutes devant la piscine, elle continua sa route et marcha le long de la digue. Elle regarda sa montre. Il était encore trop tôt et la librairie n'ouvrait qu'à 10h. Elle avait donc une heure devant elle. Commençant franchement à se sentir frigorifiée, elle décida d'aller se prendre un petit déjeuner dans le bar d'un hôtel qu'elle chérissait particulièrement. C'était un bar dont l'ambiance rappelait les livres d'Agatha Christie, dont elle avait lu toute l'œuvre pendant son adolescence. Ce genre de lieu au charme désuet qu'il est si bon de retrouver, dans lequel on dirait que le temps s'est figé.

Assise confortablement dans un des fauteuils club du bar, un thé vert et un croissant posé en face d'elle, elle eut l'impression d'arriver à se détendre un peu. Profiter de cette petite halte, avant de reprendre le chemin des tris et des cartons.

Assis à la table à côté d'elle, un couple de personnes âgées prenait un thé en discutant. L'homme avait posé son journal sur le côté de la table et écoutait la femme en face de lui. Ce devait être son épouse à en croire le regard doux et affectueux qu'ils posaient l'un sur l'autre. Camille pensa que c'était ces rencontres là aussi qui faisaient le charme de ce genre d'endroit. Ça aussi, c'était un des rêves auquel elle aspirait du haut de ses 16 ans, assise sur son plongeoir, le rêve de rencontrer un homme qu'elle aimerait et qui l'aimerait tellement qu'ils auraient envie de passer le reste de leur vie côte à côte. Vieillir avec quelqu'un qu'on aime et qui nous aime. C'est ce que sa mère avait toujours cherché. A être aimée. Et elle n'avait malheureusement pas eu cette chance là. Au lieu de cela, elle s'était accrochée désespérément à des miettes que voulaient bien lui accorder les hommes dont elle avait croisé le chemin. Camille avait très vite compris qu'elle ne ferait jamais partie de celles qui quémanderaient des miettes. La recette était simple, ne jamais s'attacher, ne pas ouvrir son cœur. Ça avait toujours bien marché comme ça, sauf une fois… et cette fois-là, c'est son cœur qu'elle avait brisé.

A 10h, elle sortit de l'hôtel et remonta la rue en direction de la librairie. Quand elle poussa la porte de la librairie, elle fut soulagée de constater qu'elle était vide. Catherine Leroy ne la vit pas tout de suite, occupée à mettre de l'ordre dans les rayons. Ce fut Pierre son mari qui la reconnut immédiatement. Elle ressemblait encore à cette fillette qu'il avait recueillie un matin de mai. Quelques rides en plus, à peine, un brin de maturité supplémentaire, c'était certain. Mais elle continuait à dégager cette même énergie et cette spontanéité qu'il lui avait toujours connues. Et toujours ces yeux noisette où on pouvait lire une grande tristesse… Il se doutait qu'il ne devait pas être facile pour elle d'être de retour, surtout dans de telles circonstances. Il appela sa femme et Catherine leva les yeux sur Camille. Elle sembla très émue de la voir et ils restèrent tous les trois un moment à se regarder. Puis Catherine fit le tour du comptoir et la prit dans ses bras.

Camille lui rendit son étreinte. Camille les suivit dans l'arrière-boutique et ils s'assirent à la table où Camille avait tant de fois fait ses devoirs le soir après les cours. Pierre lui proposa un café mais Camille refusa.

Catherine commença :

« Je suis contente de te voir. Tu es partie très vite le jour de l'enterrement et nous n'avons pas eu le temps de beaucoup discuter. »

« Oui, je n'ai pas réussi à rester. L'attitude de Victor m'a mise tellement en colère. Je voulais le foutre dehors mais j'ai tenu bon, je ne voulais pas d'esclandre. Après tout, c'était à maman de le virer de sa vie. Pas à moi. Mais elle n'y est jamais parvenue. »

Un long silence s'était installé entre elles.

Catherine prit la parole et dit d'un souffle : « Je suis désolée pour toi Camille, désolée des épreuves que tu as dû traverser. »

Camille la coupa :

« C'est du passé maintenant et je fais tout pour ne pas réouvrir ces chapitres. »

« Ça ne doit pas être facile pour toi tous ces tris et de te retrouver seule là-bas. Tu veux dormir à la maison ? »

« Non Catherine, je te remercie. Tu es adorable comme toujours. Qu'est-ce que je serais devenue sans vous ? »

Camille les fixa un instant les larmes aux yeux. Camille s'était toujours sentie bien lors de ses séjours chez les Leroy, cocoonée, rassurée. Elle pouvait y vivre sa vie d'adolescente insouciante. Mais elle n'avait jamais osé se l'avouer car elle ressentait une certaine culpabilité par rapport à sa mère. Parfois, il lui arrivait d'espérer que les séjours à l'hôpital se poursuivent, que sa mère ait encore besoin de soins supplémentaires pour rester encore un peu chez les Leroy. Au retour de sa mère à la maison, elle était tiraillée entre le bonheur de la revoir et de s'apercevoir qu'elle allait mieux, et un sentiment mélancolique profond à l'idée de devoir rentrer vivre à la maison et quitter l'ambiance chaleureuse de la famille Leroy.

Catherine lui répondit :

« Tu sais, ça nous a apporté beaucoup à nous aussi les moments qu'on a passés avec toi. »

Camille fut touchée.

Après quelques minutes de silence, elle poursuivit :

« Je pensais avoir réussi à enfermer ces souvenirs dans un tiroir à double tour et avoir jeté la clef dans un endroit où je ne pourrai jamais la retrouver et il aura suffi de traverser le barrage de la Rance hier pour que tout m'explose à la figure. »

Catherine continua à l'observer.

« Certains souvenirs me hantent. Certaines nuits, ils s'imposent dans mes rêves et mes cauchemars. Vider cet appartement est une épreuve, cela m'oblige à faire face à toutes ces réalités que j'ai voulues effacer à jamais. »

« Je crois Camille, qu'il vaudrait mieux que tu ne cherches pas à tout oublier. Il y a peut-être d'autres manières de faire, tu ne crois pas ? »

Camille se leva, ne tenant pas une minute de plus assise. Les nausées avaient repris.

Avant qu'elle s'en aille, elle entendit Catherine lui lancer :

« Viens manger à la maison ce soir si tu veux. »

Elle se retourna et lui sourit mais fit non de la tête. Elle préférait être seule.

CHAPITRE 8

Journal de Camille

5 juillet 1992, musique en écoute : Smell like Teen Spirit de Nirvana

Salut cher journal,

Maman est revenue de l'hôpital hier. Et moi, je suis revenue vivre à la maison après deux mois passés chez les Leroy. Avec Catherine, enfin Mme Leroy si tu préfères (moi, maintenant, je l'appelle Catherine), on avait décoré l'appartement en accrochant des ballons et une banderole où était inscrit « Bon retour Louise. ». Catherine nous avait préparé une pâte à crêpes et avait acheté du jambon, du gruyère et des œufs afin que maman n'ait pas de courses à faire à son retour. J'avais mis la table pour nous deux.

Je suis allée la chercher à la sortie de l'hôpital avec Catherine. J'avais eu le droit de venir en visite plusieurs fois, mais je n'avais pas du tout aimé. Nous nous parlions dans un petit salon glauque et sordide prévu pour les visites des familles. Le pire c'était de devoir croiser certains autres patients. Je ne sais pas comment maman a fait pour tenir dans un endroit comme cela. Aller là-bas en visite m'a fait trop peur. Je me sentais mal à l'aise, j'avais envie de m'enfuir. Je n'ai pas osé le dire à maman. Je ne voulais pas lui faire de peine. Maman n'est pas comme d'habitude. Elle parle beaucoup plus lentement, a grossi, semble fatiguée. On lui donne des médicaments pour lui éclaircir les idées. Mais je trouve plutôt qu'elle sombre dans une forme de léthargie. En général, je restais discuter avec elle 1 heure puis je retrouvais Catherine qui m'attendait dans la voiture et nous rentrions chez elle, en passant à chaque fois par un endroit que je ne connaissais pas. Ainsi j'ai découvert Cancale, Saint Brieuc, Saint Briac. Elle voulait me changer les idées. Après nous rentrions chez elle et je retrouvais Matthias avec qui j'avais commencé à sympathiser.

Au collège, il continue à faire comme s'il ne me connaissait pas devant ses copains. Mais chez lui, durant les week-end ou le soir, on joue pas mal à la crapette (un jeu de carte), au Monopoly, ou aux échecs. On va aussi assez souvent à la plage ensemble. Il a reçu un walkman et me prête parfois son casque pour me faire écouter sa musique sur la plage.

Dans sa chambre, il met Ace of Base à fond, Nirvana, IAM, Haddaway. Il m'a fait découvrir leurs chansons. J'ai commencé à les apprécier. Avant de le connaitre, j'écoutais plutôt la chanson d'Hélène et les garçons qui s'appelle « Hélène, je m'appelle Hélène ». Mais devant Matthias, je n'ose pas la chantonner, de peur qu'il se moque de mon côté fleur bleue.

Je t'ai déjà parlé de mon côté fleur bleue n'est-ce pas ?

Je pense que je suis la seule de ma classe à regarder Hélène et les garçons et le miel et les abeilles. Je n'ose pas le dire. Déjà qu'on se moque de moi sur la façon dont je m'habille. Les filles de mon âge ne jurent que par Friends ou Beverly Hills.

Sur le trajet pour ramener maman de l'hôpital, personne n'ose parler. Catherine conduit. Il fait un beau soleil d'été. Ma mère regarde par la fenêtre et semble se remplir du paysage avec délectation. Elle a dû vivre des moments très difficiles, enfermée dans cet hôpital et privée de sa liberté. Lors des visites, quand je lui ai posé des questions, elle est restée très évasive. Je n'ai pas insisté.

Dans la voiture, je commençais à appréhender de me retrouver seule avec elle. De quoi est ce qu'on va parler ?

Une fois arrivée à la maison, maman a été très émue de retrouver notre appartement et de découvrir notre banderole. Elle avait les larmes aux yeux. Elle a embrassé Mme Leroy et lui a dit : « Merci Catherine. Je comprends maintenant pourquoi tu as fait ça. Et je te remercie de t'être occupée de Camille pendant mon absence »

Catherine lui a montré ensuite les pâtes à crêpes dans le réfrigérateur et s'est eclipsée après m'avoir dit : « A bientôt Camille. Tu viens quand tu veux, tu sais. À la librairie après l'école ou à la maison ! »

Je lui ai souri et j'ai répondu : « Oui, on a déjà prévu avec Matthias de continuer à sortir le chien ensemble ! Merci d'avoir été là. »

Une fois Mme Leroy sortie, je me suis tournée vers maman qui me regardait.

On a beaucoup parlé ce soir-là. Elle m'a raconté un peu son séjour à l'hôpital. Les médecins avaient parlé de mélancolie délirante. Elle m'expliqua qu'elle devait prendre un médicament tous les jours dorénavant.

A ma question : « A quoi est due cette maladie ? Pourquoi as-tu eu cela ? », elle s'est lancée.

Elle m'a expliqué qu'elle avait fait la connaissance il y a 1 an d'un homme marié dont elle était tombée amoureuse. Celui-ci habitait Rennes mais venait pour son travail à Dinard au barrage hydroélectrique de la Rance toutes les semaines. Ils avaient entamé une liaison lors de ses passages ici les jeudis. Il l'invitait à déjeuner dans un des restaurants de la ville, puis prenait une chambre dans un petit hôtel à la place du dessert, et il repartait. Personne n'en savait rien. Et le jeudi, le rituel recommençait. Au fur et à mesure des semaines, elle a commencé à espérer plus. Comme elle avait un don pour inventer des histoires, elle en avait inventé une très belle sur la suite de leur histoire. Il quittait sa femme et ses enfants, se rendant compte qu'il l'aimait, ils s'installaient ensemble, je faisais sa connaissance, nous nous adorions, et nous formions une famille heureuse. Rien que ça… Je reconnais bien l'imagination débordante de ma mère. Je sais d'où je tiens mon côté fleur bleue…

Mais la réalité a commencé à la rattraper. Parfois, les jeudis, il n'avait plus le temps pour le déjeuner au restaurant. Il n'y eut plus que le passage à l'hôtel. Parfois, il était en vacances et il s'écoulait deux jeudis sans nouvelles.

Je t'avoue que c'est difficile d'écouter maman me raconter ces histoires car je n'arrive pas à l'imaginer avec cet homme. C'est un peu intime tous ces détails… Mais je n'ai pas voulu l'interrompre, pour une fois qu'elle me raconte quelque chose de sa vie.

Ensuite, elle m'a dit que son imagination avait commencé à envahir ses pensées. Au début, elle avait imaginé que sa femme avait découvert sa liaison et qu'il voulait se faire encore plus distant, restant malgré tout persuadée de la sincérité de ses sentiments. Elle est devenue un peu plus pressante, l'interrogeant sur la suite de leur histoire. « Oui, j'ai très envie de vivre avec toi, ma chérie. Mais mes enfants sont encore jeunes, je voudrais attendre encore un peu pour ne pas les perturber » ou encore « il faut d'abord que je règle les choses au niveau financier, car sinon ma femme va me saigner si elle apprend que je suis avec toi. »

Jusqu'au jour, où il lui a dit de façon très brutale : « Ecoute, arrête un peu de me mettre la pression chaque fois que je te vois. Entre nous c'est du cul, point barre. Si ça ne te va pas, je peux en trouver d'autres qui seront ravies d'être à ta place ! »

Et ce jour-là, tous les scénarios, toutes les histoires, tous les rêves sont venus se heurter sur cette simple phrase : « Entre nous, c'est du cul, point barre ».

Elle a décidé de mettre un terme à cette histoire et a commencé à s'enfermer dans une forme de tristesse, de repli. Elle masquait tout quand elle était au travail, elle masquait aussi quand elle était avec moi. Mais dès qu'elle était seule, elle tricotait et détricotait ses souvenirs, essayant de trouver une explication. Que faisait elle de mal pour qu'aucun homme ne veuille d'elle ? Peut-être y avait-il une malédiction qui pesait sur elle, un mauvais esprit dans la maison. Et si ce mauvais esprit pouvait aussi s'attaquer à moi ? Il fallait qu'elle me protège, qu'elle nous protège… Le monde extérieur devint dangereux. A la sortie du travail, elle se précipitait à l'appartement, avait mis un verrou supplémentaire sur la porte d'entrée. Jusqu'à la semaine de mai où elle m'a interdit d'aller au collège, et où nous nous sommes installées dans le vieux grenier inoccupé de l'immeuble. Elle avait préparé des provisions de nourriture, des packs d'eau, des couvertures et une tonne de livres pour moi. « On restera là, le temps que l'esprit malin se lasse de nous. Le temps qu'on soit de nouveau en sécurité à l'extérieur. »

« Mais de qui as-tu peur maman ? De qui devons-nous nous protéger ? » avais-je demandé

« Chut, on ne doit pas prononcer son nom… »

Là, j'avais senti que quelque chose n'allait pas du tout. Elle me faisait peur. Je voulais que quelqu'un sache ce qui était en train de se passer. Alors je lui dis : « je comprends maman, mais il me faut absolument de l'encre car je n'en ai plus. Sinon je ne pourrai pas faire mes devoirs. Je vais vite en acheter et je reviens. »

J'avais couru jusqu'à la librairie. J'avais pensé à Catherine car elle semblait être une personne avec qui maman aimait discuter. Et puis elle habitait dans notre immeuble. Et je suis allée à la librairie pour lui dire ce qui était en train de se passer.

Donc tout cela avait un nom, cela s'appelait une mélancolie délirante…

J'appris également que ce n'était pas la première fois qu'elle s'était sentie ainsi. Juste après ma naissance, cela avait été très dur et elle se sentait incapable de s'occuper de moi comme elle était seule sans mari. Elle avait pensé que j'étais atteinte d'une maladie grave et qu'un démon m'avait ensorcelé. Elle était partie quelques semaines se reposer chez Véronique, sa sœur ainée, qui vivait dans le Sud de la France. Véronique s'était occupée de moi et de ma mère comme de ses propres enfants. Et quand maman s'est sentie mieux, elle est revenue avec moi en Bretagne et a continué son travail de couturière. Elle travaillait à l'époque déjà pour sa patronne, Mme Léopoldine. Celle-ci a une boutique de couture et avait accepté d'embaucher ma mère et de la former à ce métier. C'était une couturière renommée qui confectionnait des tenues raffinées et attirait ainsi beaucoup de femmes bourgeoises de la région. Maman avait été très flattée qu'elle accepte de la prendre en stage après son CAP de couture. Le salaire qu'elle percevait était loin d'être mirobolant et ne lui permit pas de prendre une nounou à ma naissance. Mme Léopoldine avait accepté qu'elle vienne travailler avec moi toute la semaine. Elle pouvait ainsi me nourrir, me faire dormir dans un couffin, tout en travaillant. En contrepartie, elle ramenait le reste des vêtements inachevés de la semaine chez elle afin de les terminer le week-end, ce qui arrangeait grandement Mme Léopoldine.

J'ai donc grandi dans un magasin de couture, au milieu des fils et des aiguilles, du bruit des machines à coudre, des jupons virevoltants des dames qui venaient se faire confectionner des robes. Grace au salaire que lui versait Mme Léopoldine, maman pouvait payer le loyer de l'appartement et nous nourrir. Elle avait le droit de récupérer les chutes de tissus et avec eux, elle me confectionnait des vêtements.

Je me souviens d'une année où je devais avoir 5 ou 6 ans. Elle avait pu récupérer les chutes d'une robe longue de velours rouge, qu'avait confectionnée Mme Léopoldine pour une de ses plus fidèles clientes anglaises. Maman avait passé des soirées entières sur sa machine à coudre, afin de réaliser pour moi le plus joli des manteaux. Avec ce manteau, les gens du village qui me croisaient, m'appelaient le petit chaperon rouge. J'étais très fière et amusée, jusqu'au jour où deux filles de ma classe, probablement jalouses de ce manteau avaient commencé à se moquer de moi. Elles me suivaient en récréation, me jetant des cailloux au début, puis me donnant des coups de pied. Comme je ne me défendais pas et que je ne réagissais pas (j'étais terrifiée par une telle violence, je n'osais même pas prévenir le surveillant), elles continuèrent en m'arrachant les habits et finirent par déchirer le précieux manteau. Tu sais un peu comme les deux sœurs dans Cendrillon qui lui déchirent sa robe pour ne pas qu'elle aille au bal.

De retour de l'école ce soir-là, ma mère s'aperçut immédiatement des dégâts et se fâcha. Je n'ai pas osé lui expliquer comment cela était arrivé et ce que je vivais à l'école. J'avais trop honte et je ne voulais pas qu'elle s'inquiète. J'ai donc menti en avouant que j'avais joué à cache-cache avec une copine et que je m'étais cachée dans des ronces qui avaient déchiré le manteau. Je lisais dans ses yeux énormément de déception et d'incompréhension. Elle n'a jamais accepté de le réparer. J'ai dû continuer de porter un manteau troué et de subir les moqueries quotidiennes des filles de la classe.

Mais, je m'égare à nouveau…

Donc comme je te disais, au retour de maman, nous avons diné dans la cuisine et nous nous sommes régalées des délicieuses crêpes de Mme Leroy. Très vite, nous sommes redevenues complices. J'ai l'impression qu'elle s'en veut beaucoup de ne pas avoir été là les trois derniers mois. Elle doit aussi se sentir un peu jalouse de Mme Leroy.

Après le repas, on a regardé un film qui passait à la télé « maman j'ai raté l'avion », en mangeant des caramels au beurre salé restés dans le placard, une petite couverture sur les pieds. Nous avons beaucoup ri pendant ce film. J'ai retrouvé ma mère comme avant et la petite fille que je suis encore au fond de moi est pleine d'espoir que cette maladie qu'elle a contractée disparaisse et que ces épreuves soient à jamais derrière nous.

Quand je suis allée me coucher, maman est venue au bord de mon lit comme lorsque j'étais petite fille et m'a embrassé le front. Elle m'a dit :
« Ce qui m'a le plus manqué à l'hôpital, c'est de venir t'embrasser avant de me coucher. »

J'ai souri et je me suis endormie jusqu'au lendemain.

CHAPITRE 9

DECEMBRE 2017

CHARLOTTE

Charlotte se préparait et hésitait depuis 20 minutes entre la jupe courte fleurie jaune et noire ou la robe noire mi longue. Elle se regardait dans le miroir et se désolait du changement de sa silhouette depuis ses quatre grossesses. Des kilos accumulés au fil des ans… Elle était passée d'un 36/38 à un bon 42, voire 44 après les repas copieux. La plupart des vêtements qu'elle portait devaient être amples à la taille, afin de dissimuler son ventre encore rebondi. Le court lui allait relativement bien car elle avait gardé des jambes assez fines. En général, afin d'éviter ce genre d'ascenseur émotionnel, elle évitait les essayages et le miroir et portait toujours les mêmes choses. Mais ce soir, c'était un peu différent. Ils étaient invités par un couple d'amis : Emma et Pascal. Elle connaissait Emma depuis l'adolescence. Elles s'étaient rencontrées l'été de leurs 14 ans lors d'un stage au club de voile. Elles étaient devenues amies et avaient passé toutes leurs vacances ensemble, entre voile, plage, parties de Beach volley, sorties le soir… Elles se retrouvaient ainsi lors des vacances d'été. Emma, la locale, vivait à Dinard avec ses parents. Charlotte, elle, ne restait que l'été dans leur résidence secondaire.

A l'époque Emma était considérée comme la plus jolie fille de son lycée et ne passait pas inaperçue. Avoir Charlotte, jolie mais sans plus, pour amie, était le bon plan. Elle était sûre que son amie ne lui ferait pas trop d'ombre. Charlotte, de son côté, sentait bien que trainer avec une fille aussi populaire, lui permettait d'être remarquée par des garçons qui sinon, ne l'auraient même pas regardée. Chacune trouvait des bénéfices personnels à cette relation, indépendamment du fait qu'elles étaient assez similaires en termes d'éducation et de valeurs.

Après le bac, elles avaient toutes les deux étudié à la fac de droit à Paris. Le parcours d'Emma avait été brillant. Comment aurait-il pu en être autrement ? Elle avait passé le concourt de notariat, s'était mariée avec Pascal, et ensemble ils avaient créé leur étude de notaire à Dinard. Un sans-faute sur le papier. Charlotte, elle, avait arrêté les études au bout de la 3éme année de faculté de droit, était partie au grand dam de son père faire de l'humanitaire durant toute une année. Difficile de savoir pourquoi. Elle-même ne le savait pas. Une fois de retour, elle n'avait pas eu le courage de retourner à la faculté. Elle avait rencontré Guillaume, par l'intermédiaire d'Emma, qui étudiait à Science Po.

Très vite, ils s'étaient mariés. Charlotte n'avait jamais repris ses études et s'était consacrée à sa vie de femme au foyer. Cette situation lui avait semblé longtemps idyllique et ils avaient eu 4 enfants. Elle se consacrait à eux, laissant à Guillaume la possibilité de se concentrer sur sa carrière professionnelle de journaliste. Mais depuis plusieurs mois, Charlotte semblait souffrir de cette situation. Ses deux ainés étaient devenus des adolescents très autonomes. Les deux derniers, des jumeaux, tellement tyranniques et infernaux depuis leur naissance, avaient grandi dans le sillage de leur frères et sœurs et s'assagissaient petit à petit. Elle se sentait de plus en plus inutile et les journées lui semblaient de plus en plus longues et répétitives. Refaire sans cesse plusieurs dizaine de fois par jour les mêmes gestes, vider le lave-vaisselle, plier le linge, préparer des plats dans l'immense cocotte en fonte pour nourrir la marmaille, ranger, nettoyer, refaire les courses devant le réfrigérateur à nouveau vide, ne pas avoir de temps pour soi, être toujours là pour les autres, faire le taxi, s'inquiéter, se sentir lasse, fatiguée, recommencer.

Elle appréhendait sans trop savoir pourquoi cette soirée chez Emma. Elle en était à son troisième essayage et rien ne lui plaisait. La jupe à fleurs jaunes faisait trop paysanne, la robe noire mi longue lui donnait 10 ans de plus, et la dernière robe de sa valise, une rouge cintrée, était trop serrée. On aurait pu compter les bourrelets. Elle n'osa pas forcer sur la fermeture éclair de peur de la casser. Elle se rabattit alors sur un pantalon noir fluide, celui qu'elle mettait à toute les sauces, et qui lui allait malgré les kilos en trop, avec un chemisier blanc. Elle prit le temps de nettoyer sa peau et de faire un masque qu'elle laissa poser 5 minutes. Ce soir, elle allait se maquiller. Elle avait perdu l'habitude de ces gestes ou de ces rituels. S'appliquer une crème de jour une fois par semaine tenait déjà du miracle pour elle. Elle avait désinvesti son corps au fil des années, au fil des grossesses. Quand elle le touchait en étalant sa crème hydratante le soir avant d'enfiler son pyjama, elle n'éprouvait que du dégout face à la graisse accumulée. Elle fuyait le miroir. Elle sentait bien que Guillaume ne la regardait plus comme avant, que le désir entre eux s'était éteint. Elle se rassurait en se disant qu'ils étaient des parents de 4 enfants. Et entre le travail de Guillaume qui l'occupait beaucoup et l'emploi du temps de ministre d'une mère de 4 enfants, il ne leur restait pas beaucoup de temps pour se retrouver dans l'intimité. La carrière de Guillaume, elle, était à son apogée. Il brillait en société, suscitait l'admiration, le respect. On lui demandait conseil, il participait aux évènements importants. Elle se sentait de plus en plus invisible à ses côtés.

Une fois prête, elle descendit dans le salon où elle retrouva ses parents. Sa mère Geneviève semblait fatiguée. La journée avait été chargée pour elle avec les préparatifs pour l'arrivée de Ludovic et de sa famille. Son père, Jean, lui semblait plus détendu avec son livre dans une main et son scotch de l'autre.

« Ce serait bien que les petits aillent au lit tôt, afin qu'ils ne soient pas trop décalés demain. Par contre, Valentine et Fred peuvent regarder un film et se coucher plus tard bien sûr. »

Sa mère acquiesça d'un mouvement de tête.

« Ne nous attendez pas pour vous coucher, on risque de rentrer tard. Cela fait très longtemps que nous n'avons pas vu Pascal et Emma. On risque de papoter. Et si Pascal commence à faire découvrir à Guillaume sa collection de rhum, je risque de devoir prendre le volant au retour. »

Guillaume la rejoignit au salon et ils s'éclipsèrent. Elle prit encore le temps d'aller embrasser Jules et Simon qui construisaient leur train en bois. Ils ne remarquèrent même pas le départ de leurs parents.

Une fois sortie de la maison, Charlotte fut surprise par la fraicheur de la soirée et retourna à l'intérieur pour prendre un châle. Elle monta dans la voiture avec Guillaume.

Emma habitait le quartier de la Vicomté. Ils avaient acheté une vieille maison de pierre, qu'ils avaient entièrement rénovée avec l'aide d'un architecte de la région. A leur arrivée devant le portail, ils furent accueillis chaleureusement par Pascal, qui leur montra les aménagements d'éclairage à l'extérieur. Charlotte s'engouffra dans la maison pour se réchauffer et retrouva Emma aux fourneaux. Vêtue d'une robe moulante noire et d'une paire d'escarpins rouge vernis, elle était à tomber comme d'habitude. Charlotte se félicita de ne pas avoir mis la robe rouge aux multiples bourrelets. Au moins là, avec le pantalon cache misère, elle limitait les dégâts.

« Ma chérie, comment vas-tu ? Ça fait si longtemps que vous n'étiez pas venus ! » dit Emma de sa voix suave.

« En effet, répondit Charlotte, nous ne sommes pas venus depuis cet été. Guillaume avait beaucoup de travail et les enfants multiplient les activités qui bloquent les week-ends. »

« Oui, ma pauvre, je ne sais pas comment tu fais avec 4 enfants à gérer. Moi je deviendrais folle. Déjà avec un c'est toute une logistique! Allez venez-vous assoir au salon. On va prendre l'apéro »

Tout était parfait. Le sapin trônait majestueusement au milieu du salon dont ils avaient changé les canapés. Aucun détail n'avait été laissé au hasard. Des bougies parfumées se consumaient aux quatre coins de la pièce, une musique de Crooner en arrière-fond sonore, le plateau apéro déjà en place sur la table basse. Tout incitait à la détente et au lâcher prise. Malgré tout le charme de cette soirée, Charlotte n'arrivait pas à se détendre. La conversation avait directement débuté sur le travail de Guillaume dont il parlait avec aisance. Emma et Pascal avaient enchainé sur le leur. Les dossiers qui s'accumulaient à l'étude, les secrétaires et leurs arrêts maladie, les stagiaires qui ne voulaient plus travailler, ni faire des heures supplémentaires. Charlotte faisait semblant d'écouter. En fait, cela faisait plusieurs minutes qu'elle pensait à autre chose. Elle ne se sentait pas faire partie de leur monde. Elle vivait une vie qui n'avait rien à voir, une vie rythmée par les transports des enfants à l'école, les courses, les repas, les devoirs, les lave vaisselles qu'on vide et qu'on remplit, les chaussettes qu'on trie et qu'on classe par taille dans un bac avant de les ranger dans les différentes armoires, les photos des enfants qu'on prend et qu'on classe dans un album. Elle n'avait même pas un livre qu'elle aurait lu récemment dont elle aurait pu parler pour tenter d'entamer une conversation. Rien, le néant. Une fois les chaussettes pliées ou le lave-vaisselle vidé, elle se vautrait sur son canapé encombré de jeux, de peluches et de crayons et sortait son téléphone. Clic sur l'application Instagram où elle enviait la vie rêvée des autres qui semblaient avoir du temps pour faire des photos de leur nouveau papier peint, de leurs essayages de leur différentes tenues en taille 36, de leurs savoureux cupcakes réalisés avec le petit dernier absolument craquant avec sa moustache de chocolat au milieu d'une cuisine impeccable, ou tout simplement de leur week-end absolument canon à Lisbonne où ils avaient mangé un délicieux poulpe grillé dans un petit bistrot atypique découvert complètement par hasard. Quel flair !

Elle fût tirée de sa rêverie par une réflexion qu'Emma prononça avec une voix rieuse :

« Charlotte, toi, tu n'as pas tous ces problèmes avec des collègues ou des employés. Tu es la maman poule par excellence. Toujours dévouée pour les enfants. C'est chouette de pouvoir s'épanouir comme tu le fais. Tu prends du temps pour toi ? »

Charlotte s'entendit répondre :

« Il faut que je m'organise, pour l'instant ce n'est pas évident. Je n'arrive pas à trouver un rythme ».

La vérité était qu'elle n'avait aucune idée de ce qui pourrait lui plaire si elle disposait de temps et ce vide lui faisait très peur. Elle passait déjà bien 4 heures par jour sur Instagram sans même s'en rendre compte.

Emma sourit et sembla réfléchir à un sujet de conversation qu'elle pourrait aborder avec son amie et éviter ainsi celui tant assommant des enfants …

Elle trouva et lança : « vous saviez que Louise Morin était décédée ? »

Charlotte leva les yeux de sa coupe de champagne et fixa Emma : « Louise Morin ? La couturière ? »

Emma jubilait. Elle allait peut-être éviter les cours de piano de Valentine, la liste du Père Noël de Simon, la recette du gâteau à la banane en forme de bateau pirate réalisé certainement pour Jules.

Elle reprit : « Oui, tout à fait. La couturière. C'est moi qui m'occupe de la succession. »

Charlotte but une gorgée d'eau, elle ne s'était jamais trop intéressée à cette vieille bonne femme, mais fit mine d'écouter.

« De quoi est-elle décédée ?» demanda-t-elle

« Cancer du pancréas. Elle a refusé tout traitement. Elle est partie en quelques mois. Tu sais bien, elle a toujours été… spéciale. »

Charlotte ne répondait pas et fixait Emma en attendant la suite.

« Oui, j'étais en classe avec sa fille, Camille. Une fille bizarre elle aussi. »

Charlotte sentait débuter une migraine et se massa les tempes.

« Je ne visualise plus trop. Camille, tu dis ? »

Emma répondit sans enthousiasme, se rendant compte qu'elle avait lancé un sujet qui ne semblait pas intéresser son amie.

« Oui, elle était au lycée avec moi. Dans le même genre, te souviens-tu d'une fille qui se prénommait Margot ? Une amie de Camille justement… »

Charlotte fit oui de la tête.

« Elle faisait aussi de la voile avec nous, non ? »

« Exact ! Elle est en couple avec un artiste photographe et tient une galerie à Saint Malo, à côté de la cathédrale Saint Vincent. Si jamais tu cherchais une belle photo de paysages marins à offrir à Noël, il parait qu'il a énormément de talent ! »

Charlotte sourit. Emma tenta de relancer la conversation à nouveau. Peut-être devrait-elle enchainer sur la nouvelle collection automne hiver ? Mais à voir comment Charlotte était habillée ce soir, Emma se ravisa vite, de peur de ne pas avoir grand succès non plus en ce domaine. Quelle soirée assommante avec son amie de jeunesse ! Il était loin le temps des flirts sur la plage et des parties de Beach volley. Elles furent interrompues par Pascal qui s'adressant à Charlotte demanda :

« Et alors, quel est votre programme des festivités ? »

Charlotte s'entendit répondre :

"Et bien, cette année, nous avons la chance d'avoir Ludo avec Fleur et leur fils Augustin qui a 10 ans maintenant. Cela doit faire 5 ans qu'on ne les a pas vus. Ils arrivent demain et restent 3 semaines. Moi je vais rester avec Jules et Simon à Dinard pendant tout leur séjour pour profiter au maximum de leur présence. Guillaume, lui, rentre demain soir avec Valentine et Fred qui ont encore classe jusqu'à vendredi. Puis ils nous rejoignent pour les vacances de Noël. Ce n'est pas grave si Jules et Simon ratent la dernière semaine de cours. Cependant, au grand dam de Valentine, elle, il n'est pas question qu'elle manque une semaine au collège."

La suite de la soirée se déroula tranquillement. A la fin du repas, Pascal sortit le nouveau rhum dont il avait fait l'acquisition et comme prédit, c'est Charlotte qui ramena Guillaume à la maison.

CHAPITRE 10

JOURNAL DE CAMILLE

10 SEPTEMBRE 1992, musique en cours: She is like the wind de Patrick Swayze

Salut cher journal,

J'ai fait ma rentrée des classes il y a quelques jours en classe de 5ème.

A mon grand désespoir, les classes ont été réparties entre latinistes et hellénistes. J'ai choisi de faire latin, mais très peu d'élèves ont fait ce choix. Les bons éléments ont préféré le grec. Pour équilibrer les classes, ils ont placé de nombreux élèves qui n'avaient choisi aucune langue morte, dans ma classe latiniste. Je suis donc avec des cancres notoires, qui passent leur temps à faire du bruit, ce qui rend la prof de français complètement frapadingue. Elle n'a aucune autorité, parle d'une petite voix toute discrète et fluette, les yeux au bord des larmes en permanence. Je suis assise au premier rang pour essayer de suivre le cours et encore, j'y arrive à peine.

Le pire c'est le cours de physique chimie où je me trouve placée devant deux garçons complètement stupides qui passent le cours à mâchouiller des petites boules de papier, qu'ils finissent par insérer dans un stylo bic vide en guise de sarbacanes. Les morceaux de papiers pleins de morve sont ainsi projetés dans mes cheveux, et c'est le fou rire garanti dans les rangs arrière. Moi je fulmine et passe mes pauses à tenter de les décrocher.

Mais tout ce quotidien n'est rien à côté de la journée de rentrée. C'était une catastrophe.

J'appréhende tous les ans les rentrées des classes. Tu vois, je ne suis pas du tout une fille populaire, mais alors pas du tout. Je suis souvent mise de côté, à l'écart. Les filles se moquent de moi car je jouais encore aux barbies l'année dernière, et que je portais toujours les robes confectionnées par maman. Les garçons ricanent car j'ai déjà une forte poitrine, dans le corps gauche et rondouillard d'une enfant potelée.

Chaque année, je me demande comment passer inaperçue… Comment être transparente ?

Cette année, je n'avais pas du tout anticipé ce qui allait me tomber dessus.

Alors que je m'avance vers le groupe qui avait constitué ma classe l'année précédente, Carole et Emma se tournent vers moi. A leur regard, je devine une lueur de sadisme et d'excitation. Je me raidis, je suis sur mes gardes, perplexe, ne sachant à quoi m'attendre. Je sens que cette fois-ci, elles ont du lourd. Elles font trainer, elles ont l'air de jubiler intérieurement. Puis une fois que le reste du groupe se tait, Emma débute : « Alors Camille, ça y est ? Ta mère est enfin revenue de l'asile ? Ce n'est pas trop dur pour toi de vivre avec une folle ? »

Comme je reste sans voix, Carole enchaine, en regardant le reste du groupe d'un air entrainant : « On peut se demander comment Mme Léopoldine fait pour avoir encore des clients dans sa boutique. Ta mère ne leur fait pas encore trop peur ? »

Les autres ont ri, bêtement, de leur voix grasse et muante.

Je ne savais plus comment je m'appelais, j'étais paralysée.

Comment me défendre ? Comment la défendre ? J'aurai voulu disparaitre à des milliers de kilomètres.

C'est Matthias qui m'a sauvé ce jour-là. Je ne sais pas ce qu'il faisait par-là, mais quand il a entendu des brides de cette conversation, il n'a pas hésité une seconde. Il a foncé dans le tas, s'est planté devant Emma et lui a dit : « Tu ne dois vraiment pas avoir grand-chose d'intéressant à raconter à tes amies, si tu as besoin de briller en tenant de tels propos sur une famille que tu ne connais même pas. Te moquer des autres ne te rendra pas plus intéressante, tu sais. Allez Camille viens, on a mieux à faire. »

Je l'ai suivi sans rien dire, le souffle coupé, sidérée par la violence des propos que je venais d'entendre. Une fois à l'écart du groupe, je me suis mise à trembler et ma respiration s'est accélérée.

Le décor était planté. Tout le village avait entendu parler de l'hospitalisation en psychiatrie de ma mère. Certains avaient même eu connaissance de ses propos paranoïaques avant son hospitalisation. Pour la quasi-totalité de ma classe maintenant, je suis la fille de la folle. Et comme si la folie pouvait être contagieuse, je sens que la majorité va refuser de me fréquenter.

CHAPITRE 11

DECEMBRE 2017

LUDOVIC

L'avion amorçait sa descente sur Paris. Le vol s'était bien passé. Ludovic pensait que son fils avait été très calme pour un enfant de 10 ans. Il avait beaucoup dormi, un peu lu et regardé des dessins animés. Ils avaient échangé quelques banalités pendant le vol, Ludovic ne sachant pas trop comment engager la conversation avec son fils. L'hôtesse de l'air s'était pris d'affection pour le petit garçon car il portait le même prénom que son propre fils et lui avait ramené des bonbons et des coloriages et avait tenté de le rassurer quand elle l'avait senti inquiet pendant le décollage. Elle était revenue juste quelques minutes avant le décollage pour s'assurer que tout allait bien et lui dire qu'il serait bientôt avec sa famille. Ludovic, qui ne percevait pas du tout les angoisses de son fils, trouvait qu'elle en faisait franchement trop et semblait agacé par tant de sollicitude. Il se demandait si elle venait rassurer ainsi tous les enfants dans l'avion de cette façon. Au milieu du vol, elle lui avait même proposé de l'accompagner à l'avant de l'avion pour voir les pilotes dans le cockpit. Augustin, très excité par cette idée, avait jeté à son père un regard implorant. Ludo avait acquiescé avec un sourire et dit à l'hôtesse que c'était trop gentil de sa part. Augustin l'avait suivi dans le cockpit et avait fait la connaissance des deux commandants de bord qui lui expliquèrent brièvement à quoi servaient quelques boutons. Augustin avait été fasciné par le spectacle qui s'offrait à lui : une impression de liberté absolue.

De son côté, Ludo se préoccupait plutôt de savoir quelles réponses donner à sa famille à propos de l'absence de Fleur. Il craignait même qu'elle ne les rejoignît pas pour noël. Sa sœur Charlotte, qui se mêlait toujours de tout, n'allait pas tarder à comprendre que l'image du couple idyllique qu'ils représentaient ne correspondait pas à la réalité. Elle voudrait sans doute en savoir plus, et il n'avait aucune envie de s'expliquer à ce sujet pour le moment. Parler de sa relation de couple, se pencher sur la famille qu'il avait construit avec Fleur, s'attarder sur certaines vérités, reviendrait à affronter des réalités douloureuses. Il était plus facile de faire l'autruche, d'afficher l'image d'un couple parfait à qui tout souriait, et d'ignorer les souffrances de son fils, de s'enivrer dans des aventures sans lendemain, et rester celui qu'on admire et qu'on envie. Pourtant hier soir, le ton était monté et n'en pouvant plus, il lui avait dit qu'il avait rencontré un avocat pour une demande de divorce et qu'il y réfléchissait depuis des mois. Elle avait très mal réagi. Il savait très bien que Fleur n'était pas de celle qu'on quitte et qu'elle n'allait pas se laisser faire aussi facilement. Cette parenthèse bretonne et ce retour aux sources lui permettraient peut-être de prendre du recul et d'y voir plus clair dans ses projets. Mais tant que sa famille n'était pas au courant de la situation, cela lui laissait plus de liberté pour réfléchir sans que chacun y aille de sa petite opinion.

Une fois atterris à Paris, ils durent prendre un vol pour Rennes, ce qui déclencha encore des angoisses chez Augustin, qu'il eut plus de mal à masquer. L'avion était beaucoup plus petit que le Transatlantique et il craignait qu'il ne résiste pas aux rafales de vent. Ludovic, agacé, lui retorqua irrité :

« Tu n'as rien à craindre. Essaye un peu de te comporter comme un homme et non comme une fillette ! »

Arrivés à Rennes, ils furent accueillis à l'aéroport par Charlotte et Valentine. Celles-ci avaient préparé des panneaux sur lesquels étaient inscrits : « LUDO », « FLEUR », « AUGUSTIN », « WELCOME ». Ce fut Augustin qui les repéra en premier et se précipita vers sa tante, qu'il reconnaissait grâce aux appels en visioconférence qu'il avait déjà faits avec elle.

« Comme tu as grandi, mon Dieu ! Je ne t'aurai pas reconnu ! » dit-elle

Valentine lui semblait bien plus grande que lui et il se sentait impressionné de s'adresser à elle, mais elle le mit très vite à l'aise.

« Je suis tellement contente de te voir. On a préparé la maison pour ton arrivée. Tu vas voir, ce sera de supers vacances ! »

Ludo s'approcha de Charlotte et l'embrassa.

« Salut Chacha ! »

Elle le sera chaleureusement dans ses bras puis le contempla un moment. Elle fut surprise, il avait l'air fatigué et les traits tirés. Le visage gris... Plutôt très surprenant, lui qui était toujours connu pour être bronzé toute l'année. Elle pensa en effet que le climat de Vancouver devait contraster avec celui de la Silicon Valley où il avait étudié.

« Bonjour Ludo. Ça me fait tellement plaisir de te voir. Fleur n'est pas là ? »

« Non, elle a été retenue au boulot. Elle nous rejoindra plus tard » répondit-il sèchement, espérant changer directement de sujet de conversation.

« Quel dommage ! J'espère qu'elle pourra se libérer très vite. Vous devez être extenués par le voyage. Que de changements d'avion ! Venez, en voiture ! »

Une fois sortis de l'aéroport, ils retrouvèrent le Renault Espace que Charlotte avait garée sur le parking. Ils s'installèrent en silence, Ludo sur le siège passager, Valentine et Augustin sur les sièges arrière. Après avoir démarré, et une fois lancée sur la nationale en direction de Saint Malo, Charlotte rompit la glace en annonçant le dernier projet de leurs parents de vendre leur maison du Vesinet, projet qui à ses yeux n'avait aucun sens. Elle espérait bien que Ludo s'associe à elle pour les en dissuader. Elle insista avec une touche d'humour sur la façon grincheuse dont leur père vivait sa retraite depuis deux ans et sur la manière dont leur mère s'éclipsait tous les jours après le repas de midi pour fuir sa mauvaise humeur et retrouver ses amies au tournoi de bridge. Un de ses nouveau hobby. Elle enchaina ensuite sur leur vie parisienne, sur les activités et obligations professionnelles de Guillaume, sur leurs enfants et leur club de natation ou de tennis, le choix du lycée. Il entendit donc que Fred préparait le bac et pensait faire une prépa math sup, que Valentine avait un poil dans la main mais qu'avec un peu de bonne volonté, une limite stricte du temps passé sur les réseaux sociaux, elle avait toutes les capacités pour y arriver, et que Jules et Simon étaient deux garnements bien plus intéressés par l'échange de leurs cartes pokémon à la récré que par les tables de multiplication. Il apprit donc qu'il existait une différence entre une GX et une EX et que Dracofeu était le personnage préféré de Jules, tandis que Simon lui préférait Picachu. Elle détailla aussi avec minutie le programme qu'elle et leurs parents avaient organisé pour ces vacances, ainsi que le menu du 24 et les propositions des plats du 25 restés en suspens.

« On voulait surtout voir par rapport à Fleur. Dans mon souvenir, elle ne mange pas de viande rouge, c'est ça ? Mais est-ce que la volaille peut aller ? »

Submergé par ce flot de paroles ininterrompues, il s'était extrait de la conversation en pensant à sa dernière semaine de travail, aux deux nouveaux clients qu'il avait réussi à récupérer, une aubaine pour le cabinet. Il espérait bien que son associé John ait terminé la proposition du contrat comme convenu pour ce soir, afin qu'il puisse la relire et la valider avant de l'envoyer aux clients. C'était un gros deal qu'il ne pouvait pas se permettre de perdre. Des années qu'il essayait d'approcher ce client et l'opportunité qui se présentait à lui n'arriverait pas de sitôt. Il s'inquiéta soudain de la bonne marche de l'imprimante de son père qui dans son souvenir n'avait jamais fonctionné dans la maison de Dinard. Peut-être s'était-il enfin décidé à la changer ? De toute façon, sinon, il irait en acheter une nouvelle, car il était absolument indispensable que ce contrat soit envoyé avant la fin de cette semaine. Cela laisserait une bonne semaine au client pour l'étudier et le valider. Il lui fallait cette signature avant les congés de Noël. Car rien ne se passait jamais pendant les fêtes.

« Ludo, je t'ai perdu là ? Ludo ? »

Il tourna la tête vers sa sœur et s'aperçut qu'il avait perdu le fil de la conversation et qu'elle s'en était rendu compte vu le regard perplexe qu'elle lui lançait. Il tenta de reprendre une contenance en prétextant une violente céphalée due au décalage horaire. Elle sembla le croire volontiers et enchaina sur la difficulté du jet lag et sur le remède miracle à base de mélatonine qu'utilisait Guillaume lors de ses déplacements.

« Tu devrais essayer, ça marche super bien. Je vais lui demander s'il en a sur lui. »

Ils furent interrompus par Valentine qui demanda : « Oncle Ludo, c'est vrai que tu es un fan de jeu de société ? »

Il se retourna vers sa nièce et sourit en répondant : « Quand j'étais jeune, oui. Je jouais beaucoup à toutes sortes de jeux de société, jeux de rôle, figurines, murder party. Avec ma bande d'amis, certaines parties de certains jeux duraient pendant plusieurs jours. Mais c'est très loin. Cela fait longtemps que j'ai laissé tomber tout cela. »

« Maman me parle toujours de toi comme le plus grand joueur de tous les temps. Impossible de te battre, m'a-t-elle dit. Il parait même que tu es le seul de la famille à avoir réussi à battre papy aux échecs !! »

Sans répondre, il contempla la route. Le panneau indiquait 10 km jusqu'à Dinard. L'architecture des maisons des villages qu'ils traversaient, en maison de pierre, ne laissait plus aucun doute, il était bien de retour en Bretagne.

Gagner à un jeu de société ne faisait plus partie de ses objectifs ou de ses challenges. A présent, il s'agissait de gagner face à ses concurrents les contrats avec les clients. A ce jeu-là aussi, Ludo ne perdait pas.

CHAPITRE 12

JOURNAL DE CAMILLE

1 er novembre 1992, musique en cours : « You » de Ten Sharp

Salut cher journal,

Aujourd'hui est un jour férié et ce sont les vacances scolaires.

Nous sommes partis passer une journée à une bonne heure de route de chez moi avec Catherine, Matthias et maman dans un village qui s'appelle Ploumanac'h à quelques minutes de Perros Guirec. C'est vers l'Ouest de la Bretagne par rapport à Dinard. Catherine est originaire de ce village et tous les ans à la Toussaint, elle se rend sur les tombes de ses ancêtres pour les fleurir et prier pour eux.

Je ne connaissais pas cette tradition. Avec maman, nous ne sommes jamais allés au cimetière. Je ne sais d'ailleurs pas où sont enterrés ses parents.

Catherine nous avait expliqué que ce serait sympa de faire la route ensemble et que cela nous ferait découvrir cette Côte de Granit rose si chère à ses yeux.

« J'en ai pour une heure maximum au cimetière. Pendant ce temps, vous pourrez vous balader et on se retrouve après. Je vous emmènerai sur le sentier des douaniers au niveau de Ploumanac'h. C'est sublime. Et à la fin de la journée on pourra passer manger une crêpe chez ma sœur. Il n'y a pas meilleure recette de crêpe que la sienne ! »

Maman ne semblait pas très motivée par la proposition mais devant mon insistance, elle a fini par accepter. En ce moment, elle ne semble pas avoir beaucoup d'envie pour quoi que ce soit. Après son travail, elle bulle devant la télé. Moi j'ai continué à aller à la librairie après les cours pour faire mes devoirs et après le repas, je sonne chez Matthias pour qu'on sorte le chien un petit quart d'heure. On se raconte nos journées, c'est gai.

Le trajet en voiture a été très sympa. C'était la guerre entre Catherine et Matthias pour le choix de la radio.

« Nostalgie c'est vraiment trop ringard, il va encore y avoir du Michel Berger. » râlait Matthias

« C'est un compositeur et un musicien exceptionnel. Tellement meilleur que votre musique rap ou techno actuelle. C'est quand même désolant Louise, tu ne trouves pas ce qu'ils écoutent ? »

Ma mère acquiesça même si elle n'écoutait jamais de musique à la maison. Finalement, un morceau de Mylène Farmer intitulée "Sans contre façon" finit par plaire à tout le monde et on passa à un autre sujet de conversation.

« Il n'a pas voulu t'accompagner Pierre ? » demandais-je

Catherine soupira et dit : « Non, la journée traditionnelle de la Toussaint ne le tente pas. Il a préféré rester pour continuer les travaux du bureau. »

En arrivant à Ploumanac'h, je me suis dit que Catherine ne nous avait pas menti et nous avons été bluffés par le paysage époustouflant de cette côte de granit rose. Les pierres étaient roses et donnaient des reflets rougeoyant à l'océan. On a escaladé les rochers, s'inventant des histoires d'explorateurs ou de pirates, on est parti à la chasse au crabe et à la crevette avec nos épuisettes. Nous étions comme des gosses de 5 ans.

On a marché aussi jusqu'à un phare (je crois qu'il s'appelle le phare de Mean Ruz) duquel on avait une vue exceptionnelle sur une archipel de sept îles. Je me suis mise à rêver à voix haute de pouvoir devenir gardienne de ce phare à l'âge adulte. Passer mes journées seule dans cet environnement magique aux milles légendes, ce serait plus qu'un destin enviable !

Matthias a ri et m'a dit :

« Mais tu te vois sérieusement seule toute la journée ici, à vivre en recluse ! Sérieusement !»

Je ne me sentais jamais seule, j'avais mon imagination et mes rêves. Et qui sait ? Peut-être qu'un prince charmant viendrait me délivrer dans ce phare et m'emmènerait dans son château… Je ne l'ai pas dit à voix haute, bien sûr ! Matthias m'aurait vraiment pris pour une tarte. Était-ce bien réaliste de croire encore au prince charmant ? Celui de ma mère avait pris la poudre d'escampette… La laissant sans château, sans carrosse, sans rêve mais avec une bien triste réalité. Ça me fait penser à la chanson de Téléphone : « Cendrillon ».
On dirait qu'elle raconte un peu la vie de ma mère.

Tu vois je vais te faire un serment. Et tu es témoin. Moi je n'accepterai jamais d'élever un enfant, seule. C'est une trop grande responsabilité.

Après notre virée sur le sentier des douaniers de Ploumanac'h, nous avons repris la route jusqu'à la ferme de la sœur de Catherine, Solange. Elle était encore dans un autre village proche mais plus à l'intérieur des terres.

Elle avait des poules, des lapins et des vaches. Dans le champ à côté, elle avait aussi des moutons. Il y avait un air de ressemblance avec Catherine mais bien 20 kilos de différence.

On était affamé et super content de s'installer sur la table en bois de la cuisine pour le goûter. Elle nous a déposé des crêpes, qu'on a dévoré avec une tonne de confiture de fraises.

« Elles sont vraiment extraordinaires tes crêpes Solange » lui a dit Catherine, « Je ne comprends pas, j'ai la même recette mais les miennes sont beaucoup plus épaisses.

« C'est le saindoux ma belle ! Tu es têtue ! Je te dis qu'il faut graisser la Billig au saindoux. Tu ne veux pas écouter ! Maman faisait déjà comme ça et grand-mère aussi ! », puis se tournant vers nous, elle ajouta : « Elle n'en fait qu'à sa tête ! Et depuis toujours ! Elle les cuit au beurre ! Il n'y a pas idée ! C'est le saindoux le secret. Et il faut faire le culottage de ta poêle : avec 9 couches de saindoux !! Pas 8 ou 7, 9 je te dis !!! Ah cette Catherine, une intellectuelle dans ses bouquins depuis toute petite. Mais pas fichue de savoir-faire une crêpe comme une bretonne qui se respecte !"

Catherine souriait et répondit : « Chacun sa spécialité, ma chère. Toi c'est la cuisine ! Moi ce sont les livres. On ne se change pas. »

Solange soupira et leva les yeux au ciel. Impossible pour elle de comprendre l'intérêt de sa sœur pour les livres.

« Les livres… moi à part les livres de cuisine, je ne vois pas l'intérêt. Vous êtes bretonne Louise ? »

« Non, répondit ma mère, je suis née et j'ai vécu en Bourgogne. A la mort de mes parents, j'ai été hébergée chez mon oncle à Dinant pour la fin de mes années d'école. Et puis je n'ai jamais quitté la Bretagne. »

A la fin de la journée, après un tour à la ferme, et après avoir cueilli quelques pommes dans les arbres du champ, nous nous sommes préparés pour rentrer. Solange nous a donné des œufs frais et de la graisse de canard. Selon elle, il n'y avait pas mieux pour cuire les pommes de terre. Elle a appelé cela les pommes de terre sardelaises ou sardanaises, je ne me souviens plus trop. Elle a embrassé bien fort Catherine et lui a dit :

« Tache de revenir avant Toussaint de l'année prochaine. Ils s'en fichent les parents de là-haut que tu veuilles respecter la tradition de la Toussaint pour penser à eux ! »

Catherine a souri. C'est dingue l'amour qui se dégage de cette famille. Je les adore !

Nous avons repris la route et une fois arrivés à Dinard, Catherine nous proposa de diner chez eux le soir.

« Je vais vous faire ma spécialité culinaire bien à moi issu de mon livre de recette favori : « La cuisine la flemme de Catherine » : l'omelette au fromage !!

J'ai vraiment beaucoup ri. Maman s'était aussi un peu détendue et je pense qu'elle aussi, a passé une bonne journée.

CHAPITRE 13

CAMILLE

Décembre 2017

La journée avait été épuisante. Plus émotionnellement que physiquement. Après sa visite à Catherine et Pierre à la librairie, Camille était retournée aussitôt à l'appartement et avait commencé à trier. Elle avait poursuivi ses tris par le salon séjour. Cela ne lui prit pas énormément de temps car la pièce était quasiment vide à part les gros meubles. Louise n'était pas une grande lectrice et n'achetait aucun livre. Il y avait quelques magazines féminins qui trainaient par-ci par-là, un scrabble et un Monopoly rangé dans le buffet.

Après quelques heures à nouveau passées dans l'appartement, elle avait osé entrer dans la chambre de sa mère. La pièce était plongée dans l'obscurité, les rideaux étant entièrement tirés. En entrant dans la pièce, elle fut saisie de constater que le parfum de sa mère flottait encore dans la pièce. Coco de chanel. Elle avait depuis toujours senti cette fragrance sur sa mère. Louise n'en avait jamais changé. Très jeune adulte déjà, elle avait été séduite par la femme que représentait Gabrielle Chanel. Celle-ci incarnait un idéal féminin, un modèle pour Louise. Orpheline à 12 ans, presque comme elle, elle avait embrassé la carrière de modiste jusqu'à atteindre des sommets de renommée internationale. Malheureusement, au plus grand dam de Louise, celle-ci n'avait jamais réussi à s'émanciper de Mme Léopoldine. C'est elle qui tenait la boutique, qui donnait la direction du style des tenues confectionnées, qui suscitait l'admiration chez les clients. Louise n'était restée que sa petite main, son petit soldat. Elle avait exécuté pendant des années les ordres que lui donnait sa patronne, sans jamais oser donner sa vision des choses, sans jamais s'émanciper. Mme Léopoldine lui avait donné sa chance en l'embauchant et en la formant au sortir de l'adolescence, elle avait voulu lui être loyale et fidèle jusqu'au bout.

Quand Camille vida l'armoire, elle retrouva d'anciennes tenues que sa mère portait quand elle sortait. Elle toucha le tissu de soie vert émeraude d'une robe de soirée. Elle se demandait bien quand sa mère avait pu porter une telle robe. Robe de cocktail, longue, échancrée dans le dos. Le genre de tenue pour un gala. Rien à voir avec le monde dans lequel elle évoluait. Elle avait le sentiment d'avoir eu une mère caméléon : tantôt aimante et drôle avec laquelle elle partageait une grande complicité, tantôt inquiétante et fantasque, tenant des propos bizarres, tantôt lointaine et froide en se préparant pendant des heures, la laissant seule le soir en ne revenant que le lendemain matin. Louise avait dû être la maitresse de nombreux hommes. Elle n'avait jamais eu d'autres rôles que celui-là. Celui de « L'autre femme ». Vivant dans l'ombre, se contentant de quelques instants volés avec ces hommes mariés. Elle avait appris à se satisfaire d'un cadeau de temps en temps, espérant toujours plus, mais inéluctablement déçue. Camille se souvint des soirs où sa mère, prête à sortir dans sa robe divine, le visage poudré, les paupières fardées, venait l'embrasser et lui demander d'être sage.

« Si tu as un souci, tu sonnes chez les voisins, ils sont prévenus ».

Elle semblait alors avoir 15 ans malgré la trentaine. Ses yeux pétillaient et ses pieds trépignaient d'impatience. Elle était envahie d'espoir. L'espoir d'être aimée. Parfois elle attendait un coup de sonnette, parfois elle descendait sans attendre. Jamais l'homme ne montait, jamais Camille ne le croisait. Il devait rester anonyme, inconnu. Elle devait rester l'autre femme, discrète et disponible. Les lendemains, Camille, ne retrouvait plus cette petite lueur de la veille dans les yeux de sa mère. A sa place, des traces de mascara qui avait coulé sous les larmes et des cernes d'une nuit sans sommeil.

A la lumière du jour, maintenant sa mère partie, ces robes qu'elle tenait dans ses mains avaient perdu de leur panache. Camille ressentit une profonde tristesse en pensant au destin de sa mère. Une mère célibataire, si fragile, objet de désir pour des hommes qui lui avaient pris plus qu'ils ne lui avaient jamais donné.

Elle plaça les robes dans un carton, et après l'avoir fermé, elle écrit dessus Léopoldine. Elle apporterait ce carton à Mme Léopoldine, à elle de décider ce qu'elle voudrait en faire. Camille, elle, ne voudrait jamais les porter.

Sur un petit bureau dans la chambre, était disposés des pochettes et des classeurs qui regroupaient de façon plutôt ordonné les factures, frais, différents documents officiels. Sa mère avait tenu une comptabilité rigoureuse.

Dans un des tiroirs du bureau, elle découvrit quelques lettres écrites par sa tante Véronique. Celle-ci tentait de prendre des nouvelles, proposait à sa sœur de passer des vacances chez elle, ou même de déménager pour qu'elles soient plus proches l'une de l'autre. Visiblement, sa mère n'avait jamais été de cet avis. Camille se demandait bien si ces lettres avaient obtenu une réponse. Elle n'avait aucun souvenir de cette tante Véronique.

Louise avait perdu ses parents à l'âge de 13 ans. Véronique, sa sœur ainée était alors âgée de 19 ans. Elles habitaient à cette époque en Bourgogne. Au décès de leurs parents, Louise avait été hébergée les weekends par un oncle habitant en Bretagne à Dinant, et scolarisée la semaine dans un internat de jeunes filles près de Rennes. Véronique, elle, avait décidé de poursuivre ses études à Dijon. Lors de ses études, elle avait rencontré Fabien, qui terminait sa faculté de droit et après leur mariage, ils s'étaient installés dans le Sud de la France. Les deux sœurs s'étaient donc perdues de vue pendant longtemps, jusqu'à la dépression post partum de Louise, qui avait alors trouvé refuge dans le Sud auprès de Véronique quelques temps. Camille ne se souvenait pas de Véronique, qu'elle avait dû voir deux ou trois fois quand elle était toute petite. Camille avait longtemps eu le sentiment de n'avoir pour seule famille que sa mère. Un père inconnu, pas de grands-parents paternels à rencontrer, des grands-parents maternels décédés, une tante et des cousins dans le Sud de la France qu'elle ne voyait jamais, un grand oncle veuf âgé qui ne leur parlait guère lorsqu'elles lui rendaient visite. C'est pourquoi les liens tissés avec Catherine, Pierre et Matthias avaient été si intenses pour elle. Un second foyer. Chaleureux, accueillant, bienveillant.

Et après, il y avait eu Margot, sa plus fidèle amie.

Et puis elle le vit…Celui, qui est venu modifier tous les plans. Celui qui l'a fait chavirer. Celui qui a tout chamboulé. En fermant les yeux, elle pouvait encore sentir l'odeur de sa peau, entendre son rire, frémir sous ses baisers. Un bref instant, elle s'autorisa à repenser à ses mains sur son corps, à la douceur de son regard, à leur complicité, à l'avenir qu'ils projetaient.

Une sonnette d'alarme retentit dans sa tête, lui faisant l'effet d'un gong. Elle venait de franchir la ligne rouge qu'elle s'était fixée.

Un soir, alors qu'ils étaient allongés côte à côte, après avoir fait l'amour, elle avait vu passer dans le ciel une étoile filante. Elle avait dit à haute voix qu'elle souhaiterait que cette nuit ne s'arrête jamais. Il lui avait alors répondu d'une voix grave et intense : « Pourquoi souhaitez cela ? Souhaite plutôt que les autres nuits ressemblent à celle-là. Nous n'avons qu'à le décider »

Ce soir-là, elle avait espéré tellement fort qu'il dise vrai. Aujourd'hui, elle se disait qu'il était loin le temps où la petite fille à l'intérieur d'elle croyait à la magie de Noël et au pouvoir des étoiles.

Chapitre 14

JOURNAL DE CAMILLE

5 avril 1993, musique en cours : "I will always love you" Whitney Houston

Salut cher journal,

Je n'ai pas écrit depuis plusieurs mois.

Le quotidien à la maison se passe plutôt bien. Maman continue son suivi avec son psychiatre et prend bien son médicament. Parfois, elle craque et pleure car il lui fait prendre du poids. Son apparence est très importante pour elle. Elle tente de compenser en mangeant des salades et des soupes et en supprimant les féculents. Elle dit aussi que le médicament empêche son cerveau de fonctionner à plein régime et qu'elle se sent ramollie. Quand je l'entends dire cela, cela me fait toujours peur car je ne voudrais pas qu'elle décide de l'arrêter. Elle est de plus en plus triste depuis quelques mois. Elle se sent seule et semble envier les couples qu'elle rencontre.

Certains soirs, elle enfile une robe, se maquille et se regarde dans le miroir. Puis elle se déshabille et se démaquille tristement. Elle n'a personne avec qui sortir ou à qui plaire.

Hier, avec ma classe, nous sommes allés visiter un château à Fougères. C'est une des plus grandes forteresses d'Europe. La visite était passionnante. Notre guide nous a raconté plein de choses sur la guerre de Cent ans et sur la façon dont le château avait été assiégé par les Anglais.

Il nous a aussi parlé de la légende de Mélusine, mi-femme, mi-serpent qui hante encore les châteaux de la région depuis que la malédiction s'est abattue sur elle et qu'elle s'est transformée en dragon.

J'aime ces histoires, ces légendes et ces épopées. J'aimerais beaucoup visiter la forêt de Brocéliande et découvrir tous les secrets qu'elle renferme. Tu sais c'est la forêt de Merlin l'enchanteur. Je l'ai vu des dizaines de fois en dessins animés quand j'étais petite.

A la fin de la visite, un groupe de trois filles se sont amusées à piétiner les fleurs aux abords de l'allée du château. Je n'ai pas pu m'empêcher de déplorer ce geste, en pensant à tous les jardiniers qui font leur métier avec passion. En entendant ma remarque, elles ont dit sèchement : « Le jour où tu sauras un peu t'amuser, toi ! Mais vas-y, appelle Mme Haller et raconte-lui, espèce de balance ! »

Et elles sont parties en ricanant. Bien sûr que je ne voulais pas les dénoncer, je voulais juste leur dire que la nature c'est important, qu'on doit la respecter. Je suis montée dans le car et me suis assise toute seule à l'avant. Ce serait un euphémisme de dire que m'intégrer dans un groupe est difficile. Je ne me sens pas comme eux, je n'arrive pas à rire de leurs âneries, ni à partager leurs centres d'intérêt.

Nous devons partir en voyage scolaire dans un mois et c'est l'heure de la répartition des chambres. Je n'ai pas de groupe avec qui aller. La question sera surtout : dans quelle chambre restera-t-il de la place et qui seront les filles qui hausseront les yeux quand elles apprendront que je partagerai leur chambre.

CHAPITRE 15

Décembre 2017

AUGUSTIN

Augustin trépignait d'impatience en franchissant la porte de l'immense demeure de ses grands-parents. Lorsque la voiture avait traversé le porche pour venir se garer dans la cour, il avait pensé arriver dans un château, tant la maison lui semblait gigantesque et tant les pierres qui avaient été utilisées pour la construction ressemblait à celles de ses livres d'image sur les châteaux médiévaux.

Geneviève avait relevé ses beaux cheveux dans un joli chignon flou et se tenait aux côtés de son mari Jean dans l'entrée. Il sauta dans leurs bras en se laissant couvrir des baisers de sa mamie. Son grand père moins démonstratif se contenta d'un léger baiser sur le front et d'un « Bonjour mon garçon » en guise de bienvenue.

Après les embrassades des adultes, et les mots échangés des premières retrouvailles, Geneviève le prit par le bras et l'emmena faire le tour de la maison, afin de lui faire découvrir les décorations de Noël, et la maison par la même occasion, comme elle le lui avait promis au téléphone.

Elle commença par le faire entrer dans le salon séjour attenant à la grande salle à manger à l'ambiance chasseur. Au-dessus de la cheminée, se consumaient des bougies dans des bougeoirs ronds peints à la main ; des souvenirs achetés au fil du temps dans des marchés de Noël d'Alsace, berceau de sa grand-mère. Sur la table basse, était posée la fameuse couronne de l'Avent, aux bougies blanches et aux décorations argentées, plus belle encore que celle qu'il avait imaginée. Deux des quatre bougies avaient déjà été allumées lors des deux précédents dimanches de l'avent.

« Nous allumerons la 3ème bougie ce dimanche ensemble. » dit Geneviève.

Il n'avait jamais rien vu d'aussi beau. La visite continuait de plus belle. Il se sentait enivré, comme pris dans une farandole ne sachant pas où donner de la tête. La maison semblait scintiller de mille feux. Et sa grand-mère partageait sa joie. Aux fenêtres, sa mamie avait utilisé de la neige artificielle dans des pochoirs, représentant des rennes, des étoiles, des cloches, des lutins, et le Père Noël. Sur le rebord des fenêtres, trônaient des petites maisons blanches en porcelaine trouées d'où l'on pouvait apercevoir les flammes des bougies insérées à l'intérieur. Le salon était majestueux avec des bow windows qui s'ouvraient sur l'océan. De ces fenêtres, il pouvait contempler les vagues s'écrasant sur les rochers. Son grand-père avait fait un feu dans la cheminée et il pouvait sentir l'air chaud le réchauffer et écouter le crépitement des buches dans l'âtre.

Ils passèrent ensuite par la cuisine afin que sa grand-mère puisse retourner la viande de veau qui mijotait dans l'immense cocotte de fonte rouge. Une délicieuse odeur de blanquette se dégagea alors et vint lui titiller les narines. Il respira à plein poumon pour profiter encore plus de cette délicieuse odeur.

« Ça sent trop bon, mamie ! »

« Bien sûr mon bonhomme, j'ai commencé la cuisson ce matin, afin que ça mijote tout doucement. Je me suis dit que tu ne devais pas manger souvent ce genre de plat avec ta maman végétarienne. »

« Elle est végan maintenant mamie, c'est différent ! »

Sa grand-mère acquiesça d'un air entendu. Elle lui chuchota :

« Tu sais, pour moi c'est un peu du chinois, végétarienne, végan…Tu ne lui diras pas, n'est-ce pas ? »

Il rit et tira sa mamie vers la sortie.

« On continue la visite ? J'ai tellement hâte de tout voir ! »

Après le passage en cuisine, ils partirent en direction de l'étage, en empruntant un grand escalier de bois.

« Je vais te montrer ta chambre. Je t'ai mis des draps tout doux bleu ciel avec des bonhommes de neige et des flocons. Regarde comme c'est joli. Nous avons rarement de la neige ici en Bretagne. Ce n'est pas comme chez toi ! »

Augustin découvrait avec ravissement le beau lit préparé par sa grand-mère, les quelques peluches disposées sur l'oreiller, les petits tableaux accrochés aux murs, et les quelques boîtes de jouets qui avaient appartenu à son père. Une caisse de lego avec tout le matériel pour construire un superbe château fort et un bateau pirate. Un circuit de train électrique. Des Kaplas. Un jeu de construction d'un chalet de bois. Sur une étagère, il retrouva aussi une vieille collection de livre Disney, la collection du journal de Mickey remontant à 1985, des Picsous, des albums de Tintin et de Stroumpfs. Il prit un des livres et commença à le lire en s'asseyant sur le tapis.

Tout juste sortis de leur bain, et en pyjama, ses deux petits cousins Jules et Simon entrèrent dans la chambre en hurlant de joie en le voyant. Ils lui sautèrent dessus et tous les trois se mirent à rire et à jouer. Augustin criait sous leurs chatouilles. Leur grand-mère les regarda d'un air attendri, puis sortit de la pièce en disant :

« Je vous appellerai pour le diner. »

Une fois de retour en bas, Geneviève retrouva son mari Jean, installé au salon avec Ludovic, Charlotte et Guillaume. Elle s'assit aux côtés de son fils et lui dit : « mon Ludo, je suis si contente de te voir »

Il sourit, mais malgré ses efforts, son regard restait inexpressif et sans vie. Quel sentiment étrange de revenir dans un endroit qui lui était pourtant si familier et de s'y sentir si étranger. Retrouver cette famille qu'il aimait tant et ne pas savoir quoi leur dire.

Il aperçut sur la cheminée une photo encadrée, qui devait avoir été prise par un bel après-midi dans le jardin en juillet 1996. L'année de ses 18 ans. Il venait d'avoir le bac. Mention très bien, on ne faisait pas les choses à moitié chez les Duschene. Il y apparaissait avec Charlotte, ses parents et toute une bande d'amis qui avait participé à la fête, des amis de la famille, ses meilleurs amis du lycée et ses amis du club de voile. Il trônait devant son gâteau et ses dix-huit bougies allumées, la peau bronzée, le sourire aux lèvres, la mèche rebelle au front. Ce souvenir qu'il avait occulté et qui lui revenait en mémoire lui parut d'un autre temps. Il fixait la photo depuis plusieurs minutes quand il entendit la voix de son père qui l'interpellait :

« Ludo ? »

Jean avait ouvert une bouteille de champagne et lui tendait sa coupe. Il avait servi tout le monde sauf Guillaume qui préférait rester sobre pour prendre la route vers Paris avec ses deux ainés. Après la deuxième coupe de Champagne, Ludovic commença à se détendre un peu. Il s'installa plus confortablement dans le fauteuil club, dont le cuir avait joliment vieilli au fur et à mesure des années. Certains endroits étaient plus patinés, notamment au niveau des accoudoirs et au niveau des pieds. Ludovic se remémora les longues soirées d'hiver, installé dans ce fauteuil après le repas à jouer aux échecs avec son père. Celui-ci était un joueur hors pair et Ludovic dut attendre ses 20 ans pour gagner sa première partie contre lui. C'était un des principaux challenges qu'il n'avait pas abandonné depuis son plus jeune âge. Pas sûr qu'aujourd'hui, il réussirait à nouveau à le battre.

Un feu crépitait dans l'âtre et les réchauffait. La cheminée, imposante, était construite en pierre de taille. Elle avait certainement le même âge que la maison. La villa, de style néo-gothique, avait été construite dans la seconde partie du 19 -ème siècle par des aristocrates anglais ayant acquis des terrains à la pointe du Moulinet. Elle avait été édifiée sur ce promontoire et disposait d'une vue époustouflante sur le littoral et sur la cité de Saint Malo.

La famille Duschène avait acquis cette villa en 1986. Ludovic, âgé de 8 ans, se souvenait très bien de la visite qu'il avait fait avec ses parents et sa sœur. Ils avaient suivi l'agent immobilier à travers l'allée de gravillons, puis une fois la porte ouverte, avait découvert une immense entrée recouverte de boiseries, avec un escalier en bois ciré. La situation de la maison était telle, qu'ils pouvaient apercevoir la mer de quasiment toutes les pièces. Ludovic s'était immédiatement senti bien dans cet endroit authentique avec une âme. Lui et sa sœur n'osaient pas parler et faisaient bien attention à ce que leur comportement soit irréprochable comme exigé par leurs parents en toute circonstance. Pas question d'essayer de courir dans l'immense jardin, de s'extasier devant la vue, de sauter sur les lits, de toucher aux bibelots, ou même de rire un peu fort. La devise de la famille était toujours la même : « Se tenir correctement, refréner ses émotions et surveiller son langage. ».

Ludovic avait donc lutté contre cette envie irrépressible de dire à sa mère que cette maison était magnifique, qu'il rêverait d'y habiter ou d'y passer les vacances. Il était resté sagement derrière ses parents, droit et silencieux, tout le temps de la visite qui dura très longtemps.

Au rez-de-chaussée, plusieurs pièces de réception en enfilade, baignée de lumière l'avaient subjugué. La cuisine plutôt spacieuse et bien équipée laissait présager de bons goûters avec sa sœur.

A l'étage, un long couloir desservait plusieurs chambres et plusieurs salles de bain. L'agent immobilier leur avait aussi montré un vaste grenier dont il imaginait déjà prendre possession pour en faire une cabane de jeu pour lui et sa sœur. Un endroit secret où pourraient se déployer toutes leurs histoires de corsaires et de pirates. Au bout de cette visite qui lui avait semblé interminable, Ludovic fut surpris d'entendre son père, qui n'avait pas prononcé un seul mot depuis le début de la visite, dire à l'agent immobilier : « C'est exactement ce qu'il nous faut. Nous la prenons. »

L'agent immobilier devait se sentir aussi abasourdi que Ludovic mais tenta de ne rien laisser paraître et dit : « Mais bien sûr monsieur. Je vous prépare un compromis de vente à l'agence. »

Et voilà qu'en 1heure de visite, l'affaire avait été réglée, la maison était devenue leur résidence secondaire. C'était toujours ainsi que procédait

Jean Duschène, décidant de son avenir et de celui des autres, la tête froide, sans sourciller, en une phrase bien tournée et sans appel. »

« Ludovic, tu vas aller étudier à Stanford … », avait-il dit un soir après avoir gagné une partie d'échec contre son fils, alors âgé de 14 ans.

Il avait tenté de comprendre le choix de son père :

« Mais tu m'as toujours encouragé à faire une grande école comme toi. »

Jean l'interrompit et balaya le sujet d'un revers de bras :

« Non, de nos jours, HEC n'est pas la meilleure voie pour toi. Il faut que tu étudies aux US. Je me suis bien renseigné. Donc on vise Stanford »

On vise Stanford. Ce n'était pas un : « Tu vises Stanford ». C'était sans appel. Jean avait ensuite changé de sujet et Ludo ne dit plus rien. Il avait rêvé d'école de théâtre et de cinéma… Il était de retour dans la réalité.

Il fut interrompu dans ses rêveries par la voix aiguë de sa sœur : « On passe à table ? Il faut diner tôt car Guillaume doit repartir avec les enfants après. »

Il se leva rapidement, s'installa dans la salle à manger. Geneviève servit sa blanquette dont les arômes rappelaient les longs déjeuner de dimanche de fêtes.

En lui servant un verre de bourgogne, Jean lui demanda :

« Comment vont les affaires Ludo ? »

Et c'était reparti. Il prit une grande inspiration, remit le masque qu'il s'était façonné tout au long des années, et débuta le récit qu'ils attendaient tous. Celui du fils qui avait réussi sa vie.

CHAPITRE 16

JOURNAL DE CAMILLE

1 aout 1993, musique en cours : November Rain de Guns N Roses

Salut cher journal,

Pour mon anniversaire, maman a voulu me faire une surprise et nous sommes parties avec sa petite voiture rouge sur les routes de France. Elle avait refusé de me dire où nous allions.

« C'est une surprise Camille ! »

Elle était toute jolie dans une robe courte couleur coquelicot, qu'elle avait confectionnée et sa paire de sandales de cuir naturel aux pieds. Elle portait les cheveux lâchés, et ceux-ci tombaient en cascade de boucles ondulées. Elle venait de refaire sa teinture la veille dans la baignoire de chez nous et je lui trouvais un air de Kelly Garret, la brune de drôle de dames.

C'était la première fois depuis 5 ans que nous partions en escapade toutes les deux. D'habitude, l'argent manquait et suffisait juste à payer le loyer et les frais, et il n'était jamais question de vacances. Maman disait toujours qu'on n'avait pas besoin de vacances, car on habitait déjà à la mer. Elle avait raison car nous avions beaucoup de chance de vivre dans un environnement tellement beau. Tous les jours, la couleur de la mer changeait en fonction de l'épaisseur des nuages et des percées des rayons de soleil. Tantôt émeraude, tantôt turquoise, tantôt bleue nuit ou bleu gris, tantôt scintillante comme si elle était recouverte d'une multitude de diamants. Je ne me lassais pas de contempler un tel paysage et toutes ces nuances. Aller au centre-ville, contempler la mer, me promener le long de la promenade du clair de lune faisait partie des choses que j'essayais de faire au moins une fois par jour. Cela me faisait faire un grand détour sur le trajet du collège mais j'avais besoin de plonger mon regard chaque jour, qu'il vente ou qu'il pleuve dans l'immensité de cette étendue d'eau. Ce spectacle d'une beauté rare contrastait avec la laideur et l'atmosphère sinistre du HLM dans lequel nous habitions. Ce que je détestais le plus quand nous rentrions dans l'immeuble, c'était l'odeur d'urine qui régnait près des boîtes aux lettres et dans l'entrée de l'immeuble. Je pense que les jeunes du quartier prenaient un malin plaisir à venir marquer leur territoire et souiller de leur déjections ces entrées d'immeuble. Parfois en montant l'escalier, certains adolescents fumaient assis sur les marches par groupe de 2 ou 3. Si on avait le malheur de les bousculer, ils devenaient vite grossiers. Parfois ils reluquaient ma mère dans ses mini jupes et je baissais systématiquement les yeux, espérant devenir transparente et redoutant leurs regards ou leurs remarques.

L'endroit choisi pour partir en vacances m'importait peu. J'étais surtout si heureuse de partager des moments avec elle. Les derniers mois avaient été éprouvants avec sa maladie et son hospitalisation. J'avais du mal à être naturelle. J'étais comme inquiète, je la surveillais comme on surveille le lait sur le feu, je m'assurais qu'elle prenait bien son traitement. Je guettais la rechute, j'étais aux aguets. Je n'arrivais plus à retrouver la maman que j'avais connue autrefois, loufoque et rigolote. Elle était plus fatiguée, se couchait tôt après son travail, assommée par les médicaments. Les week-ends, elle n'avait pas envie de sortir. Heureusement, j'avais les Leroy. Matthias et moi étions devenus très proches.

Dans la voiture, j'étais en charge de la carte routière et de la musique. J'avais préparé des cassettes où j'avais enregistré mes musiques préférées, entendues à la radio.

Dès la deuxième chanson de Ace of Base, maman s'écria : « C'est quoi ce titre ? De la musique de rappeur ? »

Je souriais et répondis : « Non pas du rap, de la techno »

Elle soupira : « On est loin de Sardou et du Johnny de ma jeunesse, mon dieu… »

Une fois passée Rennes, maman prit l'autoroute, et me lança : « Copilote, à ton tour de me guider. Direction Paris »

Mon cœur bondit dans ma poitrine. Paris…. Je n'y étais encore jamais allée. Quelle joie je me faisais ! Nous avons ri pendant tout le trajet. J'ai aussi eu des coups de stress car sur l'autoroute, maman est un vrai danger public. Avec sa 106 rouge, elle accélère à fond et veut doubler de grosses voitures, hurle au volant quand on lui fait des queues de poissons ou si la voiture de devant ne se rabat pas dans les temps. J'étais agrippée à ma ceinture de sécurité, ne quittant pas la route des yeux, prête à crier si maman accélérait de trop. Afin de la détourner de sa colère contre le chauffeur en BMW blanche qui avait osé lui faire des appels de phares, j'ai dit :

« Alors c'est quoi le programme à Paris ? »

« Tu verras ! Je t'ai dit que c'était une surprise, ne sois pas si curieuse ! »

Au niveau surprise, je n'ai pas été déçue. A notre arrivée, direction une auberge de jeunesse en plein quartier du Marais. Nous y avons déposé nos bagages et avons filé au musée d'Orsay.

« Je sais que tu adores les impressionnistes, on m'a dit que c'était le plus beau musée de peinture de Paris. »

Nous sommes restées 3 heures dans ce musée qui est superbe. Quel bonheur de déambuler dans cette ancienne gare et de contempler ces toiles magnifiques. J'ai particulièrement aimé un tableau de Monet qui représente la chambre du Parlement de Londres. Un soleil brille à travers le brouillard. Et découverte aussi d'un peintre dont je n'ai jamais entendu parler qui s'appelle Georges Lemmen qui a peint une toile représentant une plage à Heist (c'est en Belgique) sur laquelle on voit un bateau abandonné. On ne se refait pas, je suis décidément attirée par la mer.

Par contre j'ai été choquée ! Il y a un tableau qui s'appelle l'origine du monde de Gustave Courbet ! Il représente le sexe d'une femme les jambes écartées. On voit plein de poils noirs ! Ecœurant !! Se peut-il qu'une femme ait accepté de poser dans cette position pour ce peintre ??!!

Nous avons ensuite flâné dans les rues de l'Ile Saint Louis, contemplé Notre Dame, vu le bâtiment du Louvres.

Le soir est vite arrivé et maman semblait surveiller sa montre. A 19h, nous sommes allés manger une pizza. Elle semblait très pressée et sans commander de dessert, elle m'avoua qu'elle avait réservé des billets pour une pièce de théâtre ! Une grande première pour nous deux !

C'était un petit théâtre parisien minuscule et je crois avoir passé la plus belle soirée de ma vie. C'était une sorte de Vaudeville avec multiples quiproquos, où une femme rencontrait la maitresse de son amoureux, croyant faire la connaissance de celle qui allait organiser leur mariage. J'ai beaucoup ri, les décors étaient sympas, tout comme les acteurs. Mes yeux s'émerveillaient de leurs jeux, de leurs répliques. Ils semblaient beaucoup s'amuser, prendre du plaisir à être devant nous ce soir. Je trouvais merveilleux que des personnes aient une passion et en fasse leur métier.

Sur le chemin du retour vers l'auberge, nous nous sommes acheté une glace et nous l'avons dégusté sur les quais au bord de la Seine. Il y avait beaucoup de monde, il faisait bon. Les péniches, bondées et illuminées, naviguaient à nos pieds. Je humais l'air, je me sentais bien. Quelle belle journée je venais de vivre à l'aube de mes 13 ans.

Je me tournais vers maman et lui dit :

« C'est le plus beau cadeau que tu n'aurais jamais pu me faire ! »

« Je voulais me rattraper après tous ces mois difficiles que nous avons traversés. » répondit- elle.

Une fois de retour à l'auberge, au moment de me coucher, je luttais pour ne pas m'endormir. Je me sentais comme Cendrillon, devant quitter la magie des peintures du musée d'Orsay, l'effervescence de cette ville grouillante et majestueuse, l'engouement face au jeu de ces acteurs, le scintillement des étoiles dans le ciel. Demain je retrouverai ma solitude, mon visage boutonneux dans le reflet du miroir, le regard inquiet de maman à l'ouverture de la boite aux lettres qui comportait toujours de vilaines factures.

CHAPITRE 17

CAMILLE

Décembre 2017

5 poubelles, 4 cartons pour Emmaüs, 2 cartons pour Catherine, 3 cartons pour Mme Léopoldine, des larmes, des sourires, des souvenirs retrouvés, du manque, de la nostalgie. Tel était le bilan de ces deux jours passés à Dinard. Le plus émouvant avait été de retrouver la vieille caméra que sa mère avait achetée quand elle avait 7 ans. Elle l'emmenait partout avec elle. La caméra fonctionnait avec des anciennes cassettes et elle ne pouvait donc pas les visionner sur la télévision ou sur un ordinateur. Elle ne put que visionner certains extraits directement sur l'appareil. Elle retrouva donc un spectacle de fin d'année scolaire où elle était déguisée en fleur et dansait avec ses camarades, eux déguisés en papillons et coccinelles sur la musique d'Henri Des. La vidéo se prolongeait par des séquences où Camille avait pris la caméra pour filmer sa mère, en train de faire sauter des crêpes ou en train de se maquiller les yeux avec son eye liner noir. Sur le film, Camille fut saisie par la tristesse qui émanait de son regard. Elle avait également retrouvé ses vieux CD : l'album parachute de Coldplay sorti en 2000 qu'elle avait écouté en boucle cette année-là, white ladder de David Gray, les albums de U2, Cabrel, Johnny, Seal, Morcheeba, et bien sûr sa collection de CD de Céline Dion.

Elle les achetait dès le jour de leur sortie chez le disquaire. Un peu comme faisaient les fans de Harry Potter, postés devant la librairie dès l'aube, attendant l'ouverture pour acheter le nouvel exemplaire de leur saga favorite.

Ce jour-là, elle avait refusé d'écouter ces vieilles chansons qui avaient ponctué sa jeunesse. Pourtant son ancien lecteur CD semblait encore fonctionner. Encore plus que tout le reste, la musique ferait remonter à la surface certaines émotions enfouies, certains souvenirs qu'elle avait eu tellement de mal à oublier. La musique réussirait sans aucun doute à faire sauter le dernier verrou et elle était bien décidée à le laisser fermer.

Elle se sentait si loin de l'adolescente rêveuse qu'elle avait été. Son énergie et sa joie de vivre s'étaient envolées en un instant, d'un jour à l'autre. Elle avait vieillie d'un coup. En une journée, elle avait su qu'elle avait perdu à jamais son insouciance et surtout ses rêves. C'était comme si elle s'était réveillée en comprenant que le conte de fées n'existerait jamais pour elle. Qu'elle avait été naïve de croire le contraire… Après cela, elle s'était jurée qu'elle ne se laisserait plus jamais illusionner par ses rêveries.

Epuisée par ses découvertes, elle s'ouvrit une bouteille de vin de Loire, un saumur Champigny, acheté à la superette du coin et s'installa dans le canapé, un verre à la main. Elle leva son verre comme pour trinquer à sa mère et avala d'une traite. Avec un peu de chance, après quelques verres, elle finirait par trouver le sommeil pour quelques heures.

CHAPITRE 18

JOURNAL DE CAMILLE

19 août 1994, musique en cours « un samedi soir sur la Terre » de Francis Cabrel

Salut cher journal,

Tu m'as manqué depuis tout ce temps !

C'est que j'étais partie en vacances ! Des vraies vacances ! Avec Matthias et ses parents !

Cela s'est décidé un peu en dernière minute. Les parents de Matthias avaient accepté d'emmener un copain avec eux pour leur semaine de vacances dans la vallée de la Loire. Une des sœurs de Pierre y habite. Elle leur avait proposé de venir dans la région. Le copain de Matthias s'est cassé la jambe quelques jours avant le départ. Les Leroy m'ont alors proposé de venir avec eux à sa place.

Ainsi quand Catherine est venue sonner chez nous pour faire cette proposition, je n'ai pas pu cacher mon envie et mon excitation. J'ai bien vu le regard contrit de maman. Sa tristesse était palpable. J'ai immédiatement regretté ma réaction mais c'était trop tard. Catherine enchainait sur les préparatifs, l'organisation du séjour, l'heure du départ… Maman a dit que c'était vraiment trop gentil, que nous avions assez abusé de leur gentillesse et qu'ils n'étaient pas obligés de m'emmener. Mais déjà Catherine ne l'écoutait plus. Je crois qu'elle a toujours rêvé d'avoir une fille. Malheureusement après la naissance de Matthias, elle n'a plus réussi à avoir d'autres enfants si j'ai bien compris. Elle me prenait un peu sous son aile comme sa propre fille et cela me plaisait beaucoup. Cela agaçait de plus en plus ma mère.

Les jours suivants, celle-ci a été assez agressive à mon égard. Elle semblait nerveuse, à fleur de peau. Sur le coup, je ne comprenais pas ce qu'il lui arrivait. Je crois aujourd'hui qu'elle ressentait mon départ comme un abandon.

Pendant le trajet aller, après lui avoir dit au revoir, je ne me suis pas sentie bien. Je me demandais ce qu'elle allait faire seule pendant une semaine. J'ai eu peur qu'elle replonge dans sa dépression, qu'elle arrête ses médicaments. J'avais l'impression de la trahir un peu.

Ce n'est qu'une fois arrivée chez la sœur de Pierre que j'ai pu commencer à profiter de mes vacances. Les cousins de Matthias s'appellent Alexis et Julie. Alexis avait 16 ans et Julie 14 ans.

On s'est reparti les chambres : les filles d'un côté, les garçons de l'autre.

La journée on partait à vélo sur des chemins de campagne. La sœur de Pierre nous préparait un pique-nique le matin. On s'arrêtait voir parfois un château, parfois au bord de la rivière ou d'un étang et on pique-niquait. C'était trop sympa. Alexis et Julie dépliaient une nappe à carreaux comme dans les films, on ouvrait des paquets de chips, croquait dans de savoureux sandwichs, découvrait avec délice des délicieux cookies fait maison. Après le pique-nique, on s'allongeait dans l'herbe, on papotait ou on faisait la sieste. Vers 16h, on reprenait les vélos et on rentrait.

Le soir, on mangeait avec les adultes. C'était chouette de les écouter refaire le monde, parler du dernier livre sorti en librairie, du fait que l'Angleterre n'était plus une île avec l'ouverture en mai du tunnel sous la manche. Cela me paraissait dingue d'imaginer un train qui roule sous la mer. Je me suis dit que quand j'aurai gagné suffisamment d'argent avec mes premiers salaires, je prendrai ce train et je visiterai Londres.

J'avais vu des photos de la ville en cours d'anglais et cela me semblait magnifique. Les bus rouges, le palais de Buckingham, Trafalgar Square… Ça me fait rêver.

Après le repas, nous nous installions sous une tente dans le jardin avec Julie et nous écoutions en boucle grâce à son walkman, une oreillette chacune, une nouvelle chanson de Francis Cabrel qui s'intitulait : « Un samedi soir sur la terre ». Je la connaissais par cœur à force.

Un soir, alors que nous étions toutes les deux sous la tente, elle me demanda si j'avais déjà roulé une pelle à un garçon. Je lui dis que non, en prenant un air dégouté. Elle sourit et leva les yeux au ciel. Puis elle prit un air supérieur et me dit : « Moi je suis sortie avec un garçon de la classe supérieure cette année et on l'a fait. »

« T'as fait quoi ? » lui ai-je demandé

« On s'est roulé des pelles dans le couloir du collège pendant les pauses quand les autres étaient descendus dans la cour. Et on s'est aussi retrouvé au cinéma. »

« Et alors, ce n'est pas trop dégueu ? Ton appareil dentaire ne t'a pas gêné ? »

« C'est un peu deg au début, mais tu t'y fais. »

« Et tu sors encore avec lui ? »

« Non, je l'ai plaqué. Il devenait trop collant. Je n'avais plus de temps pour mes copines. Mais tu devrais essayer. T'as jamais essayé avec Matthias ? »

« T'es malade ! C'est un ami ! Je le considère presque comme un frère. Et puis il ne s'intéresse pas du tout à moi. »

« Moi j'ai l'impression que tu lui plais bien ! Et puis, faut bien que tu expérimentes. »

Je ne répondis pas mais j'ai réfléchi à ce qu'elle m'avait dit. J'aimerais surtout tomber amoureuse d'un garçon et vivre une grande histoire d'amour comme dans les livres que j'avais lu. Une passion dévorante. Scarlett et Rett dans « Autant en emporte le vent », Jane et Mr Rochester dans « Jane Eyre », Colin et Chloé dans « l'écume des jours », Catherine et Heatcliff dans « les hauts de Hurlevent »…

Alors le roulage de pelle dans les couloirs désert du collège avec un autre ado boutonneux, aux bagues métalliques, ça faisait un peu tache dans ma rêverie.

Le dernier soir, les adultes nous ont autorisé à participer à une fête organisée par un ami d'Alexis dont les parents étaient absents. Catherine avait briefé Matthias pour qu'il veille sur moi, qu'il n'arrive rien de fâcheux. « Elle n'a que 14 ans et elle est sous ma responsabilité. Ce n'est pas ma fille. Si ça dégénère avec tabac, alcool ou autre, vous rentrez. C'est clair ? »

Nous nous étions mis d'accord sur l'heure à laquelle nous devions être rentrés : minuit. Matthias et Alexis avaient poussé des cris d'orfraie. « Non mais vous rigolez ? Minuit ? On a l'air de quoi ?? Rentrer à minuit ??? La soirée commencera à peine. »

« Pas de discussion, vous rentrez avec les deux filles à minuit. »

Ce soir-là, Julie et moi, nous étions les deux boulets d'Alexis et Matthias, obligés de jouer aux anges gardien, alors que leurs hormones en ébullition les auraient poussé dans d'autres directions.

Très vite, Julie me lâcha pour se diriger vers un garçon qu'elle connaissait, dans le but j'imagine de tester une nouvelle technique de roulage de pelles.

Je restais près d'Alexis et de Matthias, me sentant un peu gauche dans ma robe d'été à fleur, à côté des filles, vêtues de vêtements noirs moulants et les yeux fardés de kohl. Je découvrais un univers qui m'étais complètement étranger et qui me faisait carrément peur. Des cigarettes et des joints circulaient de bouche en bouche. La soirée se déroulait dans la cuisine qui avait été transformée en bar où coulaient à flot bières et Malibu. Le pseudo barman fit un petit sourire amusé quand il me tendit le jus d'orange que je lui avais demandé. En revenant vers le groupe où étaient Matthias et Alexis avant que j'aille prendre mon jus, je m'aperçus qu'Alexis avait profité de notre absence pour s'éclipser un peu plus loin dans la pénombre du jardin avec la blonde qui se tenait depuis 30 minutes à côté de lui en lui lançant des regards entendus.

Matthias restait avec moi, l'air un peu gêné.

Je me sentais très surprise d'observer mes amis avec qui j'avais passé la semaine à rire et à m'amuser sur les routes de campagne, se transformer ainsi. Nous étions toute la semaine comme des enfants complices et ce soir, je ne reconnaissais plus personne.

Cette soirée m'a semblé assez longue. J'essayais de garder une contenance en buvant de petites gorgées de mon jus, refusant poliment les cigarettes proposées.

J'accueillis comme une délivrance les douze coups de minuit qui signaient le retour à la maison et la fin de cette soirée. Alexis fulminait et Julie avait clairement abusé des verres de malibu entre deux pelles. Elle riait bêtement tout au long du trajet. Matthias était impassible, il semblait avoir mené à bien sa mission : veiller sur moi.

J'ai beaucoup aimé ce retour en pleine nuit à travers les petites rues du village avec ces amis qui partageaient mes si belles vacances. Je me sentais assez triste à l'idée de rentrer et de me séparer d'eux. Heureusement, je savais que Matthias vivait à côté de chez moi et je pouvais vraiment compter sur lui, d'autant plus qu'une complicité supplémentaire existait entre nous.

Le lendemain, au moment du départ, Julie m'a serrée chaleureusement dans ses bras et m'a soufflé : « A bientôt, miss. Et surtout pas un mot à Catherine de la soirée d'hier. Si ma mère apprend que j'ai bu, elle ne me laissera plus jamais sortir ! »

Nous sommes rentrés à Dinard. Les Leroy m'ont déposé devant la porte avec ma valise. J'avais une paire de clefs. Je les ai remerciés chaleureusement et suis rentrée dans l'appart.

Et qu'est-ce que j'ai découvert à mon retour ? Des volets fermés, Une odeur de renfermé et maman endormie sur le canapé, des paquets de chips gisant sur la table basse. A 3 heures de l'après-midi !!

La vaisselle sale de la veille accumulée dans l'évier… Et à en voir l'état du frigo, rien de bien sympa à grignoter. Je retroussais mes manches et commençais à laver la vaisselle.

J'avais espéré lui raconter ces vacances, partager avec elle tout ce que j'avais fait.

Mais finalement quand elle a émergé difficilement en fin de journée, je n'avais plus rien envie de lui raconter.

Et tu es la première personne à qui je le raconte.

CHAPITRE 19

Décembre 2017

AUGUSTIN

Le réveil affichait 3h du matin. Ludovic passait une très mauvaise nuit. Le whisky servi par son père en digestif lui avait donné des aigreurs d'estomac et il n'arrivait pas à se rendormir. Agacé de tourner dans son lit sans succès, il se leva et sortit discrètement sur la terrasse. Il alluma une cigarette et souffla la fumée énergiquement. L'air était humide et un faible crachin chatouillait son visage. Il toussa et d'un geste nerveux écrasa sa cigarette à peine débutée.

« Faut vraiment que t'arrêtes cette merde. » se dit-il

Il pencha la tête en arrière et contempla le ciel noir sans étoile. Son portable vibra et un sms envoyé par une certaine Cathy s'afficha.

« I Miss You. I think about the night at the chalet."

Il soupira et effaça le message sans répondre. Comment avait-il pu en arriver là ? Se penchant sur les années écoulées, il eut un haut le cœur. Une hygiène de vie déplorable, trop de repas, trop d'alcool, trop de tabac. Et ces femmes…Ces aventures sans lendemain qu'il enchainait. Ces jeux de séduction dans lesquels il excellait. Il lui suffisait souvent d'un regard, et il connaissait déjà la suite. C'était si facile que ça en devenait ennuyeux. Ces quelques heures dans les bras d'une autre lui permettaient de supporter ce quotidien oppressant avec Fleur. En apparence charmante et charmeuse en société, elle se montrait froide et egocentrique dans leur vie privée. Elle s'astreignait à des régimes alimentaires drastiques, ne pouvant prendre aucun plaisir à partager un repas ou un moment avec lui. Tout était tourné vers l'image qu'ils devaient renvoyer à l'extérieur. Il lui importait peu de passer un bon moment avec lui, il fallait qu'ils soient vus ensemble dans les derniers restaurants à la mode, au nouveau club de golf qui venait d'ouvrir le week-end. Elle se devait d'avoir le dernier sac chanel ou la paire de Louboutin qui venait d'être portée par Victoria Beckham. Elle surveillait ce qu'il mangeait ne pouvant supporter l'idée qu'il puisse prendre du poids. Elle passait du régime végétarien, au végan, puis au flexitarien en passant par les jus de légumes crus ou les salades de légumineuses.

Dans sa liste de l'homme à marier, elle devait certainement avoir eu les critères suivants : grand, mince, brun ténébreux aux yeux bleus (le prototype le plus efficace pour attiser la jalousie des autres femmes), une famille fortunée, parcours scolaire irréprochable (Stanford ou Yale minimum), situation professionnelle montante pouvant atteindre les sommets, cultivé et raffiné, drôle en société. Ludo avait coché toutes les cases. Elle ne l'avait plus lâché.

Dans sa liste des objectifs à réaliser : Une grande villa, une résidence secondaire à la montagne, un enfant maximum, le tournoi de bridge une fois par semaine, la séance de pilate une fois par semaine, le prof de tennis particulier avec qui elle pourrait s'envoyer en l'air discrètement, les week-end au golf, les déjeuners avec ses copines en buvant du champagne et en grignotant trois sashimis.

Pourtant, contre toute attente, Ludo n'était pas heureux.Il avait mis du temps lui aussi à se l'avouer. Peut-être même qu'encore aujourd'hui c'était plus facile de faire l'autruche. Lui aussi avait coché les cases sans se poser de questions : l'université dont son père lui avait parlé, un poste d'avocat dans le plus gros cabinet de la ville, une femme sublime et raffinée qu'il était fier d'arborer comme un trophée.

Il était arrivé à sa limite. Il avait fini par détester Fleur et ne plus supporter ses aventures éphémères avec des femmes aussi belles que vides et ennuyeuses. Il n'en pouvait plus des restaurants gastronomiques, des chambres d'hôtel de luxe, des soirées mondaines où il jouait un rôle. Finalement sans se rendre compte, il avait fini par le réaliser ce rêve de faire du théâtre. Pas de la manière dont il pensait, mais il jouait un autre rôle sans cesse, sauf le sien.

Depuis son arrivée ici, il prenait conscience à quel point il s'était éloigné de lui-même. Et l'homme qu'il était devenu le dégoutait. Il était tellement loin de la vie qu'il s'était imaginé, il y a 20 ans, couché dans ce même lit, dans cette même chambre. Il s'était rêvé Acteur de cinéma ou de théâtre, écrivain, architecte, journaliste. Il avait longtemps pensé qu'il habiterait une grande maison en province, dans la campagne normande ou aux bords de la Loire. Il s'était imaginé se baladant avec sa femme et leurs trois enfants et un chien dans la forêt, des bottes de pluie aux pieds. Un épagneul breton courant à l'avant, essayant de dénicher une perdrix. Petit, il avait toujours espéré un chien mais ses parents avaient toujours refusé. Alors depuis ses 10 ans, il avait joué avec l'épagneul de la voisine et s'était dit qu'il achèterait ce chien à l'âge adulte.

Sa vie à Vancouver, dans un appartement au 25 -ème étage d'un building en plein cœur d'un quartier des affaires, à manger des repas qu'il ne cuisinait jamais, était diamétralement opposée à ce dont il aspirait.

Il fut interrompu dans ses réflexions par les pleurs d'Augustin. Celui-ci hurlait dans son lit. Ludovic se précipita pour voir ce qui se passait et tenter d'éviter qu'il ne réveille toute la maison.

« Qu'est ce qui se passe mon bonhomme ? » dit-il en ouvrant la lumière.

Augustin était assis sur son lit, les yeux exorbités. Il haletait.

« Il y a… il y a un monstre dans la chambre. Il fait noir…. Il n'y a plus les lumières que j'avais installées. »

« Ne t'inquiète pas. Il n'y a pas de monstres. Ça doit être mamie qui a éteint les lumières en allant se coucher. Elle ne sait pas que c'est important pour toi, tu sais. Nous lui dirons demain. »

Malgré les paroles rassurantes de son père, Augustin n'arrivait pas à se calmer et se mit à pleurer.

« J'ai peur. J'ai vu une ombre là-bas… » dit-il en désignant le rideau.

« Ça doit être le vent qui fait bouger le rideau. Tu n'as rien à craindre, crois-moi. »

Il sanglotait comme un petit bébé. Ludovic s'approcha du lit de son fils et s'agenouilla à côté de lui. Il semblait incrédule. Il posa sa main sur son front qui était couvert de sueur.

« Mais de quoi as-tu si peur ? Tu vois bien qu'il n'y a rien dans cette chambre. Et tu es grand maintenant, tu sais bien que les monstres n'existent pas. »

Comme Augustin continuait à pleurer, Ludovic le prit dans ses bras et le porta en disant : « Allez viens, exceptionnellement, tu vas essayer de te rendormir avec moi. »

Il le déposa dans son lit et s'allongea à côté de lui. La tête posée à côté de la sienne, il lui désigna la fenêtre ouverte et lui dit : « Ecoutes bien… Tu entends le bruit des vagues ? C'est très reposant. J'ai toujours adoré ce bruit. Quand j'étais plus jeune, je dormais déjà dans cette chambre et j'ouvrais les fenêtres pour entendre ce bruit. »

Augustin écouta un moment en silence le bruit que lui indiquait son père. Le flux et le reflux rythmé des vagues le calmait en effet. Il essayait de calquer sa respiration sur ce mouvement.

Augustin, dans la pénombre, le regard fixé au plafond, osa une question : « Tu avais peur comme moi quand tu étais petit ? »

Ludovic sourit et lui répondit : « Non je n'avais peur de rien à ton âge. J'avais beaucoup de copains et je faisais beaucoup de sports. Je lisais beaucoup, j'avais commencé le théâtre. »

« Tu dois être déçu d'avoir un fils comme moi. »

Ludo sentit comme un coup dans sa poitrine. Cette phrase très simple, prononcée si spontanément par Augustin et qui pour lui était une évidence plongea Ludo dans une profonde tristesse.

Quel père déplorable il était ! Il l'avait entendu des milliers de fois cette plainte, cette peur, cette angoisse qu'Augustin exprimait à travers ses symptômes, ses doutes, ses échecs, mais il ne le l'avait jamais écouté avant cette nuit.

Que dire à Augustin ? Il avait raison dans le fond. Depuis qu'il était né, Ludo n'avait cessé d'être déçu. D'abord, il avait été un bébé malingre, toujours malade, refusant certains aliments et se plaignant sans cesse de maux de ventre. Puis il avait eu du mal à tenir son crayon correctement, l'écriture était lente et laborieuse. L'apprentissage de la lecture s'était avéré encore plus compliqué, mettant Ludo en rage quand lors des devoirs, il attendait que son fils réussisse à déchiffrer une phrase qu'il avait envie de lui souffler pour le libérer de son supplice. La cerise sur le gâteau : les cours de sport. Quand ils se sont aperçus qu'il n'était pas capable de faire un tour de stade sans prendre 2 bouffées de Ventoline ou que le professeur leur a suggéré de suspendre momentanément les cours de natation en raison de la phobie de l'eau de leur petit garçon.

« Je vous conseille de l'emmener à la piscine et de jouer avec lui dans le petit bassin où il a pied, afin qu'il se familiarise avec l'eau. Une fois cette étape franchie, nous pourrons envisager qu'il reprenne les cours de natation. » avait expliqué le professeur

C'en avait été trop pour Ludo. A partir de ce jour-là, il n'a plus jamais emmené son fils ni à la piscine, ni à la mer. Ensuite se sont enchainées des séances de psychomotricité, d'orthophonie, d'ergothérapie, d'orthoptie. Ils avaient tout essayé sans grand changement. Et il s'était résigné, se disant qu'il n'y aurait jamais rien à tirer de ce garçon, continuant à ne penser qu'à sa réussite professionnelle et à s'enivrer d'aventures sans lendemain.

Il se dressa alors dans le lit et fit face à son fils. La nuit étant relativement claire, il pouvait facilement poser son regard dans le sien. Il lui souffla :

« Ecoute bien Augustin. Je n'ai pas été pour toi le père idéal et j'aurai du prendre beaucoup plus de temps pour que nous partagions des choses ensemble. Au lieu de cela, toute mon énergie a été tournée vers mon boulot et ma carrière. Je ne veux plus de cela. Dorénavant, des choses vont changer. Je ne sais pas encore comment, tu dois me laisser du temps pour y réfléchir et m'organiser. Mais je te fais la promesse que tu vas pouvoir compter sur moi à présent. »

Dans la pénombre, Augustin ne répondit pas mais sa respiration devenait plus calme. Puis Ludo sentit sa petite main froide chercher la sienne. Après quelques minutes, il s'était rendormi, blotti contre son père, sa main dans sa poitrine.

CHAPITRE 20

Journal de Camille

20 octobre 1994, musique en cours : « 7 seconds » Youssou N'Dour, Neneh Cherry

Cher journal,

Hier, maman m'a annoncé que je devais retourner passer la semaine chez les Leroy. J'ai eu peur et j'ai pensé qu'elle retournait à l'hôpital. Je n'avais pourtant rien constaté de particulièrement troublant dans son comportement ces derniers temps. Un brin excitée et d'humeur joyeuse depuis quelques semaines. Je lui ai demandé ce qu'elle allait faire pendant ce temps. Elle prit un air complice et mystérieux et me répondit :

« Je ne peux rien te dire car c'est un secret. Mais sache que je pars à Tenerife avec quelqu'un. »

Elle commença par sortir une valise où elle fourra des maillots de bains. Elle fit mine de prendre une pose de vamp avec un chapeau de paille sur la tête et le maillot devant elle.

« Je vais prendre deux jolis maillots bien échancrés. Celui-ci me fait des fesses de rêve ! Et aussi ce joli paréo que j'ai cousu l'année dernière et que je n'ai encore jamais eu l'occasion de mettre. Il parait qu'on va aller dans un hôtel 4 étoiles, tu entends ça, Camille ? Un hôtel 4 étoiles !! »

Elle se tourna vers moi et remarqua alors sans doute ma mine effarée.

« Tu pourrais au moins te réjouir pour moi ! »

Elle continuait à sortir ses tenues du placard en chantonnant. Sur le lit, une tonne de vêtements s'amoncelait. Je sentis monter en moi une rage et une colère sourde. J'avais l'impression d'avoir à faire à une adolescente qui se préparait pour sa première boum. Qu'est-ce que c'était encore que cette histoire ? Des vacances à Tenerife ? Avec qui cette fois ? Qui était cet homme qui allait encore la faire pleurer au retour ? Je la regardais froidement et je dis :

« Mais qui est cet homme ? Tu le fréquentes depuis quand ? »

Elle me regarda et me répondit sur la défensive :

« Je n'ai pas de compte à te rendre. Mais pour répondre à ta question, c'est l'homme que je fréquentais il y a deux ans. Nous nous voyons de nouveau depuis quelques temps et maintenant c'est sérieux. Il a beaucoup réfléchi »

J'étais furieuse. C'était à cause de lui qu'elle avait atterri en psychiatrie. Elle avait tout oublié ou quoi ??

« L'homme qui t'avait quittée avant que tu ailles à l'hôpital ? Et sa femme sait qu'il part à Tenerife avec toi ? » demandais je simplement

Je reçus alors une gifle que je n'avais pas prévue. Elle semblait furieuse et me regardait d'un regard haineux.

« File dans ta chambre. »

Je tournais les talons et m'enferma dans ma chambre. Je bouillais intérieurement. Pourquoi ne pouvais-je pas avoir une famille comme les autres adolescents de mon âge ? Deux parents. Je ne demandais pas les parents mariés et les 3 frères et sœurs. Non, pas tant que ça. Juste un père, bon ou mauvais mais qui se soucierait de mon existence, qui me demanderait quelle note j'ai eu en math, qui me dirait d'éteindre ma lumière le soir ou qui m'emmènerait à l'école le matin. Juste une mère qui s'inquièterait de ce que je mange à la cantine ou de la longueur de la jupe que j'ai enfilée le matin avant de partir à l'école et avec qui nos échanges les plus intimes porteraient sur les premières règles, les moyens de contraceptions tout au plus. Mais qui s'abstiendrait de me décrire le cul d'enfer qu'allait lui faire son maillot et si ça allait plaire à son mec !

Au lieu de cela, je suis confrontée au silence absolu sur mes origines. Mon père biologique est un sujet tabou, une énigme, un vide. Ma mère est restée une adolescente qui tantôt rigole avec moi comme si j'étais une copine, me raconte ses histoires d'amour avec des hommes qui sont soit mariés, soit trop instables pour s'engager dans quoi que ce soit avec elle. Cela se termine en pleurs, tristesse, comprimés de Lexomil pour oublier et s'enfoncer dans le sommeil. Et je suis, pour elle, une épaule bienveillante sur laquelle elle peut s'épancher. Elle ne sait même pas que quand je me sens triste ou que j'ai des questions. Je ne lui en parle même pas. Je vais à la librairie en discuter avec Catherine.

Je me mis instinctivement à faire moi aussi un sac et à y mettre tout le nécessaire pour une bonne semaine. Après une bonne heure, je sortis de ma chambre et je lui lançais :

« Je pense que ce serait préférable que j'aille déjà dès ce soir chez Pierre et Catherine. Je te souhaite de bonnes vacances. »

Ma mère ne répondit pas et ne sortit pas de sa chambre. Je partis sans rien ajouter de plus. C'est Matthias qui a ouvert la porte. Il a vu ma tête et n'a rien dit. Je me suis précipiée vers Catherine et je me suis mise à pleurer dans ses bras. Elle n'a rien dit au début et m'a laissé le temps d'évacuer le trop plein d'émotion. Puis je lui ai parlé.

Elle m'a dit : « Je sais combien c'est dur pour toi tout cela. Mais je t'assure que je pense que ta maman fait de son mieux pour garder la tête hors de l'eau, même si cela ne correspond pas à tes attentes. »

Cette nuit-là, j'ai très mal dormi. J'avais envie de redescendre toquer à l'appartement pour m'excuser auprès de maman, lui dire que j'étais désolée, qu'elle allait me manquer, que je m'inquiétais pour elle, que je ne voulais pas qu'elle soit à nouveau triste. Je ne voulais pas que nous nous séparions comme cela. D'un autre côté, je me sentais trop en colère contre elle pour faire quoi que ce soit et puis j'ai fini par m'endormir.

Le lendemain, Matthias a passé une tête à travers la porte de ma chambre et m'a dit :

« Ça te dit de venir avec moi au bowling ? »

J'ai fait oui de la tête. Je n'avais encore jamais joué et je trouvais que l'idée était bonne. Ça me changerait de mes ruminations. L'après-midi au bowling s'est bien passée. Nous avions deux pistes et nous avions fait des équipes. Matthias avait dit qu'il serait dans mon équipe, comme je ne savais pas jouer et je lui étais reconnaissante de me protéger ainsi. Depuis la fameuse soirée de cet été où Matthias et son cousin avaient dû être nos chaperons, et rentrer à peine la soirée commencée, j'étais un peu devenue (ou peut être que je l'avais toujours été) le boulet de Matthias. La gentillesse des Leroy envers moi devait être parfois pesante pour lui. Mais je dois dire qu'à ma plus grande surprise, Matthias semblait heureux de ma présence et je trouvais en lui le grand frère tant espéré. Sur le trajet du retour, il me proposa de passer par la Côte pour rentrer. Nous avons marché longtemps et avons contemplé le coucher de soleil. Le vent était frais et comme je frissonnais, il me prêta son pull.

Il me dit :

« As-tu déjà pêché ? Nous pourrions aller pêcher demain matin si tu veux. »

J'ai hésité : « Matthias, tu n'es pas obligé de me le proposer, tu sais. Je me rends bien compte de tous les efforts que tu fais pour moi. C'est déjà beaucoup. »

Il sourit et dit : « T'inquiète, si tu m'énervais, je ne te le proposerais pas. J'ai souvent été à la pêche avec mon père quand j'étais petit. Je suis sûr que ça va te plaire »

J'ai dit : « ok, cool !»

On est rentré. Catherine avait préparé une bonne soupe de légumes et un gratin dauphinois. Après le repas, on a fait une partie de Monopoly tous les 4 et j'ai gagné ! J'avais acheté les verts, et banco, ils tombaient à chaque fois sur Breteuil où j'avais installé 4 maisons. Je ne pensais déjà plus à Tenerife, au chapeau de paille et aux maillots de maman.

CHAPITRE 21

13 décembre 2017

CHARLOTTE

Assise avec son mug à la table de la cuisine, Charlotte contemplait la pluie qui toquait contre la vitre. Elle était la première levée de la maison et profitait de cet instant de calme avant l'arrivée des enfants. Les petits s'étaient couchés tard la veille, très excités par la présence de leur cousin. Ils avaient retrouvé dans un vieux coffre du grenier une paire de talkie-walkie qu'elle et Ludo avaient reçue à Noël alors qu'ils étaient âgés de 9 et 7 ans. Ils avaient joué toute la soirée. L'occasion de multiples rivalités entre Jules et Simon qui s'étaient disputés le talkie-walkie pendant qu'Augustin arpentait la maison avec l'autre de son côté.

Elle se souvenait très bien de ce Noël 1987. Ses parents avaient acheté la maison en 1986 et ils avaient engagé quelques travaux de toitures et de rénovations. Ce fut donc durant l'été 1987 qu'ils emménagèrent véritablement dans la maison. Cette année-là, Geneviève avait émis le souhait de passer Noël en Bretagne plutôt qu'à Paris comme c'était le cas chaque année et l'idée avait séduit tout le monde. Leurs parents avaient été très occupés par la préparation de l'arrivée des grand parents et oncles et tantes. Ils avaient passé une bonne partie de leurs vacances de Noël à jouer aux explorateurs dans cette maison immense et inconnue, ainsi que dans le jardin. Ludo rêvait d'une cabane dans un arbre, Charlotte d'une pièce secrète où elle rangerait des robes et ferait des essayages. Elle allait régulièrement farfouiller dans les placards de sa mère et faisait des essayages de belles robes et de chaussures à talons, tout en imaginant qu'elle se préparait pour une soirée au casino où elle rejoindrait James Bond au bar qui ne manquerait pas d'être séduit par son charme et son fameux décolleté.

Lors d'une après-midi pluvieuse, ils étaient sortis jouer dans le jardin et étaient revenus couverts de boue. En rentrant dans l'entrée et en rangeant leurs bottes sous le vieux banc d'école en bois, chiné dans une brocante, ils entendirent leur mère crier :

« Il fait glacial, vous devez être trempés. C'est l'heure d'aller au bain ! »

N'ayant aucune envie de se laver, Ludovic fit un clin d'œil à sa sœur, lui fit signe de ne pas faire de bruit et lui prit la main. Il l'entraina à l'étage sans faire de bruit et ils tournèrent à droite de l'escalier. Charlotte ne comprit pas car leurs chambres et salles de bain étaient sur la gauche de la maison. La droite était l'aile réservée aux parents, au bureau et aux chambres d'amis.

« Je vais te montrer quelques chose » murmura-t-il

Il l'emmena dans une des chambres d'amis et lui indiqua une porte verrouillée au fond du cabinet de toilette. Il ouvrit la porte qui donnait sur un couloir étroit.

« J'ai découvert ce passage par hasard. Il doit s'agir d'un vieux couloir condamné. Il donne sur la chambre de papa et maman. Ça pourrait être chouette comme cachette si on veut jouer aux espions »

Charlotte eut très peur car le couloir était plongé dans l'obscurité et il n'y avait pas de lumière pour l'éclairer. Mais elle faisait confiance à Ludo et accepta de le traverser en lui donnant la main. Après tout, James Bond girl n'hésite pas à suivre James Bond n'importe où sans craindre le danger ! Cette découverte fut le début de multiples aventures de contrebandiers, d'espions, de pirates, de chevaliers et de princesses. Leur terrain de jeux s'étendait du jardin, au couloir et au grenier, vaste pièce mansardée non aménagée. Et quand cette année-là, Ludo reçut les talkies walkies commandés au Père Noël, ils se précipitèrent dans le couloir secret, théâtre de leur imagination inépuisable.

Charlotte sourit en repensant à cette époque. Quel plaisir de voir Jules, Simon et Augustin arriver avec leurs découvertes faites dans le coffre du grenier et en particulier en revoyant ces vieux talkies walkies dont elle avait complètement oublié l'existence.

Elle se sentait heureuse de revoir son frère ainsi que de passer du temps avec son neveu qu'elle connaissait à peine. Mais sans saisir pourquoi, elle sentait que beaucoup de choses avaient changé. Ludo avait changé, il était distant, ailleurs. Mais peut-être se faisait elle des idées et qu'il était juste fatigué par le vol et le décalage horaire. Hier, elle avait le sentiment d'avoir fait un monologue lors du trajet en voiture quand elle l'avait cherché à l'aéroport. Elle allait bien voir aujourd'hui comment cela allait se passer.

Après avoir fini son thé, elle monta se préparer. En passant devant les chambres des enfants, elle aperçut Augustin en train de jouer avec Jules et Simon au train en bois.

« Vous êtes déjà debout ? Vous voulez prendre votre petit déjeuner ? »

« On va attendre que mamie se lève, il parait qu'elle a fait une brioche spéciale »

Charlotte sourit et répondit :

« Elle a préparé un Kougelhof ! »

« Un Kou quoi ?? » demanda Augustin, incrédule

« Un Kougelhof. C'est une brioche typique d'Alsace. Tu sais que mamie est alsacienne ! »

« Non, je ne le savais pas » répondit-il

« Mais il ne te raconte donc rien ton père ! Je suis sûre que mamie se fera un plaisir de te parler de tes ancêtres ! Quand elle commence, on ne peut plus l'arrêter !! »

Charlotte poursuivit ses plans et alla se préparer dans sa chambre. Après le petit déjeuner, Geneviève et Jean proposèrent d'emmener les enfants visiter le château de Combourg, ancien château d'enfance de Châteaubriand. Augustin semblait ravi de la proposition et commença à se préparer, pendant que ses deux cousins s'excitaient en imitant un combat de chevaliers, hurlant et sautant dans le couloir. Jean haussa le ton d'une voix très sèche et le retour au calme s'installa aussitôt. Jules et Simon mirent leurs chaussures sans un mot et montèrent dans la voiture. Augustin regardait la scène, ahuri.

Charlotte et Ludo restèrent savourer le calme qui s'installait sans les enfants et terminèrent leur café. Ils profitaient da la vue depuis la fenêtre du salon. La marée était basse sur la plage, de nombreuses algues gisaient au sol. Quelques jeunes réchauffés, désirant repousser leurs limites se baignaient, ainsi que des retraités en combinaison de plongée qui faisaient des allers retours en marchant dans l'eau. Les mouettes voltigeaient dans le ciel en poussant leurs cris si caractéristiques. C'était ainsi que Ludo savait qu'il était de retour en Bretagne, en entendant le cri des mouettes.

« Tu ne dois pas t'ennuyer avec tes deux loustics » lui dit-il

« A qui le dis-tu… Parfois je n'en peux plus de la charge de travail que représente la gestion quotidienne de 4 enfants ayant entre 5 et 17 ans. Mais dès qu'ils sont à l'école et que je me retrouve seule, je suis face à un énorme vide qui me terrorise. »

Ludo fut saisi par la gravité qu'il percevait dans la voix de sa sœur, gravité qui contrastait tellement par rapport à sa logorrhée soporifique de la veille.

« Que veux-tu dire par là, Charlotte ? »

Un long silence s'installa entre eux. Il remarqua l'émotion de Charlotte.

« Tu veux quelle version ? Celle que je me dois de dire à la terre entière ? Ou celle que je ressens au plus profond de moi et dont nul ne connaît l'existence ? »

Ludovic se redressa, la regarda gravement et dit :

« Tu peux directement passer à la deuxième. Je suis ton frère quand même. »

Elle prit une profonde inspiration et commença :

« C'est compliqué à résumer en quelques phrases mais j'ai l'impression que je n'existe plus vraiment. Je déteste mon corps et au lieu de faire un régime je compense mon malaise par des sucreries que j'interdis aux enfants mais que je mange en cachette. Guillaume ne me touche plus depuis des mois. Il dit qu'il a trop de boulot et qu'avec les enfants dans la maison, c'est compliqué pour lui. Il a peur qu'ils nous surprennent… Je sais bien qu'en réalité c'est faux et qu'il n'a plus aucun désir pour moi. Lors des soirées où nous sortons, j'aperçois très bien les regards qu'il jette sur d'autres femmes. Jamais je ne revois ces regards sur moi. Je n'ai pas de travail et je n'ai pas de loisirs. Je n'ai jamais rien à raconter à part les muffins que je me force à cuisiner pour le goûter des enfants, la note de math qu'a eu Valentine et les options que Fred a choisies pour le bac. Je passe mes journées à envier la vie des autres sur Instagram ou à regarder les séries Netflix. Je cherche particulièrement celles où il y a un peu de sexe pour émoustiller un peu mes journées. Et quand je vois les parents, je souris, je fais semblant que cette vie parfaite et bien rangée qu'ils avaient planifiée pour moi me comble. Ta venue est une bouffée d'oxygène dans cette prison dorée. Tu ne te rends pas compte ! J'ai abandonné Guillaume avec les deux grands toute la semaine et j'ai sorti les petits de l'école pour être ici. Ça ne m'était encore jamais arrivé de prendre un petit peu de temps pour moi. Je n'ai jamais osé m'absenter une journée auparavant. J'ai l'impression d'exister pour permettre à mon mari et à mes enfants de briller et de s'épanouir. Et ce qui est drôle, c'est que ça fait un moment maintenant que j'attends cette semaine de « transgression » si je peux l'exprimer ainsi. Ne plus être la parfaite mère au foyer mais juste une sœur qui retrouve son frère le temps des vacances. Mais finalement, cela ne se passe pas comme je l'avais espéré. Je ne sais pas… Tu n'es pas comme d'habitude. Tu sembles jouer un rôle toi aussi. La magie n'opère pas si je puis dire. »

Ludo sourit franchement pour la première fois depuis qu'il avait atterri. Il ne s'attendait pas à cela. D'un coup il avait 9 ans et retrouvait une connexion avec Charlotte, qui lui parlait vrai.

« Je ne m'attendais pas à cela Charlotte. Je te croyais tellement épanouie dans ton rôle de Desperate Housewives. Ce que je peux te dire c'est que j'en suis au même stade que toi aujourd'hui. Tu t'imagines peut-être que j'ai pu choisir ma vie mais en fait c'est faux. J'ai aussi obéi aux attentes de papa. Et à l'heure d'aujourd'hui, tout est en train de voler en éclat. Mon mariage avec Fleur est une mascarade. Nous ne nous supportons plus. La veille de partir, je lui ai annoncé que j'allais demander le divorce et que j'avais contacté un avocat. C'est pour ça qu'elle ne nous a pas accompagnés. Elle est furieuse et s'y oppose catégoriquement. Je connais à peine mon fils, j'ai été un père complètement absent. Je ne le comprends pas. Ses comportements m'irritent et m'agacent. Aujourd'hui nous sommes deux à faire semblant. »

Charlotte semblait consternée.

« Comment a-t-on pu en arriver là ? Tu te souviens comme nous étions heureux quand nous étions petits, quand nous étions des ados ? Tu te souviens du jour où on est allé au bord de cette falaise, où la mer était démontée et on s'est dit que si on était capable de sauter, ça voudrait dire qu'on serait cap de faire un autre truc fou dont on rêve dans la vie ? »

Ludo la fixa et ne répondit pas.

« Tu te souviens ? Tu as sauté, toi ! J'étais pétrifiée en te voyant sauter. J'étais jalouse de toi. Moi je n'ai pas osé sauter. »

Il ne dit toujours rien et elle lui demanda : « Alors, c'est quoi le truc fou que t'as fait après ? Tu as eu le courage de faire quoi ? »

Il resta silencieux. Son visage était devenu grave.

« J’ai sauté mais ça n’a servi à rien parce que je n'étais pas prêt à être courageux. »

CHAPITRE 22

JOURNAL DE CAMILLE

10 novembre 1994, musique en cours : « Freed from desire » Gala

Salut cher journal,

Maman est rentrée de sa semaine de vacances il y a maintenant plusieurs jours et je suis de retour à la maison. Nous n'avons pas reparlé de notre dispute. Je ne lui ai pas posé de questions sur ses vacances et elle ne m'en a pas posées non plus sur ma semaine chez les Leroy.

Elle semble néanmoins très euphorique, comme sur un petit nuage. Je l'entends chantonner dans la salle de bain, virevolter dans le couloir comme une plume. J'ai l'impression qu'elle a perdu du poids. Je la vois régulièrement faire des régimes. Elle se trouve toujours trop grosse et dit que les hommes aiment les femmes à la taille fine. Elle m'a dit avoir arrêté le traitement du psychiatre car cela ne sert à rien. Avec ce traitement, elle se trouve trop fatiguée, a tout le temps faim.

« Je me sens beaucoup mieux si je ne le prends pas. »

Je ressens comme une boule au ventre quand elle me dit cela et je lui rappelle qu'à sa sortie de l'hôpital, elle m'avait dit qu'il fallait absolument qu'elle le continue. Mais elle banalise et me dit qu'à la place, elle prend des plantes.

« C'est plus naturel et tout aussi efficace ma chérie. Il ne faut pas croire ce que disent les médecins. ».

J'ai envie de la croire et j'essaye de ne plus y penser.

Au collège, c'est une semaine compliquée avec beaucoup de tests. Je passe beaucoup de temps à réviser pour être prête. Je trouve que cette année de 4ème est plus intense que celle de 5ème. J'adore les maths mais je suis nulle en anglais. La classe dans laquelle je suis ne me plait pas du tout. Depuis la rentrée, un groupe de filles se moquent beaucoup de moi en me donnant des surnoms ridicules. Elles me considèrent comme l'intello de la classe et tout est prétexte à alimenter leurs railleries. Il y a du poisson à la cantine ? Elles me fuient en se bouchant le nez et en faisant mine que j'empeste la morue. Lors de l'entrainement de volley au cours de sport, elles me choisissent en dernier pour former une équipe et ne me font jamais la passe. Pendant les pauses, elles me piquent mon sac et le cachent dans un des casiers du couloir, ce qui me met en retard pour changer de salle et les profs me font des réflexions parce que j'étais encore en retard. En cours de mathématiques, j'ai été placée par la professeure à la table située juste devant ces teignes, et sans crier gare, elles me filent des coups de compact dans le dos, ce qui me fait sursauter et la prof m'a demandé de me calmer un peu. L'autre jour, elles ont lancé mon sac au-dessus des armoires du couloir et je n'étais pas assez grande pour le rattraper. J'étais en rage et je me suis mise à pleurer de désespoir. Elles ont commencé à me mimer en train de pleurnicher. J'étais si furieuse que je me suis précipitée sur cette garce d'Emma et je lui ai donné des coups de pieds. En se défendant, elle m'a rendu un coup de genou dans le ventre et elle m'a griffé au bras. Je suis partie m'enfermer dans les toilettes. J'ai séché l'heure d'histoire et je suis restée à pleurer ainsi, recroquevillée en boule sur la cuvette des toilettes, au milieu des murs sales et tagués de dessins de pénis et de mots salaces.

Pour les éviter, je ne descends plus en récréation et je passe la plupart des pauses de 10h ou de midi, assise par terre dans le couloir à dessiner dans un cahier de croquis. Je crois que je suis plutôt douée en dessin. En art, le professeur nous a fait découvrir les aquarelles. Cela m'a beaucoup plu et je pense que je vais demander d'en recevoir pour Noël. J'ai l'impression que ce serait un bon médium pour les paysages marins.

Au club de danse, où je vais toutes les semaines, je me suis fait en revanche une nouvelle copine. Elle n'est pas dans la même école que moi malheureusement cette année. Elle est très différente des autres filles que je connais. On se ressemble pas mal. Ses parents sont divorcés et elle vit avec sa mère et voit son père un week-end sur deux. Elle a toujours l'air tellement excitée les vendredis quand c'est le week-end de son père. Il vient la chercher en voiture à 18h à la sortie de la danse et une fois la portière refermée, la voiture file à toute allure et disparait au coin de la rue. J'essaye de m'imaginer ce qu'on doit ressentir quand on a un papa. Que peut-on bien lui dire qu'on ne dit pas à sa mère ? Quelles sont les activités qu'on partage ?

La semaine dernière, mercredi après-midi, alors que je n'avais pas classe et pendant que maman était au travail, j'ai commencé à fouiller dans ses affaires. C'est la première fois que je fais ça et je me suis sentie un peu mal à l'aise d'explorer ainsi son intimité. Je suis tombée sur des préservatifs. J'en ai ouvert un pour voir à quoi ça ressemblait. C'est un peu gluant. Ça m'a dégouté. On nous en a déjà parlé en cours de biologie. Et j'ai surpris des conversations entre Matthias et ses copains.

Je me demande si maman a envie d'un autre enfant que moi. Probablement que oui, mais elle n'a surement pas trouvé la bonne personne avec qui le faire. Et si j'ai bien compris, son Victor a déjà des enfants. Il n'en veut certainement plus.

En fouillant les affaires de maman, je crois que je cherchais des indices sur mon propre père, une photo, une lettre, un nom, un mouchoir avec des initiales gravées. Je n'ai rien trouvé du tout. J'ai toujours pensé que mon père devait avoir les yeux très foncés car ma mère a les yeux bleus et moi je les ai marrons. On a appris en cours de bio que le bleu était un allèle récessif et le brun un allèle dominant. La prof nous a demandé de faire un arbre généalogique afin d'illustrer le cours sur les gènes dominants et récessifs. C'est drôle comme on peut se sentir différente des autres dans ces moments-là. Comment réaliser un arbre généalogique quand on ne sait rien de son père et de ses grands-parents paternels ?

Après ce cours de biologie, dans les couloirs, Emma et sa bande se sont approchées de moi et m'ont dit :

« Tu sais ce que c'est qu'une batarde ? »

Comme je ne répondais pas, elles se sont mises à ricaner :

« C'est une fille dont la mère est allée coucher à droite à gauche et on ne sait pas qui est le père… Ça ne te fait pas penser à quelqu'un ? »

Et elles sont parties en hurlant :

« Camille la batarde ! »

Est-ce que mon père sait au moins que j'existe ? Et si oui, pourquoi ne s'est-il jamais manifesté ?

Après mes recherches, j'ai remis toutes les affaires en place et je suis retournée dans ma chambre. Ni vu ni connu. Et pas une seule trouvaille qui pourrait m'éclairer sur les secrets qui entourent ma naissance. Je me suis dit que je tenterais d'en reparler à maman un jour prochain.

CHAPITRE 23

CAMILLE

12 décembre 2017

L'étude se trouvait dans une rue résidentielle de Dinard, non loin du bar où Camille était allée prendre un thé avant de se rendre à la librairie des Leroy deux jours auparavant. Elle avait rendez-vous à 10h avec Emma pour la succession de sa mère. Quand il y a quelques mois, elle avait ouvert le courrier émanant de l'office notarial Durant, et qu'elle avait lu qu'Emma Durant était en charge de la succession de Louise, Camille avait failli s'étouffer avec sa tartine. Comment était-il possible que sa mère ait choisi comme notaire son ancienne ennemie jurée du collège, cette pétasse d'Emma ? Pourquoi fallait-il encore que cette garce qui l'avait si souvent humiliée et terrorisée soit sur son chemin ? Elle avait fini par réaliser que sa mère n'avait jamais rien su du harcèlement qu'Emma et sa bande avaient exercé sur elle tout au long des années collège. Jamais Camille n'avait voulu l'inquiéter avec cela. Elle le lui avait donc caché.

Elle décida de faire un tour dans le quartier en attendant le rendez-vous plutôt que de patienter en salle d'attente. Elle se sentait très nerveuse et marcher lui ferait du bien. Elle passa devant le marché où les marchands proposaient leurs produits : fruits, légumes, poulets. Elle se dit qu'il serait peut-être temps de manger quelque chose de frais. Depuis son arrivée, elle se nourrissait des boîtes de conserves qui trainaient dans les placards :

thon, sardines et petits pois carotte. Elle s'arrêta devant un marchand et demanda une salade verte et des tomates. La marchande, une vieille femme dont les mains calleuses reflétaient son travail aux champs, lui emballa une feuille de chêne dans un sachet avec quatre belles tomates.

« Vous ne voulez pas un peu de persil pour la soupe ? Je l'ai cueilli ce matin. »

Camille acquiesça, elle ne voulait pas froisser la vieille femme mais n'envisageait pas de cuisiner une soupe.

Une fois les légumes achetés, elle alla prendre une baguette de pain et retourna en direction de l'étude. Elle se dirigea vers le secrétariat et se présenta. La secrétaire, une belle blonde à la manucure impeccable la fit patienter en salle d'attente. Elle lui proposa une boisson chaude et Camille déclina la proposition poliment. De belle taille, la salle d'attente disposait de beaux sièges design, de petites tables avec moultes magazines de mode et de design. Camille ne voulait pas toucher ne serait-ce que du bout des doigts quelque chose qu'Emma aurait achetée. Elle aurait été de toute façon incapable de se concentrer sur quelque lecture que ce soit. Sur les murs, étaient accrochées de très belles photos de catamarans et de voiliers en noir et blanc. Tout reflétait le style d'Emma. Classe, luxueux, stylée… Aucun détail n'était laissé au hasard. Elle se souvenait distinctement d'Emma. A son grand dam, elles s'étaient retrouvées dans la même classe de la 6ème à la terminale. Emma avait été la plus belle de la classe, pleine de charme et d'aisance, brillante, drôle. Ça, c'était ce que le monde voyait d'elle. Tous les garçons rêvaient de sortir avec elle et elle maniait avec brio l'art de la séduction en soufflant le chaud et le froid en permanence. Les professeurs aussi l'appréciaient. Elle était très cultivée, excellait si elle devait présenter un exposé, ou faire un exercice au tableau. Toujours vêtue des habits dernier cri, elle était toujours la première à avoir les dernières docs Martens à la mode, le sac Longchamp, ou la veste Chevignon dont tout le monde parlait. Emma semblait ne jamais avoir dû subir les affres de l'adolescence. Ses cheveux n'avaient jamais été crépus pendant les temps pluvieux, l'acné l'avait épargnée, elle avait porté des lentilles très jeune. Camille s'était aussi toujours demandée comment elle avait fait pour avoir la dentition tout juste sortie d'une pub pour dentifrice sans en passer par l'étape barre de fer. Derrière le personnage charismatique et solaire qu'incarnait Emma, se cachait la cruelle, la perfide, la vipère. Un concentré de méchanceté dans un bout de femme. Une grande amie de Charlotte, la sœur de Ludo. Elle les avait aperçues plusieurs fois avec leurs parents à la boutique. Elle leur avait même mis les épingles sur leur ourlet. Une jubilation pour Emma. Encore une manière de plus d'humilier Camille, la batarde. « Non, la longueur ne me convient pas. Qu'en pensez-vous madame Léopoldine ? Je crois que Camille a vu un peu court sur cette jupe, non ? »

Toutes ces petites phrases assassines, prononcées sur un ton anodin et banal, de telle manière que si Camille avait osé en relever le caractère mesquin. Emma aurait pu s'en offusquer, jouer les victime et Camille serait passée pour une fille susceptible, voire paranoïaque. Mais après tout, avec une mère comme Louise, on pouvait s'attendre à tout de la fille. Des études montraient même que les maladies mentales comme la schizophrénie ou le trouble bipolaire étaient héréditaires… Ça aurait pu être une phrase d'Emma, pensa-t-elle.

Un jour Camille avait surpris une conversation où Mme Léopoldine faisait état des mœurs douteuses de Louise. Camille n'avait pas tout compris, mais avaient bien senti le regard consterné et compatissant quand elle était entrée dans la pièce et Mme Léopoldine avait habilement changé de sujet de conversation. Seuls les Leroy ne l'avaient jamais pris en pitié. Ils avaient été très présents, comme une deuxième famille mais toujours dans le plus grand des respects.

Camille fut interrompue dans sa rêverie par l'arrivée en salle d'attente de Victor.

Ce fut un choc pour elle. Elle aurait pourtant dû s'en douter. Qu'est-ce qu'il avait encore bien pu manigancer ? Il avait eu tellement d'emprise sur Louise qu'elle pouvait s'attendre au pire. Il tenta de s'approcher d'elle pour l'embrasser mais elle se dégagea en disant :

« Ma mère n'est plus là, je n'ai plus de raison de masquer le dégout que tu m'inspires. Je te prierai de ne pas m'approcher. »

Il la regarda méchamment et s'assit sans dire un mot sur une des chaises en face d'elle. Il était étonné par l'assurance qu'elle avait gagnée au fil des années. Elle était loin de la jeune fille timide et mal dans sa peau qu'il avait connue. Il la détestait encore davantage. Ils ne s'adressèrent pas la parole. Le temps lui paraissait encore plus long à présent. Elle allait bientôt se retrouver entre deux bourreaux.

Emma arriva dans la salle d'attente.Emma, toujours élégante, comme à l'accoutumée, portait une jupe orange avec un chemisier bleu marine, sur lequel elle avait mis une veste bleu marine. Elle se déplaçait sur des talons de 5cm avec la même aisance que si elle marchait avec une paire de tongs. Ses cheveux noirs tombaient parfaitement sur ses épaules en formant de larges boucles ondulées certainement au fer à boucler.

Elle l'accueillit en l'embrassant, comme si elles avaient été d'anciennes très bonnes amies et lui souffla d'une voix mielleuse :

« Camille, ça fait si longtemps. Comment vas-tu ? »

Puis elle tendit la main à Victor et leur fit signe d'entrer dans le bureau.

« Toutes mes sincères condoléances pour ta maman, Camille »

Camille lui rendit un sourire en guise de remerciement. Elle aurait voulu éviter les effusions, aller au plus vite, quitter ce bureau et surtout stopper le supplice de se retrouver dans la même pièce que celui qu'elle considérait comme responsable du décès de sa mère.

Après quelques minutes de bavardages qui avaient semblé bien inutiles à Camille, Emma leur présenta la succession de Louise.

« Louise a rédigé un testament. Enfin, elle en a rédigé en fait plusieurs et quelques jours avant son décès, elle était venue à l'étude pour rédiger celui que j'ai entre les mains, qui annule tous les autres. »

Camille et Victor la fixaient silencieusement. La tension entre eux était palpable et Emma resta très professionnelle. Elle poursuivit :

« Dans le dernier testament, elle stipule que l'intégralité de ses biens reviendrait à sa fille unique Camille. »

Elle fut immédiatement interrompue par Victor, qui semblait enragé :
« Qu'est-ce que c'est que ces conneries ? Elle avait décidé de me léguer la plus grande partie de ses biens, étant donné que sa fille lui avait claqué la porte au nez depuis 20 ans. »

Puis, se tournant vers Camille, il vociféra : « Tu crois que tu mérites quelque chose petite garce ? Après ce que tu lui as fait subir ? Elle a tout fait pour toi depuis ta naissance et toi qu'est ce que tu as fait pour elle ? Tu t'es barrée !! Et tu t'imagines en plus pouvoir partir avec la caisse ? Je vais faire annuler ce testament. Elle n'avait pas toute sa tête à la fin cette salope ! »

Emma lui coupa la parole sèchement : « Mr Vitron, pourriez-vous vous calmer ? Nous ne sommes pas dans une foire d'empoigne ici. Mme Morin est venue ici de son plein gré, en pleine conscience et m'a clairement exposé ses dernières volontés. C'est écrit noir sur blanc qu'elle annule les anciens testaments et qu'elle ne souhaite pas que vous soyez le légataire de ses biens. Je ne sais pas pour quelles raisons et cela ne me regarde pas, mais c'est la loi. Tout revient à Mme Camille Morin, sa fille, même si cela ne vous plait pas. »

Il se leva, rouge de colère et cria : « La salope, la garce, après tout ce que j'ai fait pour elle. La pute. »

Camille écoutait sidérée, les vociférations de son beau-père.

Il se tourna vers elle et lui cracha : « Vous êtes toutes les deux de la même trempe, deux belles petites putes. Profite bien des quelques maigres deniers que ta mère aura réussi à mettre de côté pour toi. »

Il sortit du bureau, sans saluer Emma et en claquant la porte. Les deux femmes restèrent sans voix, sidérées par tant de violence. Au bout de quelques minutes, Emma avala sa salive et tout en souriant avec son air factice, elle déclara :

« Bien, poursuivons maintenant. »

Camille acquiesça. Ses mains tremblaient.

« Ta mère avait mis de l'argent de côté sur un compte épargne. Ce compte te revient entièrement. L'appartement qu'elle occupait était loué, il te suffit donc de résilier le bail, sauf si tu veux t'y installer. Tu hérites aussi d'une maison en Bourgogne que ta mère avait héritée il y a 4 ans après le décès de sa sœur. Le mari de celle-ci est mort et ils n'ont pas d'héritier, donc elle est à toi. »

Camille ne disait toujours rien. Elle n'avait pas su que sa tante était décédée il y a 4 ans. Qu'allait-elle faire d'une maison en Bourgogne ?

Puis Emma sortit du dossier une lettre qu'elle tendit à Camille.

« Ta mère a aussi laissé cette lettre qu'elle m'a demandé de te remettre en main propre s'il lui arrivait quelque chose. »

Camille prit la lettre, surprise et ne l'ouvrit pas. Une fois les démarches administratives réglées et les papiers signés, Emma souhaitant certainement détendre un peu l'atmosphère demanda à Camille :

« Que deviens-tu ? »

Camille répondit machinalement :
« je vis à Paris et je suis devenue architecte. »

Emma, fit mine de se réjouir :

« Ce doit être passionnant. Et au niveau familial ? Tu as des enfants ?»

Camille répondit :

« Je n'ai pas d'enfants. »

Emma fit une petite grimace, et ravie de pouvoir en finir avec cette succession, lui tendit la main et dit :

« Et bien, je te souhaite une belle continuation. »

En sortant de l'étude, Camille tourna la tête de tous les côtés pour vérifier que Victor ne l'attendait pas à la sortie. Même si elle avait fait preuve d'une grande maitrise d'elle-même durant tout le rendez-vous, elle était terrorisée intérieurement. Ses mains tremblaient. Elle n'aurait pas été étonnée que Victor l'attende pour l'insulter ou la frapper comme il l'avait tant de fois fait pour sa mère. A son grand soulagement la rue était vide. Elle décida de marcher en bord de mer pour se vider la tête, les documents et la lettre contre sa poitrine.

Une fois apaisée après sa marche, Camille se dirigea vers la librairie, bien décidée à mieux se comporter cette fois-ci. Elle s'arrêta acheter du chocolat dans une chocolaterie de la ville : un traineau du père noël tiré par les rennes tout en chocolat. Ça devrait plaire à Catherine. Elle fit bien attention de prendre du chocolat noir car elle se souvenait que Catherine et Pierre préféraient le noir. Son paquet à la main, elle poursuivit sa route le long de la rue, flânant devant les magasins. Elle passa devant la boutique de Mme Léopoldine. Celle-ci paraissait occupée avec des clientes et ne l'aperçut pas de l'autre côté de la vitrine. Camille contempla la vitrine et reconnut le style et le goût sûr et raffiné de l'ancienne patronne de sa mère. De belles tenues de fêtes brillantes ou scintillantes se trouvaient sur des présentoirs et attiraient le regard des badauds.

Elle accéléra le pas et arriva devant la librairie. Lorsqu'elle entra, Catherine était occupée avec un vieux monsieur qui cherchait un guide sur le Kenya et qui semblait en pleine hésitation entre plusieurs ouvrages. Elle lui fit signe que ça risquait de durer un peu. Camille en profita pour flâner dans les rayons et saisit un livre qui avait obtenu un prix littéraire. Elle lut la quatrième de couverture. Visiblement un livre qui traitait une problématique de deuil. Elle hésita mais le reposa. C'était un peu trop. Au bout de quelques minutes, le vieux monsieur sembla décidé sur son choix, paya le guide et s'en alla.

Catherine se tourna vers Camille en souriant.

« Comment vas-tu ? Pas trop difficiles les journées de tri ? »

« Ça va. Ça avance bien. J'ai déjà emballé énormément de cartons. Certains sont pour toi et Pierre. J'ai retrouvé mon ancien journal intime, alors je me suis plongée dans sa lecture et dans les souvenirs. »

Elle s'arrêta et un silence s'installa entre elles.

Camille reprit :

« Je voulais surtout m'excuser pour hier. Je n'ai pas été très aimable. J'étais un peu déboussolée. Je ne t'ai même pas demandé comment vous alliez. Pour me faire pardonner, je vous invite au resto à midi. J'ai réservé à la Corniche. »

CHAPITRE 24

JOURNAL DE CAMILLE

15 FEVRIER 1995, musique en cours : « Can you feel the love tonight » Elton John

Salut cher journal

Je viens de finir ma première aquarelle ce soir avec les peintures que j'ai reçues à Noël de maman. Elle les a commandées par Catherine et celle-ci a complété en m'offrant du papier spécial aquarelle.

Au début, je n'osais pas m'en servir. Je gardais le matériel intact. C'est comme si j'avais besoin d'apprivoiser ce cadeau, comme si je n'en étais pas suffisamment digne, comme si cela était réservé à des personnes qui avaient vraiment du talent.

C'est mon professeur d'art Mr Perez, qui m'a interpellée à la fin du cours pour me demander où j'en étais de mes essais. Quand je lui ai répondu que je n'osais pas utiliser mon nouveau matériel, il m'a proposé de m'aider et nous avons programmé que je reste la prochaine fois après le cours pour qu'il m'apprenne comment m'en servir. Il m'a donné de nombreux conseils pour utiliser les aquarelles, notamment de les utiliser en milieu humide. Pour lui, le secret réside dans le fait d'humidifier le papier avant de peindre avec un pinceau humide. Il appelle cela la technique « mouillé sur mouillé ». Les couleurs se dispersent ainsi sur le papier et se fondent entre elles. J'ai essayé cette méthode et cela m'a permis de créer un effet de flou pour peindre un ciel ou l'océan. Après cette séance de cours particulier, je me suis décidée à me lancer seule une fois rentrée à la maison. Au début je n'avais pas d'idée précise de ce que j'allais dessiner, ni peindre. Puis j'ai spontanément dessiné un couple qui regarde la mer en se tenant la main avec à l'arrière un petit enfant assis sur le sable, et qui joue avec un bateau qu'il fait flotter sur une grosse flaque d'eau. J'ai utilisé des aquarelles dans les teintes de rose et de beige afin d'illustrer la fin de la journée et le coucher du soleil.

Le résultat est plutôt pas mal, je suis très satisfaite de ce premier essai. Ce couple aimant avec ce petit garçon paisible qui joue en leur présence me fait beaucoup penser au bonheur qui se dégage de la famille Leroy. Je pense que je vais leur offrir cette aquarelle, afin de leur témoigner ma sympathie et ma reconnaissance à leur égard. Ils sont devenus comme une deuxième famille pour moi. Je passe quasi quotidiennement à la librairie pour parler avec Catherine et Pierre. Matthias et moi sommes devenus très proches après le séjour passé chez lui en novembre et il ne manque pas de me proposer de venir se balader avec lui quand il doit promener son chien Kedji. C'est un golden retriever beige adorable qui adore manger, dormir et se faire câliner. Je lui ai raconté les moqueries et railleries dont je suis victime au collège, et même s'il ne peut pas m'aider à résoudre ces problèmes, il tente de me donner des conseils.

« Tu devrais changer un peu ta façon de t'habiller ou de te coiffer, Camille. Ça fait un peu trop sage ou bonne élève. C'est facile pour ces filles de se moquer de toi. Tu devrais essayer de t'amuser un peu aussi, tu es trop raisonnable » me dit-il par exemple.

Il m'a aussi demandé pourquoi je n'en avais pas encore parlé à ma mère.

« Elle ne pourrait rien y changer, et ça l'inquièterait et ne ferait que lui causer du souci. » ai-je répondu.

« Mais c'est à elle de te protéger, pas l'inverse Camille ! » s'est-il énervé. « Tu portes beaucoup trop de choses sur tes épaules »

J'ai haussé les épaules. Il avait raison mais il ne pouvait en être autrement, cela faisait déjà longtemps que je l'avais compris.

Ma mère avait déjà suffisamment de fragilités et de problèmes et je ne voulais pas lui en rajouter un. Je pense que je représente à moi toute seule une certaine source de problème. Qu'est ce qui s'est passé pour elle lors de la découverte de sa grossesse. Grossesse non désirée, un enfant non reconnu par le père, seule pour la grossesse, seule pour accoucher, seule pour l'élever, supporter les regards désapprobateurs et les paroles blessantes des femmes du village. Une fille-mère…. Une femme aux mœurs légères… Une femme à la morale douteuse…

C'est pour cela que je faisais tout pour être parfaite, ne pas faire de vagues. Elle avait déjà dû être suffisamment honteuse de la situation. Je me devais d'être parfaite. Malheureusement, même en étant parfaite, la situation restait la même : ma mère s'était faite engrossée à 18 ans, hors mariage et continuait à faire parler d'elle par ses liaisons dont personne n'était dupe.

Depuis un mois, elle m'avait présenté l'homme qu'elle fréquente à nouveau, avec qui elle était partie en vacances. Il se prénomme Victor.

« Il est en instance de divorce. Mais c'est compliqué avec sa femme car elle n'accepte pas du tout l'idée de la séparation. Du coup, il doit y aller en douceur. Je l'ai invité à manger ce soir pour que tu fasses sa connaissance. Tu vas voir, tu vas l'adorer. »

Je n'osais rien répondre. Depuis ma gifle, j'avais évité le moindre commentaire à propos de sa relation. Il ne me fallut pas plus de 10 minutes en sa compagnie, pour me méfier de cet homme. Sa voix était mielleuse, son regard faux. Maman avait l'air complètement subjuguée, riait trop fort à ses blagues, buvait ses paroles. Elle s'est excusée au moins 10 fois d'avoir brulé son repas. Je détestais cette attitude de soumission qu'elle prenait en sa présence. Il essaya de s'intéresser à moi en me posant beaucoup de questions. Je fis d'énormes efforts pour être aimable et lui répondre poliment. Je dus me retenir de ne pas lui lancer un « On n'a pas élevé les cochons ensemble » alors qu'il m'appelait familièrement « MIMI », diminutif de Camille selon lui. Ma mère et lui ont fini une bouteille de vin et ils commençaient tous les deux à être un peu trop excités à mes yeux. Je prétextais d'avoir un contrôle d'histoire à réviser pour pouvoir m'éclipser au plus vite dans ma chambre. J'aidais ma mère à débarrasser la table et je les saluais. J'entendis ma mère lui susurrer : « Tu restes dormir ici cette nuit ? ». Je devinais à son regard lubrique que c'était bien effectivement ce qu'il avait prévu.

En entrant dans ma chambre, je fermais la porte à clef et mis mon casque avec de la musique sur mes oreilles. Histoire de m'éviter d'entendre les bruits de la chambre d'à côté…

Le lendemain, il était déjà parti quand je me levais pour aller en cours. Je fus étonnée de ne pas voir maman. D'habitude, elle était levée avant moi et buvait un café en attendant que l'on prenne le petit déjeuner. Je la réveillais. Je sentis à son haleine qu'ils avaient dû poursuivre la soirée par une 2ème bouteille de vin et je vis à son visage gris et cerné qu'ils n'avaient pas du beaucoup dormir.

« Il faut que tu te lèves, tu vas être en retard. Mme Léopoldine n'appréciera pas, tu sais. » lui ai-je dit

« Laisse-moi tranquille. Je vais lui dire que je suis malade » m'a-t-elle répondu.

J'aurai pu insister, mais je sentais que cela ne pourrait qu'engendrer une dispute. Je suis sortie et je suis passé sonner chez les Leroy pour voir si Matthias était déjà parti. Par chance, il mettait ses chaussures et nous avons fait la route ensemble. Je ne lui ai rien raconté mais sa compagnie et ses discussions m'ont permis d'oublier un peu cette misérable soirée. Il me parlait tout le trajet du nouveau jeu vidéo qu'il avait sur son ordinateur Atari, un jeu d'enquête du nom de Maupiti Island : un enquêteur envoyé sur une île du pacifique nommée Maupiti afin d'élucider la disparition d'une prostituée nommée Lucie. Il avait déjà interrogé les marins et la directrice de la maison close. Il me proposa de venir voir le jeu le soir après les cours. J'acceptais avec plaisir. Et si le jeu s'éternisait jusqu'à 19h, ça se terminerait par un diner chez les Leroy, à mon plus grand plaisir.

CHAPITRE 25

Dinard, le 2 janvier 2017

Ma chère Camille,

Si tu lis cette lettre, c'est sans doute que je ne suis plus de ce monde.

Je n'ai jamais su partager mes émotions et je ne suis guère douée pour ouvrir mon cœur et te dire tout ce qu'en une vie, je ne suis jamais parvenue à te dire.

Je sais que je n'ai pas été à la hauteur sur pas mal de choses.

Je ne reviendrai pas non plus sur le chaos qu'a été ma vie sentimentale.

J'espère juste que tu arriveras à me pardonner de n'avoir pas su te protéger comme une mère doit le faire avec sa fille et d'avoir toujours fait passer mes besoins avant les tiens.

Par cette lettre, je voulais t'annoncer qu'il y a quelques jours, on m'a diagnostiqué un cancer du pancréas, une saleté selon le médecin, avec déjà des métastases. Trop d'alcool, trop d'excès, trop de médicaments. Il fallait s'y attendre. On récolte toujours ce que l'on sème.

Je ne t'en veux pas d'être partie, j'ai compris pourquoi. Je suis consciente que ma relation avec Victor est toxique. J'ai essayé plusieurs fois de me séparer de lui, mais à chaque fois, je sombre dans une tristesse et un désespoir dont je ne sais pas comment me sortir. Il a une emprise folle sur moi. Je l'aime à la folie et pourtant je sais qu'il n'est pas bon pour moi. Les rares périodes où il est adorable avec moi, je reprends espoir, je me sens aimée et la chute n'en est que plus douloureuse encore.

Le médecin m'a dit qu'avec un tel cancer et les métastases, j'en ai pour 1 voire 2 mois au maximum.

Depuis que Victor l'a appris, il peut être soit plus doux soit plus violent. Il me fait peur. Je me fais toute petite pour ne pas déclencher ses colères.

Je suis allée à l'étude notariale où travaille ton ancienne camarade Emma. J'ai rédigé un nouveau testament qui annule celui qu'il m'avait persuadé d'écrire en sa faveur. Dans ce nouveau testament, je rectifie les choses et je te lègue ce qui te revient. La maison familiale où j'ai grandi et dans laquelle ma sœur vivait. Au fil des années, j'ai aussi réussi à mettre de côté un petit pécule. J'espère que cela pourra t'aider à mettre un peu de beurre dans tes épinards.

Et c'est aussi une manière pour moi de partir en me disant qu'il n'aura pas réussi à tout me voler. Il me reste encore une petite flamme de bonheur dans mon cœur, et cette flamme c'est toi, ma chérie. Et je ne veux surtout pas qu'à travers mon héritage, il puisse encore te faire du mal.

Maintenant que j'ai eu le courage de faire cela et de t'écrire cette lettre, je peux partir en paix. Non, je ne veux pas attendre un ou deux mois pour partir en me dégradant, j'ai décidé que je partirai ce soir. Victor n'est pas là car il passe la soirée à Rennes avec ses enfants. Je suis sereine par rapport à cette décision. Je suis fatiguée.

Ne m'en veux pas Camille de ne pas te prévenir de cette maladie. Ne t'en veux pas surtout. Il fallait que tu partes pour te sauver.

Une dernière chose encore : hier, j'ai voulu retrouver des souvenirs de toi, alors je suis allée dans ta chambre et j'ai tout sorti. Je voulais retrouver un peu de toi, un peu de nous avant de mourir.

J'ai trouvé tes peintures.

J'ai été bouleversée. Tu as un talent fou.

Mais en les regardant de plus près, j'ai surtout remarqué qu'elles racontaient une histoire, ton histoire.

Alors j'ai pris ces toiles et je les ai donnés à ton amie Margot qui tient une galerie à Saint Malo. Elles ne sont pas à vendre car elles t'appartiennent mais je voulais que ton talent soit vu par tous. Je sais que tu n'aurais jamais osé les exposer.

J'espère que tu ne m'en voudras pas d'une telle initiative.

Je veux juste te dire à quel point je suis fière de toi et combien je t'aime. Tu as été la plus belle chose qui me soit arrivée dans ma vie. N'en doute jamais.

Puisses-tu un jour me pardonner,

CHAPITRE 26

27 avril 1995, musique en cours : « scatman » Scatman John

Journal de Camille

Cela fait plus de 2 mois que je n'ai pas écrit, j'ai été trop occupée. Après m'être essayée aux aquarelles, mon professeur d'art monsieur Perez m'a demandé de lui montrer ce que j'avais réalisé. Au début, je ne voulais pas les ramener, craignant son regard et ses critiques. Mais après avoir prétexté deux fois que je les avais oubliées, il m'a demandé de rester après le cours et m'a dit que je ne devais pas avoir peur, qu'il était persuadé que j'avais du talent et qu'il était là pour me conseiller. Il semblait vraiment sincère. Il m'a proposé de passer chez lui un soir après le collège avec ma farde afin que nous prenions le temps d'étudier mes réalisations.

Ce jour-là, je sortais à 15h00 et je rentrais vite à la maison sans passer par la librairie. J'avais passé la soirée précédente à regrouper les différentes aquarelles que j'avais réalisées depuis un mois. J'en avais retravaillé certaines.

En rentrant à la maison, j'ai trouvé ma mère affalée dans le canapé en train de fumer une cigarette un verre de vin à la main. En voyant son allure, j'imaginais bien qu'elle avait encore dû prétexter une maladie quelconque et ne pas aller travailler. Ces absences répétées commençaient sans doute à agacer Mme Léopoldine. Je me suis dit que sa relation avec ce type ne devait pas être sans lien avec cet accès de mélancolie. Elle passait d'un jour à l'autre d'un état d'excitation et de mégalomanie à un état léthargique où seuls ses cigarettes et son verre de vin semblaient l'intéresser. J'avais pris pour habitude de faire les courses en rentrant du collège afin de m'assurer qu'il y aurait quelque chose dans le frigo. Les plats surgelés devenaient nos repas quotidiens du soir.

S'occuper de moi, planifier et organiser la vie familiale semblait être un effort pour elle. Et un ou deux jours par semaine, je la retrouvais pomponnée et maquillée, prête à sortir avec son amant qui daignait lui accorder sa soirée ou aux fourneaux préparant un bœuf bourguignon tout en dressant une table de fête. Elle ne prenait plus ses médicaments. Elle était à fleur de peau. La moindre de mes remarques était mal interprétée.

Je me sentais invisible. Aucun de mes besoins ou de mes désirs n'étaient pris en compte. L'atmosphère était tendue. Elle me reprochait d'être agressive avec elle, peu aimable avec son homme quand il dînait à la maison.

« Après tout ce que j'ai fait pour toi, tu pourrais avoir un peu de respect. »

Ce soir-là, j'avais senti que je n'étais pas d'humeur à m'attarder. En me voyant me préparer à ressortir, et sous l'effet désinhibiteur de l'alcool qu'elle avait bu, elle se mit à me dire :

« Où sors-tu encore maintenant ? Encore chez les Leroy ? Tu ne crois pas que ça suffit de te réfugier toujours chez eux pour baver sur moi ? »

Je n'avais pas envie d'envenimer la situation et je répondis calmement :

« Je ne bave pas sur toi. Tu le sais très bien. »

Mais visiblement elle cherchait le conflit et enchaîna :

« Tu n'en as pas marre de m'humilier en me faisant passer pour une mauvaise mère ? Tu n'es rien pour ces gens. Tu entends ? Tu n'es pas leur fille et tu ne le seras jamais ! »

La colère était montée en moi. Ma farde dans les bras, je l'ai regardé avec un mélange de dégoût et de pitié. C'était tellement injuste. Pourquoi ne pouvais-je pas avoir une famille normale avec un père aimant et une mère stable ?J'ai tourné les talons et me suis dirigée vers la porte. Elle s'est levée du canapé et m'a suivi dans le couloir en vociférant. N'en pouvant plus, je me suis retourné pour lui faire face, et prenant le risque de me prendre à nouveau une belle gifle, je lui ai lancé : « T'inquiète pas maman, je ne risque pas d'oublier que je suis une bâtarde, et que ma mère est une alcoolique instable et à moitié folle. «

La gifle n'est jamais arrivée, ma mère était trop saisie pour bouger. J'ai été moi-même terrorisée par mes paroles. Les mots étaient sortis tout seuls, trop vite avec une violence inouïe, reflet de la colère que je portais en moi.

Elle n'a plus dit un mot et je suis sortie sans un mot de plus. Dans l'escalier, j'avais senti ma gorge se serrer, mon cœur s'accélérer et les larmes dégouliner sur mes joues.

J'ai serré ma farde de plus en plus fort sur ma poitrine, essayant de calmer les battements de mon cœur qui s'emballait. J'ai marché vite, sous la pluie, tentant tant bien que mal de protéger ma farde. Sur le chemin, je n'ai croisé le regard d'aucun des passants, le sang pulsait sur mes tempes, ma tête semblait prête à exploser. Ma colère, depuis si longtemps contenue, semblait dépasser les limites de mon corps. Je me suis sentie en mille morceaux.

Arrivé devant la porte de la maison de monsieur Perez, j'ai attendu quelques instants avant de sonner. Je voulais reprendre mes esprits, retrouver une respiration moins saccadée. Quelques minutes plus tard, je sonnais et je me sentis apaisée par le visage bienveillant de mon professeur.

Il a compris immédiatement en me voyant que quelque chose s'était passé et m'a fait entrer calmement. Il m'a proposé une tasse de thé que j'ai refusé. Il m'a demandé ce qui m'arrivait et je n'ai pas pu me retenir plus longtemps et me suis confiée à lui. Il m'a écouté longuement sans m'interrompre.

Il dégageait de lui une force tranquille une forme de sagesse et de sérénité au fur et à mesure de mon récit, j'ai ressenti une certaine gêne face à son regard posé sur moi. J'avais envie qu'il me prenne dans ses bras comme un père l'aurait fait dans un geste de consolation. Pour chasser ma gène, je me suis mise à ouvrir la farde et à sortir les aquarelles. Il les a contemplées lentement et attentivement l'une après l'autre. Après quelques minutes de silence, il a plongé à nouveau ses yeux couleur noir ébène dans les miens.

« Tes peintures sont très belles, tu as beaucoup de talent Camille. Mais c'est trop impersonnel, trop froid, trop dans la retenue. Tu te protèges, tu ne t'exposes pas. »

J'ai fait une mine incrédule et il a poursuivi :

« Tes œuvres ne reflètent en rien celle qui est en face de moi. Tu dois utiliser ta colère, ta tristesse, comme un trésor pour tes créations. Ce sont les émotions qui donneront de la force à tes peintures, qui leur donneront une âme. Tu comprends ? C'est ça qu'on attend d'un artiste, de pouvoir lire le fond de son âme en regardant son œuvre. »

Je ne répondis toujours rien et il continua :

« Tu dois montrer qui tu es, en toute sincérité. Tes peintures doivent parler de tes blessures, doivent vibrer avec toi, doivent raconter une histoire vraie. »

Il me prit la main et m'entraîna dans une des pièces du rez-de-chaussée qui était aménagée en atelier. C'était une pièce immense, où trônait des sculptures, des peintures, des chevalets. Une odeur de térébenthine et de peinture à l'huile se mélangeaient. Je me sentais à la fois terrorisée et terriblement excitée. Il prit une toile blanche et la posa sur un des chevalets.

« Je vais te laisser seule maintenant un moment. Tu as tout le matériel ici. Utilise tout ce dont tu as besoin et fais ce que bon te semble sans barrière et sans filtre. Je serai au salon. Appelle-moi quand tu auras fini. »

Il sortit et je suis restée seule. Seule face à cette toile vide, seule face à cette colère qui me dépassait, seule face à cette tristesse immense de l'absence d'un père. Après quelques minutes, je me suis mise à l'ouvrage, recouvrant la toile blanche de noir et de rouge, tels des blessures béantes, des plaies ensanglantées, des cicatrices douloureuses. Au fur et à mesure que je m'appropriais cette toile, elle prenait vie, devenait un prolongement de mon corps meurtri et de mon âme blessée.

Je ne réfléchissais plus, je créais avec passion, je hurlais ma rage grâce à la peinture, mon corps brûlant criait son désir de vivre et d'exister. Quand j'eus fini, le visage recouvert de sueur, ma respiration haletante, je contemplais avec effroi la toile devant moi. Je sentis une fatigue intense, j'étais comme vidée, exsangue.

Je suis sortie de l'atelier et j'ai retrouvé monsieur Perez, tranquillement assis dans le sofa. Il a eu un sourire en me voyant réapparaître. Il s'est levé et m'a dit :

« Je crois que tu as compris ce que je t'ai dit. Je vais te ramener chez toi maintenant, il pleut fort. »

Durant le trajet retour, j'étais incapable de parler. Il avait mis la radio et la musique de Haddaway passait sur les ondes. Il respecta mon silence.
Arrivé devant mon immeuble je sortis de la voiture et lui murmurait :
« Merci monsieur. ».

CHAPITRE 27

Décembre 2017

LUDO

Après leurs échanges au petit déjeuner, Charlotte proposa à Ludo une virée à Saint Malo afin de trouver un cadeau de Noël à leurs parents. Elle pensait que, refaire un cadeau commun comme ils le faisaient quand ils étaient jeunes, leur ferait sans doute plaisir. Après le diner chez Emma, elle avait songé passer à la galerie de photographies tenue par Margot, l'ancienne camarade de classe d'Emma. Une belle photographie d'un voilier ou des vagues en période de grande marée sur le sillon pourrait être du plus bel effet dans l'appartement parisien de ses parents. Un petit clin d'œil à leur Côte d'Emeraude qui leur était si chère. Ludo accepta la proposition. Augustin était parti à Combourg avec ses parents. Une virée à Saint Malo serait l'occasion de flâner dans le port et intra-muros, et, de tenter de remettre les pieds dans cette toute petite crêperie où il déjeunait avec ses parents à chacun de leur passage à Saint Malo. L'endroit était minuscule mais il se souvenait encore du croustillant de la galette au sarrazin et de la fameuse crêpe Jacques cartier qu'il prenait en dessert où se mélangeaient sirop d'érable, amandes effilées et glace vanille. Il en avait encore l'eau à la bouche.

La cité corsaire n'avait pas changé. L'immense plage du Sillon et ses brises lames à l'entrée d'Intra-muros s'étendaient à perte de vue et offrait un spectacle des plus éblouissants. Un énorme bateau corsaire trônait à l'entrée du port et était accessible à la visite.

Dans la rue principale, Charlotte s'arrêta dans un magasin de caramels au beurre salé et en sortit avec un paquet qu'elle lui tendit. Il sourit, se revoyant 25 ans plus tôt, au même endroit avec sa sœur et ses parents, le même paquet de caramels à la main que leur père venait de leur acheter une demi-heure avant le repas. Il pouvait même encore entendre les paroles de sa mère, le regard désapprobateur envers son mari lui dire : « Ils n'auront plus faim pour le déjeuner Jean ! »

« Est-ce que le crêpier où nous allions existe toujours ? » demanda-t-il

« Bien sûr » répondit Charlotte.

Arrivées devant leur petite crêperie, ils se faufilèrent et réussirent à s'installer à la dernière table libre. Cela faisait longtemps qu'il ne s'était pas senti aussi vivant et qu'il n'avait pas mangé de si bon appétit. Après le repas, Charlotte proposa de passer à la galerie de photographies dont lui avait parlée Emma.

Ludo voulut d'abord flâner dans un magasin de bandes dessinées afin de dénicher quelques albums pour Augustin et voir un tirage limité pour son père, grand amateur de BD. Charlotte en profita pour prendre des mangas pour Fred et Valentine, en prenant un air consterné par ces lectures qu'elle trouvait si éloignées de la littérature classique qu'elle lisait à leur âge.

Une fois sortis, les bras chargés de deux gros paquets de livres, ils arrivèrent sur la place de la Cathédrale où se trouvait la galerie. Charlotte entra la première, Ludo la suivait. Son regard fut attiré par une aquarelle exposée en vitrine qui représentait une femme en maillot de bain installée en train de peindre sur le plongeoir de la piscine de plein air de Dinard. Il ressortit et contempla de plus près cette œuvre. Les couleurs du ciel au soleil couchant étaient magnifiquement réalisées, et l'eau de la piscine d'un bleu scintillant dévoilait une silhouette masculine, qui semblait interpeller la jeune femme. Son cœur fit un bond dans sa poitrine et il fut comme propulsé 20 ans en arrière. Il n'avait pas oublié cet instant. La toile était signée des initiales CM et était intitulée « Rencontre sur le plongeoir. »

Il entra brusquement, Charlotte était en grande conversation avec la galeriste, certainement la fameuse Margot dont sa sœur lui avait parlée.

« J'adore cette photo de cette tempête, on croirait pouvoir toucher les gouttes d'eau. L'artiste a vraiment beaucoup de talent. » disait Charlotte

Et se tournant vers Ludo, elle ajouta :

« Ne penses-tu pas que celle-ci plairait beaucoup aux parents ? »

Elle n'eut pas le temps de terminer sa phrase, il l'interrompit, interpella Margot en disant :

« Qui est l'artiste qui a peint la toile de la vitrine ? »

Margot le regarda fixement et voulut lui répondre mais elle n'en eut pas le temps. Ludo, attiré par une autre toile au fond de la galerie s'était précipité pour la découvrir.

Là c'était trop pour lui. La toile intitulée « Belle étoile » représentait un couple enlacé sur une plage déserte à la belle étoile. Elle était aussi signée CM

« CAMILLE MORIN », se dit-il

Incapable de rester une minute de plus dans cette boutique, il prit la fuite, sans s'excuser, ni saluer Margot, prenant juste la peine d'aboyer à sa sœur un :

« J'ai besoin de prendre l'air, choisis celle que tu veux pour les parents, je te rembourserai. »

Margot et Charlotte se regardèrent incrédules sans dire un mot.

Charlotte, tentant de reprendre une contenance, excusa son frère, en prétextant qu'il ne se sentait déjà pas bien avant, que le repas de midi l'avait barbouillé et poursuivit ses éloges sur les photographies de la galerie.

Elle choisit très vite une photographie représentant un voilier en pleine course, demanda un emballage cadeau, paya et prit congé de Margot.

CHAPITRE 28

Journal de Camille

5 juin 1995, musique en cours : « All that she wants », Ace of Base

Salut cher journal,

Cela fait très longtemps que je n'ai pas écrit. A ma décharge, j'ai été très occupée par la peinture. J'ai continué à me rendre chez Mr Perez une fois par semaine et ses conseils ont été précieux. Il m'avait encouragé à poursuivre le travail. Il m'avait dit que j'étais douée et je le croyais sincère. Au collège, il a organisé une exposition des toiles de quelques-uns de ces élèves pour la fête de l'école. Il m'a proposé de participer à l'exposition. Une tâche difficile à concevoir pour moi qui n'aime pas m'exposer. Mais j'ai fini par accepter et nous avons sélectionné ensemble 5 aquarelles qui ont été affichées dans les couloirs. Certains élèves que je ne connaissais pas venaient me voir pour me féliciter ou me dire qu'ils avaient vraiment aimé mes œuvres.

En rentrant chez moi, je trouvais maman en larme.

Une violente dispute avait éclaté entre elle et Victor et il était parti en claquant la porte. Je pense qu'elle avait dû le pousser à bout, car cela faisait déjà deux jours qu'elle ruminait.

Elle répétait :

« Les hommes, des belles promesses, mais rien derrière. C'est toujours la même chose. Tu crois qu'il parlerait à sa femme pour se séparer et qu'on puisse enfin vivre au grand jour ? Bien sûr que non ! Il ne va pas quitter cette bourgeoise suffisante pour une pauvre merde comme moi. »

J'étais furieuse contre lui. Ne pouvait-il pas la quitter et la laisser tranquille ? Il fallait être aveugle pour ne pas voir qu'elle souffrait à cause de lui et qu'il profitait d'elle.

« Il faut vraiment que tu le quittes, là… Il te rend malheureuse » dis-je

« Oui tu as raison, il n'est pas bénéfique pour moi. Je dois me séparer de lui. »

Nous sommes restées longtemps l'une contre l'autre sur le canapé. Nous avons pleuré ensemble. Je me suis autorisée à lui dire : « Maman, tu ne vas pas bien. J'ai l'impression que tu ne prends plus tes médicaments. Quand as-tu vu le psychiatre la dernière fois ? »

Elle fit non de la tête.

« Je n'irai pas à l'hôpital. Je ne veux pas… »

« Mais alors reprends au moins les médicaments, retourne voir le docteur… »

« D'accord je vais les reprendre. »

Je ne pouvais jamais en vouloir longtemps à ma mère. Elle me faisait sans cesse l'effet d'être un petit oiseau tombé du nid. Avec son teint diaphane et ses yeux bleus en amande, elle semblait si fragile. En me couchant, je me suis dit qu'enfin, nous allions retrouver une sérénité. J'avais espoir qu'elle recommence à aller mieux loin de cet homme avec lequel elle s'étiolait à petit feu.

Pourtant, aujourd'hui, alors que je rentrais du collège après une journée chargée et bien décidée à proposer à ma mère de commander des pizzas, il était là. Et comme si de rien n'était, avec une amnésie totale de notre discussion de la veille, ma mère me jeta un sourire complice et gêné et me montra le beau bouquet de fleurs qu'il lui avait apporté.

« C'est pour se faire pardonner. »

J'étais sidérée. Je sentais ma respiration s'accélérer, mon cœur cogner contre ma poitrine. Je ne savais pas si j'avais envie de le frapper lui ou elle. C'était surtout contre elle que j'étais en colère. En colère devant tant de stupidité. Elle s'attendait à quoi ? Qu'il change ? A quel âge arrêterait-elle de croire aux contes de fées ?

J'ai immédiatement quitté le salon et me suis enfermée dans ma chambre, en allumant la musique à fond et en fermant la porte à clef. Ce soir-là, je n'ai rien mangé. J'avais la nausée et mes espoirs de la veille s'envolaient en fumée.

CHAPITRE 29

Décembre 2017

CAMILLE

De leur table, la vue était très jolie et donnait sur le petit port. Le restaurant avait été refait et la décoration dans les bleus-gris plaisait beaucoup à Camille. Les abats jours des lampes et suspensions au plafond étaient en paille et cela donnait un petit côté restaurant de plage bien agréable. Pierre Leroy avait décliné gentiment l'invitation et était resté à la librairie pour laisser sa femme discuter tranquillement avec Camille.

Après avoir commandé un verre de chardonnay, elles trinquèrent ensemble.

« Comment va Matthias ? » demanda Camille

« Il va très bien. Je ne lui ai pas dit que tu étais là. Je ne savais pas si tu voulais le voir, lui faire une surprise. »

Camille sourit. Cela faisait si longtemps qu'elle n'avait pas vu Matthias. Il ne donnait plus de ses nouvelles. Il était devenu médecin et était marié à Hélène, qu'il avait rencontré pendant ses études de médecine. Ils avaient deux filles, âgés de 8 et 6 ans. Catherine parlait de ses petits-enfants avec enthousiasme, des étoiles dans les yeux. Elle qui avait toujours rêvé d'avoir une fille se retrouvait avec deux petites filles ! Camille se sentait sincèrement contente pour elle.

Camille sourit. Elle avait toujours été très attendrie par l'amour qui se dégageait du couple des Leroy. Un couple très fusionnel, aux petits soins l'un pour l'autre. Le genre de couple qui permet aux jeunes d'espérer que l'amour ne soit pas que blessures et souffrance.

« Et toi Camille ? Que vas-tu faire pour les fêtes de Noël ? Ça doit être une période très difficile pour toi. C'est le premier noël sans ta maman. Tu as prévu quoi ? Tu es avec quelqu'un en ce moment ? »

« Je suis plus ou moins avec quelqu'un depuis 2 ans mais rien de bien sérieux. C'est un homme divorcé qui a deux enfants en garde alternée. Nous vivons séparément chacun dans nos appartements respectifs. Je le vois les semaines où il n'a pas ses enfants. Je pense que cela nous permet mutuellement de nous sentir moins seuls mais ni lui ni moi ne souhaitons nous engager davantage. Cette année, il va passer les fêtes avec ses enfants. Je n'ai pas ma place là-dedans et ne souhaite pas en prendre. Je ne me vois pas en méchante belle-mère. »

« Pourquoi serais-tu forcément une méchante belle-mère, Camille ? »

Elle rit. C'était en effet très cliché. Au fond, elle n'éprouvait pas grand-chose pour Jonathan, une certaine attirance sexuelle certes et une forme de complicité. Elle l'avait rencontré à une soirée chez des amis à Paris, peu après son divorce. Ils avaient sympathisé et avaient un goût commun pour l'art et la musique. Après quelques expositions ensemble et un ou deux concerts, Camille l'avait invité à passer la soirée chez elle. Elle s'était sentie excitée par ses baisers et par le contact de ses mains sur son corps. Cette relation sans engagement lui convenait bien. Elle ne savait pas réellement où cette histoire pouvait les mener, mais elle profitait de l'instant quand elle le voyait sans trop se poser de questions et cela lui semblait pour l'instant essentiel. Ils avaient prévu un week-end à Rome pour la Saint Valentin et cette initiative de Jonathan la réjouissait. Il avait proposé de l'accompagner aux obsèques de sa mère mais elle avait refusé. Jonathan ne l'avait jamais rencontré et elle n'aurait en aucun cas voulu qu'il soit à ses côtés en Bretagne. Ce lieu représentait pour elle une sorte de territoire sacré, sanctuaire d'une passion qui s'était éteinte alors qu'elle était à peine allumée. Aucun homme n'aurait jamais sa place ici maintenant.

Alors que Catherine s'était absentée pour aller aux toilettes, le souvenir de Ludo s'imposa dans l'esprit de Camille. Il lui suffisait de fermer les yeux, et les souvenirs revenaient. Chaque moment, chaque parole, chaque regard, chaque geste, chaque baiser, chaque caresse. L'odeur de sa peau, la douceur de son regard, le goût de ses lèvres, le son de sa voix. Elle était encore pleine de lui, comme s'ils s'étaient quittés hier.

Au retour de Catherine, elle sortit de sa rêverie et le repas continua tranquillement.

Catherine reprit :

« Réfléchis pour Noël. Nous sommes seuls avec Pierre car Matthias va passer les fêtes dans la famille d'Hélène à La Rochelle. Ça nous ferait vraiment plaisir de le passer avec toi. »

« Et ta sœur ? Tu n'es pas avec elle ? » demanda Camille

« Non, elle est avec tous ses enfants et petits-enfants »

La présence bienveillante de Catherine dans sa vie avait toujours été importante pour Camille. C'est pourquoi elle finit par accepter la proposition de revenir pour passer les fêtes avec eux. Surtout si Matthias n'était pas là, ce serait plus simple se disait-elle.

CHAPITRE 30

JOURNAL DE CAMILLE

2 juillet 1995, musique en écoute : « 74-75 » Les Connells

Ça y'est : l'année scolaire est terminée. Le conseil de classe a eu lieu et j'ai eu les félicitations. Je ne m'y attendais pas du tout car ce trimestre, l'anglais, c'était compliqué. Malgré cela, les professeurs avaient jugé que je méritais cette distinction et ma moyenne générale était à 15,2

C'était la première fois que ma moyenne générale se rapprochait de celles que j'appelais le trio. Il s'agissait de trois filles de la classe, amies entre elles, qui étaient toujours les meilleures élèves. Elles n'acceptaient aucune autre personne dans leur groupe et me faisaient plus l'effet d'être de belles pimbèches. Elles étaient les premières à dénoncer quiquonque osait copier sur elles à un test, à refuser de donner les solutions de l'exercice de math à faire à la maison, et à prendre un air contrit quand Alex était appelé au tableau afin d'être humilié par la prof d'histoire.

Elles n'avaient jamais été particulièrement méchantes avec moi jusqu'à présent, je pense que je devais leur paraitre trop transparente ou inintéressante pour cela.

La percée de ma moyenne risquait de changer un peu les choses maintenant si elles se sentaient soudain menacées.

Mais je me suis promis de ne pas penser à tout cela pendant les congés d'été. Je verrai bien l'année prochaine si je suis encore dans la même classe ou s'il y a des remaniements.

J'ai proposé à maman de venir l'aider à la boutique cet été mais Mme Léopoldine est réticente car je n'ai pas encore 16 ans. C'est débile cette loi qui interdit aux mineurs de travailler.

J'ai donc bien peur que le temps me semble un peu long pendant 2 mois. Heureusement, Matthias m'a dit qu'on essayerait de faire des choses ensemble après son boulot. Lui s'était fait embaucher pour aider les moniteurs du club de voile. Cela consistait à s'occuper des équipements, des catamarans, et d'accompagner certains groupes en mer.

Mme Leroy m'a mis de côté pas mal de livres qu'elle m'a dit avoir adoré à mon âge. Il s'agit de Rebecca de Daphné du Maurier, le rêve de Zola, Vipère au poing d'Hervé Bazin et de Jane Eyre de Charlotte Brontë. J'ai commencé par celui intitulé Rebecca et j'adore les descriptions du jardin de Manderley et l'ambiance qui se dégage de cette demeure. Je sens que je vais le finir ce soir ou demain, tant j'avance vite.

J'ai essayé de parler avec maman des lectures que m'a conseillées Mme Leroy, je pensais que peut être que maman les aurait lues aussi et que nous pourrions échanger. Mais malheureusement non, elle semblait ne pas comprendre l'intérêt de cette boulimie de lecture que j'avais.

« Tu es vraiment une extraterrestre Camille… Tout le temps dans tes livres et dans ces histoires imaginaires. Tu n'as pas envie de faire des choses comme les filles de ton âge ? Faire la fête, par exemple ? Sortir en ville avec des copines ? En inviter une à la maison ? Quand je pense que tu as refusé d'aller la boum du collège… Moi à ton âge, nous n'avions pas la chance d'avoir des boums mais je ne ratais aucune fête du village ou aucun bal pour jeune fille. C'est si gai ! ».

Je l'écoutais me raconter pour la centième fois sa première fête du village à 13 ans et toutes les frasques de son adolescence. Mais cela ne me tentait pas du tout. Je n'avais pas envie de fumer des cigarettes comme cette pauvre cruche de Claire qui est dans ma classe et qui a même réussi à bruler sa frange avec le briquet. Ses parents l'ont cru quand elle leur a raconté que c'était une copine qui jouait avec des allumettes qui lui avait brulé ses cheveux. Je n'avais pas du tout envie de rouler des pelles à des garçons dans les toilettes, après avoir fait ma mijaurée en jupette pendant des semaines. Et non, je n'avais pas envie d'aller à la boum du collège. Rester plantée sur le côté en regardant les autres danser un slow parce que de toute façon personne ne risquait de m'inviter.

Comment dire à maman que je suis victime de harcèlement au collège ? Parce que je n'ai pas les longs pulls noirs et le sac Chevignon, parce que tout le monde sait très bien que je vis seule avec ma mère qui recoud les vêtements de leurs parents, parce que je me traine en sport et que je ne suis jamais choisie dans l'équipe de volley, parce qu'au retour de vacances, je n'ai jamais rien à raconter, je n'étais pas à Saint Tropez, ni voir les lions au Kenya, ni les canyons aux US. Je n'ai pas fait de stage de catamaran, je ne sais même pas nager. Je n'ai pas eu la 3ème étoile au ski, je ne suis même jamais allée en montagne.

Alors oui ! Mes livres, mes héroïnes, leurs histoires d'amour et leurs aventures trépidantes, j'y tiens plus que tout, car ils me permettent de m'évader, de voyager là où je n'irai peut être jamais, de vivre des choses qui ne semblent n'être pas faites pour moi.

Après tout cela, maman prit un air grave et m'annonça qu'elle allait retourner un peu à l'hôpital. Elle avait revu son médecin qui proposait d'essayer un nouveau traitement puisqu'elle avait arrêté l'ancien. Je me sens très triste pour elle et pour moi. C'était reparti. Je le sentais venir de toute façon. Elle n'était plus dans son état normal ces derniers temps. Combien de semaines cette fois ci ?

L'idée de la revoir dans ce petit salon de visite me glace. Croiser à nouveau des malades mentaux avec leur regards inquiétants, leur démarche ralentie me fait peur. J'ai détesté ces visites la dernière fois.

La seule chose qui m'apaise est l'idée que je vais vivre à nouveau chez les Leroy.

CHAPITRE 31

LUDO

Décembre 2017

Dans la voiture, sur le retour de Saint Malo, Ludo n'avait pas prononcé un seul mot. Charlotte avait eu envie de lui poser des questions, mais il dégageait une telle colère qu'elle n'osa pas prononcer un seul mot. Arrivé à la maison, il était allé préparer un sac dans lequel il avait mis des serviettes de toilettes et des maillots de bain. Il était fébrile et semblait excité et déterminé.

Le regardant revenir avec des serviettes et des maillots, Charlotte s'offusqua :

« Non mais tu plaisantes là, Ludo ? Tu ne vas quand même pas me dire que tu comptes sauter à l'eau en cette saison ? »

« Bien sûr que si et cette fois ci, tu vas me suivre ! Je crois qu'on a tous les deux besoin de changement dans nos vies. »

Il lui prit la main et l'entraina dehors. Ils marchèrent longtemps sous la pluie sans rien dire et arrivèrent sur une plage, peu connue du grand public. Charlotte était trempée.

« On est où là, Ludo ? Tu me fais marcher depuis plus de 20 minutes sous la pluie pour m'emmener dans une plage en plein mois de décembre. T'es devenu fou ou quoi ? » hurla Charlotte.

Ludo ne dit rien. Il fixait l'horizon. Au bout d'un moment, il dit : « tu n'as jamais eu envie de pouvoir revenir à un moment crucial de ta vie et te dire que tu prendrais une autre décision et que tout serait différent ? »

Charlotte ne répondit pas tout de suite et attendit la chute. Elle se demandait si finalement, elle ne préférait pas le Ludo lisse et taciturne de la veille.

Ludo faisait les cents pas le long de la dune. Il semblait de plus en plus nerveux. Elle se demandait bien quelle mouche avait pu piquer son frère. Au fond d'elle-même, elle ne regrettait pas une minute de ne pas avoir sauté ce jour-là. Sa petite vie douillette lui convenait parfaitement. Elle n'avait jamais eu la rage de Ludo. Elle n'avait jamais compris ce besoin chez lui de s'affranchir des conventions, de se révolter, de provoquer l'autre, de chercher la faille.

La pluie tombait de plus belle et le vent se mit à souffler. Ludo semblait comme possédé, exalté. Elle ne le reconnaissait pas.

« Charlotte, il est temps pour nous de vivre, tu entends ? De penser à nous, à nos besoins, de nous poser les bonnes questions et d'arrêter de suivre les dictats ! »

Ludo commença à se déshabiller et à enfiler son maillot de bain.

Charlotte s'approcha et lui dit : « Tu sais quoi ? Ça suffit tes caprices d'ado là. Moi je rentre. Je ne sais pas ce à quoi tu fais allusion quand tu parles d'un moment de ta vie que tu regrettes et ce que cette visite à la galerie a déclenché chez toi, mais moi, j'ai froid, j'ai besoin d'un bon bain chaud et je rentre. »

Elle partit et se mit à hâter le pas. Au fond, elle lui en voulait de tant d'ingratitude. Il avait passé son temps à s'affranchir des règles, à faire tout ce qu'il désirait, comme si l'amour des parents pour lui avait toujours été inconditionnel. Ludo, l'enfant qui réussissait tout à l'école, qui n'avait jamais besoin de travailler, qui faisait rire toute la famille, qui brillait en société. L'artiste. Le littéraire. Toutes ses amies de lycée avaient un jour fantasmé sur son frère. Elle s'était souvent demandée si certaines filles ne tentaient pas de devenir amies avec elle juste pour pouvoir mieux approcher son frère. On lui avait passé toutes ses erreurs, toutes ses frasques. Contrairement à ce qu'il affirmait, elle avait le sentiment qu'il avait pu être lui-même, toujours et en toutes circonstances. Tandis qu'elle avait le sentiment qu'elle avait dû sans cesse gagner l'amour de ses parents. Elle avait tant guetté cette flamme dans le regard de son père quand elle lui ramenait son bulletin, ou quand elle faisait une audition de piano. Elle ramenait un 18 en math. Il voulait savoir quelle avait été la faute qui expliquait qu'elle n'avait pas eu 20. Après l'audition, il lui faisait remarquer l'erreur dans une des notes de la partition ou dans le rythme que lui seul avait remarqué. Elle avait ramené des copines fréquentables, n'avait jamais fumé, avait toujours travaillé à l'école, avait fait du piano et de la danse comme conseillé et s'était pliée à toutes les conventions et toutes les exigences. Elle avait présenté Guillaume qui constituait le gendre idéal, qui possédait toutes les qualités requises pour plaire à ses parents. Et elle leur avait donné 4 petits-enfants. Malgré tout cela, elle ne verrait jamais cette lueur de fierté dans le regard de son père, lueur qu'elle avait encore aperçu hier dans le salon alors que Ludo jouait un air de Bradley Cooper à la guitare. Il avait dû prendre à tout casser 6 h de cours de guitare dans sa jeunesse, et déjà, il s'improvisait guitariste. Elle s'était tant réjouit du retour de son frère et maintenant qu'il était là, elle souhaitait qu'il reparte au Canada, au plus vite, loin du regard parental. Sa présence ne lui rappelait que trop le sentiment de ne pas être à la hauteur de ce grand frère prodige. Le voir ainsi faire sa crise, comme s'il avait trop souffert, lui était insupportable. Sa Majesté le bébé, qui venait pleurnicher sur sa pauvre existence d'enfant riche et gâté. Pathétique. Sans trop vouloir se l'avouer, elle avait même peur qu'Augustin ne vienne prendre la place de ses propres enfants dans le cœur de ses parents.

En arrivant à la maison, elle se dirigea immédiatement dans la salle de bain et se coula un bain brulant. Elle se plongea dedans et se recroquevilla en boule et se mit à sangloter.

CHAPITRE 32

JOURNAL DE CAMILLE

20 juillet 1995, musique en cours : « Always » Bon Jovi

Salut cher journal,

Hier, il m'est arrivé quelque chose…

C'est absolument insignifiant mais je n'arrive pas du tout à penser à autre chose et à me sortir cela de la tête.

J'étais assise sur le plongeoir de la piscine naturelle de la plage. C'est une piscine qui disparait presque à marée haute et dans laquelle on peut nager à marée basse. J'aime monter en haut du plongeoir et m'asseoir pour lire ou observer les gens sur la plage. On a une très jolie vue sur la mer, sur les maisons et sur les scènes de vie. J'aime beaucoup dessiner quand je suis assise ici. J'emporte toujours avec moi mon carnet de croquis dans lequel je dessine au crayon ou au fusain. Ce jour-là, j'étais en train de peindre avec des aquarelles. Il faisait plutôt chaud. Je portais mon maillot rouge et j'avais enfilé ma robe de plage par-dessus. J'attendais Matthias qui voulait qu'on prenne le bateau pour traverser jusqu'à Saint Malo. Il avait repéré l'autre fois une petite crêperie qu'il voulait tester avec moi. Je ne me sentais pas très enthousiaste de prendre le bateau et de me retrouver dans Intramuros toute l'après-midi. Mais j'avais promis à Matthias de me rendre disponible pour lui comme il avait congé cet après-midi. Il avait certainement des choses à me raconter.

Avec le temps, Matthias était devenu comme un frère pour moi. On n'avait aucun secret l'un pour l'autre. Il ne se passait plus un seul jour sans que je l'accompagne promener son chien sur la digue, ou qu'il m'aide à comprendre mes exercices de math, qu'il me fasse découvrir son dernier jeu vidéo ou que je lui parle du dernier livre que j'avais lu.

Je passais à nouveau un séjour chez les Leroy le temps de l'hospitalisation de maman et nous avions appris à nous connaitre et à nous apprécier. Lors du premier séjour, Matthias cherchait plutôt à m'éviter à la maison et vivait sa vie comme si je n'existais pas. Il me voyait comme la petite protégée de sa maman dont elle s'occupait comme une fille qu'elle n'avait pas eue, mais qu'elle aurait rêvé d'avoir. Avec le temps, j'étais passée de la rivale à la sœur qu'il n'avait jamais eu.

Mais je m'égare… Revenons à nos moutons…

J'étais donc assise, comme à mon habitude sur le plongeoir de la piscine de la plage mes aquarelles en main, quand j'entendis une voix derrière mon dos crier : « Alors la miss, peur de se jeter à l'eau ? »

Je me suis figée et j'ai tourné la tête. J'ai aperçu un jeune homme que je ne connaissais pas à quelques mètres de moi en train de nager dans la piscine. Brun, bronzé, hyper beau gosse, il devait avoir 3 ou 4 ans de plus que moi. Il avait un regard moqueur. Ses yeux d'un bleu profond semblaient se teinter des reflets de l'océan. Son regard me happait tellement que je n'arrivais pas à détourner mes yeux. Comme je ne lui répondais pas, il reprit : « Tu sais qu'elle est bonne. Tu peux plonger si tu veux, sauf si tu as mieux à faire avec ton bloc à dessins. »

Son ton arrogant m'a agacé. Je n'aimais pas être abordée par des inconnus. Cela me mettait mal à l'aise.

J'ai répondu sèchement : « Oui, en effet j'ai mieux à faire »

Je me suis retournée et j'ai repris mon activité mais je n'arrivais plus à me concentrer. Je devinais son regard sur moi.

Afin de me donner une contenance, j'ai rangé mon carnet et j'ai sorti mon livre. J'attendais qu'il parte. Après quelques minutes, il a lancé : « Tu sais, je t'ai déjà aperçu l'année dernière ici. On te repère facilement. Toujours sérieuse sur ton plongeoir. Jamais à l'eau, jamais sur la plage. Toujours assise avec un livre ou du papier sur le plongeoir. Ça ne te dit pas de faire autre chose ? Je vais finir par t'appeler la fille du plongeoir. Sauf si tu me dis comment tu t'appelles. »

Je bouillonnais intérieurement. J'hésitais entre replier mes affaires, me lever sans rien dire et partir, ou continuer à l'ignorer résolument.

« Je pense que tu devrais plutôt retourner jouer au volley avec tes potes. Les filles là-bas ne manqueront pas de baver sur tes abdos ou sur ton bronzage ! »

Il éclata de rire et dévoila ses dents extra bright. Je me suis sentie fondre en le voyant sourire. Cela m'était sorti tout seul. Je ne me reconnaissais pas.

« T'as remarqué mes abdos ? Finalement, tu ne regardes pas que tes bouquins ! »

Je détournais la tête furieuse et plongeais à nouveau le nez dans mon livre. Quel mufle ! Mais c'était vrai que je ne pouvais détourner mon regard de lui. Je le trouvais aussi beau qu'agaçant.

Je fus sauvée par Matthias qui se tenait sur le trottoir et m'appela :
« Camille ! T'es prête ? J'aimerais chopper le bateau de 15h10. »

Je me suis levée instantanément, j'ai rangé mes affaires et m'apprêtais à partir. Mais je ne pus m'empêcher de lui jeter un dernier regard.

Il continuait à me fixer avec un mélange d'arrogance, et de tendresse.

Le plongeoir se trouvant de l'autre côté de la piscine par rapport au trottoir, je dus faire tout le tour et je me sentais assez mal à l'aise. J'essayais de me forcer à fixer Matthias, la tête haute.

Quand je pensais avoir fini ma route, je l'entendis lancer dans mon dos :
« Au plaisir, Camille du plongeoir ! »

Je ne me suis pas retournée. Matthias m'a regardé étonné, et m'a demandé : « C'est qui ? Tu le connais ? »

« Non, c'est personne. »

Ensuite, la journée s'est écoulée, nous avons pris le bateau pour aller à Saint Malo, nous avons mangé une crêpe, puis fait un petit tour au port car Mathias avait une passion pour les bateaux.

Au retour en bateau à Dinard, Matthias me demanda de l'accompagner à la librairie de ses parents avant de rentrer. Il était déjà 18h et je me sentais un peu fourbue, mais j'ai accepté. C'était toujours un plaisir de pouvoir embrasser Catherine Leroy et de flâner dans les rayons à la recherche d'un prochain roman. Nous avons poussé la porte de la librairie et sommes entrés. Nous nous sommes approchés de Catherine qui était seule à la caisse en pleine comptabilité.

« Salut les Loulous ! Alors elle était belle cette virée à Saint Malo ? » nous demanda-t-elle

Nous avons acquiescé.

A ce moment même, le garçon que j'avais rencontré dans la piscine rentra dans la librairie. Il sourit en me reconnaissant et lança :

« Ah, on se retrouve ! Le monde est petit. »

Je n'ai rien répondu. Je me sentais si mal à l'aise. Mon cœur cognait dans ma poitrine.

Il se dirigea vers Catherine en lui disant : « Bonjour madame, je cherche le livre « les travailleurs de la mer » de Victor Hugo. Est-ce que vous l'auriez en stock s'il vous plait ? »

« Un instant, répondit Catherine, je vais vérifier. »

Elle partit dans les rayons, me laissant Matthias et moi en face du jeune homme. Il dégageait vraiment quelque chose. Grand, mince, musclé, les cheveux bruns épais, les yeux bleus.Je me sentais hyper mal à l'aise après l'échange houleux de tout à l'heure. Catherine revint avec le livre dans les mains et lui tendit.

Elle semblait bien le connaitre et lui dit :

« Alors Ludo, comment s'est passé ton bac français ? »

« Je suis très content, répondit-il, j'ai eu 18 à l'écrit et 17 à l'oral. »

« Waouh ! Félicitations ! »

Il a sorti son portefeuille et a payé.

Avant de partir, il m'a regardé l'air amusé. Je me suis sentie ridicule.

Après cela, j'ai prétexté un mal de tête et je suis rentrée direct.

J'ai dit à Matthias que je n'avais pas faim, que la crêpe était trop copieuse et je me suis enfermée dans ma chambre pour écrire.

Je ne comprends pas pourquoi, mais je n'arrête pas de penser à lui.

CHAPITRE 33

LUDOVIC

Décembre 2017

Ludo s'était retrouvé seul face à l'Océan. Il se souvenait de ce jour où il avait sauté à l'eau sous les yeux de Charlotte qui n'avait pas osé le suivre. C'était le jour de Noël, deux jours après avoir sauvé Camille de la noyade. Quand il avait sauté, il s'était dit qu'il aurait le courage de retourner la voir, de changer le cours de sa vie, d'un coup de tête. Laisser parler son cœur et oublier la raison.

Mais en rentrant à la maison par le retour de plage, trempé dans sa combinaison de plongée, riant aux éclats avec sa sœur, qui tentait de savoir ce qu'il allait faire de fou maintenant, il avait croisé son père qui cherchait une bouteille de vin à la cave en perspective du réveillon de noël. Charlotte avait raconté, admirative l'exploit un peu fou réalisé par Ludo. Ludo s'attendait à un regard désapprobateur de la part de son père et à cette phrase :

« Qu'est-ce que c'est encore que cette histoire de plongeon dans l'océan glacé en plein mois de décembre ? »

Mais en fait, pas du tout, Jean avait souri et alors que Charlotte était monté à l'étage, il avait dit à Ludo :

« Je n'ai pas encore eu l'occasion de te le dire depuis ton arrivée, mais tu me rends extrêmement fier. Tu sembles enfin épanoui. Cette école que tu as obtenue, ton avenir tout tracé, et maintenant cette petite amie dont ta mère m'a parlée. Quelle belle réussite Ludo ! Je suis content que tu sois devenu un peu plus adulte et raisonnable ! Bravo, continue ainsi ! »

Sentir que son père était fier de lui le comblait de joie. Cela lui coupa l'herbe sous les pieds. Il ne changea rien au programme, passa les fêtes de Noël en famille, rentra aux Etats Unis et retrouva Fleur.

Il ne pouvait pas imaginer de le décevoir maintenant.

Aujourd'hui, 20 ans plus tard, certains souvenirs lui revenaient. Les rencontres avec Camille, presque toutes fortuites, gardaient une saveur particulière, comme un plat qu'on aurait goûté en tant qu'enfant, ou une odeur qu'on aurait sentie et qu'on reconnaitrait parmi cent autres. Si cette fille était une chanson, elle serait sans aucun doute le slow de Sinead O Connor, « Nothing compares 2 U ». Il n'avait jamais croisé sur sa route une femme qui l'avait autant marqué. Il revoyait encore son sourire, qui à lui seul ensoleillait toute la pièce ; ses yeux noisettes si doux qu'il était difficile de s'en détacher, et sa sensibilité à fleur de peau qui la rendait à la fois si vulnérable et si forte.

Ludo s'était senti compris et entendu lors de leurs échanges. Il voulait sans cesse être auprès d'elle. Ils étaient intarissables, refaisaient le monde, parlaient de leurs peurs, de leurs rêves. Avec Camille, il s'était senti comme un voilier qui après des semaines de traversée avait enfin atteint l'île sur laquelle il voulait accoster.

CHAPITRE 34

JOURNAL DE CAMILLE

30 juillet 1995, musique en cours : « Kiss from a rose » de Seal

Catherine m'a donné des nouvelles de maman. A priori, elle va bien et poursuit son hospitalisation. Elle prend un nouveau traitement qui donne moins d'effet secondaires, notamment moins de prise de poids. Pour l'instant les visites de la famille ne sont pas autorisées. Je dois avouer que cela m'arrange. L'idée de revoir ce petit pavillon glauque et les autres patients aux regards insistants m'angoisse.

Je n'ai pas osé retourner lire sur le plongeoir depuis que j'y ai rencontré ce garçon. J'ai rejoué en boucle le dialogue dans ma tête et je m'en veux d'avoir été d'emblée aussi désagréable. En fait, j'avais surtout été sur la défensive ; je me suis sentie mise à mal, j'ai eu le sentiment qu'il se moquait de moi. Je me suis sentie si ridicule face à lui. C'est difficile à expliquer.

L'idée de le croiser à nouveau me terrorise car je l'ai aussi trouvé très séduisant, solaire, magnétique. Son regard m'a paralysé.

Entre temps, j'ai appris par Matthias qu'il était là en vacances et que ses parents possédaient l'une des belles maisons sur les falaises. Il l'avait lui-même entendu d'une conversation entre deux filles qui faisaient un stage au club cette semaine. L'une d'elles est la sœur du garçon, une certaine Charlotte et l'autre une de ses amies, qui n'est autre qu'Emma, la garce de ma classe. Le monde est petit. A priori, Emma a des vues sur Ludo (pas étonnant, elle a des vues sur tous les beaux mecs qu'elle croise) et tente de devenir amie avec Charlotte pour l'approcher plus facilement. Ça m'a tellement énervée qu'il me raconte ça que je lui ai demandé ce qu'on pouvait bien trouver à cette pimbèche. Et je me suis mise à la traiter de noms d'oiseaux. Matthias a eu l'air étonné de ma réaction, il a souri et m'a répondu : « C'est rare de te voir dans cet état…Ce n'est pas étonnant au contraire. Emma est plutôt canon. La plupart des mecs voudraient bien sortir avec elle… »

Je crois que cela m'a mise encore plus en colère. Alors comme ça elle lui plaisait à lui aussi !

« Pourquoi tu n'essayes pas de sortir avec elle si elle est si parfaite ? » avais-je aboyé

Il avait eu l'air de plus en plus amusé par mon comportement et m'avait répondu : « Tu fais une crise de jalousie ?»

« Non, pas du tout !! Je ne voudrais ressembler à cette conne pour rien au monde ! »

C'était faux, faux, faux, faux et archi faux !!!!!!! Je déteste cette fille car elle est méchante et mesquine, mais je dois admettre que je lui envie tout !! Moi, je me sens comme le vilain petit canard. Je déteste mes cheveux qui frisottent dès qu'il fait plus de 30 pour cent d'humidité dans l'air (je te rappelle qu'on est en Bretagne, alors ici le taux d'humidité frise plutôt les 80 pour cent). Mon visage est envahi de boutons que je tente sans cesse de percer, ce qui me fait des croûtes qui durent deux fois plus longtemps que si je n'y avais pas touché. J'ai des seins qui affoleraient n'importe quel fan de Sabrina dans son clip boys, mais que j'essaye de cacher sous d'amples pullovers noirs et des chemises à carreaux oversize. Et c'est sans parler des bagues de fer sur les dents. Dans ma classe, la plupart des filles ont des bagues transparentes mais c'est le double du prix donc on n'a pas eu le choix. J'ai les bagues premier prix et ça fait un an que je n'ose plus sourire de peur de ressembler à l'homme aux dents de fer du film de James Bond : « l'Espion qui m'aimait ».

Devant mon silence et ma mauvaise humeur, il a repris, avec un coup de coude : « Hey ! Arrête ! J'ai juste dit que de premier abord elle est super belle. Mais il ne faut pas très longtemps pour s'apercevoir qu'elle ne l'est pas trop à l'intérieur. »

Au fond de moi, j'ai très peur de le perdre aussi. Je pense qu'il est mon seul véritable ami. Je lui fais confiance. Je me rends bien compte qu'arriver au collège avec un mec de seconde, cela me permet une certaine tranquillité. Pas de petites remarques désobligeantes, de surnoms ridicules ou humiliants. Il joue sans cesse au grand frère protecteur et moi, je le laisse faire, en lui étant tellement reconnaissante. Malgré quelques conquêtes et quelques expériences alcoolotabagiques en tout genre depuis 6 mois, il continue à se dégager du temps pour moi. Il me raconte ses exploits et je le regarde d'un air réprobateur.

« Tu ne dis rien de ce que je te raconte à ma mère, sinon elle me tue ! »

« Tu me prends pour qui ? Une balance ? C'est toi qui devrais lui en parler. Fais un peu attention à ce que tu fais ! »

Demain j'aurai 15 ans.

Après l'échange avec Matthias, pour me changer les idées, j'ai sorti mon matériel et je me suis lancée. J'avais déjà peint une toile qui me représentait en train de dessiner sur le plongeoir de la piscine. Je l'avais intitulé « La fille du plongeoir ».

Aujourd'hui, j'ai eu envie de faire une deuxième toile, quelque peu différente. Représenter une jeune fille, belle, fine, délicate, assise sur le plongeoir de la piscine, un crayon à la main, en plein coucher de soleil. Dans la piscine, un jeune homme, Ce Ludo, que j'avais trouvé terriblement beau, musclé, fort et fragile à la fois. Ils se regardaient, étaient seuls au monde, savouraient cet instant suspendu et hors du temps. A l'arrière, le coucher de soleil sur Saint Malo.

A la fin de la soirée, mon aquarelle était terminée et j'en étais plus que satisfaite. Je l'ai intitulée : « Rencontre sur le plongeoir ».

CHAPITRE 35

Décembre 2017

CAMILLE

Camille était restée sidérée après la lecture de la lettre de sa mère. Une grande tristesse l'envahit. Une sensation de gâchis et de culpabilité. Elle aurait voulu savoir qu'il ne lui restait plus que deux mois à vivre. Elle serait venue à Dinard, pour la voir, lui parler, l'embrasser une dernière fois. Elle aurait voulu lui demander pardon d'avoir pris la fuite. La serrer une dernière fois dans ses bras, lui dire qu'elle avait été une bonne mère pour elle. Elle lui manquait tant. Elle se dit que c'est à la mort d'un proche que l'on ressent cruellement le manque. Elle avait dû relire la lettre plusieurs fois pour en comprendre tout le sens. En fait sa mère, condamnée par son cancer, s'était donnée la mort.

Ce soir-là, Camille s'assit par terre et s'autorisa à pleurer. Longtemps, à chaudes larmes, le temps qu'il faudrait. La petite fille à l'intérieur d'elle, celle qu'elle avait faite taire depuis tant d'années, pleurait sa maman. Sa maman qu'elle avait tant aimée, qu'elle n'avait pas vue depuis des années, et qui ne serait plus jamais là pour la serrer dans les bras.

CHAPITRE 36

JOURNAL DE CAMILLE

1 er aout 1995, musique en cours : « You are not alone » Michael Jackson

Aujourd'hui, j'ai eu 15 ans.

J'ai passé une très belle journée. Catherine et Pierre avaient décidé de me faire une surprise pour l'occasion et ils avaient organisé une balade à vélo en fin d'après-midi avec pique-nique à Saint Briac sur la plage et retour au coucher de soleil et dans la nuit. Matthias s'était joint à nous et ce fut pour moi l'occasion d'en savoir plus sur les manigances d'Emma avec Ludo. Cette histoire m'énervait et en même temps je ne pouvais pas m'empêcher de poser des questions à Matthias. La rumeur courait dans le club de voile qu'Emma et Ludo seraient partis faire une balade à vélo tous les deux l'après-midi et qu'ils auraient fait une pause au bord d'une rivière pour se reposer et qu'elle n'avait pas mis de culotte sous sa robe. Détail croustillant qui selon les rumeurs, n'avait pas dû déplaire à Ludo… Il la trouvait de plus en plus intéressante du haut de ses 15 ans. Matthias me racontait tous les potins croustillants qu'il avait entendus le matin. Je me disais que tout cela n'était encore que le résultat de l'imagination débordante des copines d'Emma qui voulaient se rendre intéressantes mais j'ouvrais malgré tout des yeux gros comme des soucoupes.

Notre conversation fut interrompue par ses parents qui nous appelèrent pour trinquer à ma santé et à mes 15 ans. Catherine avait apporté une bouteille de crémant et j'ai trempé mes lèvres en grimaçant. L'alcool, ce n'est pas mon truc.

Catherine s'approcha de moi et me tendit un paquet en me disant : « Voilà pour toi. C'est de la part de ta maman. Elle m'a chargé de te le donner pendant son hospitalisation.. »

Quand j'ouvris le paquet, je trouvais un collier en argent où était accroché un petit pendentif en forme de cœur. « Louise m'a dit que ce pendentif a appartenu à ta grand-mère. C'est ton grand père qui lui a offert à la naissance de ta maman. »

Ce cadeau m'a fait très plaisir et m'a beaucoup touché. J'aurais voulu que maman soit avec nous aujourd'hui. Catherine enchaina avec leur cadeau qui tenait dans une enveloppe. Je la regardai d'un air interrogatif… En ouvrant l'enveloppe blanche, je découvris des billets pour une pièce de théâtre.

« Comme je sais que tu es très attirée par le théâtre, je t'ai pris des billets pour une pièce dont m'a parlé une cliente. Son fils joue dedans avec sa troupe du Conservatoire de Paris. Ils font une représentation à Dinard pendant le mois d'août. C'est la première fois que la mairie loue une salle pour l'équipe du conservatoire de Paris. Il s'agit des Fables de la Fontaine revisitées. Je pense que ça devrait te plaire.

Une pièce jouée par des ados sur les Fables de La Fontaine… J'avais des étoiles dans les yeux. Je gardais encore les souvenirs et la magie de cette pièce que j'étais allée voir avec maman à Paris. Catherine avait eu une si bonne idée.

Ce soir-là, je me suis sentie vraiment heureuse et comblée. Je vivais seule avec ma mère, sans réelle famille, mais j'avais la chance d'avoir une famille de cœur et cela me suffisait largement. Nos liens étaient forts et nos sentiments les uns envers les autres sincères. Avec eux, je me sentais en confiance.

« Bon, tu ne vas quand même pas y aller toute seule à cette pièce, me dit Matthias. Je me propose de t'accompagner ! »

« Ok ! Si tu n'as pas d'autres chats à fouetter ce soir-là ! » répondis-je en lui lançant un clin d'œil.

Catherine nous observa l'œil suspicieux, tout en murmurant : « Qu'est-ce que c'est que ces cachotteries… »

Après une bouteille de crémant, des olives et des tomates cerises, du pâté de campagne, des rillettes et du pain noir, plusieurs paquets de chips, nous avons commencé à remballer les affaires.

Catherine sortit encore un gâteau marbré, mon préféré, de son panier et commença à allumer les bougies.

« Mais quand as-tu préparé le gâteau ? »

« Quand tu dormais ! »

Réussir à garder des bougies allumées en bord de mer avec le vent et les embruns relevait du miracle. J'ai pu malgré tout souffler quelques bougies et Pierre eut le temps d'immortaliser ce moment avec son appareil photo.

Quand j'aurai le temps, je ferai une aquarelle de ce moment. Une famille qui se réunit sur une plage, au coucher de soleil pour les 15 ans de « La fille du plongeoir ». Et sur celle-là, pas la peine de changer la robe ou le maillot pour qu'elle soit jolie. Le bonheur qu'elle ressent illumine son visage, éclairé par la douce lueur du soir, et irradie au-delà des vagues. Alors peu importe, les frisottis, les boutons ou les bourrelets, aujourd'hui, je suis fière et heureuse d'être ce que je suis avec ces personnes que j'aime.

Merci, merci, merci et encore merci.

CHAPITRE 37

AUGUSTIN

Décembre 2017

Le château de Combourg était une magnifique forteresse datant du XIIème siècle, possédant à l'avant deux grandes tours et deux plus petites à l'arrière.

Geneviève avait réservé une visite guidée afin que ce soit plus intéressant pour ses petits-enfants et ils attendaient dans les jardins que le guide leur fasse signe de se regrouper.

Augustin courait dans les jardins, enchainant les parties de loup glacé, une forme revisitée du classique jeu du loup avec ses cousins.

Quand les premières gouttes de pluie se firent sentir, il ajusta la capuche du cirée jaune que sa mamie lui avait donné.

« C'est la tenue officielle en Bretagne, mon garçon » lui avait-elle dit. « Quand les enfants étaient petits, dès qu'ils grandissaient, j'achetais la taille au-dessus. Maintenant j'ai une collection complète de cirés et de bottes de pluie pour les petits enfants ! »

Augustin sentait néanmoins le vent glacial transpercer le vêtement et frissonna. Un coup de tonnerre se fit entendre. Le ciel s'était assombri, plongeant le jardin et le château dans une ambiance sinistre. Le guide les emmena à l'intérieur du château. Le groupe était composé presque exclusivement d'adultes, les enfants français n'étant pas encore en vacances scolaires. Il semblait ravi de pouvoir interroger des enfants et se tourna vers Augustin et ses cousins, essayant de les intéresser par de multiples anecdotes.

Augustin apprit donc que le château avait été bâti au XIIIème siècle par un évêque de Dol de Bretagne, et avait appartenu à la famille Du Guesclin avant d'appartenir à la famille Chateaubriand. Il n'avait jamais entendu parler de ce Chateaubriand auparavant. Il fut particulièrement attentif quand ils entrèrent dans la chambre qu'occupait l'écrivain.

« Nous voici dans la chambre où dormait Chateaubriand », fit le guide. « Celle-ci est située au dernier étage de la Tour du chat. Comme nous venons de le faire, il faut vous imaginer ce petit garçon, qui devait traverser seul chaque soir le chemin de ronde pour se rendre à sa chambre. Il était terrorisé car selon l'histoire, l'endroit était hanté. »

Augustin fixa sans sourciller le guide, la respiration coupée.

« Et son père se moquait de ses peurs et lui imposait cette épreuve initiatique. »

Augustin s'osa à lever le doigt. Le guide lui lança : « Oui, tu avais une question ? »

Il avala sa salive et s'éclaircit la voix avant de demander : « De quels fantômes s'agissait-il ? »

Le guide sourit et répondit : « La légende dit que le château est hanté par deux types de fantômes. Tout d'abord le fantôme du chat, d'où le nom donné à cette tour, appelée la Tour du chat. On dit qu'autrefois, il était de coutume d'emmurer vivant un chat noir dans une pièce d'un château pour en éloigner le démon. Le fantôme de ce chat serait venu hanter le château et en particulier la chambre de Chateaubriand. Figurez-vous qu'après la mort de l'écrivain, lors de travaux de rénovation, les ouvriers ont découvert la momie du chat dans la chambre de Chateaubriand. Elle est exposée dans cette vitrine. »

Les visiteurs s'approchèrent à tour de rôle de la vitrine et frissonnèrent en apercevant les restes du félin.

Augustin n'osa pas s'approcher et fixa le guide avec effroi.

Le guide continua : « Et la légende dit encore que le chat ne serait pas le seul fantôme à être venu hanter l'écrivain lors de son enfance. On raconte que le fantôme de l'ancien propriétaire Malo de Coetquen perdit sa jambe lors d'une bataille et Chateaubriand entendait claquer sa jambe de bois sur le sol la nuit… ».

Augustin osa encore une autre question :

« Et sa mère, monsieur, elle ne l'a pas rassuré ? »

« La mère de Chateaubriand est décrite comme dépressive suite à des deuils périnataux. Et son père vivait reclus et était très acariâtre. Tout cela est très bien décrit dans ses « Mémoires d'Outre-tombe ». »

Augustin n'avait jamais entendu parler de cet écrivain, mais son histoire et son enfance solitaire et malheureuse le toucha beaucoup.

En sortant, il demanda à ses grands-parents s'ils pouvaient lui acheter le livre dont le guide parlait. Mais Geneviève lui dit qu'il s'agissait d'un livre intitulé « les Mémoires d'Outre-Tombe ». Ils étaient en vente à la boutique du château mais composé de 5 volumes et pas du niveau de lecture d'Augustin malheureusement.

Comme il parut si déçu, son grand père lui demanda : « Pourquoi veux-tu tellement lire les mémoires de Chateaubriand ? »

Augustin répondit : « Parce que moi aussi je me sens très seul chez moi et surtout parce que comme lui, j'ai peur des fantômes la nuit. Même après mes rituels, je dois me cacher sous ma couette. Peut-être que dans son livre, il explique comment il a fait pour les chasser. »

Jean regarda son petit-fils un moment, puis lui dit en guise de réponse. « Les livres sont vraiment très compliqués mais si tu veux, un de ces jours, je t'emmènerai à Saint Malo et on ira sur sa tombe. Il a été enterré sur un îlot où l'on ne peut aller qu'à marée basse. Ce sera une petite sortie tous les deux. Qu'en dis-tu ? »

Un large sourire parcourut le visage d'Augustin.

Quelles vacances formidables !!

CHAPITRE 38

Journal de Camille

20 août 1995, musique en cours : « Shy Guy » de Diana King

Il s'est passé tant de choses… Je ne sais pas par quoi commencer…

Je vais commencer par les préparatifs de la soirée de la pièce de théâtre. Cela faisait des jours que j'attendais ce moment. Aller à ma deuxième pièce de théâtre. Découvrir non pas des acteurs professionnels comme à Paris mais des adolescents de mon âge qui avaient été acceptés au Conservatoire, et qui en plus de suivre les cours dans leur lycée travaillaient sur des textes, des mises en scène, prenaient des cours de diction. Pouvoir à 16 ans avoir une passion et avoir la chance de s'exposer au public, de se mettre à nu, d'incarner un personnage, d'extérioriser ses émotions. Cela me faisait rêver. Moi, si timide, j'étais à la fois admirative de ce genre d'artiste et en total décalage.

J'attendais donc cette soirée avec impatience. C'était rare que je sois de sortie, et j'avais envie de me faire jolie pour l'occasion. J'en avais parlé avec Catherine la veille et elle m'avait proposé de me prêter des produits de maquillage. Un peu de fond de teint pour cacher certains boutons, du blush couleur pèche pour rehausser mon teint, du mascara sur les cils.

Ce soir-là, j'ai reproduit gestes après gestes ce qu'elle m'avait montré.

Le résultat ne me plaisait pas vraiment car le fond de teint marquait encore plus mes boutons que j'avais encore triturés la veille.

Mon problème central du jour était mes cheveux que j'avais du mal à dompter et cette frange trop longue pour être une frange et trop courte pour se mêler au reste de la chevelure. J'ai frisé la crise de nerf. J'ai fini par me les attacher en queue de cheval et ai fixé des barrettes pour plaquer les mèches de la frange.

J'ai enfilé une robe vichy orange et une paire de sandalettes. Cela me donnait de très loin un petit air de Brigitte Bardot à ses débuts et je suis allée attendre Matthias à la cuisine.

Quand il arriva, je remarquais immédiatement qu'il avait mis une chemise blanche, rentrée dans un jeans qu'il avait ceinturé. Ça le changeait de ses tee shirt Nirvana extra larges !

« Quelle élégance ! » lui lançais-je

« Et toi donc ! Tu es très jolie. » osa-t-il

J'ai senti le rouge me monter aux joues. Il brandit deux billets de 50 francs et me dit : « De la part de maman pour qu'on s'achète un truc à manger avant d'y aller. Tu veux quoi ? Kebab ? »

« Allons-y pour un kebab ! »

Un banc le long de la plage, une canette de coca et un kebab, lui, moi, les passants et les mouettes qui lorgnaient notre repas. J'avais l'impression d'être grande ce soir. Les filles qui passaient se retournaient sur Matthias qui était beau à tomber. Je me sentais fière qu'il soit mon cavalier. C'est idiot mais ça me faisait plaisir de sentir le regard envieux de certaines filles en me voyant à côté de lui.

La marée était haute et la plage semblait minuscule. J'aime bien pouvoir observer la plage à ces heures de la journée. Une partie du monde de l'après-midi est rentré, souvent les familles avec les jeunes enfants. Ça doit être l'heure du rinçage des pieds ensablés, du nettoyage des seaux et des pelles, des bains, du parfum de l'après soleil. C'est souvent une heure aussi où les personnes plus âgées sont parties, respectant scrupuleusement leurs horaires et leurs habitudes. Heure de l'apéro, heure de préparation du repas, heure du maquillage en vue de la soirée qui s'annonce. C'est aussi le moment où le père de famille vient juste avant la fermeture de la boulangerie ou de la superette pour y chercher une dernière baguette, des saucisses pour un barbecue improvisé ou une petite bouteille de vin pour le repas du soir.

Ce moment suspendu, c'est un espace intermédiaire pour la plupart des gens. Le trait d'union entre leur après-midi de vacances d'été et la longue soirée qui s'annonce.

J'aime bien les moments de traits d'union. Ces moments insignifiants de la journée, qu'on répète presque machinalement, et qui pourtant donnent la consistance et la structure des autres moments.

Ça me fait penser à un endroit que j'appelle l'entre deux mers ici. C'est un petit passage de pierre creusé dans la roche qui relie la plage de l'Ecluse à la baie du Prieuré. En principe cet endroit n'offre pas grand intérêt et les personnes s'attardent plutôt d'un côté ou de l'autre. Les deux endroits ont une vue à couper le souffle. Je ne saurais dire pourquoi, mais moi je m'attarde dans ce petit passage avant d'aller sur le plongeoir. Je m'y sens bien. Une odeur de gaufre vint nous chatouiller les narines et me fit sortir de ma rêverie. Nous avons terminé notre repas pour nous inscrire avec nos billets dans la file devant l'auditorium.

Une fois installés, la pièce put débuter pour mon plus grand plaisir.

Le rideau s'est ouvert sur un vieux banc et sur un bruit de métro. Une jeune fille est venue s'assoir sur le banc, un livre dans la main. Puis il est arrivé. Un garçon interprétant le rôle d'un clochard, vêtu d'un vieux jeans troué, d'une veste déchirée, coiffé d'un chapeau sur la tête, portant multiples sacs et sachets. Il traversa la salle, le dos vouté et interpella directement la fille assise sur le banc « Non mais dites donc vous, qu'est-ce que vous faites là ? C'est ma place là ! » Et interpellant le public, il ajouta : « On n'est plus chez soi nul part… »

Je reconnus immédiatement le jeune homme de la piscine. Sa voix assurée, son arrogance. J'étais trop loin pour distinguer ses yeux et son visage, mais je sus que c'était lui. Dans le rôle du clochard, il avait un côté fragile et attachant que je découvris.

J'ai été emporté par cette pièce, par le jeu des acteurs, par la complicité qui se dégageait entre eux. Ils semblaient prendre un vrai plaisir à jouer ensemble. Ils passaient un superbe moment, autant que le public dans la salle.

La pièce était truffée d'humour, mais elle présentait aussi une vision très cynique de la société actuelle.

Il s'agissait d'une pièce qui revisitait la plupart des Fables de La Fontaine. Ainsi ont été jouées des versions modernes de la cigale et la fourmi, du corbeau et du renard, du loup et du chien, et tant d'autres que je ne connaissais pas.

La pièce se termina sur la fable La mort et le bucheron, sur la musique Nessun Dorma de l'Opera Turandot de Puccini. C'était saisissant. La mort interprétée par une jeune fille très grande vêtue d'un tailleur pantalon noir est venue chercher Clodo au bout du bout. Celui-ci signe le formulaire que lui tend la mort et s'en va avec elle tranquillement.

Mais surtout, je n'ai pas pu détourner mon regard de Ludo qui interprétait avec un tel brio son rôle de Clodo. Je me suis sentie comme hypnotisée.

Comme je ne bougeais pas à la fin de la pièce, Matthias me demanda :

« Tu vas bien ? Tu es toute pâle. Ça ne t'a pas plu ? »

Je revins dans la réalité et répondit :

« Euh, si si. J'ai beaucoup aimé. »

« T'as vu ? Celui qui interprète Clodo, c'est le mec d'Emma dont je t'ai parlé »

Je n'avais pas envie de parler de lui avec Matthias et je fis mine de ne pas me souvenir.

« Tu es sûr que c'est lui. Je ne pense pas… »

« Mais bien sûr que si. C'est Ludo. Je le vois tous les jours au club. Peut-être qu'on le voit à la sortie. On pourrait aller prendre un verre. »

Je me dépêchais de me lever et de reprendre mes affaires et lui dit :

« Je suis fatiguée, je vais rentrer. Mais tu n'as pas besoin de me raccompagner. Sors avec tes amis, c'est bien. »

Il a semblé hésiter un instant, mais a fini par acquiescer. Je suis partie, à la va vite, le plantant en plein milieu de la salle.

CHAPITRE 39

15 décembre 2017

CAMILLE

Camille reprenait petit à petit son calme après avoir beaucoup pleuré à la lecture de la lettre que lui avait laissé sa mère. Elle avait beaucoup avancé dans le tri de l'appartement. Plus de la moitié des affaires étaient emballées dans des cartons qui portaient l'inscription : LEROY, LEOPOLDINE, EMMAUS, PARIS.

C'était une organisation militaire. Elle avait contacté Emmaüs qui avait proposé de venir le lendemain récupérer les meubles et les cartons dont elle voulait se séparer. Du mobilier, elle ne garderait que trois choses : le secrétaire au bois d'acajou au tiroir secret qui l'avait accompagné pendant toute son enfance et son adolescence, le vieux coffre de pirate dans lequel avaient été conservés les croquis et les aquarelles, une vieille armoire en pin où sa mère conservait toutes les tenues qu'elle avait confectionnées et à l'intérieur de laquelle elle avait placé un grand miroir, devant lequel elle passait des heures à essayer des tenues, parfaire sa coiffure, se poudrer le nez.

Louise avait été une femme coquette, charmante. Camille se souvenait à quel point elle adorait la contempler quand elle brossait ses cheveux devant ce miroir afin de réaliser ses traditionnels chignons. Cela lui donnait un air distingué. Elle essayait souvent des robes longues en tulle qu'elle avait créées le soir après le travail avec sa machine à coudre. C'étaient des robes de soirée pour aller à un gala, qui ne lui servaient jamais car elle ne fréquentait pas ce genre d'endroit, ni les personnes qui s'y rendaient. Mais il s'agissait d'un rituel pour elle les dimanche après-midi pluvieux. Elle se préparait comme si elle sortait, mettait ses plus beaux dessous, ses bas, parfois un porte jarretelle, enfilait une robe au tissu délicat et à la coupe impeccable, se coiffait les cheveux en chignon, se fardait le visage. Et elle se contemplait ainsi. Camille, elle, la regardait en cachette du haut de ses 6 ou 7 ans.

Les robes étaient ensuite délicatement emballées et rangées consciencieusement dans l'armoire. Elle démaquillait son visage avec un lait nettoyant au parfum délicat et défaisait son chignon laissant retomber ses belles boucles brunes sur ses épaules. Elle avait alors un air triste qui ne la quittait pas de la soirée.

Camille décrocha alors le tableau qui était au mur, le seul que sa mère avait gardé. Il était placé au salon en face du canapé. C'était le tableau « La fille du plongeoir ». Est-ce que sa mère avait voulu le contempler une dernière fois avant de mourir ? Elle avait été retrouvée morte sur ce canapé. Elle ne le saurait jamais. En tout cas, les autres toiles et croquis étaient dans une galerie tenue par Margot. Que le monde était petit… Elle allait revoir Margot donc… et lui remettre aussi le tableau la fille du plongeoir qui complèterait ainsi la collection.

CHAPITRE 40

JOURNAL DE Camille

1er septembre 1995, musique en cours : « L'autre » Mylène Farmer

La ville s'est vidée des vacanciers depuis quelques jours. Les adolescents tous droit venus de la capitale, habitués du club de voile, ont disparu et doivent être retournés dans leurs lycées parisiens. On n'entend plus de jeunes qui hurlent en sortant des bars à 3 heures du matin. Les belles villas dinardaises du bord de mer semblent endormies avec leurs volets fermés et l'herbe qui pousse. Plusieurs restaurants sont fermés, les rues sont vides. La cité balnéaire s'endort petit à petit.

Dans le quartier où je vis avec maman en revanche, rien n'a changé. Toujours les mêmes jeunes en jogging qui squattent dans l'aire de jeux, toujours la même bande dans la cage d'escalier et toujours les odeurs nauséabondes aux boîtes aux lettres.

Pour fêter la fin du stage de catamaran, Emma avait improvisé une soirée chez ses parents. Ils lui avaient laissé la maison pour la soirée. Elle avait invité son groupe, ainsi que son moniteur et Matthias qui avait été l'assistant durant la saison estivale. Matthias s'y était rendu. Une sorte de soirée d'adieu qu'Emma organisait pour Ludo qui repartait le lendemain à Paris et qu'elle était certainement triste de quitter après un début d'idylle de vacances plutôt prometteur pour elle. J'imagine déjà qu'elle ne parlera que de ça à ses amies à la rentrée. Selon Matthias, qui avait sympathisé avec les amies d'Emma et attirait les confidences, Emma et Ludo ne seraient plus ensemble suite à cette soirée. Des rumeurs contradictoires circulaient : certaines attribuaient leur rupture au refus d'Emma de coucher avec lui, d'autres disaient qu'elle avait dragué le prof de voile et que ça n'avait pas plu à Ludo, d'autres évoquaient que Ludo n'avait pas voulu aller plus loin avec elle car elle ne lui plaisait pas assez. J'avais un peu de mal à croire à la dernière raison.

Matthias, à défaut de draguer, a plutôt selon lui, été attiré par le buffet : un genre d'apéro géant avec chips et curly à gogo, jus de fruit en tout genre et fontaine de chocolat où ils plongeaient des fruits en brochette.

Maman sort de l'hôpital ce jeudi. Je vais la chercher avec Catherine après les cours. Je ne l'ai vue que deux fois depuis le début de son hospitalisation. Elle m'a semblé mieux avec son nouveau traitement. Elle a demandé s'il y avait du courrier pour elle. Par courrier, je pense qu'elle voulait savoir si Victor lui avait écrit une lettre. Ça m'a mis en rage. N'apprend-elle jamais rien de ses erreurs ?

CHAPITRE 41

CHARLOTTE

Décembre 2017

De retour à la maison, Charlotte quitta ses vêtements mouillés et enfila un pull chaud. Elle descendit se chauffer un bol de soupe dans lequel elle mit du gruyère râpé et des croutons.

Elle était très en colère. Depuis le retour de Ludo, elle avait l'impression d'avoir à faire à un adolescent rebelle et non à un père de famille d'une quarantaine d'années. Guillaume et les deux grands lui manquaient et elle commençait à sérieusement regretter d'être restée cette semaine supplémentaire à Dinard. Elle consulta son téléphone. Pas de message. Pas de nouvelles de son mari depuis son sms du dimanche soir disant qu'ils étaient bien rentrés. Elle tenta de l'appeler. Il était 15h, il devait être largement rentré de sa pause déjeuner. Son appel sonnait dans le vide. Elle tenta alors le bureau. La secrétaire décrocha.

Sans se présenter, elle lança :

« Bonjour, je cherche à joindre Guillaume Chaumont »

La voix à l'autre bout du téléphone lui répondit :

« Excusez-moi madame, mais Mr Chaumont est en congé aujourd'hui. Il sera de retour au bureau demain. Dois-je lui laisser un message ? »

Un long silence s'installa. Charlotte était sans voix.

« Madame, vous m'entendez ? Puis-je prendre un message pour Mr Chaumont ? »

« Non, merci. » répondit Charlotte en raccrochant immédiatement.

Elle sentit son cœur qui se serrait dans sa poitrine. Il battait la chamade. Elle ne comprenait pas. Comment ça EN CONGE ? Il lui est quasiment impossible de prendre plus de 3 semaines de vacances par an et il avait posé un congé en plein milieu de la semaine au mois de décembre. Ça ne collait pas… Cela n'avait pas de sens…

Elle se sentit s'agiter intérieurement. Pour se calmer, elle se mit à vider le lave-vaisselle, manquant de casser deux assiettes et un verre tant elle était fébrile. Elle commença à penser qu'il s'était peut-être passé quelque chose avec Valentine ou Fred, que l'un d'eux était à l'hôpital, que Guillaume avait dû prendre un congé et qu'il n'avait pas voulu l'inquiéter. Cela voulait sûrement dire que c'était grave. Elle alla prendre une barre de chocolat, puis une deuxième et finit par avaler la tablette. Elle jeta frénétiquement le papier dans la poubelle.

Elle s'en voulait de ne pas être à Paris. Cela ne lui ressemblait pas de quitter le navire comme ça. L'inquiétude montait et elle chercha à enfouir tous les scénarios catastrophes qui l'envahissaient.

Elle tenta à nouveau de le joindre. Elle devait rester calme et penser aux solutions les plus simples. Il devait y avoir une erreur. Il devait être en rendez-vous extérieur et son assistante avait dû faire erreur en pensant qu'il était en congés. Mais à nouveau, elle tomba sur le répondeur où la voix de Guillaume lui proposait de laisser un message, promettant de la rappeler dès que possible.

Soudain, elle commença à repenser à ces soirées où Guillaume rentrait tard, de plus en plus tard, ces odeurs qu'elle ne reconnaissait pas, ces semaines entières sans qu'il la touche, la sonnerie du téléphone qui indiquait un sms reçu qui se faisait de plus en plus fréquente. Elle avait mis tout cela sur le compte d'un gros dossier au travail ou du stress. Mais pour la première fois, une autre hypothèse venait s'instiller dans son esprit. Y aurait-il une autre femme ? Elle tentait désespérément de trouver une autre explication. Ça devait être tout simple. Elle allait poser la question à Guillaume et il allait avoir une réponse évidente. Elle rirait après coup d'avoir douté de lui et d'avoir été aussi suspicieuse. Elle eut soudain une idée, un moyen rapide de se rassurer. Elle aurait dû y penser plus tôt. Elle utilisait ce moyen avec Fred et Valentine pour se rassurer.

Elle prit son portable et chercha l'application « localiser ». Après quelques secondes de recherche de l'emplacement du téléphone de Guillaume, elle serait fixée. Elle envoya une demande de localisation du téléphone de son mari et attendit. Le cœur battant.

Et elle comprit.

Il était dans un hôtel en plein cœur du Marais. À 15h de l'après-midi…

CHAPITRE 42

Journal de Camille

17 octobre 1995, musique en écoute : « Dieu m'a donné la foi » Ophélie Winter

La rentrée de seconde s'est beaucoup mieux passée que ce que j'avais prévue.

Beaucoup d'élèves sont partis dans d'autres lycées comme des lycées professionnels et je me sens plutôt à l'aise avec ceux de ma classe. Même les garçons les plus idiots d'habitude semblent avoir muri pendant les grandes vacances.

Le rythme est plus soutenu et je dois travailler plus. Ce n'est pas évident car je ne comprends pas tout en mathématiques. Matthias a accepté de m'aider trois fois par semaine. Cette année il est en terminale et n'a pas beaucoup de temps mais il fait l'effort. On se retrouve souvent chez lui et il me réexplique les cours et on fait des exos. Il a un don pour l'enseignement, il explique super bien les concepts, avec des exemples concrets ce qui m'aide car j'ai du mal quand c'est trop abstrait. Il m'a proposé de m'aider aussi en physiques chimie. J'adore travailler avec lui, car on fait souvent des pauses. Il y a toujours des bons pains au lait ou du pain de mie que Catherine a ramené entre midi de la boulangerie et on se fait des tartines géantes avec une tonne de confiture de fraises ou de miel.

« Tu veux faire quoi après le bac Matthias ? » lui ai-je demandé

« Je veux faire médecine. »

« C'est dur et c'est long. » répondis je, en faisant une grimace

« Je te soignerai quand tu seras vieille. »

Je lui souriais. Matthias c'est mon frère pour la vie. Je me sens tellement en sécurité quand il est là.

Dans ma classe, je me suis fait une amie qui s'appelle Margot. Elle vient d'arriver de Bordeaux car son père a été muté pour travailler comme ingénieur EDF sur le barrage de la Rance et sa mère est femme au foyer et elle a 5 enfants. Margot est l'ainée et elle me fait beaucoup rire. Elle me raconte les déjeuner en famille entre son petit frère qui ne reste jamais assis, sa petite sœur qui jette les aliments de sa chaise haute, son autre sœur qui lui coupe la parole, sa mère qui se plaint et son père qui finit par hurler et punir toute la smala. Elle dit qu'elle m'envie beaucoup d'être fille unique et qu'elle rêverait d'être tranquille.

« Tu ne te rends pas compte, tu rentres à la baraque, ta mère est au boulot, t'as la paix jusqu'au soir. Moi, ma mère est toujours là, elle sait à quelle heure je sors du lycée et donc à quelle heure je suis censée rentrer. Et même si elle n'était pas là pour vérifier, j'ai toujours un des frangins pour cafter si je suis rentrée trop tard. Je suis toujours obligée de demander la permission pour tout et de dire où je vais »

Je lui souris toujours quand elle dit ça. C'est sûr que moi depuis que je suis petite, personne ne se préoccupe de la manière dont j'occupe les fins de journée.

« En plus, t'imagine même pas. L'an dernier, je suis sorti avec un mec. On se tenait par la main et mon frère nous a vu. Tu pouvais être sûr que le soir même toute la famille était au courant. Non, c'est relou ! »

Margot n'avait rien des pimbèches de la classe mais elle était devenue en l'espace d'un mois et demi, super populaire. Il y avait au moins 3 garçons qui voulaient sortir avec elle dans la classe. Elle, elle avait des vues plutôt sur les 1ères et terminales. A chaque pause, quelqu'un venait lui parler. Du coup, j'étais passée de vilain petit canard boiteux insignifiante à la copine de Margot et on s'intéressait déjà plus à moi. Je me sentais respectée pour la première fois dans ce lycée.

Depuis qu'elle était là, j'avais bouleversé mes habitudes. A la place d'aller à la librairie après les cours, on allait au café prendre un pot. Comme elle avait vite compris que je n'avais pas de sous, elle payait la plupart du temps la boisson. A la place de mes séances de lecture au plongeoir, on se posait sur la plage et on refaisait le monde en regardant la marée montante. Enfin, à la place de rentrer étudier, je la suivais chez le parfumeur où on essayait les eaux de toilettes et on se barbouillait de rouge à lèvres ou de blush avec le testeur.

« Essaye Camille, ça va te mettre en valeur »

Alors j'essayais et je me trouvais l'air vulgaire et faisait tout disparaitre avec le coton. Je découvrais l'amitié entre filles, cette complicité, ces échanges sur ces sujets futiles de l'adolescence. J'espère que je resterai son amie pendant toute l'année. C'est la première fois que je ne me sens pas seule. J'ai Matthias et Margot.

CHAPITRE 43

AUGUSTIN

Décembre 2017

Après sa journée au château de Combourg, Augustin était intarissable et voulait tout expliquer à son père. Mais Ludo n'était pas à la maison. Il n'était pas encore rentré de la plage.

Il était tellement excité qu'il ne put attendre le retour de son père et se mit à tout relater à sa tante Charlotte.

« Et papy m'a dit qu'il allait m'emmener demain sur la tombe de Chateaubriand. C'est sur une île en face de Saint Malo. Il parait qu'on ne peut y aller qu'à marée basse à partir de la plage. A marée haute, tu peux être bloqué sur l'île ! Tu te rends compte ? Qu'est-ce qu'on va faire si on ne se rend pas compte que la mer est montée et qu'on est bloqué ?

Charlotte n'était pas d'humeur et peinait à masquer son trouble : « Oui je vois. Je connais le Grand Bé. J'y suis allée plusieurs fois quand j'étais jeune. Et ne t'inquiète pas, tu ne seras pas bloqué, papy fera bien attention. »

Geneviève passa sa tête à travers la porte :

« Ça va Charlotte ? Vous avez passé une bonne journée avec Ludo ? Je pense que la visite du château a plu à Augustin ! Où as-tu abandonné Ludo ? Il n'est pas avec toi ? »

Elle soupira :

« Non, il est dans un trip spécial et est parti se baigner dans le froid et la pluie. Un genre de crise de la quarantaine. Je suis rentrée, j'étais frigorifiée. »

Jean fit signe à son petit-fils de le suivre dans le salon. Augustin, intimidé, se planta les bras ballants au milieu de la pièce, ne sachant pas s'il devait s'assoir ou ce que son grand père attendait de lui. Celui-ci farfouillait dans une vieille commode et en sortit un jeu d'échecs.

« Tu veux jouer ? » demanda-t-il

Augustin fit une moue gênée et répondit : « C'est que…, je ne sais pas jouer. »

Jean cacha sa surprise et sa déception et répondit : « Et bien, je vais t'apprendre. Comment se fait-il que ton père ne t'ai jamais appris ? Il aime beaucoup ce jeu »

Augustin répondit très sérieux : « Probablement qu'il s'est dit que c'était trop compliqué pour moi. Peut-être à cause de mon TDAH. Il a dû se dire que je ne serais jamais assez concentré pour pouvoir jouer. »

Jean haussa les épaules : « Je ne sais pas ce que c'est qu'un TDAH et je te promets que tu peux apprendre à jouer aux échecs comme ton père et comme moi. Il n'y aura pas de problème. Fais-moi confiance. »

Il n'ajouta rien mais il se dit qu'à son époque, on ne parlait pas de TDAH. Et finalement, c'était mieux comme ça.

« Allez installe-toi Augustin. »

Augustin prit place sur le canapé, en face de la table basse sur laquelle était posé le beau jeu d'échec de Jean. Celui-ci sortit calmement son étui à lunettes, qu'il prit soin d'essuyer avec un petit chiffon avant de les poser sur son visage. Il sortit les pions un à un et les tendit à Augustin pour qu'il les observe de plus près. Il prit le temps de nommer chaque pièce, d'expliquer leurs déplacements. Augustin écoutait, buvant les paroles de son grand père. Pour la première partie, Jean se donna un handicap et se retira d'entrée de jeu 3 pions, une tour, sa reine et un cavalier. Augustin prit les blancs et commença à jouer.

Au début, il était assez anxieux, peu sûr de lui, guettant le regard de son grand père à chaque déplacement de pion. La bienveillance de Jean le rassura et lui permit de se détendre. Lorsqu'il faisait une faute, il ne sentait pas ce regard agacé qu'il lisait sans cesse chez ses parents. Parfois il se demandait si leur présence n'accentuait pas sa maladresse. Il l'avait remarqué à plusieurs reprises. Certaines choses qu'il accomplissait parfaitement quand il était seul, semblaient devenir titanesques à réaliser quand sa mère ou son père l'observait ou l'accompagnait.

Malgré trois défaites, il voulut encore tenter une revanche.

« Il a déjà gagné contre toi papa ? » lui demanda-t-il.

Jean sourit et acquiesça :

« Oui la première fois il avait 20 ans, je me souviens encore de son coup du baiser de la mort. Je ne l'avais pas vu venir celui-là… Il s'entrainait depuis ses 6 ans aux échecs ! »

« Et toi papy, c'est ton père qui t'a appris ? »

« Non, ma mère… Elle aimait beaucoup les jeux en général. On jouait au tarot, à la crapette, aux dames et aux échecs dès qu'elle avait un peu de temps libre. C'était une femme courageuse ma mère. Elle nous a élevé moi et mes frères toute seule. Et à l'époque c'était difficile. Tu sais mon père est mort quand j'avais 3 ans. »

« Je ne savais pas » dit Augustin, l'air compatissant.

Jean poursuivit : « Quand mon père est mort, elle a dû reprendre le commerce qu'il gérait. Moi et mes frères, on l'aidait après l'école à la caisse, ou pour ranger les stocks. C'est de là que j'ai commencé à apprendre le métier d'entrepreneur tu vois ! »

Augustin ne disait rien et écoutait.

« Est-ce que tu as une idée de ce que tu veux faire plus tard Augustin ? »

Augustin réfléchit un peu. Une flamme sombre parcourut son regard et répondit :

« En fait, j'ai bien une idée, mais… avec mon TDHA, je ne crois pas que ce soit possible… »

Jean se dressa, tout en tapant l'accoudoir avec sa main.

« Mais qu'est-ce donc que ces histoires ? Qui te met des idées pareilles dans la tête ? »

« On a vu plusieurs médecins et aussi d'autres spécialistes. C'est eux qui ont parlé avec papa et maman. Et depuis, je dois aller chez Sarah la psychomotricienne deux fois par semaine, et aussi chez un ergothérapeute. Moi ce que j'aimerais surtout c'est que quelqu'un m'aide à ne plus porter de couches la nuit. »

Jean le regarda attendri en silence.

Au bout de quelques minutes, il lui demanda :

« Alors, ce serait quoi ton idée pour plus tard ? Une fois que tous ces petits soucis seront réglés ? »

Augustin sourit, se rapprocha de son grand père, vérifiant que personne d’autre ne pourrait entendre sa réponse :

« Je voudrais être chirurgien ».

CHAPITRE 44

JOURNAL DE CAMILLE

17 novembre 1995, musique en écoute : « zombie » The Cranberries.

Salut cher journal,

Alors qu'à la télévision, on annonçait que Jeanne Calmant devenait la doyenne des Françaises, maman est venue s'assoir à côté de moi et m'a annoncé que Victor s'était séparé de sa femme et allait s'installer un temps avec nous. J'ai cru un moment que le ciel me tombait sur la tête. Qu'est -ce que c'était que cette blague ? Quand j'ai dit à maman que ce n'était pas une bonne idée, elle s'est fâchée en me disant que je la tenais en otage et que je l'empêchais de refaire sa vie, que j'étais jalouse de ses compagnons car je la voulais pour moi toute seule. A priori, être une mère célibataire est un frein pour rencontrer un homme et il faudrait s'estimer heureux qu'un type comme Victor veuille bien de nous… J'ai eu envie d'hurler, de casser les vases autour de moi. Deux hospitalisations en psychiatrie depuis qu'elle avait rencontré cet homme, des ruptures et des réconciliations hebdomadaires. Et maintenant il allait s'installer à la maison ? Supporter cet homme un soir par semaine avait déjà été compliqué mais l'imaginer prendre ses quartiers chez nous et commencer à imposer sa façon de vivre se rapproche plus de l'horreur qu'autre chose. De plus, il l'avait déjà frappée.

« Ce n'est arrivé qu'une seule fois Camille, et je l'avais provoqué tu sais. »

Mais c'est une seule fois de trop ! Et jamais un homme ne doit en arriver à frapper une femme. Cet homme me faisait peur. J'avais la nausée. J'ai éteint la télé et j'ai dit que je devais réviser mon contrôle de techno du lendemain pour m'éclipser dans ma chambre. En sortant du salon, j'ai demandé simplement :

« Il emménage quand ? »

« Demain »

120 ans de vie déjà pour Jeanne Calment… C'est long… Mais les trois années qui me séparent du bac et de la possibilité de quitter cette ville et d'aller faire mes études loin de ce Victor me paraissent aussi une éternité…

La seule chose qui me rassure estt que je vais pouvoir en parler avec Margot. Elle m'écoutera et me dira sans doute : « Arrête de te prendre la tête ! T'as qu'à venir plus souvent dormir chez nous. Maman, elle est d'accord. Elle m'a dit que tu avais une bonne influence sur moi car depuis que je te connais j'ai des meilleures notes. Tu viens à la boum de Claire samedi ? »

Ce qu'il y a toujours de bien avec les paroles de Margot, c'est qu'on dirait qu'après, les soucis paraissent toujours plus légers.

CHAPITRE 45

CAMILLE

Décembre 2017

Cela faisait une éternité qu'elle n'était plus allée à Saint Malo. C'était leur petit rituel chaque été avec Matthias. Prendre le bateau depuis le port de Dinard à la cale, traverser, et contempler les villas du bord de mer, croiser des chalutiers et arriver à la cité Corsaire pour passer la journée dans l'intro muros à flâner dans les rues, profiter de l'immense plage du sillon ou de la plus discrète plage de Bonsecours tout en allant faire un tour du côté de la tombe de Chateaubriand sur le Grand bé. Comparée à la cité balnéaire de Dinard, Saint Malo lui avait toujours fait l'effet d'un endroit rempli d'histoire, où elle s'attendait à croiser un pirate ou un corsaire au coin de la rue. Elle aurait voulu flâner, se plonger dans les souvenirs des crêpes et des glaces qu'elle mangeait avec Matthias l'été quand ils venaient pour la journée dans la cité corsaire, déambuler à travers les brises lames sur la plage, se remémorant leur séance photo, s'assoir sur un banc devant le carrousel en regardant les enfants tournoyer sur le dos des chevaux au galop, sur une musique d'Aladin ou de la reine des neiges. Mais tout comme à Dinard, le temps n'était pas au plaisir et à la flânerie.

Après avoir lu la lettre de sa mère, elle avait longuement hésité, ne sachant pas quoi penser de ce dernier geste de sa mère. Remettre ses toiles à

Margot et les exposer dans une galerie… Cela lui semblait étonnant que Margot ait accepté.

Elle marchait sur les pavés et découvrait les nouvelles enseignes qui avaient ouvert dans la ville. Plus de magasins de grandes enseignes, moins de petites boutiques. La plupart de ces vieilles boutiques avaient dû être rachetées après le décès de leurs propriétaires. Des odeurs de churros se mêlaient aux effluves de sablés bretons et de Kouign Amann. Un mélange assez désagréable. Les rues étaient pleines. Les passants se bousculaient, semblaient pressés, devaient terminer leurs cadeaux de Noël. Pour elle, ce serait vite fait : un cadeau pour les Leroy, un pour Jonathan. Ça faisait bien peu de personnes au fond. Peu de liens tissés tout au long de sa vie. Elle avait rayé de son monde le peu de personnes auxquelles elle s'était vraiment attachée dans sa vie : sa mère, Matthias, Margot et Ludo. Quelle ironie du sort.

Margot… Retrouver Margot la comblait de joie, mais la paniquait aussi. Les souvenirs l'envahissaient. Dix-sept ans qu'elles ne s'étaient pas vues. Camille lui avait demandé de ne plus essayer de rentrer en contact avec elle. Elle avait voulu couper tous les liens qui lui rappelait Ludo.

Arrivée sur la place de la Cathedrale, elle repéra la galerie d'art dont elle avait cherché l'adresse sur internet. La galerie était fermée et n'ouvrait qu'à 14h. Il était 13h30. Elle s'assit sur un banc et sortit son téléphone, mit ses écouteurs et lança la chanson de Bruel qui était de circonstance : « Place des grands hommes ». Elle ferma les yeux et réfléchit à ces retrouvailles. Peut-être que Margot ne la reconnaitrait pas.

« Et si on n'avait plus rien à se dire ? Et si et si ? Je faisais des tours dans le quartier » chantonnait-elle.

Et si Margot lui en voulait de l'avoir rayée de sa vie d'un revers de main ? Les questions défilaient dans sa tête. En tournant la tête, elle aperçut la Cathédrale Saint Vincent. Elle était allée la visiter un été avec Matthias. Elle avait été éblouie par les vitraux dont les tons de bleus et violets donnaient une lumière féérique au cœur de l'édifice, lumière qui lui était unique. Elle se souvenait de la remarque de Matthias qui lui avait dit très sérieusement alors qu'ils avaient 15 et 17 ans qu'il se marierait ici tant cette lumière lui plaisait. Elle avait éclaté de rire. Il lui avait semblé si sérieux tout à coup. Elle n'avait pas pensé à demander à Catherine s'il avait réalisé ce souhait. Elle ne savait même pas s'il était marié à sa compagne ou juste en couple. Catherine lui avait juste dit qu'il avait eu deux enfants. Camille se leva et entra dans la cathédrale. Elle voulait revoir cette lumière, voir si, 20 ans plus tard, elle était toujours aussi sensible à cette atmosphère.

C'était comme dans son souvenir, bleu mauve, envoûtant. Elle alluma un cierge pour sa mère et regarda longuement le doux mouvement de la flamme. Et comme si le lieu le lui permettait, elle ferma les yeux et laissa couler des larmes de chagrin. Son cœur, lourd de sa culpabilité d'avoir abandonné sa mère à son triste sort, cognait dans sa poitrine. Qu'aurait-elle pu faire d'autre à part partir, fuir, pour tenter de survivre malgré cette douleur ?

Elle aurait pu revenir il y a 5 ans, il y a 3 ans, il y a 1 an. Si elle avait su, elle serait revenue. Elle aurait pu lui dire au revoir, lui dire qu'elle lui pardonnait tout. Mais ces mots-là n'avaient pas pu être prononcés. Alors elle les dit ici, dans cette Cathédrale, elle les murmura à cette bougie qui se consumait, espérant que ces mots puissent traverser les temps, les espaces, les mondes et venir se déposer à l'oreille de sa défunte mère comme une parole de réconciliation.

CHAPITRE 46

JOURNAL DE CAMILLE

24 novembre 1995, musique en cours : « You Gotta Be » Des’ree

Il a emménagé depuis 1 semaine et déjà rien ne va. Je l’ai entendu critiquer l’appartement au moins 10 fois : « C’est petit, il n'y a pas de place pour ranger mes affaires, il fait froid, le pommeau de douche est cassé, le mitigeur ne fonctionne pas, … ». A l’entendre, tout ce qui ne fonctionne pas ou qui fait défaut est la faute de maman. Elle ne dit rien, elle s’écrase, elle s’excuse et il continue à l’accabler. Si ça le gène tellement, il n’a qu’à le réparer ce pommeau !!

Hier, je suis allée à la boum de Claire. Margot m’avait demandé si elle pouvait venir se préparer chez moi avant.

« Avec ma mère, laisse tomber, elle va me saouler à propos de ma tenue vestimentaire et du maquillage. La tienne est plus cool ! »

Oui c’est sûr, la mienne se maquille plus que nous deux réunies. Et Victor va nous mater avec un air lubrique avant qu’on sorte. Moi j’aurais préféré mille fois me préparer chez Margot avec sa mère derrière pour nous chaperonner.

On s’est préparé chez moi. C’était trop drôle car elle avait ramené une valise remplie de vêtements pour elle et moi. Nous avons passé une heure à faire des essayages. J'ai fini par adopter une robe noire au-dessus du genou, tandis qu'elle a choisi la jupe moulante argentée avec un body noir.

« Le body c'est celui de ma mère. Elle ne sait pas que je lui ai piqué. De toute façon maintenant après cinq grossesses, son ventre est trop raplapla pour qu'elle porte ça ! » se moqua-t-elle

Elle est dure là quand même. Quand je lui dis, elle hausse les épaules.

Après la séance d'essayage digne de la scène du magasin dans le film « Pretty woman », elle a sorti un rasoir. Opération disparition des poils !

« Il va être temps que tu te mettes à te raser, avant de ressembler au Yéti ! Allez zou, étale-moi cette mousse à raser ! ».

Après la séance de rasage des jambes et des aisselles, elle a sorti des crèmes hydratantes parfumées, puis tout l'attirail de maquillage : fond de teint, blush, mascara, rouge à lèvre, eye liner, ombre à paupière. C'est une vraie spécialiste !!!

« Allez vas-y, laisse-moi faire, je te maquille. Quand c'est toi qui le fais, on ne voit rien. »

Je tentai de m'opposer mais c'était peine perdue. Quand Margot avait décidé quelque chose, elle n'en démordait pas. Alors j'ai fait le modèle et ses mains parcouraient mon visage alternant poudre au pinceau, ombre à paupière, rouge à lèvre.

« Tu fermes les yeux et tu ne les ouvres que quand j'en aurai fini avec toi, compris ? » me dit-elle fermement.

Impossible de lui tenir tête, et je patientais sagement, inquiète de voir ma tête bariolée à la sortie.

« Ça y'est, regarde le résultat !!! » annonça-t-elle fièrement.

Le résultat était franchement bluffant. Je ne me reconnaissais pas dans le miroir. J'avais l'air d'avoir trois ans de plus.

Deux heures plus tard, nous étions prêtes, pimpantes et rayonnantes.

En sortant de la chambre, elle se dirigea vers le salon et demanda à ma mère : « Madame Morin, est-ce que Camille peut dormir chez moi après la fête ? Comme cela on rentre à deux, ça rassurera mes parents. »

« Aucun problème » répondit maman.

Elle semblait soulagée. L'ambiance était de plus en plus tendue entre moi et Victor et je pense que ça la rend mal à l'aise. Je voudrais la protéger de ce sale type mais comment protéger quelqu'un qui ne semble pas se rendre compte de la situation ? Elle ne lui trouve que des excuses et se rend responsable de tous les problèmes de leur relation. Victor nous dévisagea comme si nous étions deux bouts de rumsteaks bien saignants qu'il se serait bien mis sous la dent. Je détournais très vite mon regard, en frissonnant. Je détestais cet homme. Il me mettait mal à l'aise.

Quand nous avons quitté l'appartement, j'ai tenté de ne plus penser à tout cela. Je devais au moins essayer de profiter de cette soirée. La présence de Margot était rassurante pour moi. Je me serais sentie incapable de me rendre à une soirée comme cela toute seule. Trop peur du regard des autres. Mais avec elle, tout est facile, et elle est si gaie et sympa.

La rue était plongée dans la pénombre et un faible crachin venait révéler des frisottis dans notre parfait brushing. Margot galérait à marcher avec les escarpins qu'elle avait empruntés à sa mère et le bruit de ses talons sur les pavés retentissait dans toute la rue.

« Faut souffrir pour être belle ! Demain, ce sont “les ampoules assurées” ! » a-t-elle dit

« On peut passer par le bord de mer ? J’adore la promenade au clair de lune à cette heure-ci. » demandais je

« Tu veux ma mort avec ces chaussures ? »

« T’as qu’à les enlever. Tu les remettras après ! » répondis-je

Elle s’exécuta en râlant: « C’est bien parce que c’est toi ! Et si je me prends une écharde ou un bout de verre, tu vas m’entendre… Qu’est-ce que tu peux être fleur bleue avec ta promenade au clair de lune… »

Au lieu de passer par la rue, nous sommes descendues le long de la plage. Les lumières éclairant le chemin étaient magiques, nous entendions le clapotis des vagues et les aboiements des chiens sur la plage.

« Tu vois Margot, je trouve qu’il n’y a rien de plus beau que cet endroit. Enfin, c’est vrai que je n’ai pas visité grand-chose pour l’instant. »

Elle a fait semblant de réfléchir en prenant un air faussement concentré puis a soupiré :

« C’est sympa, c’est sûr ! Mais moi ce que je trouve encore plus beau c’est le petit cul d’Antoine quand il met son petit jeans moulant ! J’espère qu’il sera là ce soir… j’aimerais bien le pécho. »

Je n’ai rien dit. Margot a cette capacité à parler tout à fait directement de ce qu’elle pense. Un garçon lui plait ? Elle n’y va pas par quatre chemins et lui fait comprendre. Une personne ne lui plait pas, ça se sent directement. Elle semble avancer dans la vie comme un bulldozer, droit devant sans se poser de questions, prenant ce qu’elle doit prendre. Elle semble avoir la confiance en elle chevillée au corps et cela se ressent quand on est à son contact. Je me sens pousser des ailes à ses côtés.

Arrivées devant la maison des parents de Claire, où avait lieu la boum, nous avons été accueillies par deux garçons de la classe une bière à la main. Ils avaient l'air d'avoir commencé la soirée en début d'après-midi vu leur état d'ivresse avancée. Ils firent d'emblée un clin d'œil à Margot, histoire de lui faire comprendre qu'ils étaient open et que c'était quand elle voulait. Elle a joué l'indifférente et les a à peine regardé. LA TARGET de la soirée, c'était clairement Antoine !!

Le salon avait été transformé en discothèque géante avec boule à facettes et la cuisine en bar.

Après avoir salué Claire, on s'est dirigées vers le bar où nous avons pris un malibu pour moi et une vodka pomme pour elle.

Après avoir fini son verre, elle m'a entrainé sur la piste de danse. Margot a une aisance à bouger son corps sur la musique qui me déconcerte. Moi je me sens gauche, bougeant les pieds mais ne sachant pas que faire de mes bras et de mes mains, ne ressentant pas le rythme de la musique. J'ai du mal à profiter simplement de la danse et de la musique tant je suis focalisée sur ma maladresse et mes faiblesses.

Quand est arrivé le moment tant redouté des slows, j'ai quitté la piste et me suis mise directement sur le côté. Margot ne tarda pas à se faire inviter à danser. Pour me donner une contenance, je suis allée me chercher un verre et j'ai attendu avec impatience la fin des chansons.

Au 4ème slow, j'ai été très surprise de voir Nicolas, un garçon de ma classe avancer vers moi et me proposer de danser. Comme il venait de danser avec Margot, je n'ai pas pu m'empêcher de la suspecter de l'avoir soudoyé pour qu'il m'invite, mais j'ai chassé très vite cette idée et j'ai accepté l'invitation. Nous avons dansé sur une musique de Wet Wet Wet issu d'un film que j'ai vu l'an dernier au cinéma : Quatre mariages et un enterrement. C'était bien.

A la fin de la chanson, il est parti et je ne l'ai plus revu de la soirée. Mais ce n'était pas grave, j'avais eu mon quart d'heure de gloire : on m'avait invité à un slow !!!! Qui l'eut cru ? J'avais des étoiles pleins les yeux et des cloches dans les oreilles.

Je cherchais Margot que je retrouvais bien occupée avec Antoine sur le canapé. Elle, en revanche, était passée à la vitesse supérieure : après deux trois cocktails, un slow, il lui roulait des pelles. Je présumais qu'avec encore l'aide de deux trois verres, il l'emmènerait sans difficultés à l'étage.

Ne sachant pas trop quoi faire en attendant que Margot se rappelle qu'on devait rentrer ensemble, et qu'elle avait la permission de minuit et pas de 4 heures du matin, je suis allée parler à Claire. Après tout, c'était elle qui nous invitait et qui avait tout préparé.

Je lui ai proposé de l'aider à ranger, et nous nous sommes organisées pour mettre de l'ordre dans la cuisine. Ses parents devaient rentrer à 1 heure du matin, il était déjà minuit et la cuisine ressemblait à un champ de mine. Dans le salon, les cendriers était remplis de mégots et de joints.

« Si mes parents voient ça, ils vont me tuer. Je leur avais dit que je ne voulais pas de ça ici. » dit-elle en désignant le groupe de fumeurs.

Elle était super anxieuse et j'ai pris un immense sac poubelle pour éliminer toutes traces suspectes. Dans un autre sac j'ai mis toutes les bouteilles de verre vides. Il y avait un conteneur pour les verres en bas de son immeuble et je lui ai proposé de les y déposer.

“ Tu es super sympa. Merci Camille.”

Ainsi se termina ma première boum. Sous le crachin breton, des sachets de bouteilles d’alcool que je n’avais pas bues sous les bras, les oreilles qui bourdonnaient, la musique dans la tête, en attendant que mon amie Margot veuille bien s’arracher des bras de son nouveau petit ami. Au bout de quelques instants, je la vis arriver, affichant un sourire de guerrière et en déclarant : « ce mec, c’est le pied ! Faut que je te raconte. »

Et pendant le trajet jusqu’à sa maison, elle a parlé et moi je l’ai écouté, amusée.

CHAPITRE 47

Décembre 2017

LUDO

Après avoir nagé dans l'eau glacée un bon quart d'heure, Ludo sortit revigoré, voire frigorifié. Il se sentait vivant. Il réalisa à quel point ce séjour, ce retour aux sources, lui était bénéfique afin de prendre du recul sur plusieurs aspects de sa vie. En passant le long de la plage de l'écluse, il aperçut la piscine naturelle. Il s'approcha et fit le tour pour s'avancer jusqu'au plongeoir qui était vide. Difficile d'imaginer ce plongeoir sans « la fille du plongeoir ». Elle faisait partie du décor. Toujours avec un livre ou un cahier de croquis. Elle était à la piscine ce que les mouettes étaient à la plage.

Du plongeoir, il contempla la plage et visualisa l'endroit où était installé en été le filet de beach volley. Combien de matchs s'étaient déroulés les étés après la voile… Combien d'apéros improvisés…

Quand il était enfant, comme tous les ans, la journée du 15 aout, était organisée sur la plage le fameux concours de château de sable. Lui, Charlotte et ses parents formaient une équipe, armés de grandes pelles et passaient la demi-journée à tenter de construire le plus majestueux des châteaux de la plage. Ils n'avaient jamais gagné, il y avait toujours des équipes qui réussissaient à sortir du lot très largement avec le palais des milles et une nuit ou la tour de Pise. Finalement, cela n'avait que peu d'importance de perdre à ce concours, car il repartait vainqueur le soir avec le souvenir d'un moment de complicité et de plaisir partagés. Devenu adolescent, le rituel du concours de château s'est arrêté, laissant place à des tournois de Beach volley endiablés. Une occasion rêvée de se mesurer aux copains avec lesquels naissaient des sentiments de rivalité et d'apercevoir le regard des filles sur leurs pectoraux naissants.

Au moment de quitter la piscine, son regard fut attiré par une inscription sur une des pierres qui composaient le plongeoir de la piscine. Il s'approcha et y lit son prénom.

LUDO

Le prénom avait été gravé assez profondément. Il ne savait pas réellement avec quoi on pouvait creuser dans de telles roches. Une pensée qu'il jugea folle lui traversa l'esprit. Se pouvait-il que ce soit Camille qui ait gravé cette inscription ? Se pouvait-il qu'il s'agisse de lui ? Était-il le LUDO de l'inscription ?

D'abord la toile de la galerie qui représentait leur rencontre, puis maintenant son prénom gravé dans la pierre de la piscine… Il croyait rêver…

CHAPITRE 48

JOURNAL DE CAMILLE

25 novembre 1995, pas de musique aujourd'hui

Salut cher journal,

Margot habite dans une belle maison. Celle-ci est située à côté d'une église et j'ai été réveillée par le mélange du son des cloches de l'église, les chamailleries de ses petites sœurs pour savoir qui allait prendre Barbie et Ken et qui allait hériter de la famille Doucoeur, et par le brouhaha de ses petits frères qui jouaient aux indiens et aux cowboys dans le couloir. Une des flèches avait dû atterrir sur la porte de la chambre et leur cri de victoire acheva de me réveiller. Margot, elle, dormait encore comme un loir, certainement habituée à ne plus se laisser distraire par l'agitation familiale, ou bien encore un peu imprégnée des cocktails de la veille. Je me suis levée, ne trouvant plus le sommeil et après avoir failli trébucher plusieurs fois sur des pistolets, arcs, cubes et petits poneys du couloir, je suis arrivée dans la cuisine où la mère de Margot préparait du café. C'était une belle femme, aux cheveux blonds coupés au carré coiffée d'un serre tête, et vêtue d'une robe en laine qui descendait au-dessous du genou. Elle me sourit chaleureusement et me proposa de prendre le petit déjeuner. Sur la grande table de bois de la cuisine, une grosse brioche maison trônait à côté d'un pot de miel et de confiture d'abricot. Elle s'installa à mes côtés et me servit un verre de lait. Elle m'interrogea beaucoup sur la soirée et sur ma vie en général. Elle tenta de cacher un petit air navré quand je lui dis que je vivais seule avec ma mère. C'est dingue comme à chaque fois ma situation semble déclencher une forme de pitié dans le regard des gens. Le père de Margot apparut dans la cuisine sur le retour d'un jogging et attrapa un café. Lui aussi prit le temps de faire la conversation. Ce fut un petit déjeuner haut en couleur, interrompu par plusieurs allers et retours des frères et sœurs de Margot qui n'avaient jamais reçu assez de brioche ou de chocolat chaud.

Quand Margot arriva dans la cuisine, les cheveux ébouriffés, comme coiffés avec un pétard, elle jeta à peine un regard à ses parents, fit déguerpir ses frères d'un « oust la marmaille » et s'empara d'un morceau de brioche qu'elle engouffra goulûment. Le mascara qu'elle n'avait pas pris la peine d'enlever la veille avait coulé et lui donnait un air de putois.

« Margot, je t'ai déjà dit de te démaquiller le soir. Tu ne fais vraiment pas attention à ta peau. Tu vas le regretter un jour. » lui dit sa mère

Elle grogna en guise de réponse. A en juger son regard, la migraine n'était pas loin, ou tout du moins une belle gueule de bois. Assez vite, elle dit à ses parents que nous devions réviser un test d'histoire ensemble et il fut décidé que je resterai déjeuner avec eux. Je me demandais si Margot réussissait toujours à avoir ce qu'elle voulait dans la vie de cette manière. Elle avait une manière de présenter ses désirs de telle sorte que personne ne semblait jamais lui refuser quoi que ce soit. D'ailleurs, elle n'envisageait même pas l'idée qu'un de ses désirs ne soient pas réalisés. Je lui enviais sa confiance en elle.

J'ai passé une belle journée et les révisions du test d'histoire ont été un prétexte pour papoter, revenir sur la soirée de la veille, sur les slows langoureux (enfin les siens) et sur son nouveau petit copain, Antoine. Je me suis sentie un peu coupable de ne pas travailler. A ses côtés, je me dévergondais. Mais c'est plutôt agréable…

Ce soir, en revanche, il va bien falloir que je m'y mette, à ce test d'histoire. Mais au moins cela me fera une excuse pour m'éclipser de table après le repas sans prendre de dessert et arrêter d'entendre Victor accabler ma mère car cette fois-ci son lapin sera trop salé. Demain ce sera la soupe qui sera trop chaude peut être… Ou si ce n'est pas la soupe, il trouvera bien quelque chose… C'est un enfer de vivre avec lui.

Depuis sa sortie de sa deuxième hospitalisation, maman est encore plus fragile et moins sûre d'elle. Elle s'appuie sur lui pour toute décision. Nous ne nous adressons presque plus la parole elle et moi. Je les fuis.

CHAPITRE 49

CAMILLE

Décembre 2017

Camille était toujours devant sa flamme quand elle s'aperçut qu'il était 14h30 et que la galerie devait être ouverte. Elle essuya ses yeux avec un mouchoir et sortit de la cathédrale. La galerie avait effectivement réouvert ses portes et elle s'approcha lentement. Elle aperçut que son aquarelle « Rencontre sur le plongeoir » était en vitrine.

Elle reconnut Margot, assise à l'arrière de la boutique devant un ordinateur posé sur un petit bureau. Elle portait des lunettes et avait les cheveux plutôt coupés courts, mais toujours aussi blonds. Elle ne leva pas la tête tout de suite et Camille resta plantée au milieu de la boutique à la regarder. Quand Margot leva les yeux de son écran pour saluer sa cliente, son visage se décomposa puis s'illumina. Elle se leva précipitamment et s'écria :

« Camille, oh ma Camille ! Si tu savais comme ça me fait plaisir de te voir ! »

Elle lui sauta au cou et elles passèrent un long moment dans les bras l'une de l'autre.

« Moi aussi je suis heureuse de te voir. Tu n'as pas changé »

« Ah si !! Cellulite sur les cuisses, affaissement des abdominaux (accouchement oblige) et j'en suis à ma deuxième injection de botox !! fit-elle en écarquillant les yeux pour laisser entrevoir un début de ridule.

Camille sourit.

« Ah oui, c'est sûr ! Suis-je bête, tu as beaucoup changé dans ce cas ! »

Elles éclatèrent de rire.

Elles avaient 15 ans l'espace d'une minute. Le temps d'un instant, elles auraient pu sortir leur maquillage de leur trousse, réajuster leur teint d'un coup de blush et chasser un poils récalcitrant au sourcil comme au bon vieux temps, sur une musique de Mike Oldfield.

Mais elles ne firent rien de tout cela et Margot devint grave soudain : « Si tu es là, c'est que ta maman est décédée, je présume… »

Camille fit oui de la tête.

« Je suis désolée. »

Camille ne dit rien.

Margot reprit du tac au tac :

« Tu veux voir tes toiles ? »

Camille acquiesça Elle l'emmena dans une deuxième salle, plus intime.

« Comme je ne savais pas si tu serais d'accord de les vendre, je les ai mis dans cette arrière-salle en exposition. Elles sont toutes là. Enfin toute celles que ta maman m'a laissées … »

Sur une table, étaient posés différents croquis. Sur le mur de gauche, les toiles acryliques ou à l'huile, la plupart réalisées chez Mr Perez. Sur le mur de droite, les aquarelles, correctement accrochées par ordre chronologique. Cinq ans d'une histoire d'amour en 10 tableaux.

« J'aime bien la façon dont tu les as exposés. Ça les met en valeur. »

Margot ne répondit pas et attendit.

« Comment elle a fait pour te convaincre de les prendre ? »

« C'était tellement important pour elle que je n'ai pas pu refuser. Je pense que c'était sa manière de te dire qu'elle avait eu tort et de se racheter. Exposer ces toiles, c'est comme reconnaitre votre histoire à toi et Ludo, tu vois ? Elle ne pouvait pas se résoudre à les laisser dans l'ombre. »

Camille regarda son amie et répondit : « Ce qui me rend triste, c'est que j'ai tout détruit autour pour me protéger, même notre amitié. Tout ce qui me rattachait de près ou de loin à cette histoire devait disparaitre. Notre amitié m'a beaucoup manquée, tu sais. »

Margot posa sa main sur son bras et répondit : « Toi aussi tu m'as manquée tu sais. J'en suis même arrivée parfois à me parler à moi-même comme tu n'étais plus là pour écouter mes histoires rocambolesques ! »

Camille sourit en repensant aux frasques de Margot, à sa bonne humeur et à son franc parler. Quelle chance elle avait eu de croiser son chemin alors qu'elle n'était qu'une adolescente complexée et inhibée.

« Que veux-tu faire de ces toiles ? Tu les récupères ? Ou je les garde ici ? »

« Tu les gardes et tu peux même les vendre. C'est du passé tout ça ! »

Elle se pencha et sortit de son grand sac la toile qui était restée chez sa mère : « la fille du plongeoir ».

« Et voilà la dernière. Enfin… Disons plutôt la première. Moi seule sur le plongeoir, avant la rencontre avec Ludo. Ça pourrait aussi bien être la dernière au fond... »

Margot contempla longuement la toile, admirative.

« Elle est superbe. Quel magnifique jeu de couleur ! »

Elle l'installa sur le mur, en avant.

Margot prit des clefs sur le bureau er déclara :

« Allez, je ferme exceptionnellement la boutique et je t'invite à boire un verre. On va se raconter nos vies depuis 17 ans !!! Il va en falloir des cafés, la nuit va être longue !! »

CHAPITRE 50

JOURNAL DE CAMILLE

22 décembre 1995, musique en écoute : « What is love » Haddaway

Salut cher journal,

Je viens de rentrer du lycée et c'est le début des vacances. J'ai dit douloureusement au revoir à Margot qui part les deux semaines dans sa famille pour les fêtes. Sa famille maternelle habite dans le Sud de la France près d'Avignon et sa famille paternelle en région parisienne. Cela faisait une semaine que sa mère préparait les valises pour les 5 enfants. Margot se moque régulièrement de leur tradition de « cathos tradi » ,comme elle dit.

« Ma mère, elle est trop coincée. C'est à se demander comment elle a réussi à avoir 5 enfants ! J'en peux plus, je te jure ! »

« Mais de quoi tu parles ? » demandais-je, amusée

« Attends, elle nous fait un cirque pour les tenues qu'on doit mettre pour la veillée de noël, pour l'église, pour le jour de Noël. Elle fait répéter les chansons à mes petites sœurs tous les jours. Heureusement, j'échappe aux traditionnels chants de noël sous le sapin !! C'est n'importe quoi. Ce n'est pas à la messe de minuit que je vais chopper moi !»

« Margot, tu ne penses qu'à ça ! »

« Tu ferais bien d'y penser un peu plus toi ! Tu veux finir nonne ou quoi ? »

« Ça doit être sympa d'être une si grande famille. Tu vas retrouver tous tes cousins. »

« Ouais, mais ils sont tous plus petits que moi, donc on me prend pour la baby-sitter. Et je parie que comme tous les ans, mon oncle célibataire Alfred va faire son gros lourd avec la question qui tue : alors comment vont tes amours ? Et ma mère va répondre : « Oh Alfred arrête, tu vas lui donner de mauvaises idées à cette petite. Elle est encore trop jeune pour tout cela ». »

Je souris et elle continua :

« Si elle savait ! Elle me tuerait. Tu sais qu'elle a trouvé la boite de préservatifs dans mon sac. »

« Et tu lui as dit quoi ??? »

Elle rit et répondit :

« Je lui ai dit qu'elle était à toi, et que tu m'avais demandé de la cacher pour que ta mère ne tombe pas dessus. Et ben tu sais quoi !! Elle m'a cru !! J'espère que tu ne m'en veux pas de t'avoir utilisée comme alibi mais je n'ai rien trouvé d'autre...

C'est la meilleure ! C'est moi la dévergondée maintenant !

Nous avons encore continué à marcher jusqu'à sa maison et j'ai poursuivi le chemin jusqu'à la librairie des Leroy. Je voulais leur dire au revoir avant qu'ils ne partent eux aussi pour les fêtes de fin d'année.

Eux, ils partent à Rennes dans leur famille pour une semaine. Dinard va être vide pendant ces vacances.

Quand je suis arrivée à la librairie, Matthias aidait son père à décharger des colis.

Comme la librairie était vide, Catherine me fit entrer dans l'arrière-cuisine et me versa un verre de lait.

« Tu fais quoi toi pendant ces vacances, ma belle ? » me demanda-t-elle

C'était la question tant redoutée. Toute la journée, je m'étais inondée des paroles et des histoires drôles de Margot pour chasser de ma tête la triste réalité qui s'annonçait. Victor avait ses enfants à Noël et devait les emmener chez sa mère à Nantes. Je devais donc rester avec ma mère pour la semaine. Mais il y a deux jours, la mère de Victor s'était cassé le col du fémur et devait être opérée. Pas question donc pour lui de passer Noël là-bas. Oh ben non, le pauvre chéri serait obligé de faire des courses et de préparer le repas pour ses enfants. Il avait donc décidé qu'ils le fêteraient chez nous. J'allais devoir partager ma chambre avec ses deux garçons de 5 et 8 ans pendant 1 semaine. Demain je ferai leur connaissance. Et ma mère s'était empressée de commander une dinde après lui avoir fait choisir le menu qu'elle allait lui préparer religieusement demain. Nous avions depuis toutes ces années des petites habitudes pour le réveillon de Noël : du foie gras pour l'occasion sur des toasts, et en plat un filet de bœuf entouré d'une croute qu'on appelle le bœuf Wellington. C'est un régal et chaque année, je réclame ce plat à maman qui casse la tirelire pour me faire ce plaisir. Cette année, je n'avais pas droit au chapitre. Ce serait la dinde farcie commandée par Victor et elle avait intérêt à respecter la recette à la lettre pour éviter ses commentaires désobligeants.

C'est le premier Noël où nous ne serons pas toutes les deux. D'habitude, j'ai ces désirs secrets culpabilisant de pouvoir passer Noël dans une famille normale, qui se retrouve entre cousins, oncles, grands-parents. Je n'ai jamais osé dire à ma mère à quel point je trouvais cette période triste. Je vois depuis toujours mes camarades se réjouir de retrouver leurs familles et revenir en janvier avec pleins d'anecdotes à raconter, en faisant la liste de tous les cadeaux qu'ils ont reçus. Moi je n'ai jamais rien à dire. Les vacances de Noël ressemblent inlassablement à notre quotidien. C'est pour cela que je suis si attachée à ce foie gras et à ce bœuf Wellington. C'est la seule chose qui me rappelle que cette soirée est différente des autres. Il y a bien sûr aussi la distribution des cadeaux. Maman fait toujours ça bien. Une magnifique tenue confectionnée par ses soins avec les chutes des tissus de la boutique m'attend tous les ans dans un beau paquet rond avec un nœud. A chaque fois, je m'imagine être une aristocrate qui déballe son beau paquet au nœud rouge. A cela s'ajoute aussi des livres et CD…

Je me rends compte que pour la première fois, nous accueillons du monde pour les fêtes et je regrette déjà notre petite soirée en tête à tête. Je me demande si elle se réjouit, si elle est heureuse. Jusqu'à quel point est-elle aveuglée ? Non, le bonheur, ce n'est pas ça. Enfin, il me semble…

Catherine reposa sa question et, sortant de mes pensées, je répondis : « Je vais attendre que ces deux semaines passent… »

CHAPITRE 51

Décembre 2017

CHARLOTTE

Charlotte était allée s'enfermer dans sa chambre pour réfléchir et tenter de mettre de l'ordre dans ses idées. Tant de naïveté !!… Comment avait-elle pu être aussi aveugle ?

Depuis 1 an, Guillaume avait changé et elle lui avait trouvé toutes les excuses du monde.

Elle réactiva le service de géolocalisation de son téléphone et constata qu'il était toujours dans l'hôtel. Elle sentit une grosse migraine s'installer. Elle fixait le point de localisation du téléphone, attendant que le point ne bouge. Mais il ne bougeait pas. Elle consulta sa montre. Il était 16h30. Valentine sortait du lycée à 17h et son fils à18h. Guillaume avait certainement prévu d'être de retour à l'appartement pour préparer le repas à 19h. Il avait encore deux bonnes heures devant lui…

Avec qui pouvait-il être ? La connaissait-elle seulement ? Depuis combien de temps est ce que cela durait ? Était-ce la première fois ? Elle se demandait si elle allait le confronter ou simplement faire l'autruche. Elle avait envie de lui arracher les yeux, d'exiger des explications, des excuses, de lui faire payer cette incartade jusqu'à la fin de ses jours. Mais elle se ravisa aussitôt. Et si c'était sérieux ? Et si l'étape des révélations n'était que la dernière étape avant une séparation ? C'était quoi le plan pour elle si Guillaume partait avec une autre ? Une garde alternée et une pension alimentaire qui lui permettrait de payer le loyer d'un F3 dans lequel s'entasseraient ses 4 enfants une semaine sur deux ? Une garde exclusive des enfants et de la maison ?

Elle s'en voulait de ne pas avoir essayé de faire un peu plus d'effort après ses grossesses, pour perdre les kilos accumulés, pour être à nouveau féminine et désirable. La mère d'une amie de Valentine lui avait pourtant proposé de venir avec elle aux pilâtes les mardis matin, une autre lui avait parlé d'une technique pratiquée dans un institut pour perdre la cellulite. Elle n'avait rien fait de tout cela. Trop ennuyeux. Plus facile de rester blotti dans son canapé les matins à regarder des séries.

Et puis merde ! La voilà qui commençait à culpabiliser. Un comble quand même. Ce n'était pas à elle de se remettre en question. C'était lui le problème. Avec son foutu besoin de séduire tout le temps !!

CHAPITRE 52

JOURNAL DE CAMILLE

23 décembre 1995, musique en cours : « I will always love you » Whitney Houston

Salut, cher journal,

Je viens de finir un livre de Barjavel qui s'intitule « la nuit des temps ». J'ai adoré. L'histoire d'amour entre Eléa et Païkan m'a transportée. Je me demande si cela existe vraiment dans la vie des gens qui s'aiment d'un amour si profond qu'ils préfèrent mourir plutôt que de vivre séparés. Ce doit être ça, le véritable amour. Parfois, j'ose y rêver, j'ose me dire que je vivrai une belle histoire d'amour, qui me comblera, qui me donnera envie de me lever chaque matin. Parfois, je me dis que ces histoires n'arrivent que dans les contes de fées et que ce sont des histoires qu'on raconte aux petites filles pour les endormir. L'exemple du couple de maman avec Victor ou avec les hommes qu'elle a connus (ne parlons pas de mon père) me questionne profondément. Cela ne donne pas envie d'être en couple. J'ai l'impression que ce qui caractérise leur relation, c'est l'emprise qu'il a sur elle. Il la possède comme un objet, comme sa chose. Elle ne semble pas exister en tant que personne. Je ne la reconnais plus. Nous ne passons plus aucun moment ensemble, je ne peux plus discuter avec elle. Il est toujours là, à donner son avis, à contrôler tout ce qui se passe, à décider.

Je refuse de donner mon cœur, mon âme ou mon corps à un homme qui me piétinera comme Victor le fait avec maman. Je préfère passer ma vie seule. Mais je ne veux pas prendre le risque d'être à la merci de quelqu'un qui m'utilisera comme son jouet.

Margot rigolerait si elle me lisait. Elle me dirait :

« Camille, tu te poses trop de questions. Vis et puis tu verras. Tu n'es pas censée te marier avec ton premier mec ! »

Mais, je ne vois pas du tout Margot se retrouver dans une telle situation. Je la verrai bien porter la culotte plus tard avec les hommes !

CHAPITRE 53

Décembre 2017

CAMILLE

Il était déjà 20h quand Camille et Margot sortirent du bar où elles avaient passé l'après-midi. Des cafés serrés avaient laissé place aux tasses de thé de 16 heures suivies d'apérols spritz à l'heure de l'apéro. Margot n'avait rien perdu de sa superbe. Toujours aussi drôle et spontanée, elle continuait de croquer la vie à pleines dents et à se jouer des conventions. Elle avait eu deux enfants avec deux pères différents dont elle s'était séparée successivement pour s'installer en couple avec un artiste photographe, qui se prénommait Olivier et dont elle s'occupait de la galerie. Ses filles Sandra et Alice avaient respectivement 9 et 7 ans.

« Cette fois, j'ai mis un stérilet en plus de la pilule parce que deux filles ça me suffit ! Olivier n'a pas d'enfant et lance des messages pour qu'on ait un enfant ensemble, mais c'est hors de question ! Sinon après ça, je suis bonne pour la liposuccion générale, l'abdominoplastie et la rééducation périnéale à vie ! »

Camille rit aux éclats. Quel phénomène cette Margot !Elles seraient bien restées toute la nuit dans ce bar à papoter comme des adolescentes essayant un peu de rattraper le temps perdu, mais Margot devait libérer la nounou. Encore une occasion pour elle de dire que décidément quand on devient mère, l'esclavagisme commence ! Le pire, selon elle, était encore à venir :

la crise d'adolescence, les nuits blanches à attendre leur retour, les dangers de l'alcool et de la drogue, le prix exorbitants des études supérieurs, et comble du malheur l'arrivée des petits enfants qu'il faudrait garder !!

« On se revoit quand ? Par pitié pas dans 17 ans ! Ou alors il sera temps de parler de notre incontinence urinaire et de nos bouffées de chaleur ! »

Camille éclata à nouveau de rire.

« Je repars normalement demain. J'ai loué une camionnette pour ramener des affaires. Mais promis, je reviendrai te voir. »

Margot regarda Camille affectueusement et la serra dans ses bras en guise d'au revoir et lui souffla : « A très vite alors. Et si je venais te voir à Paris ? Je pourrais négocier avec mon artiste qu'il garde les filles un week-end. Lui qui veut des enfants! Il va pouvoir se rendre compte de ce que cela représente ! »

« Ça me ferait très plaisir ! »

Elles se séparèrent. Margot s'engouffra dans le parking sous terrain où elle avait garé sa voiture, et avant de démarrer prit le temps de repoudrer son visage d'un coup de blush et de rajouter une couche de rouge à lèvre pour rehausser le tout. Elle rentrait s'occuper des filles, cela ne voulait pas dire qu'elle devait ressembler à Gervaise dans « l'assommoir ».

Camille, elle, appela un taxi pour rentrer.

Une fois assise dans le taxi, elle se mit à pianoter sur son téléphone et envoya un sms à Catherine : « Bonsoir Catherine, j'aimerais passer voir Matthias et sa famille avant de partir. Sais-tu s'il est chez lui ? »

Presque instantanément, elle reçut une réponse : « Bonjour Camille. Je crois que Matthias est d'astreinte car Hélène est partie avec les enfants chez ses parents. Je t'envoie son numéro si tu veux l'appeler. Comme convenu, Pierre passera demain à 9h t'aider à charger la camionnette. Bises »

Elle hésita à composer le numéro de Matthias. Qu'est-ce qu'elle allait bien pouvoir lui dire ? Elle ouvrit les pages blanches sur internet et tapa : Matthias Leroy. Il devait y en avoir des tonnes dans le coin…. Au bout de la recherche, un seul contact sortit : Matthias Leroy, 14 rue des aubépines à Saint Malo.

Sans hésiter, elle interpella le taxi et dit : « Finalement, nous n'allons pas sur Dinard. Pourriez-vous me conduire au 14 rue des aubépines, s'il vous plait ? »

CHAPITRE 54

JOURNAL DE CAMILLE

16 novembre 1997, musique en écoute : « L'aventurier » Indochine

Cher journal,

Plus de 18 mois se sont écoulés depuis la dernière trace écrite de moi.

Ce n'est pas que j'avais arrêté d'écrire, bien au contraire. Un cahier entier avait été écrit depuis le 23 décembre 1995. Il a été brûlé…

Comment résumer en quelques pages plus d'une année entière de mon adolescence ? Je ne le peux pas. Cela me brise le cœur d'avoir perdu ces mots, car mettre en mot ce que je ressens est si crucial pour moi. Je pense que ce salaud de Victor s'en était rendu compte et c'est en brûlant ce cahier qu'il a trouvé la meilleure manière de m'atteindre.

Laisse-moi te parler de cette soirée où cette partie de moi, cette tranche de vie est partie en fumée.

Pour situer le contexte, et pour information, je suis maintenant en terminale au lycée. Il n'y a pas eu de changements notables dans ma vie finalement.

Que s'est-il passé depuis deux ans ?

Ce serait trop long à expliquer : la routine, le travail scolaire, le bac français l'année dernière, maman et ses hauts et bas, les disputes avec Victor, deux hospitalisations à sa demande de courte durée, du temps passé avec Matthias, les Leroy, Margot ma meilleure amie avec qui je passe la plupart de mon temps libre, un premier baiser qui m'a semblé assez baveux dans les couloirs du lycée avec un garçon de la classe qui s'appelait Sébastien, une histoire un peu plus sérieuse (j'ai commencé à apprécier ses baisers et lui ma poitrine visiblement) de quelques mois avec Nicolas de terminale alors que j'étais en première dont j'étais assez amoureuse mais qui m'a larguée comme une vieille chaussette parce que je n'ai pas voulu coucher avec lui, des bonnes notes, des tas de croquis et de peinture, des longues heures sur le plongeoir, quelques soirées et petites expériences raisonnables : une cigarette pour faire comme les autres qui n'a eu d'effet que de me bruler la gorge et me faire cracher mes poumons, quelques verres de sangria et de vodka pomme, des gros fous rire avec Margot, la pression du bac cette année.

Laisse-moi t'expliquer comment j'en suis venue à perdre 18 mois de mon journal. Tout a pris une autre tournure une soirée du 3 septembre 1997 que je n'oublierai jamais.

J'étais justement en train d'écrire dans le journal qui a brulé.

J'ai entendu un bruit fracassant, puis les cris de ma mère et je suis sortie immédiatement de ma chambre. En arrivant dans le salon, j'ai vu une bouteille de vin brisée par terre. Probablement que ma mère avait essayé de la lui lancer au visage. Je voyais ma mère par terre, le visage en sang et Victor la tirant par les cheveux et lui tapant la tête le long du chambranle de la porte. Je n'ai jamais eu aussi peur de toute ma vie et je me suis mise à hurler. Je me suis élancée vers lui pour l'arrêter en lui donnant des coups de pieds. Ceci l'a rendu complétement fou et il m'a envoyé une gifle qui m'a projeté à terre de l'autre côté du salon.

Il a commencé à vociférer : « Tu veux t'en mêler petite garce ! T'es vraiment la fille de ta trainée de mère. Une salope comme elle. Alors comme ça, tu veux ma peau ! Tu m'appelles le vieux porc dans mon dos. »

Je ne pouvais plus bouger et je ne disais mots. Je me demandais s'il allait nous tuer. Il hurlait, j'avais peur.

Il continua : « Tu crois que je ne sais pas toutes ces saloperies que tu écris dans mon dos dans ton journal débile. T'es vraiment une pauvre fille tu sais. Tu sais ce que je vais en faire de ton journal ? »

Il sortit du salon, je retenais ma respiration et n'osait pas bouger. Il revint quelques secondes plus tard, mon journal que j'avais laissé sur mon bureau à la main et sortit une boite d'allumettes de sa poche. Sous mes yeux horrifiés, il le jeta dans la cheminée et y lança l'allumette enflammée.

Je vis alors impuissante partir en fumée 1 an et demi de mon existence. J'étais incapable de bouger, de crier, de pleurer. J'avais trop peur de lui. Je fixais seulement les flammes, avec le sentiment qu'une partie de mon être se consumait dans cette pièce.

Je ne pus pas regarder en direction de ma mère tellement je sentais de la colère contre elle aussi émerger en moi.

Je l'entendis juste dire d'une voix déterminée malgré ses blessures : « Tu dégages maintenant. Laisse nous tranquille. »

Il claqua la porte et nous laissa seules. Je me suis levée et j'ai appelé la police. Et voilà comment Victor a détruit ma mère et mon journal.

Je me souviens très bien de ce que j'écrivais ce soir-là. Je parlais de Matthias et de l'été 1997. Je n'en ai pas eu le temps, les premiers mots ont brulé. Pourtant, j'ai besoin de garder une trace de cette soirée.

Je vais tenter d'en retracer les grandes lignes. Matthias était parti à l'université de médecine de Rennes pour étudier et nous avions passé un été un peu particulier.

Comme à l'accoutumée, les Leroy étaient partis dans leur famille en pays de Loire et m'avaient proposé de se joindre à eux. Matthias, cette année-là, ne devait pas venir car il avait prévu des vacances avec ses amis de l'Université. J'avais accepté d'y aller malgré tout car la présence des Leroy m'apaisait et j'avais plaisir à passer du temps en leur compagnie. De plus, tous les prétextes étaient bons pour fuir ma mère et son compagnon.

Un soir du mois d'aout, alors que nous dinions sur la terrasse, Matthias a débarqué. Ce fut une très agréable surprise pour tout le monde et la soirée avait été très bonne. A l'issu du repas, il avait pris les clefs de sa Clio et m'avait dit texto avec un clin d'œil : « Il est temps que tu changes un peu de génération et que je te sorte dans une boîte de nuit pour que tu vois des jeunes au moins une fois dans le séjour ! »

Catherine avait souri et prévenu :

« Fais attention, pas d'alcool si tu conduis. »

Nous sommes partis sur les petites routes de campagne et avons roulé jusqu'au village le plus proche où se trouvait un bar dansant.

Malheureusement, le videur nous a refusé l'entrée et malgré nos protestations, il n'a rien voulu savoir après avoir vérifié ma carte d'identité. Il fallait avoir 18 ans. Décidément j'avais été et je restais le boulet de Matthias.

Déçus, nous nous sommes baladés à travers le village désert et nous avons repris la voiture pour rentrer. Nous nous étions peu vus cette année-là, Matthias avait dû beaucoup étudier, il rentrait peu les week-ends. Mais notre complicité était restée intacte et nous avons discuté pendant tout le trajet.

Arrivés à la villa, les lumières étaient éteintes et les adultes semblaient tous être rentrés se coucher. Nous, on avait envie de profiter encore de cette soirée à la belle étoile. Au fond du jardin, il y avait une roseraie avec un petit salon de jardin. Catherine s'y installait souvent pour lire avec son thé au moment du gouter.

On a installé des couvertures sur l'herbe, il a sorti un paquet de cigarette et en a allumé une et il s'est assis sur la couverture. Il a fumé en silence. Je me suis assise près de lui.

Je me dis que j'aurai dû me douter et sentir que les choses n'étaient plus comme quand nous étions des gosses.

J'avais toujours considéré Matthias comme un frère, comme un meilleur ami, comme un confident. Je lui parlais à cœur ouvert de ce que je ressentais, sans peur du jugement. Et lui, me conseillait comme on conseille une petite sœur, avec bienveillance, patience et douceur. Mais, on était presque des adultes à présent.

Ce soir-là, les choses ont pris une tournure différente. Déjà le soir au repas, je m'étais sentie troublée par le regard qu'il posait sur moi. Il semblait me regarder plus intensément que d'habitude. J'avais vite chassé cette gêne de ma tête. Une fois qu'il eut fini sa cigarette, il se tourna vers moi et me demanda : « Tu as eu un petit copain cette année ? Jolie comme tu es, tu ne dois pas manquer de prétendants. »

Je n'avais pas trop envie d'aller sur ce terrain. Le temps des confidences semblait révolu. Quelque chose avait changé, je ne l'avais presque pas vu de l'année, il avait du tellement bossé pour sa première année de médecine.

Comme je restais silencieuse, il continua : « Ecoute Camille. Pour te dire la vérité, je ne suis pas venu ici parce que mes copains ont annulé le voyage. Je suis délibérément parti du Sud de la France pour venir ici. »

Je le regardais sans comprendre.

« Je suis venu quand maman m'a dit que tu les avais accompagnés. »

« Mais je ne comprends pas. », dis-je

Je comprenais trop bien et je voulais qu'il se taise.

Il leva les yeux au ciel : « Mais je suis amoureux de toi, petite sotte. Depuis longtemps. Alors j'avais envie d'arrêter de faire semblant et de t'avouer ce que je ressens. »

Au bout de quelques minutes d'un silence qui laissait entendre les criquets, il dit : « Tu sais, on dit que c'est rare les jeunes qui commencent à fumer à la fac. En principe ; c'est avant, à l'adolescence, à un âge où on est un peu con et immature et qu'on veut faire comme les autres. »

Je ne comprenais pas où il voulait en venir.

« Moi j'ai commencé à fumer à la fac. Et à la fac de médecine en plus ! On ne pourra pas dire que je ne connaissais pas les méfaits du tabac ! J'ai longtemps réfléchi sur ce qui m'a poussé à commencer à fumer. Le stress de la première année ? La surcharge de travail ? L'influence de certains potes ? Non, rien de tout cela en fait. Quand j'ai débarqué à la fac à Rennes, le premier soir, je me suis trouvé seul après votre départ. Tu te souviens ? Tu avais accompagné mes parents pour mon installation. Cela faisait cinq ans que je t'avais rencontrée, en ce jour de mai où mes parents t'avaient recueillie. Et depuis ce jour-là, on avait décidé en famille que je sortirai le chien tous les soirs. Le matin c'était papa, le midi maman, le soir moi. Au début je râlais, puis je prenais mon mal en patience en sortant la promener avec mes écouteurs, puis un jour, je t'ai proposé de m'accompagner. Et depuis ce jour-là, sauf cas extrêmes, tu étais au rendez-vous de 20h30 à 21h pour sortir le chien avec moi dans le quartier. On écoutait notre musique avec un écouteur chacun dans une oreille, on parlait, on marchait. C'était mon moment préféré de la journée. Alors tu vois, quand je me suis retrouvé seul pour ce premier jour d'étudiant à Rennes, le soir, j'ai eu envie de marcher, comme dans mes habitudes. Et je me suis senti terriblement seul alors, sans toi et sans Kedji. Et sans réfléchir, sans même réaliser ce que je faisais, je suis allé dans le premier bureau de tabac m'acheter mon premier paquet de clopes. Et voilà comment je suis devenu fumeur. »

Après le récit de cette histoire si personnelle et si touchante, je sentis monter en moi du désir. Il était beau dans la lueur de la nuit, fumant sa cigarette tranquillement. Il attendait ma réaction. Je me suis dit alors que même si au fond de moi je savais très bien que je n'éprouvais pas de sentiments amoureux à son égard mais plutôt une infinie tendresse et amitié, il était celui avec qui je voudrais perdre ma virginité. Parce que je savais qu'il serait doux, patient et généreux comme il l'avait toujours été depuis notre rencontre.

Je l’ai embrassé et après notre baiser, il m’a fixé droit dans les yeux et a murmuré : « J’ai envie de te faire l’amour. ».

« Moi aussi j’ai envie mais c’est ma première fois et j’ai un peu peur. » avais-je répondu.

Et à partir de ce moment-là, tout a été naturel. Nos baisers, ses caresses d’abord douces puis plus appuyées. Ses mains se sont aventurées sous mes habits, explorant d’abord mes seins, dégrafant mon soutien-gorge, avant de se glisser dans mon slip où ses doigts ont caressé mon sexe.

Que c’est gênant d’écrire tout cela ici. Pourvu que ma mère ne tombe jamais sur ce journal !

Je me suis raidis quand ses doigts se sont faits plus insistants. Je sentais que j’étais toute mouillée. Je ne voulais pas qu’il s’arrête.

Puis j’ai osé poser ma main sur son sexe, à travers son jean. Je n’osais pas aller plus loin, j’avais peur de la pénétration, ce que je sentais déjà à travers la toile de jeans était si dur.

Il a dû sentir ma gène et il a pris les devants. Il m’a déshabillée lentement, continuant en même temps à explorer mon corps avec ses lèvres. Puis il s’est déshabillé aussi et a sorti un préservatif de sa poche. Je n’ai pas osé regarder quand il l'a mis. J'avais peur de ce sexe qui me semblait énorme dressé ainsi.

Il m'a rassurée en me disant qu'il allait y aller très doucement et que si j'avais mal, je devais lui dire. J'ai fait oui de la tête. Et nous avons fait l'amour. J'ai eu un peu mal et ça n'a pas été très agréable. Je crois que Matthias a été surpris et a été plus rapide que ce qu'il aurait voulu. Il avait l'air désolé et m'a dit qu'il tenterait de faire mieux la deuxième fois.

Nous sommes restés nus enveloppés d'une couverture, blottis l'un contre l'autre une bonne partie de la nuit. Au bout de quelques heures, son sexe est devenu à nouveau dur contre ma peau et il a repris ses baisers et ses caresses. Cette fois, j'ai joui sous ses doigts.

Nous sommes ensuite rentrés dans la maison et montés nous coucher dans nos chambres respectives.

C'est alors qu'une fois assise sur les toilettes de la salle de bain, j'ai eu comme le sentiment de reprendre mes esprits. J'ai été prise d'un sentiment de faute, presque de honte. Pourtant nous n'avions rien fait de mal, nous étions deux jeunes gens libres. Mais je n'imaginais pas de devenir la petite amie de Matthias. L'idée de descendre le lendemain matin au petit déjeuner en lui tenant la main m'était insupportable. Croiser le regard de Catherine qui comprendrait tout de suite ce qui s'était passé. Faire semblant d'être amoureuse. C'était trahir les personnes qui comptaient le plus pour moi. Je ne pouvais pas devenir la petite amie de Matthias, je ne l'avais jamais souhaité. Il était mon meilleur ami et je ne l'aimais pas d'amour. Alors j'ai été lâche, oui assez lâche. J'ai écrit une lettre à Matthias. Je l'ai glissée sous sa porte.

Et le lendemain matin, je me suis levée à l'aube. Je suis apparue dans la cuisine avec mon sac de voyage. Pierre lisait son journal. Je lui ai demandé de me déposer à la gare. Il ne m'a pas posé de questions. Sans doute a-t-il compris.

Je n'ai pas eu de nouvelles de Matthias depuis. Je pense que je n'en n'aurai plus.

CHAPITRE 55

CAMILLE

Décembre 2017

Le taxi s'arrêta devant le 14 rue des aubépines. Par la fenêtre, Camille aperçut la jolie maison de pierre aux volets verts nommée Ker Manor, au travers desquels on pouvait deviner de la lumière. Il devait être à la maison. Elle paya sa course au taxi et descendit, sans lui demander de l'attendre. La pluie s'était mise à tomber et malgré tout, elle resta immobile, debout devant le portail sans sourciller. Elle humait l'air frais dans ses narines et savourait le calme de la rue de ce petit quartier résidentiel. La maison semblait charmante, en pierre bretonne avec un joli jardin derrière le petit portail. Elle l'ouvrit et se dirigea vers la porte de la maison où elle sonna fébrilement, la bouche sèche, inquiète et excitée à la fois.

Au bout de quelques minutes, elle entendit les clefs dans la serrure et, derrière la porte qui s'ouvrit, elle reconnut Matthias. Son air poupon et enfantin de l'époque avait laissé place à un visage plus anguleux, des traits plus tirés et quelques ridules aux yeux. Quelques mèches grisonnantes aux tempes marquaient le passage du temps. Il la regarda un instant sans bouger, puis la fit entrer. Il lui indiqua un porte manteau où elle pouvait accrocher sa veste et lui indiqua la direction d'un salon où elle prit place sur le canapé. La maison était joliment décorée et à en croire l'ordinateur ouvert sur la table basse, il devait être en train de travailler avant qu'elle ne sonne.

« Je te dérange peut-être. Ta mère m'a dit que tu étais surement de garde à l'hôpital. »

« C'est vrai, je suis d'astreinte et je suis en train de rédiger des courriers en retard. Mais il n'y a pas d'urgence. Tu ne me déranges pas. Je suis très surpris de te voir. »

Elle acquiesça et répondit : « Oui, c'est une journée pleines de surprises en effet. Je viens de passer l'après-midi avec Margot »

Il resta debout et lui dit : « Je te sers quelque chose à boire ? Une bière ? Un verre de vin ?

« Un verre de vin avec plaisir. » répondit-elle.

Elle le regarda sortir de la pièce et se retrouva seule dans le salon. Un chien, au poil couleur chocolat, s'approcha d'elle et lui renifla les jambes.
« Salut toi. Comment tu t'appelles ? »

Elle lui caressa le flanc et s'attarda sur les oreilles, ce qu'il semblait apprécier. Matthias réapparut dans la pièce, deux verres de vin à la main.

« C'est un cocker ? » demanda-t-elle

« Oui un cocker chocolat. Lapsus. Elle a 5 ans. Elle a l'air de bien t'aimer. »

Camille sourit. Il s'assit sur le fauteuil en face d'elle et lui tendit le verre.

« A ta santé. »

Camille but une gorgée du vin puis reposa son verre sur la table basse. Elle ne savait pas bien par où commencer, lui non plus d'ailleurs. Elle sentait qu'elle avait déjà un peu abusé des apérols spritz et le verre de vin ne risquait pas d'arranger la situation. Ils restèrent un moment silencieux.
Camille commença :

« Alors ça y est tu es médecin ? Catherine m'a dit que tu étais radiologue. »

Comme il ne répondait pas, elle continua :

« Et tu as des enfants... C'est eux là sur les photos ? »

« Oui j'ai 2 enfants : Léa et Arthur »

« C'est super Mathias. Je suis contente pour toi. Et ta maison est superbe… J'aime beaucoup le bateau sur la commode. On dirait celui de Tintin dans « Le secret de la Licorne ». »

Il la fixait toujours sans rien dire. Elle commençait à se sentir mal à l'aise et enchaîna :

« J'ai l'impression que tu continues à être fan de bandes dessinées. Ce n'est pas la voiture de Ricochet là sur ton étagère ? »

D'une voix grave et froide, il lança :

« Que fais-tu là Camille ? Que veux-tu ? »

Elle tenta de garder une contenance, racla sa voix et répondit :

« Je ne sais pas bien, je vide l'appartement de maman, j'ai retrouvé mon journal, j'ai revu Margot cet après midi et alors que je rentrais à Dinard en taxi, j'ai eu envie de te voir. »

Sans qu'elle ait pu le prévoir, des larmes commencèrent à couler sur son visage. Mais bizarrement, ce soir, elle ne cherchait pas l'épaule de Mathias pour pleurer. Il n'était plus le frère d'antan, celui-ci avait disparu une nuit du mois d'août dans ce jardin, quand elle s'était donnée à lui.

« C’est très confus dans ma tête… »

Elle n’arrivait pas à décrypter l’expression du visage de Mathias.

Elle poursuivit :

« On n’est plus comme frères et sœurs depuis cette soirée chez ta tante, on n’est plus non plus des amis. Tu es marié et tu as des enfants. J’ai une vie sentimentale instable et chaotique. Ça va te paraitre fou. Mais j’ai pensé… »

« Tu as pensé ? » demanda-t-il

« J’ai pensé que nous pourrions passer cette soirée ensemble, un peu comme en aout 1997 » répondit-elle

Comme il continuait à la fixer sans répondre, elle ajouta : « Je sais, ça paraît fou… J’ai envie que tu me fasses l’amour. »

Il but une gorgée de vin, puis après avoir posé son verre calmement, il déclara :

« Tu as envie que je te fasse l'amour. »

Elle ne répondit pas et le regarda fixement, ne sachant pas comment il allait réagir.

Il continua très froidement : « Ça fait plus de 20 ans que je te désire, que tu hantes mes rêves et mes nuits. J'aurai pu tout donner pour toi Camille. Et tu débarques au bout de 17 ans, sans prévenir, parce que tu as envie de faire l'amour ? Et tu t'es dit quoi ? Pourquoi pas Matthias en désespoir de cause ? L'amoureux transit, il pourra toujours faire l'affaire ? T'as pas essayé de contacter Ludo ou tu t'es faite jetée ? »

Elle avait la respiration coupée, Matthias semblait furieux.

Il enchaina : « Mais tu sais le pire ? C'est que moi aussi j'ai envie de toi là. Maintenant, tout de suite. Envie d'envoyer balader toute la vie que j'ai tentée de construire depuis 10 ans, en essayant de t'oublier et de me consoler. Balayer d'un revers de bras ma femme et mes enfants juste pour pouvoir être avec toi encore une nuit. Avoir la chance de t'avoir une deuxième nuit, de pouvoir respirer ton odeur, caresser ta peau, te pénétrer. Tu réapparais et pop ! Mon monde n'existe plus. Mais je vais tenter de résister à ce désir qui m'envahit dès que je te vois. Et tuu sais pourquoi je vais m'infliger une telle frustration ? Parce que même là, offerte en face de moi, tu ne m'aimes pas. Tu viens ici pour combler un vide intersidéral, pour retrouver le refuge que tu cherchais en moi quand tu étais jeune. Tu m'offres ton corps mais toujours pas ton cœur. Je le sens. Je le sais. Je le lis dans tes yeux. Tu ne me regarderas jamais comment tu l'as regardé lui.

Je t'ai observé toutes ces années et je connais ton regard quand tu aimes d'amour. »

Camille, livide, déconfite, honteuse, se leva : « Je suis désolée, je n'aurai pas dû venir. Enfin en tout cas, pas en étant aussi confuse moi-même sur ce que je veux. Je ne veux pas détruire quoi que ce soit. Tu es la dernière personne que je veux détruire. Je… Je… Je ne sais pas pourquoi je suis venue. »

Elle sortit immédiatement du salon, saisit son manteau et sortit de la maison très vite. Il la rattrapa et lui saisit le bras fermement. Il approcha son visage du sien. Elle pouvait sentir son haleine et entendre sa respiration. Il plongea ses yeux dans les siens et lui dit : « Je t'aime toujours, je n'y peux rien. Si tu reviens, c'est pour de bon. Sinon, s'il te plait, laisse-moi avec la vie que j'ai tentée de me construire et ne cherche pas de me revoir. »

CHAPITRE 56

Journal de Camille

3 décembre 1997, musique en écoute : « Truly, Madly, Deeply » Savage Garden

Cher journal,

Je voudrais revenir à cette soirée du 3 septembre, où Victor a été violent avec maman et avec moi.

Une fois parti, j'ai osé appeler la police et nous avons été transportées aux urgences de Saint Malo. Je n'avais rien de bien méchant. En revanche, maman a eu des points de suture au visage et ils ont préféré nous garder en observation une nuit. Ils parlaient de trauma crânien sans perte de connaissance. Le médecin a fait un signalement car j'étais mineure. Le lendemain, l'assistante sociale du service est venue pour parler avec maman et l'aider dans les démarches. Elle eut alors le courage de déposer une plainte à la fois pour la violence envers elle mais aussi envers moi. Ce n'était pas la première fois qu'il était violent avec elle, mais je pense que le fait qu'il m'ait giflé et brûlé mon journal a eu un effet déclencheur. Cela avait réveillé la mère protectrice en elle. Une assistante sociale vient maintenant à la maison pour discuter avec nous et évaluer la situation. C'était plutôt rassurant car Victor n'avait plus tenté d'entrer en contact avec elle depuis la plainte.

Depuis ces derniers mois, maman a repris un rythme, elle se couche tôt, se lève à l'heure pour se rendre à la boutique, a arrêté sa consommation d'alcool. Nous retrouvons une certaine complicité, même si au fond, cela fait des mois qu'elle ne sait plus rien de ma vie. Elle ne comprend pas ma passion pour l'art ou la littérature. Je crois qu'elle voudrait que je devienne couturière comme elle.

« Tu as déjà toutes les bases. Tu pourrais travailler à la boutique et te faire pas mal d'argent dès le départ. Peut-être même que tu pourrais reprendre la boutique de Mme Léopoldine quand elle partira. Elle n'a pas d'enfant, peut être voudra-t-elle bien te la confier. »

Je me demandais si elle était naïve à ce point. Il n'y avait pas une once de générosité chez Mme Léopoldine. Elle utilisait ma mère comme sa boniche, lui donnait toutes les tâches dont elle ne voulait pas et j'étais pour elle une petite main d'œuvre gratuite pendant les congés scolaires. Mais maman était dupe. A quoi cela aurait il servi que je le lui dise ? Cela lui aurait juste fait de la peine. Je n'avais aucune envie d'être couturière.

J'avais pensé à lui demander un contrat de travail d'un an après le bac au cas où je n'obtiendrais pas la bourse. Cela me permettrait de mettre de l'argent de côté pour financer une école d'art ou la faculté des beaux-arts ainsi qu'un logement. Je n'avais bien sûr pas parlé de tout cela avec maman qui ne pouvait pas comprendre. Chaque chose en son temps.

Je continue à réaliser mes aquarelles.

Les dernières toiles sont différentes des précédentes. J'y exprime les pulsions agressives que j'ai emmagasinées lors des longs mois passés au côté de Victor. J'ai du mal à ne plus penser à cette soirée du 3 septembre, j'ai des flashs parfois la journée, je me réveille la nuit en sueurs après avoir fait un cauchemar. J'ai très peur parfois qu'il soit au pied de l'immeuble quand je rentre un peu tard le soir et que la nuit est tombée.

CHAPITRE 57

Décembre 2017

AUGUSTIN

Il lui avait promis cette sortie en tête à tête. A la fois parce qu'il sentait qu'Augustin avait besoin qu'on s'occupe de lui, mais aussi parce qu'il se sentait déjà si proche de ce petit garçon qu'il connaissait à peine et qui le touchait tellement. Il lui avait acheté un paquet rempli de bonbons : des roses, des bleus, des piquants, des acidulés. Que des colorants et pas un brin vegan!! De quoi faire définitivement partir en vrille Fleur si elle était là pensa-t-il. Il imaginait bien le regard désapprobateur de sa femme Geneviève aussi… Quelle bonne idée cette virée entre hommes ! pensa-t-il

Arrivés sur la plage de Bonsecours, ils contemplèrent cette île inhabitée appelée le Grand Bé. La marée était basse et c'était le moment idéal pour s'y aventurer et l'explorer. Ils passèrent devant la tombe de Chateaubriand.

« C'est ici qu'il est enterré alors ? » demanda Augustin

« Oui, telle était sa volonté. »

Le vent soufflait très fort et Jean vit qu'Augustin frissonnait.

Il mit son bras par-dessus son épaule et lui dit :

« Viens mon bonhomme, on va se prendre un chocolat chaud pour nous réchauffer. »

Augustin se blottit contre son grand père en souriant. Il était en effet frigorifié. Après la moitié d'une tasse de chocolat chaud, grand père et petit-fils se sentirent revigorés. Sur le mur à côté de leur table, se trouvait un tableau représentant un couple en train de danser le tango. Après avoir contemplé cette toile quelques instants, Augustin demanda à Jean :

« Comment tu l'as rencontré mamie ? »

Jean sourit et répondit :

« Oh, c'est une belle histoire que la nôtre. Je vivais à Paris et je venais de passer des concours pour des écoles de commerces. Mais l'été qui a précédé mon entrée à HEC, je suis parti faire un job d'été en Alsace, les vendanges. J'avais envie de comprendre comment on fabriquait le vin. J'ai donc passé tout mon mois de septembre chez un vigneron alsacien qui m'a hébergé. C'est là que j'ai rencontré ta mamie. Elle était institutrice dans une petite école en Alsace. C'était son premier poste, elle avait 22 ans. Je l'ai vu faire sa rentrée des classes début septembre. Elle avait une classe de

CP. Nous sommes tombés fous amoureux. A l'issu du mois de septembre, je n'ai pas voulu repartir à Paris. Je ne m'en sentais pas capable. Abandonner cette Geneviève déjà si chère à mon cœur était impossible. J'avais l'impression de passer à côté de la femme de ma vie, tu vois. »

Augustin buvait ses paroles.

Il poursuivit :

« Je suis rentré à Paris et j'ai annoncé à ma mère que je ne ferai pas HEC mais que j'allais poursuivre mes études en Alsace. Ma mère était furieuse et a pensé que j'allais gâcher ma vie. Elle a même appelé ta mamie pour qu'elle tente de me raisonner, lui demandant d'être raisonnable, que notre amour, s'il était solide, survivrait à la distance. Mais je n'ai pas voulu prendre ce risque. Je suis parti en Alsace poursuivre mes études. C'est ta mamie qui a financé mes études grâce à son salaire d'institutrice. »

« C'est une belle histoire en effet papi. C'est compliqué parfois de comprendre les adultes. Quand je vois papa et maman se disputer sans arrêt, j'ai du mal à imaginer qu'ils se sont aimés un jour. »

« Parfois tu sais, les sentiments changent. Les couples qui durent ont beaucoup de chance. Mais c'est du travail aussi. Il faut le vouloir des deux côtés. Mamie et moi, on a toujours voulu croire à notre histoire. Et même s'il y a eu parfois des hauts et des bas, on a toujours essayé de surmonter nos différents, ensemble. »

CHAPITRE 58

JOURNAL DE CAMILLE

22 juillet 1998, musique en écoute : « I will survive » Gloria Gaynor

Cher journal,

Que de longs mois se sont écoulés depuis la dernière fois que j'ai écrit. J'étais concentrée sur mon année de terminale et je trouve que je suis un peu grande pour continuer à tenir un journal intime. J'en ressens moins le besoin. Et puis surtout, je me confie à Margot maintenant. Mais aujourd'hui, je me suis dit :

« allez, il faut laisser des traces de tout cela ! »

Je me dis que peut-être dans quelques années, j'aurai plaisir à me replonger dans tous ces souvenirs.

Quel mois de juillet ! Après une coupe du monde endiablée et une victoire pour les bleus 3-0 contre le Brésil le 12 juillet 98, les résultats du bac sont tombés. 16,2 de moyenne générale, mention très bien.

Ma mère n'en revient pas, le bac, elle ne l'a pas passé. Et moi, sa fille, dont elle ignore complètement ce que j'ai étudié cette année et encore moins ce qu'on peut répondre au sujet de philo sur lequel je suis tombée : « Peut-on dire d'un acte qu'il est inhumain ? », termine les années de lycée avec une mention très bien. Depuis ces résultats, elle ne cesse de s'agiter, elle est fière mais anxieuse aussi. Cela se traduit par multiples questions dont elle ne semble même pas écouter les réponses.

« Mais qu'envisages-tu l'année prochaine ? »

« Avec une mention comme cela, ça veut dire que tu as une bourse ? »

« Tu vas partir ? », « Je vais être seule, que vais-je faire de mes soirées ? »

Toutes ces questions envahissent sa pensée. C'est comme si elle n'avait jamais voulu imaginer une telle chose. La voie était tracée, je devais travailler à la boutique, comme elle l'avait fait avant moi.

Quand je lui parlais des beaux-arts, elle se braquait.

« Qu'est-ce que tu vas trouver comme métier avec de telles études ? »,
« Tu ne veux pas plutôt faire un vrai métier ? Infirmière, avocat, architecte ? »

C'est la panique à la maison. A croire, qu'elle aurait préféré que je rate le bac pour que je me fasse embaucher par pitié par Mme Léopoldine. Pour faire taire ses angoisses, j'ai menti en disant que toutes les inscriptions ouvraient fin aout, ce qui laissait le temps de la réflexion. En vérité mon inscription à la faculté des Beaux-Arts de Rennes était déjà faite. J'avais deux mois devant moi pour travailler et économiser de l'argent et me loger au cas où je n'obtenais pas la bourse. Il serait encore temps de lui annoncer la nouvelle à la fin de l'été.

Margot avait eu mention assez bien et partait à Paris en école de commerce. Une prépa intégrée. Un moyen qu'elle avait trouvé pour entrer dans une école directement sans passer par la fameuse et redoutée prépa école de commerce.

On ne va pas pouvoir se voir souvent, elle à Paris, moi à Rennes.

Elle m'a proposé de venir passer deux semaines de vacances avec eux au mois d'aout sur la Côte d'Azur mais c'est impossible. Je dois travailler si je veux pouvoir réaliser ce projet d'université.Je suis en négociation pour enchainer deux boulots au mois d'août : la journée à la boutique et le soir comme serveuse au bar face à la plage. Au restaurant, le patron refuse de me payer au noir et je dois être déclarée. Il faut donc que j'arrive à convaincre Mme Léopoldine de me payer mes heures en liquide à la boutique. Le rythme va être soutenu mais je n'ai pas le choix. C'est un bon moyen aussi d'éviter de voir Matthias. Ses examens sont finis et il est de retour chez ses parents. Depuis la nuit en pays de Loire, nous ne nous sommes plus vus.

Je crois qu'être à Dinard en été, sans le passer avec Matthias va être quelque chose de très ennuyeux et de très vide. Chaque lieu, chaque chemin côtier, chaque glacier, chaque parc me rappelle sa présence, nos échanges et notre complicité. J'ai perdu une partie de moi-même cette nuit-là. Nous avons eu tous les deux le cœur brisé.

Il reste deux semaines avant le départ de Margot sur la Côte d'Azur et nous avons bien décidé d'en profiter. C'est notre dernier été de lycéenne avant de partir chacune de son côté.

Nous nous installons tous les jours pour discuter sur le plongeoir. Toujours une occasion pour elle de repérer sa future proie sur la plage, d'élaborer un plan et de se lancer à l'attaque.

J'appréhende cette page qui se tourne. Quitter le lycée, c'est quitter l'enfant qu'on a été, choisir sans certitude un chemin en renonçant aux autres, faire des serments d'amitié éternelle tout en sachant que d'autres liens vont être amenés à se créer.

Ce matin, nous nous sommes assises toutes les deux, côte à côte sur le plongeoir, une oreillette dans chaque oreille, écoutant la même musique, regardant dans la même direction cette ligne d'océan qui se perd à l'horizon. Toutes les deux, l'une pour l'autre face à notre destin.

« Tu sais quoi Camille ? Je te propose qu'on se fasse une promesse, la promesse de toujours rester là l'une pour l'autre, quoi qu'il arrive dans cette vie qui nous attend. »

« Je te le promets » avais-je répondu.

« Il nous faut un nom de code » dit-elle.

« Un nom de code ? »

« Oui une phrase qu'il suffira de prononcer pour que l'autre réponde présente. Ce nom de code serait l'assurance de recevoir de l'aide en toute circonstance. »

« Bonne idée ! Mais quel pourrait bien être ce mot de passe ? » demandais-je

Margot sembla réfléchir. Elle avait un air sérieux, grave, ce qui n'était pas habituel chez elle. Cette promesse semblait être quelque chose d'extrêmement important pour elle.

Dans nos écouteurs, sur NRJ, nous entendions une chanson de Francis Cabrel assez ancienne qui s'appelle « la fille qui m'accompagne ». Nous nous sommes regardées et nous sommes comprises à demi-mot. Ce serait cette chanson notre code. Il suffirait de prononcer le titre de la chanson ou de la faire écouter à l'autre, il n'y aurait rien de plus important que de venir en aide à l'autre.

J'aurais aimé pouvoir enfermer cet instant dans une bouteille et pouvoir la rouvrir quand j'aurai 90 ans, pour pouvoir encore humer l'odeur de cette promesse et le message d'espoir qu'elle portait en moi. Je n'étais plus seule. J'avais Margot. Et je savais que je pourrai compter sur elle en toute circonstance.

CHAPITRE 59

CAMILLE

Décembre 2017

La poitrine en sueurs et le pyjama collé à la peau sont venus interrompre son rêve brusquement. Elle ouvrit les yeux, inspira profondément comme pour reprendre de l'air après avoir eu la tête sous l'eau et se dirigea mécaniquement vers la fenêtre afin de respirer l'air frais.

Des années s'étaient écoulées depuis la dernière fois où elle avait fait ce rêve. Ce rêve, qui l'avait hanté nuit après nuit pendant des années, refaisait surface aujourd'hui. Les jours précédents avaient été douloureux et ouvraient de vieilles blessures. Les retrouvailles avec Margot, Matthias. Revoir les toiles. Relire le journal.

Elle frissonna. Elle sentait la sueur froide dans sa nuque et alla chercher un autre tee-shirt. Impossible maintenant de retrouver le sommeil, pas de somnifères dans sa trousse de toilette, pas d'anxiolytiques non plus… Elle allait devoir faire avec ce nœud à l'estomac. Les fantômes étaient revenus et elle redoutait de ne plus réussir à les chasser.

CHAPITRE 60

JOURNAL DE CAMILLE

27 août 1998

L'été est presque terminé. Encore une semaine et j'aurai fini d'enchainer mes deux boulots. J'ai obtenu ma bourse et je pourrai préparer mon départ pour Rennes. Je l'ai annoncé à maman. Elle ne le montre pas, mais je la sens très triste de me voir partir. Moi aussi cela me fait quelque chose de la laisser. J'espère qu'elle ne se sentira pas trop seule. Les derniers mois se passent bien depuis sa rupture avec Victor. Elle ne boit plus, elle reprend soin d'elle, semble plus heureuse.

Hier soir a été une soirée mouvementée. Je travaillais au bar comme chaque soir maintenant depuis ma majorité et préparait un énième gin tonic. Les clients s'affairaient sur la piste de danse tandis que le DJ avait lancé le tube Connemara.

Je guettais l'heure et constatais avec désespoir qu'il me restait encore 2 heures à tenir avant la fermeture. La journée à la boutique avait déjà été éprouvante, Mme Léopoldine avait accepté la commande d'une dizaine de robes de demoiselles d'honneur et nous mettait la pression pour qu'elles soient réalisées en une semaine. A cela s'ajoutait les clientes du jour, la réception de la collection des tissus pour l'automne et les offres promotionnelles pour écluser les tissus de l'été.

Depuis trois semaines, je ne dormais que 3 heures par nuit et je commençais à être épuisée. Pour me motiver, je repensais sans cesse à mon objectif : réussir à amasser suffisamment d'argent pour payer le loyer de la colocation et débuter ces études qui m'attiraient tant.

Je n'avais pas remarqué le garçon qui venait de s'installer au bar et continuais de nettoyer le comptoir machinalement quand j'entendis une voix me demander :

« Y a-t-il un cocktail spécial fille du plongeoir ce soir ? »

Cette voix, que je sentais chaude et amusée, je l'aurai reconnu entre milles. J'ai levé brusquement la tête et l'ai regardé interdite. Je le reconnus aussitôt. Trois ans s'était écoulés depuis notre rencontre sur le plongeoir et depuis la pièce de théâtre. Je l'avais aperçu certains étés sur la plage avec sa bande d'amis. J'imaginais que depuis qu'il avait passé son bac, il ne devait pas venir très souvent ici.

Nos regards se croisèrent et j'eus à nouveau le sentiment de me noyer dans ses yeux bleus, qui avaient ce soir-là, une nuance de gris. Un effet de l'éclairage du bar, sans doute. Je dus faire un effort considérable pour détacher mon regard de ses yeux et reprendre mes esprits. Il avait l'air amusé par mon air de merlan frit. Le feu monta immédiatement à mes joues. Je priais le ciel pour qu'il ne l'ait pas remarqué. Dans le genre cruche… Je sentais battre mon cœur aussi fort que les basses des « lacs du Connemara ».

Comme aucun son ne sortait de ma bouche, il enchaîna :

« Je commençais à me demander où tu étais passée ! Ça fait plusieurs semaines que je ne t'ai pas aperçue sur ton plongeoir. »

Il recommença à m'énerver. J'avais tout le temps l'impression qu'il se foutait de ma gueule. Cette note d'humour dans toutes ses phrases, son air sûr de lui, supérieur, son regard amusé comme si j'étais une petite fille à qui on aurait voulu tirer ses couettes. Et lui, encore plus beau que dans mon souvenir. Je suis sûre qu'il aurait eu la classe même sorti du lit avec un pyjama rayé et une paire de charentaises. J'essayais de me concentrer et les images de ses pectoraux que j'avais aperçu sur la plage s'imposaient à moi. Et aussi ses tablettes de chocolat.

Bref, là encore, je m'égare…

« Tu as l'air bien renseigné sur mon emploi du temps » dis-je froidement en essayant de reprendre une certaine contenance. C'est la seule chose que j'ai trouvé à répondre.

Il a été immédiatement rejoint par Emma qui venait de quitter la piste de danse. Cette fille devait-elle toujours se trouver sur mon chemin ? Elle portait une robe noire très échancré dans le dos et vint se coller à lui. En me reconnaissant, elle arbora un large sourire hypocrite et s'écria :

« Camille, toi ici ! En barman ! Alors ça, je ne me serais jamais doutée de cela ! Ludo, Camille était dans ma classe au lycée. »

Elle fit une mine faussement désolée comme elle savait si bien le faire et minauda :

« C'est sûr qu'avec ta situation familiale, tu dois travailler pour aider un peu ta mère je pense. Ça va, sa santé ? »

Je l'aurais bouffée.

« Elle va très bien, je te remercie pour ta sollicitude… » répondis-je hypocritement.

Elle sourit, les lèvres pincées, et se tourna vers Ludo en minaudant : « Tu m'offres un verre ? Je suis assoiffée. »

Il se tourna à nouveau vers moi et répondit : « Oui ! J'étais justement en train de voir avec la miss quelle était sa spécialité en cocktail. »

J'avais à nouveau l'impression qu'il me parlait comme à une gamine et qu'il s'attendait à ce que je lui propose une grenadine. Je pensais à Margot, à son franc parler, à ses remarques provocatrices en toutes circonstances. Je repensais à toutes ces journées enfermées dans les toilettes pour éviter les moqueries et les larcins d'Emma. Je repensais à la manière dont elle avait manipulé la plupart des filles pour que je sois leur souffre-douleur. Je pouvais presque ressentir cette boule au ventre qui accompagnait toutes mes journées au collège. Je repensais au nombre de fois où j'aurais voulu l'emplâtrer au mur.

Et sans réfléchir, du tac au tac, j'ai répondu : « Pour Emma, je pense qu'il n'y a pas à hésiter, j'ai un nouveau cocktail fait pour elle : la langue de pu.. , euh de vipère. »

C'était sorti tout seul. J'étais sidérée moi-même. Je pense que si je n'avais pas été de l'autre côté du comptoir, je me serais pris une gifle, mais elle se contenta de me lancer un regard noir et tourna les talons en répondant : « Très drôle ! ».

Ludo éclata de rire. Emma prit la mouche et répondit à nouveau sèchement avant de repartir sur la piste de danse :

« Ça ne me fait pas rire. »,

Je restais de marbre et ajoutais à destination de Ludo :

« On ne s'est jamais beaucoup apprécié toutes les deux. Et pour toi alors ? Qu'est-ce que je te sers ? »

Il me fixa et répondit :

« Et ben, je ne sais pas, c'est toi l'artiste. Quel cocktail je t'inspire ? »

Ça y'est. J'étais de nouveau en suspension devant ses yeux. Un seul nom de cocktail me venait en tête, « le sex on the Beach ». Mais il fallait que je trouve autre chose et vite !! Aucun son ne sortait.

Comme je tardais à répondre et que d'autres clients attendaient, il enchaina :

« Je vais prendre une bière. »

Je lui tendis une pression et conclus : « Tu m'excuses, il y a d'autres clients qui attendent. »

Je ne les ai pas revus de la soirée. J'ai fait la fermeture avec mon collègue et à 3 heures, j'ai pu enfin prendre le chemin de la maison, vidée et fatiguée. Je rentrais par la digue. Arrivée près de la piscine, au niveau du passage de l'entre deux mers, je fus surprise et d'abord inquiète d'apercevoir un peu plus loin un homme qui titubait. J'accélérai d'abord le pas, me méfiant et voulant éviter les ennuis. Mais en voyant qu'il avait trébuché et qu'il était à terre, je m'approchais de lui afin de voir s'il avait besoin d'aide, espérant ne pas tomber sur un sale type.

Je m'accroupis et l'aidais à s'assoir sur le bord du trottoir. Il sentait très fortement l'alcool.

« Doucement, n'essayez pas de vous lever pour l'instant. Restez assis. » lui conseillai-je

Il a levé la tête et j'ai reconnu immédiatement Ludo.

Il me fixa l'air hagard, cligna plusieurs fois des yeux et lança d'une voix pâteuse : « Encore toi ! La fille du plongeoir !! Mais tu me suis partout ce soir ! »

Cette fois ci, ses yeux étaient d'un bleu vitreux. Je ne répondis pas et sortit de mon sac une petite bouteille d'eau que je lui tendis.

Il l'avala d'une traite.

Il soupira : « Oh, quelle soirée ! J'ai abusé ce soir. Ça fait longtemps que je ne m'étais pas mis dans un état pareil. Je ne dois pas être très beau à voir. »

Je souris et répondis : « Je t'ai vu en clochard. Y a du mieux ! »

Il rit : « ah.,. T'étais à la pièce cette année-là. Comment t'as trouvé la pièce ? »

« Elle était très bien. »

« Tu n'as pas l'air de la porter dans ton cœur Emma, dis donc ! »

Je ne répondis pas. Il parlait beaucoup. Il était visiblement très imbibé par l'alcool. Je me demandais comment j'allais pouvoir rentrer chez moi car il semblait vraiment très mal en point et je ne me voyais pas l'abandonner seul sur le trottoir

Il se leva d'un bond et se mit à hurler : « Et si on se baignait la miss ! Tu me montres comment tu sautes de ton plongeoir. Allez, pour une fois ! »

J'essayais de le faire rassoir car il titubait et divaguait.

Il s'assit et dit : « Je suis désolé… Franchement, c'est la honte là »

Je m'assis également et répondis avec humour : « Visiblement la barmaid a eu la main lourde avec la préparation des cocktails… »

« J'étais déjà bien entamé avant d'arriver au bar. On avait commencé l'apéro à 17h sur la plage… »

On est resté assis un moment sans parler, en écoutant le bruit des vagues.

Au bout d'un moment, il m'a dit : « Ça fait longtemps que tu travailles dans ce bar ?»

« Ça fera un mois fin août »

« Et ça te plait ? »

« Non, pas du tout. Mais j'en ai besoin pour me payer mes études l'an prochain. »

Il voulut savoir ce que j'envisageais de faire comme études. Je lui ai expliqué ma passion pour le dessin et la peinture. Il eut l'air intéressé et m'a fait parler d'art. Il m'a expliqué qu'il aurait rêvé faire du cinéma et du théâtre mais il avait choisi une autre voie en faisant une université aux Etats Unis. Au bout d'une demi-heure, je lui dis :

« Tu habites où ? Tu veux que je te raccompagne ? »

Il pointa la villa dinardaise qui surplombait la plage.

« Ne t'inquiète pas, j'habite juste là. Vue directe sur le plongeoir depuis ma terrasse. Avec des jumelles, j'aurai pu même voir ce que tu dessinais. »

Il se leva et plongeant son regard dans le mien me dit : « Je suis ravi d'avoir pu connaitre un peu plus la fille du plongeoir. Bonne nuit, Camille »

Aujourd'hui, en revenant de ma pause déjeuner, un magnifique bouquet de fleurs blanches m'attendait. Avec lui, une petite carte ou était écrit : « En remerciement à la fille du plongeoir pour sa présence bienveillante l'autre soir et encore désolé pour ma misérable compagnie. Nos rencontres ne manquent pas d'originalité ! »

Maman et Mme Léopoldine avaient un regard très interrogatif et s'attendaient à ce que je leur donne des explications. Ne voyant aucune explication venir, Mme Léopoldine prit la parole : « Je ne sais pas ce qui se trame mais sais-tu qui est ce jeune homme qui est venu déposer ce bouquet ? »

Je la regardais en acquiesçant. Je m'attendais au pire de sa part.

Elle continua : « C'est Ludovic le fils des Duschène. Tu sais Louise, la famille de parisiens qui ont la maison dinardaise au bord de la plage. Madame vient souvent pour ses tenues. Leur fils est en vacances avec eux cette semaine avant de repartir aux USA. »

Au son de sa voix qui montait dans les aigües quand elle citait cette famille, la maison et les USA, je compris très vite qu'elle voulait marquer le contraste entre leur monde et le mien. Histoire surtout que je ne m'emballe pas et que je ne me fasse pas d'idées. De toutes façons des idées je ne m'en faisais aucune. Mais cette attention de la part de Ludo me toucha. Je n'avais jamais reçu de fleurs de ma vie et celles-là étaient magnifiques. Alors peu importe le discours de Mme Léopoldine, j'avais juste envie de savourer cet instant.

J'avais 18 ans et on venait de m'offrir le plus beau des bouquets.

CHAPITRE 61

CAMILLE

Décembre 2017

Elle avait fixé rendez-vous à Emmaüs à 9h.

Le réveil après la nuit agitée avait été difficile. Elle avait la bouche sèche, l'abus d'apérol spritz sans doute.

Deux grands gaillards étaient là pour emmener les choses dont elle ne voulait plus.

Elle leur montra les meubles et les cartons. Ainsi partirent en une demi-heure son lit de petite fille, le lit de sa mère, des étagères, le canapé et les fauteuils, la table de la cuisine en formica et la table de la salle à manger, des cartons remplis de vaisselle et d'ustensiles de cuisine dont elle n'avait pas besoin. Après leur départ, l'appartement était quasi vide. Il ne restait plus que quelques cartons et les trois meubles qu'elle comptait ramener chez elle à Paris, des cartons pour les Leroy et ceux qui contenaient les habits de sa mère pour Mme Léopoldine. Elle se sentit prise d'une grande fatigue et appréhendait le trajet de retour à Paris avec les heures de sommeil de retard qui s'étaient accumulées. Il me faudrait un bon livre audio pour me tenir éveillée, pensa-t-elle. Elle prit son téléphone afin d'en télécharger un et réalisa qu'elle avait omis de consulter ses messages depuis son arrivée. Il était peut-être temps de rebrancher pour retrouver un lien avec sa réalité.

4 appels en absence de Jonathan, 4 sms.

« Bonjour ma chérie, comment vas-tu ? Je n'arrive pas à te joindre. Appelle-moi quand tu as ce message. »

« Camille, tu dois avoir éteint ton téléphone, tu me manques. Appelle-moi. »

« Je commence vraiment à m'inquiéter. Est-ce que tout va bien ? »

« Camille, si tu ne réponds pas, je vais finir par venir en Bretagne pour m'assurer que tu vas bien. »

Le dernier sms datait de cette nuit. Il avait l'air inquiet. Elle n'avait pas le cœur à appeler et répondit par sms : « Cher John, Désolée de mon silence. J'avais éteint mon portable. Beaucoup de choses à gérer ces quelques jours. J'ai terminé et m'apprête à rentrer à Paris. Je t'appelle dans l'après-midi quand je suis à l'appartement. Je t'embrasse »

Encore quelques heures et elle retrouverait sa vie. Et elle en était sûre, les fantômes disparaîtraient et elle dormirait à nouveau du sommeil du juste.

Elle s'assit par terre, n'ayant plus ni chaises, ni fauteuils, et attendit l'arrivée de Pierre.

CHAPITRE 62

JOURNAL DE CAMILLE

24 décembre 1999

Je ne pensais pas ouvrir à nouveau ce journal. Depuis mon départ à l'université, je l'ai rangé dans le tiroir secret de mon secrétaire et je ne l'ai plus ressorti. J'ai cette idée, préconçue peut être, que le journal intime est du domaine de l'adolescence. Commencé à la sortie de l'enfance, terminé à l'entrée à l'université.

Je souris en regardant mes dernières phrases. J'y évoquais ma rencontre en pleine nuit avec Ludo complètement bourré et le bouquet de fleurs qu'il avait déposé pour moi à la boutique le lendemain pour me remercier d'être restée à ses côtés dans cet état. C'était il y a un an et demi.

Je venais d'avoir mon bac, je me préparais pour un grand départ à l'université des Beaux Art, des rêves artistiques et des espoirs plein la tête.

Maintenant, je suis en deuxième année, ça me plait beaucoup. J'ai obtenu la bourse tant attendue et cela m'a permis de me loger dans une petite collocation.

Margot m'a rejointe en septembre après avoir échoué à l'école qu'elle avait débuté à Paris. Aux vues des notes catastrophiques qu'elle avait obtenues, qui témoignaient plus de son intérêt pour les sorties que pour les révisions, son père l'a sommée de revenir étudier en Bretagne et elle s'était inscrite à la faculté d'économie de Rennes. Nous nous sommes bien évidemment

retrouvées dans la collocation.
Mon ancienne colloc était une étudiante en pharmacie discrète, qui étudiait beaucoup et dont seule la rangée de yaourt activia et les kiwis bien rangés du frigo me rappelaient sa présence.

L'installation en colloc avec Margot avait une toute autre saveur : défilé de petits copains, soirées apéros improvisées tous les deux jours, douches à rallonge le soir sur les tubes du moment, ballon d'eau chaude vide quand je devais prendre la mienne. Sa présence égayait mon quotidien et ma monotonie. Il y avait eu quelques prises de bec quand elle dépassait vraiment trop les bornes et que j'étais obligée de sonner la fin de la récréation.

Elle avait chamboulé mon quotidien bien organisé mais nous passions de très bons moments ensemble et notre complicité grandissait de jour en jour.

Matthias et moi avions complètement coupé les ponts. Depuis cette nuit il y a 1 an et demi en Pays de Loire. Je le croise parfois à Rennes bien que la faculté de médecine soit assez éloignée des Beaux-Arts, nous nous retrouvons parfois dans le même restaurant universitaire ou à la bibliothèque. Nous nous saluons mais ça s'arrête là. Nous avons complètement perdu notre complicité d'antan. Je me prends à regretter mille fois cette soirée mais je me dis que cela serait peut-être arrivé à un autre moment. Je suis surtout désolée par rapport aux Leroy que j'évite même lorsque je rentre à Dinard. Si je dois les voir, je m'assure qu'il ne s'agit pas d'un week-end où Matthias rentre aussi. Je pense que Catherine a compris et elle se fait très discrète. Elle ne m'a plus proposé de vacances avec eux, ni même de repas dominical quand son fils est là.

Depuis la rentrée de septembre, je ne suis revenue que deux fois chez maman. C'est peu et je sens que pour elle c'est difficile de vivre seule. Elle a malheureusement replongé dans sa relation toxique avec Victor. Probablement qu'après mon départ à l'université, elle n'a pas supporté sa solitude.

Mais la question qui te taraude cher journal et que tu n'oses pas me poser est la suivante : Pourquoi écris-tu Camille ? Bien intéressant ta mise à jour de ton année universitaire et des différentes personnes qui t'entourent ou à qui tu tiens, mais viens-en au fait….

Tu me connais si bien cher journal. Oui j'avoue, je traine, je brouille les pistes, je fais comme si de rien n'était ….

Oui, j'avoue…. C'est Ludo… Encore lui.

C'est dingue ces hasards de la vie.

Je ne pensais plus le revoir, lui parti aux USA, moi étudiante à Rennes. Notre dernière rencontre date d'il y a un an et demi à la sortie de ce bar.

L'histoire est assez surréaliste en fait. Je ne sais par où commencer.

Je n'ai d'ailleurs pas envie de tout raconter. Je voudrais juste pouvoir me souvenir toute ma vie de cette journée. Je ne sais pas si c'est cela qu'on appelle le coup de foudre. Peut-être bien que le coup de foudre s'était déjà produit lors de notre première rencontre sur le plongeoir et que je n'avais pas compris de quoi il s'agissait. Aujourd'hui, je sais que je ne me suis jamais sentie aussi bien avec quelqu'un et je me sens en même temps si triste car cette histoire est aussi impossible que notre rencontre d'hier était improbable.

J'aurais voulu que cette journée d'hier ne se finisse jamais, mettre cet instant sur pause. Je me suis sentie comme Cendrillon. J'avais rencontré mon prince charmant, je me sentais pousser des ailes, je me sentais si belle dans ses yeux, nous étions seuls au monde. Mais à minuit, le carrosse est redevenu citrouille. Comme les contes de fée n'existent pas et que seules les petites filles sont dupes de l'histoire de la pantoufle de verre, le lendemain matin au réveil, il n'y avait ni pantoufle, ni valet pour faire les essayages, ni belle-mère et méchantes belles sœurs. Juste quelques souvenirs pleins la tête et une belle cheville gonflée par l'entorse pour me rappeler que tout cela avait bien eu lieu.

CHAPITRE 63

Décembre 2017

LUDO

Ludo était resté interdit suite à la découverte de son prénom gravé sur une des pierres du plongeoir. Il avait d'abord tenté de se dire qu'il existait des dizaines de Ludo, puis qu'il avait dû y avoir des centaines de filles installées autour de la piscine naturelle depuis les dix dernières années. La probabilité qu'il soit « le Ludo » de cette histoire devait être très faible. Il se demandait ce qu'en penserait Mr Milles, son professeur de mathématiques à la faculté. Ses cours et ses exercices de probabilités lui avaient donné plus d'une fois du fil à retordre. Mais peu importe les lois de probabilités ! Il était soudain animé d'une conviction. Ça ne pouvait être que lui ! Il se permit de poser sa main sur les lettres gravées, espérant y percevoir la chaleur et la douceur de ses mains à elle. Fermant les yeux quelques instants, il se remémora le parfum délicat qu'il avait senti la première fois quand il l'avait raccompagné devant le domicile de Margot et qu'il lui avait murmuré quelques mots à l'oreille avant de s'en aller. Les souvenirs étaient là, intacts, à la fois si frais comme s'ils s'étaient quittés la veille et si lointains comme s'ils appartenaient à une autre vie.

Sans réfléchir, avec la fougue et l'impulsivité qui l'avait longtemps caractérisé, il décida de rebrousser chemin et emprunta le chemin des douaniers en direction de Saint Lunaire. Le chemin était glissant et il en avait au moins pour 45 minutes de marche. Il accéléra le pas, espérant arriver à la crique avant la nuit. Il aurait pu attendre le lendemain matin pour faire le trajet de jour, mais la patience ne faisait pas partie de son vocabulaire. Arrivé en haut de la falaise, d'où descendait un petit chemin escarpé, il prit le temps de visualiser le vieux banc sur lequel il l'avait installé, elle et sa cheville enflée. Puis, prenant garde à ne pas glisser, il descendit en direction de la crique. La marée était basse et contrairement à ce jour de décembre 1999, il n'eut pas besoin de nager pour atteindre la grotte. Elle ressemblait à son souvenir. Il s'assit sur un rocher et ferma les yeux. Ainsi les images réapparurent instantanément.

L'hiver 1999 était rude, froid et humide. Âgé de 23 ans, étudiant aux Etats Unis dans la fameuse université conseillée par son père, en couple avec une des filles les plus populaires et séduisantes de son campus, destiné à une carrière d'avocat prometteuse, Ludo avançait dans la vie avec une confiance déconcertante.

Cette année-là, il rentrait en France passer Noël en famille. Cela faisait 1 an et demi qu'il n'était pas rentré au pays. L'été précédent, il avait enchainé un stage d'un mois dans un cabinet d'avocats, puis un road trip en Australie avec des copains. Le Noël précédent, ses parents étaient venus passer les fêtes aux Etats Unis, heureux de découvrir l'endroit où il vivait et étudiait. Il avait profité de cette visite pour leur présenter, un peu à contre cœur, sa petite amie du moment, Fleur. Celle-ci avait beaucoup insisté pour les rencontrer.

« C'est l'occasion, si déjà ils viennent aux US. Toi tu connais bien mes parents. »

Contre cela, Ludo ne trouva pas d'arguments, il était devenu proche des parents de Fleur. Ceux -ci lui avait trouvé son stage dans ce prestigieux cabinet, l'avait emmené jouer au golf, et il dinait chez eux tous les samedis soir.

A contre cœur, il avait donc organisé des présentations officielles. C'était la première fois qu'il présentait une fille à ses parents. Il n'avait jamais eu cette occasion, vu l'enchainement de ses conquêtes. Pourtant même si son histoire avec Fleur constituait pour lui un record de longévité, il n'était pas très sûr de ses sentiments. Mais Fleur n'était pas le genre de fille à se laisser quitter. Elle obtenait toujours ce qu'elle voulait, et ce qu'elle voulait c'était se faire épouser par ce français, qui cochait toutes les nombreuses cases qu'elle avait listées.

Le 22 décembre 1999, Ludo était donc arrivé seul à Dinard et devait être rejoint par ses parents et Charlotte le lendemain. Il mangea des moules dans un petit bistrot avant de partir pour une promenade à pied le long de la mer. Cette rencontre tant attendue avec l'océan qui lui avait tant manqué, le remplit de bonheur. Après plusieurs kilomètres de marche, sur le sentier qui relie Saint Enogat à Saint Lunaire, il croisa un chien seul, un golden retriever blanc qui semblait agité au bord de la falaise. Le chien ne cessait d'aboyer et lui barrait le chemin. Ludo tenta de le contourner, mais le chien le suivit tout en continuant à aboyer. Agacé par le comportement de ce chien qu'il ne connaissait pas, et réalisant qu'il ne le lâcherait pas, il rebroussa chemin et s'arrêta devant un chemin en escalier qui semblait descendre dans une plage.

Ludo s'accroupit à la hauteur du chien et tout en le caressant, lui dit :

« Qu'est-ce que tu me veux, toi ? »

Le chien se mit à lui mordiller le pantalon, puis fit des tours sur lui-même tout en aboyant de plus belle. Il semblait lui indiquer cet escalier. Ludo leva la tête et vit que la marée était haute et qu'il n'était donc pas possible de passer par cette plage pour traverser. Le chien continua à le fixer tout en s'agitant, les aboiements reprirent de plus belle. Ludo voulut en avoir le cœur net. Il trouvait le comportement de ce chien franchement inhabituel. Il emprunta l'escalier et manqua à deux fois de tomber tant le sol, recouvert de mousse était glissant. La mer était démontée et il fulmina intérieurement de cette rencontre malencontreuse avec ce chien qui ne le lâchait pas.

Arrivé à mi-hauteur de l'escalier, il regarda vers le bas et vit que la mer était haute et avait complètement fait disparaître la plage. Il ne vit rien d'anormal. Toujours en colère contre ce maudit chien, il s'apprêta à remonter, quand par précaution il se mit à crier : « Hey ! Il y a quelqu'un ! HOUHOUH ! »

Il commençait à remonter l'escalier quand il entendit une voix sourde et lointaine lui répondre : « Oui ! A l'aide ! Au secours »

Il fut saisi et se dit qu'il se passait effectivement quelque chose. Il descendit jusqu'en bas de l'escalier, les pieds quasiment dans l'eau et aperçut dans une petite grotte creusée dans les rochers, la silhouette d'une femme qui agitait les bras. Sans réfléchir, il se jeta dans les vagues et nagea jusqu'à la grotte. Au fur et à mesure qu'il nageait et s'approchait, il la reconnut. C'était la fille du plongeoir... Camille... Elle avait beaucoup changé mais il reconnut immédiatement son regard et ses cheveux longs.

Elle était assise sur un rocher, visiblement blessée et complètement trempée par les vagues qui la fouettaient avec la marée montante.

Arrivé à son niveau il s'assit à côté d'elle et lui dit :

« Que t'est-il arrivé ? »

Elle semblait terrorisée et apeurée.

« J'ai voulu rattraper le chien qui s'était échappé et j'ai glissé dans l'escalier et suis tombée. Ma cheville doit être fracturée. J'ai trop mal et je n'ai pas réussi à remonter. »

« Est-ce que tu arrives à nager avec moi jusqu'à l'escalier au moins et après je te porte ? »

Elle ne bougeait pas, le fixait les larmes aux yeux et répondit timidement :

« C'est que… En fait, je… Je ne sais pas nager. L'eau me terrorise. »

Il ne s'attendait pas à ça. La fille du plongeoir qui ne savait pas nager…

« Ok, pas de problème. Tu vas t'agripper à moi comme ça, et je vais nager et te ramener. N'ai pas peur, je ne te lâcherai pas. Tu ne risques rien. »

Camille s'avança vers lui, la mer lui arrivant à la taille. Il lui tendit la main.

« N'ai pas peur. Tout va bien se passer. »

Elle se mit dans l'eau en tremblant, tout en s'agrippant à lui. Elle passa ses bras autour de son cou, collant son corps contre lui et il commença à nager. Elle n'avait pas peur, elle se sentait en sécurité et en confiance. Une fois arrivée de l'autre côté, au niveau de l'escalier, il la porta et la posa sur un banc. Le chien s'assit à côté d'elle et la lécha. Elle lui murmura des mercis aux oreilles tout en le caressant affectueusement.

« Je vais trouver un taxi. Ça ira plus vite et tu n'es pas en état de marcher. Tu ne bouges pas.

« Je ne risque pas d'aller bien loin » dit-elle en montrant sa cheville enflée, l'air penaud.

Il partit et fut de retour 10 minutes plus tard. Elle grelottait dans ses vêtements mouillés. Il la porta délicatement pour ne pas augmenter la douleur qu'elle ressentait à sa cheville. Une voisine lui avait gentiment prêté sa voiture et proposé de garder le chien en attendant. Il l'installa à l'arrière et il prit le volant

« Je t'emmène chez moi. Tu pourras prendre un bain chaud, puis on soignera ta plaie et ensuite on verra pour ta cheville de quoi il s'agit. »

Elle lui lança :

« Tu n'as pas besoin de me ramener chez toi. Je ne veux pas te déranger. Je peux me débrouiller toute seule si tu me déposes chez moi. »

« Ne t'inquiète pas. Tu ne déranges personne. Je suis seul à la maison. Je vais m'occuper de toi. »

Après quelques minutes de voiture, Ludo gara la voiture dans la cour de la villa et la porta jusque dans la maison, puis jusque dans sa salle de bain. Il fit couler un bain. Elle frissonnait toujours, était trempée, glacée. Elle semblait choquée et apeurée. Il s'accroupit à côté d'elle et tenta de la rassurer.

« Tu n'as plus rien à craindre maintenant. D'accord ? Le principal est d'abord de te réchauffer. Tu dois prendre un bain chaud. »

Il la laissa seule dans la salle de bain. Le contact avec l'eau chaude du bain était délicieux. Elle avait dû passer 3 ou 4 heures coincée dans cette crique avec la marée montante, sentant monter en elle l'angoisse de se noyer. Si Ludo n'était pas venu, elle serait morte. C'était un miracle. Après quelques minutes de calme et de relaxation, elle se savonna et se lava les cheveux pour se débarrasser du sel des embruns. Une exquise odeur d'Ylang Ylang se dégageait du shampoing. Elle retrouvait peu à peu ses esprits. Elle contempla la salle de bain et se sentit en sécurité. Ludo lui avait sauvé la vie.

Elle prit encore quelques minutes à savourer le bain, le calme, l'atmosphère chaleureuse de la salle de bain, puis elle sortit de la baignoire, réussit tant bien que mal à se sécher et à s'habiller avec les habits qu'il lui avait déposés. Il avait pris soin de trouver des habits qui appartenait à Charlotte. Ceux-ci lui allaient parfaitement. Un jean et un gros pull en cachemire à col roulé, tout doux, couleur avoine.

Une fois sortie, elle s'installa dans un fauteuil et il examina sa cheville et ses plaies.

« Tu fais ça bien, on dirait que tu es médecin. » lui dit-elle

« J'ai appris ces techniques au scout. J'avais gagné le titre de secouriste de ma patrouille ! » dit-il en souriant et en insistant ironiquement sur le côté glorieux de ce titre.

Elle ne répondit pas. Il ne correspondait pas à l'image qu'elle s'était faite de lui. Il ne semblait pas arrogant, ni provocateur. Elle se sentit à l'aise.

« Tu as une belle entorse mais ça ne me semble pas être fracturé. L'œuf de pigeon autour de la malléole, c'est assez typique des entorses. »

Elle le regarda, incrédule

« Encore un truc que tu as appris au scout ? » demanda-t-elle

Il acquiesça.

« Je vais te faire un pansement alcoolisé. Tu pourras le garder jusqu'à demain. Ça devrait te soulager. »

Il trempa des bandes de gaze dans de l'alcool à 70 et les déposa à peine essorées au niveau de l'œdème bleuté de sa cheville.

« C'est froid mais c'est comme cela que c'est le plus efficace. Et maintenant je vais rajouter un bandage pour que tu te sentes bien maintenue.

Elle le regarda faire en silence. Quand il eut fini, elle paraissait gênée et lui dit :

« C'est vraiment très gentil tout ce que tu as fait pour moi. Je t'en suis très reconnaissante. Tu peux peut-être appeler un taxi pour que je rentre. Je ne voudrais pas déranger. »

Il la regarda et lui dit : « Pourquoi tu t'excuses tout le temps? Il n'y a pas de problème tu sais. Comme je te l'ai dit, je suis seul ici jusqu'à demain. Donc tu ne déranges personne. Au contraire, j'aimerais beaucoup discuter avec toi car je dois dire que nos rencontres n'ont pour l'instant pas été des plus simples. »

Elle le fixa et retrouva à nouveau chez lui cet air taquin et blagueur. Mais cette fois ci, elle ne se sentit ni attaquée, ni jugée.

« Thé ? Café ? Chocolat chaud ? »

« Oh, je vais prendre un chocolat chaud avec plaisir » dit-elle.

Il l'aida à s'assoir dans le canapé du salon et alla lui préparer sa boisson. Installée confortablement dans le canapé, elle contempla la vue à travers les fenêtres. Elle commençait à se détendre. Il revint quelques instants plus tard avec un chocolat chaud couvert de crème chantilly dans laquelle il avait déposé des marshmallows.

« Je vais faire un feu. Ça te réchauffera un peu »

« Merci, dit-elle. »

Elle mangea de bon appétit. Le chocolat chaud était délicieux.

Il la contempla d'un air amusé. Il avait l'impression de voir une petite fille qui dévorait pour la première fois un gâteau. Elle semblait si heureuse de ce petit goûter. Il trouva qu'elle dégageait à la fois énormément de fraicheur, d'énergie, mais aussi une forme de gravité et de maturité. Il se sentit presque vulnérable face à elle, aurait voulu en savoir plus sur elle, la connaitre, l'apprivoiser. Une fois le goûter terminé, elle le regarda à nouveau d'un air gêné.

Il prit la parole : « Comment se fait-il que tu ne saches pas nager ? Tu n'as jamais voulu apprendre ?

« Si bien sûr. Mais ma mère ne sait pas non plus nager donc n'a jamais voulu m'apprendre. Et j'ai une peur bleue de l'eau depuis les cours de natation en primaire. Des garçons de ma classe me menaçaient de me couler pendant les cours. Je faisais de telles crises d'angoisse dès qu'il fallait entrer dans la piscine. J'ai été dispensée »

« Et c'est pour vaincre ta peur que tu es sans cesse sur le plongeoir ? »

« Non ! Ça, c'est uniquement pour la vue. Et aussi pour être seule, éviter le monde et rêvasser. »

Décidément, cette fille ne manquait pas de le surprendre. Elle lui semblait tellement différente des autres. A la fois, elle lui faisait l'impression d'un petit oiseau tombé du nid et en même temps, elle dégageait une forme de sagesse comme si elle avait déjà vécu plusieurs vies.

« Et le chien, il est à toi ? »

« Non, c'est le chien de mes voisins. Ils sont partis pour le week-end et je m'en occupe. Il est adorable. Il s'appelle Kedji. »

« En tout cas, tu lui dois une fière chandelle. C'est grâce à lui que j'ai pu te retrouver. Je crois que je vais m'occuper de lui ici jusqu'au retour de tes voisins, car tu vas avoir du mal à continuer à le balader. »

« Tu veux bien garder le chien ? »

« Oui, je crois que ce serait la meilleure solution pour toi. »

« Je suis vraiment désolée de tous ces tracas. Tu n'es vraiment pas obligé, tu sais. »

Il se leva et lui dit : « Arrête un peu de t'excuser tout le temps. Je n'avais rien de prévu de toute façon. Donc tu vas rester tranquillement ici pendant que je vais récupérer le chien, tu te reposes et après on improvisera. »

Il lui tendit une pile de magazines et lui déposa une couverture sur ses jambes.

Elle le regarda sortir en silence et s'assoupit très rapidement.

CHAPITRE 64

JOURNAL DE CAMILLE

25 décembre 1999, musique en cours : « My heart will go on » Céline Dion

Je n'avais pas le temps de poursuivre mon écriture hier. J'ai aidé maman à faire quelques courses pour le réveillon de Noël.

J'ai eu besoin de peindre la crique, l'eau qui monte, mon entorse, le sauvetage. J'ai eu si peur de mourir. C'est la première fois que j'étais confrontée à la peur de la mort. Si, peut-être lors de la soirée où Victor a été violent avec maman. Mais j'ai surtout eu peur pour elle, pas tellement pour moi.

Ici, j'ai eu peur pour moi, j'ai vu ma vie défiler et dans ma tête une voix hurlait : « Ce n'est pas encore le moment, j'ai envie de vivre des choses, c'est trop tôt !»

J'étais sortie faire une très grande balade avec le chien des Leroy. Ceux-ci sont partis en famille pour les fêtes et m'ont demandé si je pouvais sortir le chien et le nourrir.

Ce jour-là, il faisait un froid assez sec ce qui est relativement rare en Bretagne. Le soleil brillait sur la mer et lui donnait ses teintes émeraude. La chienne était excitée par les embruns et comme elle tirait beaucoup et que le sol était glissant, j'ai décidé de lui enlever sa laisse.

Puis tout s'est un peu enchaîné. Elle s'est sauvée, j'ai tenté de la rattraper, je me suis engagée sur un escalier assez glissant recouvert de mousse et j'ai chuté. En tombant, ma cheville s'est tordue et la douleur m'a paralysée. J'ai entendu un crac et j'ai pensé qu'elle était cassée. J'étais incapable de poser le pied par terre. Je me suis alors hissée jusqu'au fond de la crique pour m'assoir et me reposer au sec. Je n'avais pas pensé que nous étions une semaine de grandes marées et que la mer remontait entièrement dans la crique. Je ne savais pas nager.

En fait je n'ai jamais appris. Maman a une peur bleue de l'eau et d'une certaine façon elle me l'a communiquée. Elle avait toujours trouvé une bonne excuse pour que je sois dispensée des cours de natation : d'abord petite, elle prétextait des angines à répétition et une prédisposition aux otites, puis c'est moi qui inventais des excuses ne voulant pas être ridicule devant le groupe.

J'ai attendu bien 3 heures dans cette crique avec la marée qui montait, la cheville qui me lançait et cette incapacité à poser mon pied au sol.

La chienne était remontée sur le sentier et je l'entendais aboyer, comme pour appeler à l'aide. J'avais assez peu d'espoir au fond. Qui est ce qui se baladait un 23 décembre le long du sentier côtier ?

Les gens étaient occupés aux derniers achats de noël ou aux commandes de bûches et de dindes.

Puis, j'ai entendu une voix : « Y a quelqu'un ? »

Je n'en croyais pas mes oreilles. J'ai hurlé : « oui !! Je suis coincée ! Au secours !! »

L'homme de l'autre côté n'hésita pas une seconde. En quelques instants, il était à l'eau, nageant jusqu'à la crique. Il faisait du crawl et je ne le reconnus qu'une fois qu'il s'arrêta à ma hauteur. C'était Ludo !

Il parut surpris quand je lui dis que je ne savais pas nager. Je me suis sentie misérable et en même temps je n'avais ni le temps ni l'énergie de penser à quoi que ce soit. Il me prit dans ses bras et me ramena à la nage de l'autre côté. Il me porta dans l'escalier. Mon nez effleurait son cou et je respirais son odeur. Je suis quand même un peu bizarre, en pleine angoisse de mort, je vis un instant suspendu à sentir l'odeur d'un homme qui me porte. J'en ai presque oublié ma douleur.

Après tout s'est enchainé comme dans un film. Il est venu me chercher en voiture, m'a ramené dans sa maison. Elle était vide, sa famille n'arrivait que le lendemain. Il m'a coulé un bain et pendant que je me détendais et me reposais, il s'est occupé de tout. Je me suis sentie extrêmement gênée de lui imposer ma présence ainsi. Mais il n'a eu de cesse de me mettre à l'aise, allant jusqu'à cuisiner un délicieux plat de pâtes pour le diner. J'aurais peut-être dû décliner l'invitation, mais je m'en sentais incapable. J'étais comme dans un état second. J'aurais voulu arrêter le temps, empêcher cette maudite horloge de continuer sa course sur le cadran jusqu'à sonner les douze coups de minuit.

Si je ne devais ne retenir qu'une seule chose de ce repas, ce serait que personne ne m'a jamais donné autant l'impression d'exister. Il s'est intéressé à moi vraiment, à ce que je lui ai dit, m'a posé des questions sur ce que j'aimais, sur ce que je faisais. Il semblait vouloir savoir qui j'étais, et plus je me livrais à lui sans fard, plus il semblait intéressé. Je ne ressentis aucune pitié dans son regard, ni dégout, ni jugement. Il me fixait, m'écoutait, relançait la conversation. Je me faisais certainement des idées, bien sûr, mais j'ai eu l'impression que lui aussi aurait voulu que ces instants ne s'arrêtent pas.

Peu avant minuit, alors qu'il me servît un café, j'ai su que c'était trop tard, que le charme avait opéré, que cette passion, décrite dans les livres de Jane Austen et de Charlotte Bronté, était là pour moi.

Ma mère m'avait toujours dit de me méfier des hommes, de ne pas leur faire confiance. Mais j'ai envie de lui faire confiance à lui. C'est inexplicable, mais je ressens la conviction inébranlable qu'il est celui que j'ai imaginé. Au douzième coup de minuit, je réalisais que cette soirée allait prendre fin et qu'il me fallait retrouver ma triste réalité. La douleur à la cheville me ramena sur terre. Je lui demandais s'il pouvait me ramener.

En parfait gentleman, il m'a aidé à me relever et à m'installer dans la voiture. Nous n'avons pas échangé un mot dans la voiture. J'en étais incapable, je me sentais trop triste et je luttais pour retenir mes larmes. L'idée de lui dire au revoir après une si belle soirée m'était tellement douloureuse. Nos rencontres improbables n'avaient été que rendez-vous manqués, situations incongrues et au revoir.

Arrivée devant la porte, je le remerciais brièvement, tentant de ne pas croiser son regard, sentant les larmes prêtes à affluer.

Il s'approcha de moi et déposa un baiser en haut de ma joue, posa sa main sur ma nuque, en murmurant à mon oreille :

« Merci pour cette rencontre à nouveau très singulière !»

Il descendit et avait déjà disparu quand je me décidais à lancer : « Merci pour tout ! »

Quand je me suis couchée cette nuit-là, je n'ai pas trouvé le sommeil. Mon cœur battait la chamade et j'avais l'impression qu'il allait exploser dans ma poitrine.

Je me suis hissée jusqu'à la fenêtre de la chambre et j'ai ouvert les volets. Je suis restée au moins une heure assise sur mon matelas devant la fenêtre dans cette nuit froide de décembre. J'ai pris la couverture en laine en guise de châle. Je me suis surprise à rêver apercevoir le Père Noël avec son traineau et ses rennes dans le ciel étoilé et souhaiter qu'il m'apporte en cadeau la possibilité de revoir Ludo.

CHAPITRE 65

LUDO

DECEMBRE 2017

Malgré la pluie qui ne cessait de tomber et le vent qui lui fouettait la poitrine, Ludo se sentait vivant d'être de retour dans cette crique. Il comprit que ce qu'il avait ressenti ce jour-là s'apparentait plus à un coup de foudre qu'à un banal sauvetage.

Il était passé chez l'épicier et avait acheté de quoi préparer un repas. Il avait eu envie de faire plaisir à cette fille qui lui donnait le sentiment d'être un petit moineau à la patte blessée. Sur le coup, il n'avait pas interprété les signaux que lui lançaient son corps : boule au ventre, palpitations, chaleur. Il était allé chez le petit caviste pour qu'il lui conseille un petit vin italien pour s'accorder au mieux avec le repas qu'il allait cuisiner. Enfin, un petit tour chez le chocolatier, pour choisir quelques douceurs avec le café. De retour chez lui, il avait retrouvé Camille, assoupie, consciencieusement installée dans le canapé du salon. Il en avait profité pour s'installer en cuisine et avait préparé son repas. Un plat italien, qu'il avait goûté chez une amie italienne de l'université : des pâtes aux truffes. A cette sauce, il ajouta les noix de Saint Jacques coupées en morceaux ainsi que les crevettes.

Quand il était revenu s'assoir dans le salon, Camille était réveillée.

« Il est l'heure que j'y aille, je crois » avait-elle dit d'un air gêné. Elle s'était sans doute sentit mal à l'aise et pas à sa place.

Il se souvint lui avoir dit : « Qu'as-tu prévu ce soir de plus important que de goûter au repas italien que je t'ai préparé ? »

A peine ces paroles prononcées, il avait regretté le ton moqueur qu'il avait employé. Au fond de lui, il brulait d'envie qu'elle reste, afin d'en savoir plus sur elle, de pouvoir continuer à la regarder.

« Je suis sérieux. J'ai acheté quelques trucs et je nous ai préparé un petit plat italien. Une recette venue des Pouilles d'une de mes amies de l'université. Tu vas te régaler, j'en suis sûr. »

Elle n'avait pas souri et lui demanda : « Pourquoi tu fais ça ? »

Il avait froncé les sourcils, interrogatif.

Elle reprit : « Pourquoi tu me gardes à diner ? Je n'ai rien à faire ici. Tu n'as pas besoin d'avoir pitié de moi. Je vais bien, je t'assure. Tu as déjà fait beaucoup aujourd'hui. »

« Qu'as-tu donc comme image de toi pour ne pas pouvoir entrevoir l'idée que si je te propose de diner avec toi, c'est que j'ai envie de rester en ta compagnie ? En aucun cas, je ne me forcerais à diner avec qui que ce soit. Ce soir, je devais diner tout seul avant l'arrivée de ma famille demain. Alors, fais-moi l'honneur de rester dîner avec moi. »

La sincérité des propos de Ludo avait dû l'impressionner ou la toucher car elle avait accepté de rester. Il lui avait trouvé une paire de béquilles dans la cave. Il avait passé une excellente soirée : un repas italien délicieux, le Montepulciano excellent. Durant tout le repas, il avait eu envie d'en savoir plus sur elle, sur ses goûts, ses désirs, ses loisirs, sa famille, sa vie. Percer le mystère de la jeune fille solitaire du plongeoir. Il lui avait trouvé une fraicheur déconcertante, un charme naturel et sans artifice auquel il était peu habitué. Les femmes et jeunes filles qu'il avait connues se cachaient sous leur maquillage, derrière leur brushing, et exhibaient leurs formes dans des robes ultra moulantes et sexy. Vêtue du jeans de sa sœur et d'un gros pull à col roulé de couleur ficelle, ses cheveux longs encore humides lui encadrant le visage, il était subjugué. Il fut saisi par la franchise et la sincérité avec laquelle elle avait répondu à ses questions, même les plus intimes. Il osait lui aussi faire tomber le masque.

Il s'est entendu lui mentir. Il avait omis de mentionner Fleur. Il avait fait plus qu'omettre de la mentionner, il l'avait carrément rayé de son récit. Non pas qu'il avait eu l'intention de séduire Camille. Il avait juste voulu le temps de cette soirée rêver à cette part de liberté, totalement et pleinement dans l'instant présent.

Un petit goût d'Italie, un instant suspendu, hors du temps avec cette inconnue, dont il se sentait déjà si proche.

Une tension était montée en lui, le désir brulant de l'embrasser, de sentir le goût de ses lèvres et de sa langue, de lui caresser les cheveux, de la porter jusqu'à son lit et de lui faire l'amour. Au fur et à mesure du repas, de leurs échanges, il était assiégé par ces pensées, il avait senti son cœur cogner contre sa poitrine. Il avait réalisé qu'il ne pouvait plus s'agir des séquelles du sauvetage. La peur l'avait envahi, une peur de perdre le contrôle. Il avait eu l'impression de jouer avec le feu. Une petite voix dans sa tête avait tenté de le raisonner.

« On peut savoir à quoi tu joues ? Elle est beaucoup plus jeune que toi, tu es fiancé, ta famille débarque demain pour célébrer Noël, tu repars dans 5 jours aux US !! »

Une fois le repas terminé, ayant repris le contrôle de ses pensées, il s'était entendu lui dire :

« Je vais te raccompagner chez toi. Tu dois être extenuée après cette journée. Tu as besoin de te reposer »

Durant le trajet en voiture, ils étaient restés silencieux. Ils étaient revenus à leur triste réalité. Arrivés devant la maison des parents de Margot, Ludo l'avait aidée à sortir de la voiture et elle s'était appuyée sur lui en sautillant avec la jambe valide qui lui restait, avançant jusqu'à la porte d'entrée.

Devant le perron de l'immeuble, elle lui avait fait face et il avait perçu un trouble chez elle, il lui avait trouvé un air triste. Lui aussi s'était senti triste de la laisser ainsi.

Il aurait voulu l'embrasser mais quelque chose l'en avait empêchée. Il s'était alors approché d'elle et avait déposé un baiser sur sa joue. Il s'était senti transporté par son délicat parfum qu'il avait senti quand il s'était approché de son oreille pour lui souffler quelques mots.

Voulant cacher son trouble, il était reparti rapidement.

CHAPITRE 66

JOURNAL DE CAMILLE

30 décembre 1999, pas de musique en écoute.

Cher journal,

Je suis dans le train en direction de Rennes. La pluie s'abat sur les vitres, pendant que la mère de famille installée en face de moi avec ses deux enfants distribue des cartes pour débuter une partie de belotte. C'est drôle comme cette femme que je ne connais pas m'inspire confiance. Je l'ai écoutée discrètement depuis 20 minutes. Elle parlait à ses enfants. Ils se remémoraient les fêtes de Noël qu'ils avaient passées dans la famille maternelle et elle les préparait à la semaine qu'ils allaient passer chez leur père. Elle semblait sincèrement heureuse pour eux des belles choses qu'ils allaient vivre et son discours positif avait quelque chose de rassurant. Le plus jeune des enfants qui devait être âgé de 6 ans demanda :

« Mais est ce que je pourrais te voir pendant que je suis chez papa, maman ? »

« Non mon chéri, mais tu pourras m'appeler dès que tu as envie. Il suffit que tu demandes à papa. Et je penserai à toi. »

Le petit garçon sourit. Il semblait rassuré.Je me disais qu'il n'y avait pas eu un seul moment depuis que j'étais née où mon père avait pensé à moi.

Pourtant moi, j'avais souvent pensé à lui. Je l'avais tant imaginé, inventé. Les scénarios s'étaient enchainés, tantôt violents et dramatiques, tantôt pleins d'espoir, tantôt drôles. Avec le temps j'avais arrêté d'y penser.

J'avais aussi arrêté de m'inquiéter pour ma mère, comprenant de plus en plus qu'elle ne changerait jamais. Qu'elle n'avait aucune envie d'arrêter de se détruire avec les hommes ou quelques substances. Elle m'aimait profondément mais ce n'était pas assez fort pour qu'elle décide de se protéger. Maintenant, je n'espérais plus la changer. J'essayais juste de me protéger.

Je suis retournée dans la crique hier. Je crois qu'au fond j'espérais qu'il y serait. Depuis l'autre jour, je m'étais fait mille fois ce scénario dans ma tête : j'arrive à la crique et je le découvre en train de m'y attendre et nous tombons dans les bras l'un l'autre. Bien sûr quand j'y suis arrivée, l'endroit était désert. J'ai touché les parois rocheuses, creusées petit à petit par la mer, j'ai humé l'air et me suis remplie les poumons des embruns. Être encore un peu avec lui en restant ici. Retrouver les sensations et les émotions de ce jour-là. Bien sûr, j'avais bien pris garde aux horaires de marée cette fois.

Pourtant, quand il vint l'heure de remonter en toute sécurité, je me suis surprise à faire durer, à trainer. Je n'avais pas envie d'interrompre ce moment. Faire durer le temps passé dans cette crique, c'était rester encore un peu à ses côtés, dans mes souvenirs, fuir la réalité.

Je me suis sentie extrêmement triste une fois remontée, comme si cette étape venait signer la fin de ma rêverie. Non, Ludo n'était pas revenu sur les lieux, en tout cas pas aujourd'hui, pas en même temps que moi et le destin n'avait pas décidé que nous devions nous revoir pour le moment.

Après être revenue de la crique, j'ai annoncé à maman que je repartais à Rennes. Elle a paru surprise que je rentre aussi tôt alors que j'avais prévu de passer les vacances avec elle. J'ai prétexté une fête avec des amis pour le nouvel an et multiples cours à réviser à la bibliothèque avec ma bande. Il n'en était rien. Elle a semblé me croire. Cela faisait maintenant bien longtemps que je ne cherchais plus à lui parler de moi ou de ce que je ressentais. Quand je commençais, cela se terminait par une dispute car elle percevait mes propos comme des reproches. N'ayant elle-même aucune volonté de changer son fonctionnement et de se protéger elle-même, comment aurait-elle pu prendre les bonnes décisions pour me protéger moi ?

En réalité, je n'avais pas grand-chose à réviser pendant ces vacances et aucune fête particulière de prévue pour ce passage à l'an 2000. Margot ne serait pas encore revenue de ses vacances dans le Sud. Je voulais fuir. C'était Ludo que j'essayais de fuir, enfin plutôt la possibilité de le rencontrer par hasard avec sa famille au coin d'une rue, et de constater que notre rencontre ne constituait pas un évènement pour lui, alors que pour moi cette journée m'avait transportée. Je ne pensais qu'à lui depuis.

Le train arrive en gare.

La mère de famille a rangé les affaires dans son sac, le petit garçon tient un livre serré contre sa poitrine et l'ainé regarde par la fenêtre, impatient.

« Tu crois qu'il sera sur le quai, maman ? »

« Oui, c'est ce qu'il a dit » répond-elle les yeux brillants.

CHAPITRE 67

CAMILLE

Décembre 2017

Camille pensa qu'elle n'aurait jamais réussi toute seule sans l'aide de Pierre. Pourtant, elle n'aimait pas déranger et préférait faire seule plutôt que de demander de l'aide, mais elle se rendit compte qu'elle aurait été incapable de descendre seule par la cage d'escaliers tous les cartons et les quelques meubles qu'elle comptait conserver sur deux étages.Dans le véhicule utilitaire qu'elle avait loué, elle avait installé le secrétaire, souvenir très cher pour elle, l'armoire et le coffre. Trois meubles, trois symboles différents, tous aussi importants les uns que les autres…

Le secrétaire et son tiroir secret symbolisait son intimité, ses secrets.

Le coffre qui avait abrité ses toiles, croquis et sa peinture, symbolisait sa créativité, son envie de vivre, son désir d'exister.

L'armoire au grand miroir symbolisait sa mère et lui rappelait la femme qu'elle avait été.

Dans un carton, trônaient quelques objets symboliques : une boite en métal dans laquelle sa mère rangeait des boutons, sa boite à chaussure dans laquelle elle rangeait ses coquillages, quelques albums photos que sa mère s'était motivée à faire entre ses histoires d'amour et ses hospitalisations.

Des années à trous. Camille oscillait entre le sentiment d'avoir dû grandir entre les absences et les présences de sa mère. Le vide abyssal de ces débuts de soirée seule dans l'appartement alors que sa mère rejoignait ses amants, une présence étouffante quand elle devait la consoler ou faire face à ses décompensations maniaques ou dépressives, l'absence lors de ses hospitalisations et la chaleur du foyer des Leroy, et l'ambivalence des retrouvailles, la violence de sa relation à Victor.

Camille se souvenait du jour où le diagnostic était tombé. Elle devait avoir 17 ans. Le médecin de l'hôpital lui avait demandé si elle acceptait de se rendre à un entretien en présence de sa mère. Elle avait accepté. Le médecin lui avait expliqué le mal qui rongeait sa mère et qui avait tant de fois fait exploser leur équilibre précaire. Trouble bipolaire. Il leur avait expliqué que Louise oscillait entre des périodes de dépression profonde pendant lesquelles elle s'enfermait dans des idées noires et mélancoliques, et des périodes de manie, de bonheur intense, d'excitation, avec des idées de grandeur et une désinhibition. En écoutant ce médecin, Camille avait été saisie car elle avait eu l'impression qu'il lui décrivait leur vie. Toute cette atmosphère chaotique, où Camille nageait la plupart du temps en pleine incohérence avait donc un nom scientifique. Il avait insisté sur l'importance de prendre le traitement à vie car il s'agissait d'une maladie chronique. Sa mère ne pouvait pas en guérir. Il fallait vivre avec et le traitement permettait de stabiliser et d'éviter les rechutes. Malheureusement, malgré les explications du médecin qui étaient rationnelles et sensées, Louise avait continué à toujours remettre en question ce diagnostic et avait passé son temps à tenter d'arrêter son traitement, persuadée qu'elle allait très bien. Victor n'avait pas hésité à remettre en cause ce diagnostic et l'intérêt de ce traitement. Maintenir Louise dans un état de fragilité psychique faisait d'elle une proie plus facile sur laquelle il pouvait assoir son emprise.

« Ce truc te fait grossir comme pas possible ! Regarde-toi ! Tu crois que je vais encore avoir envie de toi si tu ressembles à une baleine ! »

Et elle arrêtait le traitement, et elle s'enfonçait à nouveau petit à petit....

Ils fermèrent la camionnette.

« Et voilà ! Je te remercie beaucoup pour ton aide. Je ne sais pas comment j'aurais fait sans toi »

« T'inquiète, lui répondit Pierre. Qu'est-ce que tu fais de cela ? demanda-t-il en désignant deux gros cartons posées le long du mur sur le trottoir.

Elle sourit et répondit : « Ce carton contient d'anciennes belles tenues faites par maman. Je vais les ramener à Mme Léopoldine car je ne sais quoi en faire. L'autre carton, il est pour vous. Quelques souvenirs plus personnels. Catherine en fera ce qu'elle voudra."

Elle l'embrassa chaleureusement et dit : « Je passe encore à la boutique embrasser Catherine, je dépose le carton chez Mme Léopoldine et enfin je prendrai la route. »

« Tu roules d'une traite ou tu t'arrêtes ? »

« Je roule d'une traite. Je serai vers 17h chez moi. Je vous envoie un message quand je serai arrivée. »

« Allez ma belle, file. Donne-nous des nouvelles. Et on se voit à Noël si j'ai bien compris »

« Je n'y manquerai pas. »

Camille fila à la librairie pour y embrasser Catherine puis entra à la boutique déposer les habits.

Mme Léopoldine était au comptoir en pleine comptabilité. Elle avait beaucoup vieillie mais gardait cette allure et cette classe qu'elle avait toujours eue. Quand elle déballa le carton, elle ne put qu'exprimer son étonnement devant le soin que Louise avait apporté à ces tenues, voire les avait modifiées à son goût.

« Ta mère avait de l'or dans les mains. Elle était plus douée que moi pour la confection. Elle savait tout de suite repérer la coupe qui irait le mieux à la femme en face d'elle. Elle percevait très vite à qui elle avait à faire. Elle devinait les gens mieux que personne. »

Elle s'arrêta un moment pour réfléchir.

« Quel dommage qu'elle ait eu cette maladie. Je ne pouvais pas lui faire confiance. Elle disparaissait d'un jour à l'autre. Aucun autre patron n'aurait toléré un absentéisme comme le sien. »

Camille écoutait sans répondre. S'attendait-elle à ce que Camille vienne la remercier de son extrême bonté de ne pas avoir licencié sa mère ? Elle n'en fit rien.

Mme Léopoldine n'avait raté aucune occasion de préciser dans un soupir qu'elle était encore toute seule aujourd'hui, qu'elle ne pourrait malheureusement pas terminer l'ourlet avant la semaine suivante car son employée était ENCORE absente.

« Pour une durée indéterminée … »

Et les clientes répondant : « Ah, je vois. Encore… »

Camille retrouva l'odeur feutrée de la boutique, un mélange d'effluves de cuir, de velours. Mme Léopoldine portait la même eau de parfum, poison de Dior, que Camille reconnut tout de suite. Elle se tourna alors vers l'arrière-boutique et se remémora immédiatement une scène bien précise dans sa tête. Il lui semblait entendre le bruit de la bouilloire et les tasses qu'elle plaçait sur le plateau pour le thé, sentir l'arôme de la menthe fraichement coupée qu'elle disposait dans la théière, et lui revint en mémoire cette bribe de conversation qu'elle surprit et qui lui brisa le cœur à jamais.

Elle fut interrompue de sa rêverie en sentant le regard perplexe de Mme Léopoldine.

« Tu vas bien Camille ? Tu es toute pâle. »

Ne voulant pas s'attarder plus longtemps et réouvrir d'anciennes blessures, elle prit congé rapidement de Mme Léopoldine et rejoignit la camionnette de location.

Installée dans la voiture, elle poussa un profond soupir, lança la lecture du livre audio qu'elle avait choisi et démarra.

CHAPITRE 68

JOURNAL DE CAMILLE

3 mars 2000, musique en écoute : « On ne change pas » Céline Dion

J'écris dans un des fauteuils club d'un bar d'un hôtel. Ce lieu est assez magnifique. On dirait que l'hôtel est tout juste sorti d'un film de Hitchcock : on s'attend à y voir apparaitre Cary Grant ou Grace Kelly. Les couleurs chaudes des lieux, associées au cuir des canapés et aux épais rideaux donnent un charme désuet à cet endroit.

Je ne compte plus les nombreuses fois où je suis passée devant les fenêtres de la verrière de cet établissement, en imaginant combien il serait agréable d'écrire quelques pages de mon journal ici. Me rêvant comme une écrivaine célèbre en mal d'inspiration, puisant des idées à travers les scènes qui défilaient sous ses yeux. Je me sens bien ici, comme dans un cocon douillet, me réchauffant les mains grâce à ma tasse de thé. Par la fenêtre, j'aperçois des passants, de toutes sortes : les coureurs du dimanche matin, les amoureux sortis se chercher un croissant après leur nuit d'amour, le papy qui a récupéré son journal pour le lire avec son café, la mère de famille qui emmène ses enfants à l'église.

Le thé et la tarte au chocolat que j'ai commandés vont me coûter toutes mes économies mais peu importe. Je ne veux plus écrire à la maison. La présence de ma mère ou de Victor m'en empêche. Ah, oui. Au fait, maman a replongé. Avec Victor je veux dire. Il a même réussi à lui faire retirer sa plainte.

Je suis rentrée hier pour l'anniversaire de maman. Je n'étais pas venue depuis Noël et je n'ai pas trouvé d'excuses acceptables cette fois pour repousser encore d'une semaine ou deux cette rencontre. J'ai donc fait le minimum : train arrivant le samedi midi, soirée d'anniversaire le samedi soir et mon train de retour prévu à 16h dimanche. Difficile de faire plus court et pourtant en ce dimanche matin, que le temps me semble long. Je suis sortie alors que ma mère et Victor dorment toujours, mais l'idée de me retrouver avec eux au petit déjeuner m'est insupportable.

Hier soir, Victor nous a invitées au restaurant pour l'occasion. Ils étaient tous les deux très excités, multipliant les blagues. Victor faisait du charme à la serveuse, tout en pelotant ostensiblement ma mère de ses mains baladeuses devant moi sans aucune gêne. S'il continue, avec le décolleté plongeant qu'elle a mis, ses seins vont se retrouver dans son assiette. Ma mère gloussait et enchainait coupes de champagnes et verres de vin. Comme j'osais une remarque sur l'alcool, elle se braqua complètement et me lança d'une voix cassante : « Détends-toi un peu. Et puis je n'ai pas de remarques à recevoir de toi ! Tu es ma fille ! »

Puis en s'adressant à Victor d'un air complice, elle ajouta : « Depuis qu'elle est à la fac, celle-là, elle se prend pour une aristo! »

Cette remarque me blessa. A la fin du repas, ma mère décida de terminer la soirée dans une boîte branchée. Elle parut soulagée que je décline la proposition. J'en avais assez vu. Je suis rentrée me coucher, n'aspirant plus qu'à une chose, que le week-end se termine, et que je puisse retrouver mon chez moi.

Je viens de finir une toile. J'y travaille depuis 2 mois. Une vraie obsession. Je l'ai recommencée au moins 3 fois. J'ai besoin qu'elle soit parfaite. Pourtant il y a sans cesse un détail qui ne me plait pas. C'est une vue de la crique. Avec dans l'océan, rejoignant la berge, la silhouette d'un jeune homme nageant en portant une fille sur son dos.

Ce souvenir ne me quitte pas depuis décembre. J'ai besoin de le peindre de la même manière que j'ai peint la fille du plongeoir. Comme si je voulais l'immortaliser. M'assurer que même si ma mémoire flanchait un jour, ces toiles me rappelleraient ces instants suspendus. Je me sentais fascinée par Ludo. Arrogant, moqueur au début sur le plongeoir, terriblement beau et criant de vérité sur scène, fragile et vulnérable à la sortie du bar, gentleman par l'envoi du bouquet de fleurs, et protecteur, rassurant, sensible et terriblement séduisant lors de cette journée de noyade.

Dinard est devenu un lieu plein d'ambivalence : à la fois je fuis la ville pour me protéger de ma mère et de Victor et d'un autre côté, quel bonheur d'y revenir pour me replonger dans ces quelques souvenirs des rencontres avec Ludo que je me refuse à oublier.

Je vais laisser la toile ici, avec « La fille du plongeoir » et celle de « La soirée arrosée » dans le coffre de ma chambre, celui qui ferme à clef. Je ne veux pas les ramener avec moi à Rennes. Je sens que sinon, cela va m'empêcher de vivre, que je risque de rester dans une forme de mélancolie, comme suspendu à un rêve. Dans le coffre, le souvenir de Ludo est intact, enfermé, bien au chaud.

CHAPITRE 69

LUDO

Décembre 2017

Il se sentit soudain ridicule d'être revenu ici. Qu'espérait-il ? La retrouver blessée dans la grotte ? Jouer les sauveurs à nouveau ? Et alors ? Les idées se bousculaient dans sa tête, il sentait des pulsations sur ses tempes. Tout s'était enchainé si vite après cette discussion avec Charlotte à propos de leur pari de sauter d'une falaise, après la découverte de la gravure de son prénom dans les pierres du plongeoir.

Ce jour-là, avant de sauter de la falaise, il s'était dit que le truc fou qu'il aurait voulu faire aurait été de tout plaquer : Fleur, le mariage, son job. Accepter de décevoir ses parents et rejoindre Camille où qu'elle soit. Mais il avait manqué de courage. Et il avait continué dans la voie toute tracée, sans comprendre où était vraiment son désir.

Une fois arrivé chez lui, dégoulinant d'eau, il tomba nez à nez sur son père qui garait la voiture dans le garage. Celui-ci le regarda incrédule et dit :

« On peut savoir quelle mouche t'a piqué ? Ta sœur est furieuse car tu l'as emmenée marcher sous la pluie jusqu'à une plage pour te baigner. Tu as perdu la tête ? »

Ludo n'était pas d'humeur et le ton sur lequel son père avait prononcé ses mots ne lui avait pas plu.

Il répondit sèchement : « Oui c'est ça. J'ai perdu la tête. Ça peut faire du bien de temps en temps. »

Il se détourna, entra dans la maison et fonça jusqu'à sa chambre d'un pas décidé. Après sa douche, et après s'être calmé, il chercha Augustin, qu'il trouva dans le grenier. Avec sa grand-mère, ils étaient allés à la recherche d'épées et de boucliers qui avaient appartenu à son père. Augustin dénicha un déguisement de chevalier avec une cote de maille, un heaume, une épée et un bouclier. Ses yeux pétillaient, il était fou de joie. Il fit mine d'attaquer son père, qui se prit au jeu et fit semblant d'être terrassé par l'épée en bois et s'effondra par terre. Augustin criait victoire et sautait sur place. Géneviève regardait son fils et son petit-fils d'un air amusé.

« Alors ce château, il était comment ? » demanda Ludo en se levant et en signant la fin du jeu de rôle.

« C'était génial papa ! J'ai adoré ! Et maintenant, mamie m'a dit qu'on allait décorer le sapin. J'ai trop hâte. On pourra appeler maman pour lui montrer une fois qu'il sera fini ? »

« Oui bien sûr. »

Ludo aida sa mère à emporter les caisses qui renfermaient les décorations de noël et ils les descendirent au salon. La soirée se poursuivit dans la gaieté et la joie autour de ces traditions familiales partagées. Charlotte, qui ne se remettait pas de sa découverte à propos de l'adultère de Guillaume, avait prétexté une migraine et n'avait pas quitté sa chambre. Ludo tenta d'oublier les évènements de cette journée afin de se concentrer sur Augustin et le bonheur de faire un sapin de noël avec lui.

Geneviève lança des chants de Noël typiques et ils commencèrent par déballer les boîtes et découvrir et redécouvrir les décorations. Il flottait dans l'air un parfum bien connu d'épicéa. Geneviève montra à Augustin d'anciennes décorations que son papa avait réalisés en bricolage à l'école :

une étoile avec une photo de lui à 6 ans à l'intérieur qui s'accrochait au sapin, une assiette en carton customisée en père noël où déposer des petits gâteaux ou des chocolats, un vieux pot de yaourt en verre décoré de neige artificielle dans lequel était déposée une fine guirlande lumineuse.

« Est ce qu'elle fonctionne encore ? » demanda Augustin

« Non, regarde, il faut changer les piles. »

Après l'installation des nouvelles piles, la guirlande se mit à scintiller comme autrefois dans le bocal en verre. Ludovic se souvenait du jour où il avait offert ce bricolage à ses parents. Il en était très fier.

Pour Augustin, c'était encore mieux que tout ce qu'il s'était imaginé. Mieux que de découvrir un coffre au trésor s'il avait été pirate. Déjà dans la voiture, Geneviève lui avait raconté tant d'anecdotes concernant son père. Il avait été étonné car la description que sa grand-mère lui faisait de son père jeune ne correspondait en rien à l'image qu'il se faisait de lui aujourd'hui. Il avait eu l'impression que sa grand-mère ne lui parlait pas de la même personne.

« Est ce que ton père t'a déjà raconté qu'à 10 ans déjà, il bricolait les moteurs de voitures ? Il était passionné et avait sans cesse les mains dans le cambouis. »

Ludo porta Augustin pour que ce soit lui qui installe l'étoile tout en haut du sapin. Il put également disposer les personnages dans la crèche. Son grand père Jean lui conta quelques anecdotes religieuses qui ne manquèrent pas de l'intéresser.

Une fois le sapin terminé et les lumières, bougies, peluches en tout genre disposées sur les rebords des fenêtres et de la cheminée, Ludo accepta vu l'insistance d'Augustin d'appeler Fleur.

Elle répondit rapidement et était visiblement à la maison.

Après le long monologue d'Augustin, qui avait décidé de lui raconter sa journée de A à Z, elle dit : « Eh bien, tu n'as pas l'air de t'ennuyer. Fais bien attention à ne pas trop fatiguer mamie avec toutes tes questions. Et ne mange pas trop de caramels surtout, ça donne des caries. »

« Quand est-ce que tu viens maman ? » demanda-t-il

Il y eut un petit silence puis elle répondit :

« Je ne sais pas encore Augustin. Ça dépend de mon travail, tu sais. »

« J'aurais tellement voulu que tu sois là pour faire le sapin avec nous. C'est super tu sais les vrais sapins ! »

« Oui mais ça perd beaucoup d'épines. Il faut passer l'aspirateur tous les jours. Notre sapin artificiel est plus pratique pour chez nous. »

« Et tu sais ce qu'on va manger ce soir ? »

« Non, dis-moi. »

« Des crêpes ! » cria-t-il

Augustin s'aperçut que sa mère levait les yeux au ciel.

Elle soupira et dit :

« Mais tu vas revenir avec des kilos en plus à ce rythme. Je vais dire à papa de surveiller ce que tu manges. Prends garde à ne pas manger trop de sucre.

Et pas de nutella par pitié ! Tiens, tu peux me le passer, s'il te plait. Je t'embrasse et tu embrasseras bien mamie et papy d'accord ? »

Geneviève observa Ludo saisir la tablette, l'air fermé, et sortir de la pièce pour parler à Fleur. Elle avait éprouvé une certaine irritation en entendant les réponses sèches de sa belle-fille à Augustin. Elle l'écoutait à peine, faisait semblant de s'intéresser à ce qu'il disait, ne faisait que des remontrances. Ça ne devait pas être très drôle tous les jours pour lui. Elle ne s'était jamais permise de commentaires, mais les délires culinaires de sa belle-fille l'avait toujours fait sourire. Elle l'avait connu végétarienne, vegan, flexitarienne. Tantôt Fleur ne jurait que par les jus verts, puis c'était la période poke bowl, puis le régime Okinawa. Indéniablement, cela lui réussissait car elle avait gardé sa taille de guêpe de jeune fille. Mais l'hypercontrôle exercé dans tous les domaines de sa vie ne semblait pas créer une ambiance détendue et chaleureuse pour son petit garçon.

Depuis qu'Augustin était arrivé, il s'extasiait devant tout ce qu'elle avait proposé du petit déjeuner au diner. Il lui faisait l'impression de tout découvrir pour la première fois. Il avait été tellement excité par la visite du château dans l'après-midi, s'était délecté du cornet de glaces acheté à la sortie, avait été intarissable pendant le trajet en voiture. Augustin semblait peu habitué à ce qu'on s'intéresse à lui ou qu'on le prenne en compte. Elle se demandait ce que Fleur avait créé comme relation avec son fils et quels moments de joie ou de complicité ils pouvaient bien partager ensemble. Et comment Ludo s'y retrouvait avec une femme comme elle ?

En voyant son père sortir de la pièce pour discuter avec sa mère, il se tourna vers sa grand-mère et lui dit : « J'espère qu'ils ne vont pas encore se disputer. »

« Encore ? » répondit Geneviève étonnée.

« Oui, je les entends souvent se disputer et cela me fait peur. Tu sais, mamie, dans ma classe, y a un copain dont les parents sont divorcés et cela n'a pas l'air drôle. »

« Tu ne devrais pas te faire de soucis, mon chéri. Je suis sûre que ça va s'arranger. » avait répondu Geneviève pour le rassurer mais sans conviction.

Elle demeura pensive. Elle avait en effet remarqué Ludo plutôt fuyant face aux questions concernant Fleur. Il était éteint et taciturne, mais elle avait pensé qu'il devait avoir des soucis professionnels. Peut-être qu'Augustin n'avait pas tort et que le problème se situait plutôt au niveau de leur couple. Elle se dit qu'elle trouverait bien un moment pour discuter avec son fils et voir s'il accepterait de se confier à elle, le cas échéant.

CHAPITRE 70

JOURNAL DE CAMILLE

26 juillet 2000

Je suis fébrile, je tremble, je ressens comme un courant électrique dans mon corps. Je n'ai pas pris ma douche et je ne sais pas si j'en prendrai une de sitôt… Sur ma peau se mélangent odeurs d'embrun, de sueurs, de salive. Son odeur…

Quand je ferme les yeux, c'est comme si j'y étais à nouveau.

Ses mains sur mon corps, qui m'effleurent, me frôlent, puis me caressent, me portent, me pressent. Sa bouche, ses lèvres, sa langue, sa salive. Chaque partie de mon corps frissonne encore à la pensée de ses baisers. Nous ne formions qu'un. Une communion de deux corps pour ne former qu'un seul être.

Ce n'était pas mon premier amant, mais j'ai eu l'impression de comprendre ce que voulait dire faire l'amour. Me donner à Ludo avait été la chose la plus simple et instinctive du monde. J'avais l'impression que Dieu avait créé mon corps pour lui et que son corps avait été créé pour moi.

« Qu'est qu'on va faire maintenant ? » avait-il murmuré.

J'ai posé ma tête sur son torse et lui ai répondu : « Prier pour que le soleil ne se lève pas et que cette nuit soit éternelle. »

Pourtant, voilà, quelques heures plus tard, le soleil a fini par se lever, et je devais être à 9h à la boutique où je travaille de nouveau cet été pour pouvoir continuer à payer mon appartement à Rennes. Je me suis rhabillée rapidement. Il dormait encore, étendu sur le sable, enroulé dans une serviette de plage. Je me suis assise à côté de lui et je l'ai regardé dormir. Il respirait paisiblement. Il dut sentir ma présence et ouvrit les yeux et il me sourit.

Nous nous sommes regardés longuement, intensément, plusieurs minutes sans rien dire. Il roula sur moi et se mit à m'embrasser.

« Tu es si belle… »

Je souris, gênée…

« Encore plus belle que lors de cette soirée chez moi, après ton bain, et tes cheveux encore mouillés. J'ai eu tellement envie de toi ce soir-là. »

Je me suis sentie rougir et en guise de réponse, je l'ai embrassé et ma main s'est aventurée sur son sexe qui a réagi immédiatement. Je me suis dit que pour une fois je pouvais bien arriver en retard à la boutique, tant pis pour ce que dirait Mme Léopoldine après tout… je pourrais toujours prétexter un malaise. Ça lui donnera une occasion de se dire : telle mère, telle fille !

Je suis comme dans un conte de féé, j'ai sautillé toute la journée.

C'est dingue comme en quelques heures un fantasme peut se transformer en réalité.

Laisse-moi te raconter cher journal, toi qui m'écoutes et qui suit mes pérégrinations depuis si longtemps. Que ferais-je sans toi, témoin de mes petits bonheurs et grandes joies. J'ai un peu brulé les étapes et je ne t'ai pas raconté comment nous en étions arrivés à faire l'amour toute la nuit sur la plage. Je crois que je mourrais d'envie d'aller à l'essentiel, de coucher sur papier les sensations exquises que j'avais ressenties. Laisser les explications, le raisonnement pour plus tard. Juste laisser parler mes émotions.

En fait, nous fêtions mon anniversaire avec les Leroy comme chaque année. Matthias est en stage à l'hôpital à Rennes tout le mois de juillet et enchainait les gardes le week-end, ce qui m'assure que la question de sa présence pour ma journée d'anniversaire ne se pose pas. J'avais expressément demandé à Catherine de ne pas parler à maman de cette excursion que nous organisions. Je ne voulais pas de sa présence, encore moins de celle de Victor qui aurait pris un malin plaisir à venir me gâcher la journée. Catherine avait parfaitement compris les enjeux et nous avons organisé une randonnée le matin, suivi d'un pique-nique sur la plage, après-midi plage et retour par le chemin des douaniers en fin de journée.

La journée a été délicieuse. On a eu un temps magnifique, Catherine avait préparé un gâteau au yaourt comme elle seule sait les faire. J'avais préparé un taboulé et une salade de pâtes et Pierre s'était occupé du rosé. L'après-midi, nous nous sommes baignés, puis réchauffés par les rayons du soleil et quelque peu assommés par le rosé, la sieste s'est imposée tranquillement. Une parenthèse bienveillante dans mon mois de juillet ou j'étais occupée non-stop par mon travail à la boutique avec les touristes qui avaient afflué.

Je suis sortie de ma somnolence en entendant Catherine et une voix masculine que je reconnue aussitôt. J'ai ouvert les yeux et me suis dressée sur ma serviette et me suis retrouvée nez à nez avec lui. Debout, vêtu d'un short beige en chino, d'une chemise aux manches retroussées et d'une paire de baskets, il discutait tranquillement avec Catherine l'air de rien.

Voyant que j'étais réveillée, Catherine voulut faire les présentations mais elle s'arrêta vite, en s'apercevant que nous nous connaissions.

Il ne me quittait pas des yeux et a commencé à engager la conversation tranquillement comme si nous étions de vieux amis.

La suite, je ne m'en souviens plus, à part que je lui ai proposé un morceau de gâteau, qu'il s'est installé avec nous, que je n'avais d'yeux que pour lui et que nous buvions nos paroles l'un et l'autre.

Au bout d'une heure, les Leroy ont dit qu'ils devaient y aller et comme une évidence nous sommes restés tous les deux.

Après tout s'enchaina : il me prit par la main et m'emmena diner dans un restaurant de poisson cru. A nouveau comme lors de la soirée de décembre, nous avons parlé sans nous arrêter, je me sentais bien, naturelle, moi-même. Et lui aussi. C'était facile, fluide, rassurant. Nous reprenions nos échanges comme si la soirée chez lui après le sauvetage avait eu lieu la veille.

A la sortie du restaurant, il m'embrassa longuement. Aucune hésitation ni de sa part, ni de la mienne. C'était comme une évidence.

Nous sommes partis faire une promenade le long de la mer. Arrivés dans une petite crique, nous nous installâmes sur le sable encore mouillé. Après de longs baisers langoureux, il me proposa de me baigner. Je lui soufflais à l'oreille que je ne savais toujours pas nager.

« Je te porterai dans mes bras. »

Et j'ai accepté. Et voilà comment après un bain de minuit, nous nous sommes retrouvés nus sur une serviette de plage à faire l'amour.

Ce matin après avoir refait encore une fois l'amour au grand jour dans cette crique, il m'a raccompagnée en moto jusqu'à chez moi. Il n'avait qu'un seul casque, il m'a donné le sien. C'était la première fois que je montais sur une moto et je me suis serrée bien fort contre lui car j'avais un peu peur. Mais je me sentais en sécurité à ses côtés. Je regardais la mer et je la voyais comme d'une autre couleur, j'avais des rêves plein la tête.

Arrivés devant mon immeuble, je lui ai demandé :

« On fait quoi maintenant ? »

Il m'a répondu le plus naturellement du monde :

« Si tu n'as rien de prévu, je t'attendrai devant le port à 14h et je t'emmène faire un tour en catamaran. Ça te convient ? »

Définitivement, je n'apparaitrai pas à la boutique aujourd'hui

J'ai acquiesçé toute excitée en ajoutant :

« J'ai hâte d'y être… »

« Prévois un pull et un K-way, il peut y avoir un peu de vent »

CHAPITRE 71

DECEMBRE 2017

CAMILLE

Cela faisait 30 minutes que Camille avait pris la route, et c'est en traversant dans l'autre sens le barrage de la Rance qu'elle réalisa vraiment qu'une page se tournait. Ces derniers jours avaient été intenses émotionnellement. Retrouver l'appartement, sentir les odeurs familières, retrouver le parfum de l'enfance et de l'adolescence avec ses remous, ses drames, les silences, ressentir le vide de cet appartement qui avait abrité tant d'amour et de conflits, renouer avec Margot, se retrouver comme si elles s'étaient quittée la veille, parler du passé en laissant sous silence les sujets lourds dont l'évocation aurait réouvert des vieilles plaies encore béantes, se jeter dans les bras de Matthias sans réflechir, retrouver son journal, le lire et replonger encore et toujours dans l'histoire de cette passion folle et fugace avec Ludo qui ne lui avait laissé qu'un arrière-goût amer. Et enfin, oser lire la lettre que sa mère lui avait laissée. Et comprendre son geste, enfin au moins en partie.

Intense. Cruel. Epuisant.

Camille se souvenait précisément de cette matinée du 15 juin, où elle avait décroché son téléphone alors qu'elle traversait le parc Monceau. Elle entendit la voix étouffée de Catherine et comprit immédiatement qu'il s'était passé quelque chose.

« Camille, j'ai une grave nouvelle à t'annoncer. Il est arrivé quelque chose à ta maman. »

Restée sans voix, Camille attendait la suite sans un mot.

« Victor l'a retrouvée morte sur le canapé du salon ce soir. »

Le verdict était tombé. Sa mère n'était plus.

Elle apprit les circonstances de son décès plus tard. Sa mère s'était suicidée, en avalant plusieurs boîtes de médicaments avec une bouteille d'alcool. Elle avait beaucoup culpabilisé, d'avoir été aussi dure avec elle, d'avoir coupé les ponts. L'idée qu'elle était en partie responsable du geste désespéré de sa mère l'avait effleurée, puis elle avait réussi à se dire que le vrai coupable, s'il devait y en avoir un était plutôt Victor et l'enfer dans lequel il enfermait sa maman. La violence verbale, la dévalorisation perpétuelle, la violence physique, souffler le chaud et le froid. Une relation d'emprise toxique et destructrice qui avait eu raison d'elle.

C'est cela aussi que Camille avait voulu fuir en plus du reste. Ne plus être le témoin impuissant de cette violence.

Elle était allée jusqu'à proposer à sa mère de la rejoindre à Paris il y a quelques années, de la loger, de la nourrir. Louise ne pouvait pas quitter Victor, elle l'aimait trop, elle ne pouvait pas imaginer de vivre sans lui. Il était devenu pour elle comme une drogue. On sait qu'on doit arrêter, que c'est nocif, destructeur, mais le sevrage est impossible, et on replonge encore et toujours. Victor l'avait bien compris.

CHAPITRE 72

JOURNAL DE CAMILLE

27 juillet 2000, musique en cours : « Torn » Nathalie Imbruglia

Quand je l'ai aperçu, m'attendant sur le port, j'ai eu le sentiment que j'allais fondre sur place comme un glaçon au soleil. Il portait un coupe-vent bleu marine avec une pointe d'orange et de blanc et une casquette marine des Yankees. Quand il m'aperçut, il s'approcha et m'embrassa longuement. J'étais comme surprise, je n'aurai pas été étonnée d'avoir inventé cette histoire dans ma tête. Or tout cela se confirmait et semblait bien réel, sous son baiser.

« Alors prête pour monter sur le catamaran ? » demanda t il

« Tu te souviens que je ne sais pas nager ? »

« Tu n'arrêtes pas de me le répéter. Ne t'inquiète pas. T'as confiance en moi ? »

Plus que jamais… Ça a été magique. On a navigué jusqu'à un archipel d'îles appelées les îles Ebihens. Je les avais déjà vu de loin, on pouvait y accéder à pied à marée basse depuis la plage.

C'était un paysage splendide et j'aurais à nouveau tout donné pour arrêter le temps. C'était la première fois que je montais sur un bateau à voile, j'adorais sentir le vent dans mes cheveux et j'étais comme sur un petit nuage. Il aurait pu m'emmener où il voulait. Peu importe, je me sentais à bon port, pourtant si loin de la côte. Il amarra sur l'archipel et m'aida à descendre.

Il me fit faire le tour de l'île à pied. Nous nous tenions par la main, profitant de ces précieux instants tous les deux.

« J'aimerais t'apprendre à nager, Camille. »

Je le regardais craintive.

« Non, c'est pas une bonne idée. C'est plus fort que moi, je panique dès que je n'ai plus pied. »

Il se déshabilla et enleva délicatement ma robe en dessous de laquelle j'avais mis un maillot de bain. Il prit mes mains et me murmura : « Viens avec moi. »

Il m'entraina dans les vagues

« Si tu paniques c'est foutu. Tu ne dois pas lutter contre la mer. Tu dois te laisser porter et profiter des vagues pour avancer et te reposer quand il faut.

On est resté une bonne heure dans l'eau et patiemment il m'emmena à des endroits où je n'avais plus pied et où je n'ai pas coulé. Je ne dirais pas que je sais nager, loin de là, mais j'ai le sentiment que quelque chose s'est débloquée en moi et que je me sens prête à continuer à apprendre.

CHAPITRE 73

19 décembre 2017

LUDO

« Tu sais mamie, moi je pense que maman ne viendra pas à Noël avec nous. »

Geneviève, qui était en train de peler les pommes s'arrêta net et se tourna vers son petit-fils, éberluée par ce qu'elle venait d'entendre.

« Mais pourquoi dis-tu cela mon garçon ? Bien sûr qu'elle va arriver ta maman. » répondit Geneviève

Augustin ne leva pas les yeux, il continuait à jouer tranquillement avec deux petites voitures telle une course-poursuite et ne répondit pas tout de suite. Geneviève prit le temps d'essuyer ses mains à son tablier et vint s'asseoir à la table en formica de la cuisine avec lui. Il régnait dans la cuisine en ce matin-là une délicate odeur de brioche et la machine à laver qui était en train de tourner les enveloppait de son ronronnement. Une fois qu'elle fut assise, Augustin lâcha ses petites voitures, se tourna vers elle en la regardant fixement.

« Raconte-moi ce qui te tracasse » lui demanda-t-elle

Il regarda autour de lui, afin de s'assurer que personne d'autre ne pouvait l'entendre et chuchota :

« J'ai entendu papa au téléphone hier soir et je pense qu'il était avec maman. On jouait aux espions avec Jules et j'étais caché dans le petit cabinet de toilettes de la chambre de papa. Comme il avait l'air très fâché au téléphone, je n'ai pas osé dire que j'étais là et j'ai entendu toute la conversation. »

Geneviève se raidit, et regarda intensément son petit-fils puis fit un mouvement de la tête pour l'inviter à poursuivre.

« Il a dit que son attitude était intolérable ou inacceptable un truc comme ça… et qu'une maman ne se comportait pas comme ça. Et puis je l'ai entendu dire : qu'est-ce que je vais dire à Augustin ? Que tu as trop de travail ? Ou que tu restes avec ton amant ? Il a aussi dit qu'il en parlerait avec son avocat à son retour et il a raccroché. »

Geneviève resta sans voix et Augustin ajouta :

« Tu vois mamie, il se passe bien quelque chose de grave n'est-ce pas ? »

Oui en effet, Geneviève se rendait bien compte qu'il se passait quelque chose de grave pour son fils, … et pour son petit-fils. Que pouvait-elle bien lui dire pour le rassurer ?

« Ecoute, mon chéri, ce que tu as entendu, ce sont des histoires de grands. Les histoires de grands c'est compliqué à comprendre pour les enfants, et souvent, les enfants comprennent des choses qui ne sont pas forcément vraies et qui les inquiètent. Le plus important serait que ton papa sache que tu as entendu cette conversation. Il pourra alors te l'expliquer pour que tu puisses mieux comprendre ce qui s'est passé »

« Je n'oserais jamais lui dire que j'ai écouté la conversation dans le cabinet de toilette. Il va me disputer. »

« Pourquoi te disputerait-il ? Tu n'as pas fait de bêtises, tu jouais. C'est ce que les enfants font pendant les vacances. Mais si tu as peur je vais lui en parler moi. Tu es d'accord ? »

Il acquiesça de la tête.

« Allez, tu veux m'aider à garnir la tarte aux pommes ? » dit-elle pour changer de sujet

« Oui mamie ! »

Geneviève lui donna des quartiers de pommes à disposer sur la pâte et quand il eut fini, lui montra comment réaliser du streussel, un genre de chapelure à base de beurre, de farine et de sucre qu'ils déposèrent sur les pommes avant de cuire la tarte.

« Encore un dessert typique d'Alsace, mamie ? » lui demanda t il

« Oui exactement, la tarte aux pommes streussel. Tu en auras fait des découvertes culinaires, cette année ! »

Elle saupoudra encore le tout d'une cuillère de cannelle et enfourna la tarte. Et au milieu des effluves qui se dégageaient du four, Geneviève commença à lui conter des anecdotes de son enfance en Alsace. Il ne pensait déjà plus à la dispute de ses parents.

CHAPITRE 74

JOURNAL DE CAMILLE

28 juillet 2000, musique en cours : « sensualité » d'Axelle Red.

Aujourd'hui, Ludo est venu me récupérer en moto et nous sommes allés à Saint Lunaire. Il connait un glacier qui fait selon lui la meilleure glace à la pistache du monde. J'ai pris une glace deux boules pêche et framboise et il s'est commandé une glace en cornet 3 boules pistache, mûres et coco avec une dose supplémentaire de chantilly. Quand il a mis la glace devant lui, on ne lui voyait presque plus son visage. J'ai fait une photo. On s'est assis sur la plage pour la manger face au coucher du soleil et aux petits bateaux de pêche échoués. Elle est belle cette plage de Saint Lunaire, la lumière y est magique. Le soleil couchant donnait des reflets scintillants à l'écume des vagues. Sa mousse venait me chatouiller les orteils et je jouais à recouvrir de sable le dos de mon pied.

J'aimais son regard sur moi. Je me sentais belle et désirable. Il vint m'essuyer le reste de glace framboise qui était resté sur ma lèvre avec son doigt puis m'embrassa. Il me dit :

« J'ai envie de toi. »

Je souris timidement et répondit :

« Moi aussi… mais y a un peu beaucoup de monde… »

Il répondit :

« Il y a un petit hôtel ici. Il leur reste peut-être encore une chambre… »

Je le regardais interloquée :

« Pour toute la nuit ? »

« Et comment pour toute la nuit, j'espère que tu n'es pas trop fatiguée car tu ne vas pas beaucoup dormir ! »

J'ai des frissons rien que d'écrire ces phrases.

La nuit avait été telle qu'il l'avait annoncé. Nous n'avons pas dormi, comme si lui comme moi ne voulions perdre aucune miette de ce bonheur naissant.

Après l'amour, nous nous contemplions, tout en effleurant chaque centimètre carré de peau avec la pulpe de nos doigts, ce qui éveillait à nouveau notre désir.

Au petit matin, je le serrais très fort tandis qu'il me ramenait en moto jusqu'à la boutique. Je ne pouvais pas me permettre de rater encore un jour de plus. Mme Léopoldine m'aurait viré direct. Et j'avais besoin de cet argent pour la suite de mes années universitaires.

Je lui demandais de me déposer directement à la boutique, je travaillerais avec les mêmes habits que la veille, mais peu importe.

Au moment où je lui disais au revoir, il me dit : « C'est dimanche demain, tu as ta journée de libre ? »

Oui avais-je répondu en souriant.

« On passe la journée ensemble demain alors ? »

« Ok, on se donne rdv demain à 10h devant la piscine ? »

« Parfait. Laisse-moi réfléchir à ce qu'on pourrait faire. »

Nous nous sommes embrassés longuement. C'était difficile de se séparer, ne serait-ce que pour ces prochaines 24 heures.

« Tu me manques déjà. » a-t-il dit.

CHAPITRE 75

CAMILLE

Décembre 2017

Camille n'était plus tellement loin de Paris maintenant. Le Traffic était dense sur le périphérique. Elle avait détesté faire le trajet avec cette camionnette, elle avait hâte d'arriver dans son appartement et de pouvoir décharger ses cartons. Il neigeottait. Malheureusement, pas de beaux flocons, mais un mélange de pluie neige qui ne tiendrait pas sur le sol. Pas spécialement sympa comme temps pour décharger les cartons. Elle se disait qu'elle essayerait de se garer devant le porche pour ne pas avoir à faire de longs allers-retours entre la voiture et l'appartement.

Elle repensa soudain aux obsèques de sa mère, moment qui avait dû être le plus difficile pour elle. Surtout à cause de Victor. Il avait tenu à s'occuper avec elle des obsèques et elle n'avait pas voulu lui tenir tête. Il avait fait projeter sur un écran des photos de lui et de Louise. Il y en avait beaucoup moins de Louise et de sa fille. Il avait tenu à faire un discours, dans lequel il mettait en avant leur histoire, passionnelle selon lui. Il avait même osé ajouter à quel point Louise avait regretté la distance qui s'était installée entre elle et Camille et combien cela l'avait touchée. Tout en ajoutant, que malgré tout, elle portait Camille dans son cœur. Camille avait cru à ce moment-là qu'elle allait se lever, le frapper, lui cracher dessus et l'expulser du centre funéraire. Catherine qui était assise à côté d'elle lui avait serré la main en guise de réconfort et de soutien. Ce geste l'avait contenue et apaisée. Elle était restée calme et stoïque sur sa chaise.

A quoi s'attendait elle d'autre de lui, de toute façon ?

Comme si cela ne lui avait pas suffi d'humilier, de maltraiter et d'utiliser Louise comme son objet, il lui fallait à tout prix maintenant redorer son blason, montrer l'image du compagnon aimant qui avait toujours soutenu sa compagne dans les méandres de son trouble bipolaire. Comment réinventer l'histoire d'un tyran cruel en le présentant comme un chevalier sauveur…

A la fin de son discours qui avait donné la nausée à Camille, il termina en la regardant et en lui adressant ce doux message : « Sache Camille, que je me suis toujours senti comme investi d'un certain rôle envers toi, qui n'a pas connu ton père. J'ai tenté d'être un père de substitution pour toi, j'espère que j'ai pu au moins réussir un peu cette tâche que je m'étais donnée et je te promets de poursuivre dans cette voie en mémoire de ta mère. »

Elle avait hésité entre vomir sur place ou s'enfuir en courant tant elle avait été choquée par cette dernière phrase du discours de Victor.

Elle avait tenu malgré tout jusqu'à la fin de la cérémonie, voulant toucher une dernière fois le cercueil. Un dernier adieu à cette maman qu'elle avait tant aimée mais dont elle avait dû tant se protéger à la fin.

Puis elle s'était enfuie, sans saluer personne et sans explications. Elle avait quitté le centre funéraire, avait rejoint sa voiture et avait roulé loin, aussi loin qu'elle pouvait, refusant l'idée d'être face à Victor. Elle n'avait donc pas voulu attendre la crémation. Il n'avait qu'à garder les cendres. De toute façon, il avait réduit sa mère en miettes. Il recevrait donc ce qu'il méritait, des cendres.

Elle repartait les mains vides, mais avec des souvenirs de moments heureux et bénis avec Louise. Et ceux-là, il ne pourrait pas les lui prendre. Ils étaient à l'intérieur d'elle.

Elle se rendit compte à quel point son séjour à Dinard ces derniers jours avait été important. Victor avait eu beau essayer, il n'arriverait pas à la détruire à son tour. Elle ne culpabilisait plus. Elle avait abandonné sa mère certes, mais il lui avait fallu se protéger et sa mère l'avait compris et ne lui en avait pas voulu. C'est ça qu'elle lui expliquait dans sa lettre.

Camille repartait donc le cœur plus léger qu'à l'arrivée.

CHAPITRE 76

JOURNAL DE CAMILLE

27 juillet 2000, musique en écoute et en boucle : « Goodbye Marylou» Michel Polnareff

Je suis dans le train en direction de Rennes. Je pense que si j'avais pu prendre un train pour le Guatemala ou l'Orégon, j'aurai sauté dedans.

Me réfugier à Rennes, c'est le seul endroit raisonnable où aller.

La femme assise en face de moi me regarde l'air compatissant. Elle a bien essayé d'initier la conversation en voyant mes yeux rougis et ma mine déconfite, mais le ton glacial sur lequel je lui ai répondu a coupé court à l'échange. Je n'ai pas envie de parler, ni à elle, ni à personne. La seule chose que je suis capable de faire est d'écrire dans ce journal.

Ce ne sera pas la première fois que je viens m'épancher sur mes malheurs, j'ai l'impression que des casseroles, j'en ai déjà des tonnes et quand on est habituée à prendre des coups dans la vie, on devrait être insensible. Et bien non… pas du tout. Ce que je ressens, ce que je vis est tout nouveau.

C'est dévastateur. Je souffre de tout mon être, je me sens humiliée, rejetée, meurtrie. Surtout trahie. Je lui avais fait confiance.

J'y ai cru si fort à ce conte de fée de ces derniers jours. J'ai pensé que la chance avait tourné et que la roue du destin m'avait placée sous de bonnes étoiles. J'ai osé sauter à l'eau et c'est un tsunami qui vient de me submerger depuis quelques heures.

Les images s'entrechoquent dans ma tête, je me sens confuse, je n'arrive plus à penser, j'ai envie d'hurler. Hurler dans ce wagon ma colère toute entière. Qu'est ce qui me différencie tellement des autres filles ? Pourquoi n'ai-je pas le droit d'être aimée ? Il y a trois jours, le bonheur semblait devant moi, réel, possible, accessible.

Aujourd'hui, je suis devant un néant, un paysage calciné et une partie de mon être aussi s'est brulé les ailes….

Je ne sais pas si je vais être capable d'écrire ce qui sait passé, mais je pense qu'il le faut, que ça me fera du bien. Écrire ici, c'est comme parler à une maman le soir dans son lit. Tu sais, ce petit moment, où les mères entrent dans la chambre pour remonter la couverture, vérifier que le chauffage est bien éteint, éventuellement fermer la fenêtre, et déposer un dernier baiser sur le front. C'est souvent à ce moment-là que l'enfant se décide à dire ce qu'il a sur le cœur, à déposer ce chagrin, comme on met un pull tâché dans la machine à laver en espérant qu'il sortira tout propre. Raconter ce qui nous est arrivé, se sentir écouté, en sécurité, sans jugement. Et savoir qu'elle trouvera les mots qui viendront faire oublier ce mauvais souvenir, que sa main douce caressera une mèche de nos cheveux et que porté par sa présence réconfortante, nous trouverons le sommeil et le courage de continuer à rêver.

Alors soit cette mère, cher journal, si tu le peux, la mienne n'a jamais pu tenir ce rôle-là et je ne sais plus bien si j'aurai encore envie de rêver après ce que je vais te raconter.

Après m'être séparée de Ludo au lendemain de notre nuit d'amour à Saint Lunaire, je suis entrée dans la boutique et me suis mise à mon travail. Ma mère m'y attendait comme une furie et me passa un savon sur le fait que je n'étais encore pas rentrée de la nuit, qu'elle s'était fait un sang d'encre et que mon retard était irrespectueux pour Mme Leolopdine. J'aurai pu lui dire qu'en matière de retard au travail, elle n'avait pas de conseils à me donner, ou que je l'imaginais mal m'attendre toute la nuit, vu qu'à 20h, elle cuve déjà ses quatre verres de vin qu'elle prend en apéro, avant de s'enfiler le reste de la bouteille à table et en digestif. Mais je n'avais pas envie de gâcher mon moment. Je m'excusais platement auprès de Mme Léopoldine et fis profil bas vis-à-vis de ma mère.

La journée me parut interminable, je repensais sans cesse à ces trois derniers jours, je revoyais son visage, ses yeux magnifiques, son sourire, ses bras qui me portaient dans l'eau, sa main dans la mienne. Je faisais tous les efforts du monde pour chasser de mon esprit les souvenirs de ses caresses et de ses baisers et essayais de rester concentrée sur l'ourlet du pantalon qui se trouvait devant mes yeux.

Je comptais les heures, je ne désirais qu'une chose : être à demain. Quelle robe allais-je mettre ? comment allais-je me coiffer ? me maquiller ?Je comptais me coucher directement en sortant du travail car après la nuit blanche, j'étais très fatiguée.

J'avais l'impression de ressembler à ma copine Margot, préparant à l'avance chaque rencard.

Mais, alors que j'étais en train de vider les cartons que le transporteur venait de livrer, entrèrent la mère et la sœur de Ludo. Je les reconnus tout de suite.

Face à ces clientes, Mme Léopoldine s'affaira. Elle les fit s'installer dans le petit salon privé pour évaluer leurs besoins et voir ce qu'elles recherchaient avant de faire les essayages. Elle m'envoya préparer du thé. Du thé à la menthe, avec la menthe fraiche que j'ai achetée ! a-t-elle insisté.

C'est ainsi que de l'arrière-cuisine, en attendant que l'eau bout, j'entendis leur conversation, qui vint briser mes rêves.

« Vous cherchez une tenue pour un évènement particulier ? » demanda Mme Léopoldine

« Non, ce n'est malheureusement pas tout de suite que j'aurai la chance de marier mes enfants. Le cas échéant, je ne manquerai pas de faire appel à vos services. Je voudrais une tenue de jour, sans être sophistiqué. Quelque chose de simple, mais sobre. »

Mme Léopoldine dut faire une mou d'incompréhension parce que la sœur de Ludo poursuivit en rajoutant :

« En fait, ce que cherche ma mère, ce serait une robe ou un ensemble pour recevoir les parents de sa future belle fille ! Ils arrivent tout droit des USA. Quand on connait mon frère Ludo qui a eu tendance à enchainer les petites amies et les histoires sans lendemain, c'est une aubaine de se dire qu'il nous présente enfin une petite amie sérieuse! »

« Ah Oui ! Je vois tout à fait. C'est une grande nouvelle. C'est un évènement important en effet. Il faut vous trouver une jolie robe pour les recevoir.

Après quelques instants, la mère de Ludo demanda :

« Et toi Charlotte, tu veux te prendre quelque chose ? »

J'entendis Charlotte soupirer et répondre :

« Non ce ne sera pas la peine, je mettrai ma robe verte. Ce n'est pas leur mariage non plus, maman ! Tu en fais un peu trop. »

Elles rient et la mère de Ludo déclara :

« Oui tu as raison, mais je me sens nerveuse. Je veux que tout soit parfait pour accueillir Fleur et sa famille. Il faut que Ludo soit fier de nous ! »

C'est à ce moment-là que je me suis mise à trembler, que j'ai renversé le plateau avec les tasses de thé, me brûlant les deux mains, bon prétexte pour fondre en larmes.

Maman et Mme Léopoldine ont accouru. Le sucre en morceaux était éparpillé partout sur le sol, certaines tasses s'étaient brisées, j'étais trempée et ébouillantée ! Malgré les brûlures sur ma peau, je me sentais glacée comme après une douche froide.

« Petite sotte ! Tu n'es vraiment pas dans ton assiette depuis hier ! Ecoute, tu sais quoi ? Rentre chez toi ! Tu reviendras demain. »

Maman prit le relai et commença à ramasser les morceaux de verre en me faisant signe de déguerpir. Mme Léopoldine retourna à ses chères clientes.

En sortant de la boutique, j'ai marché jusqu'à l'appartement, en larmes. Je ne pouvais plus réfléchir. J'ai fait ma valise et je suis partie.

CHAPITRE 77

LUDO

Décembre 2017

Après la discussion avec son petit fils, Geneviève ne savait pas bien comment aborder le sujet avec Ludo. Elle sentait bien que rien ne tournait dans le bon sens. Elle observait Charlotte depuis des années faire semblant de s'épanouir dans un rôle qui l'ennuyait profondément. Et tandis qu'elle pensait que de l'autre côté de l'Atlantique, son fils s'épanouissait, elle venait de se rendre compte que le miroir se fissurait complètement aussi. Elle avait bien essayé plusieurs fois d'amorcer la conversation avec Charlotte, mais celle-ci ne se livrait jamais. Elle craignait que ses tentatives auprès de Ludo ne subissent le même échec. Pourtant elle avait promis à Augustin de parler à son papa, elle ne pouvait donc pas reculer.

En voyant Charlotte entrer dans la cuisine, elle en profita :

« Pourrais-tu t'occuper de servir le repas ma chérie ? Je dois absolument m'absenter. Je vais demander à Ludo de m'accompagner. J'ai complètement oublié que je devais récupérer un plateau de fruit de mer pour ce soir. »

Charlotte la regarda incrédule :

« T'as commandé un plateau de fruit de mer pour ce soir ? Mais tu n'en as jamais parlé. Et tu as oublié de le chercher ? Mais tu peux y aller dans l'après-midi. »

Geneviève répondit fermement :

« Non je veux le chercher maintenant ! »

Et en sortant de la cuisine, elle alla trouver Ludo qui était occupé à nettoyer sa moto dans le garage.

« Salut » lui lança-t- il

Elle prit un casque, lui fit face et lui dit : « Tu m'emmènes faire une petite balade ? »

Il la regarda l'air interrogateur.

« Toi tu veux faire une balade à moto ? À 12h30 ? Avec ce temps ?»

« Et pourquoi pas ? » répondit-elle l'air malicieux « Tu crois que je n'ai plus l'âge ? »

Il sourit et mit sa veste en cuir et lui en tendit une deuxième.

« En avant Madame. Où voulez-vous que je vous conduise ? »

« Emmène-moi à Cancale, on va se manger des huitres sur le port.»

Bien décidé à ne pas poser de questions, il démarra et conduisit tranquillement assez amusé par cette situation surréaliste. Mais il connaissait sa mère et elle était capable de bien des surprises. Le trajet dura une trentaine de minutes. Arrivés au port ils s'assirent dans une brasserie face au parc à huîtres. Ils étaient frigorifiés. Elle frissonna.

« Ouch… Je n'ai plus du tout l'âge … Ca caille sur une moto. Si ton père savait ça… »

« Tu ne lui as pas dit qu'on partait ? »

« Non, j'ai juste réussi à mandater Charlotte de s'occuper des enfants et de ton père et je t'ai rejoint dans le garage. »

Ludo visiblement un peu choqué répondit : « … T'es un peu dure là avec Charlotte. Elle n'a pas l'air très bien, en plus. »

« Ecoute, elle fait sa concierge sur tout et tout le monde, mais dès qu'il s'agit de parler d'elle il n'y a personne. Je ne voulais pas qu'elle se mêle de cette conversation. »

Il ne répondit pas, et attendit patiemment pour voir ce que sa mère avait en tête par cette virée imprévue et ce déjeuner improvisé mais bien sympathique.

« On se prend un verre de vin blanc ? » demanda-t-elle

« Allons-y. »

Ils contemplèrent un instant le paysage marin et les passants derrière les vitres sans rien dire. Elle commença :

« Je ne vais pas y aller par quatre chemins. Depuis que tu es arrivé, je vois bien que quelque chose ne va pas. Je ne me serais pas permise de te poser la question, tu sais que si tu as envie de me parler tu peux toujours le faire. Je ne veux pas être intrusive. Mais là, j'ai promis à ton fils de te parler. »

Il parut intrigué.

« Qu'est ce qui se passe avec Augustin ? » demanda-t-il

« Augustin a surpris une conversation quand tu étais au téléphone avec Fleur. Tu parlais de divorce et d'avocat. Cela l'inquiète beaucoup. Il a compris que sa maman ne viendrait pas. »

Ludo restait silencieux et pensif.

« Qu'est-ce qui se passe Ludo ? Tu as maigri, tu as perdu ta joie de vivre, tu sembles fatigué, malheureux. »

Il but une gorgée de vin puis commença :

« Augustín a raison, Fleur ne nous rejoindra pas. »

Geneviève ne répondit pas et attendit la suite.

« Je crois que nous allons divorcer. Tous ces faux-semblants et ces trahisons n'ont que trop duré. Tu sais, quand tout débute sur des mensonges, il faut bien qu'un jour ça explose à la figure. »

« Je ne comprends pas. » répondit Geneviève

Ludo la regarda avec tendresse. Qu'est-ce qu'il avait aimé l'avoir comme maman. Ils avaient toujours été proches tous les deux. Il avait senti que son amour pour lui était inconditionnel. Elle n'avait jamais eu les mêmes attentes et exigences que son père. S'il y avait bien une personne à qui il était d'accord de se confier, c'était elle. Alors il se lança et débuta le récit de sa vérité, celle qu'il avait longtemps refusé de voir :

« Quand j'étais en couple à l'université avec Fleur, je suis tombé amoureux d'une autre femme. Une fille d'ici, que j'avais croisé plusieurs fois lors des vacances d'été. Une histoire très courte mais intense. Je n'avais jamais rien ressenti de tel. Je pense que pour elle, j'aurais pu tout envoyer balader. Fleur, les études aux USA. Je n'ai jamais ressenti cela pour personne d'autre. Nous avions rendez-vous devant la piscine et je comptais lui avouer mes sentiments et mes mensonges. Mais de façon complètement incompréhensible, elle n'est jamais venue à ce rendez-vous et a complètement disparu. Je lui ai écrit des lettres, mais elles sont restées sans réponse. Je suis allé sonner chez ses parents mais cela n'a rien donné. Par lâcheté, je suis resté avec Fleur et nous nous sommes mariés. Je me suis investi dans ma carrière. Pour tenter d'oublier le simulacre qu'était mon mariage, j'ai commencé à la tromper avec d'autres femmes, belles et séduisantes certes, mais pour lesquelles je ne ressentais toujours rièn. Je ne sais pas si elle s'en est doutée, je crois surtout qu'elle voulait maintenir une façade parfaite. Avec Fleur, ce qui compte, ce sont les apparences. Tant que j'ai un poste dans un brillant cabinet, que je joue au golf avec les clients de son père et que je l'accompagne à ses diners en arborant mon plus beau smoking et mon plus beau sourire, elle est heureuse.

Mais l'envers du décor est tout autre. Fleur contrôle tout, elle est bourrée de principes, mange sans cesse les mêmes plats, cultive son corps avec des séances de sport ou de yoga pluriquotidiennes. Jamais elle ne s'accordera un écart. Elle n'a aucun plaisir à être mère. Elle ne s'occupe pas d'Augustin, elle n'a jamais aucun plaisir à être avec lui. Elle le confie à des nounous en permanence. Je ne peux pas la blâmer, j'ai beaucoup de torts moi aussi, mais je commence à m'en rendre compte et je veux changer. Depuis deux ans, Fleur a une liaison avec son prof de yoga. Je ne vais pas la blâmer, je l'ai trompée des dizaines de fois. Je pense que cette situation lui convient bien. Elle ne souhaite pas divorcer car ne pourrait pas supporter de s'afficher avec un prof de sport et de changer son train de vie.

Mais moi j'en ai assez. Tout cela ne me convient plus, je n'en peux plus de faire semblant.

Je lui ai parlé de divorcer et depuis elle est devenue complètement hystérique. On se dispute sans cesse. Hier au téléphone, elle me faisait du chantage. Elle ne vient passer Noël avec Augustin que si j'accepte de retirer ma demande de divorce. Elle prend en otage notre fils.

Donc oui, tu as vu juste. Je ne vais pas bien. C'est déjà la crise de la quarantaine : une remise en cause familiale et professionnelle »

« Professionnelle ? »

« Parfois je rêve à ce qu'aurait été ma vie si j'avais embrassé une carrière théâtrale. »

« Oui je me souviens que tu voulais faire une école de théâtre »

« Oui j'ai toujours été passionné par le théâtre. Tu te souviens de la dernière pièce que j'ai joué pour le conservatoire ? La prof vous avait dit qu'elle pouvait me préparer pour des concours après le bac mais papa a refusé en disant que ce n'était pas un métier. À l'époque son opinion comptait plus que tout. Je voulais qu'il soit fier alors je suis allée à Stanford comme il le souhaitait. »

Geneviève était estomaquée de ce qu'elle venait d'entendre. Quel gâchis !

« Et cette fille dont tu es tombée amoureux, c'était qui ? »

« Elle s'appelle Camille. C'était la fille de la couturière. Tu sais celle qui aide dans la boutique où tu allais t'acheter parfois des habits. C'est d'elle dont je suis tombé amoureux. »

« Oui, je me souviens de cette couturière et de sa fille qui l'accompagnait souvent à la boutique. »

« Je lui ai écrit, des tonnes de lettres, elle n'a jamais répondu, elle a littéralement disparu. C'est incompréhensible. On a passé 4 jours idylliques, je l'ai déposée à la boutique un matin car elle y travaillait comme job d'été et elle a disparu sans laisser aucune explication. Et deux semaines plus tard, Fleur arrivait avec ses parents, et je n'ai donc pas rompu. »

À ce moment-là, Geneviève eut un flashback. Elle se revoyait dans cette boutique, cherchant une robe pour recevoir Fleur et ses parents. Elle revoyait cette jeune fille, ébouillantée après avoir renversé le plateau. Et elle croyait savoir ce qui avait peut-être dû la faire disparaître. Elle hésita. Devait-elle le dire à Ludo ? Elle allait y réfléchir, il serait encore temps de lui dire demain…

CHAPITRE 78

JOURNAL DE CAMILLE

2 août 2000, musique en boucle : « Lettre à France » Michel Polnareff

Aujourd'hui, c'est mon anniversaire… 20 ans…

Maman m'a déjà appelé trois fois mais je n'ai pas décroché. Ce n'est pas juste car elle n'a rien à voir dans cette histoire, mais j'ai besoin de me venger sur quelqu'un.

Elle doit imaginer que je boude après l'épisode du plateau renversé. En rentrant pour me changer, j'ai été prise de panique et j'ai fait ma valise, laissé un mot à ma mère et suis partie. J'ai pris la navette pour Saint Malo direction la gare et suis montée dans le premier train pour Rennes. Je ne pouvais pas m'imaginer rester un jour de plus à Dinard. Je ne voulais pas devoir parler le soir venu avec ma mère de l'incident à la boutique. Je ne voulais pas non plus qu'elle me raconte la suite de la conversation entre la mère de Ludo et Mme Léopoldine.

Quelle idiote j'ai été ! Comment avais-je pu être aussi naïve ? Croire au début d'une histoire d'amour ! En fait, je n'étais qu'un passe-temps avant l'arrivée de sa petite amie.

J'ai pourtant à bonne école avec ma mère. « Méfie-toi des hommes Camille » n'avait-elle cessé de me répéter depuis que je suis jeune. Comme dans le petit chaperon rouge au fond. La mère lui dit bien de se méfier du loup. Mais non, elle s'aventure dans la forêt et donne l'adresse de la grand-mère. Et l'histoire se répète inlassablement. Le loup reste le loup.

Margot n'est pas là et je suis seule. Je n'ai absolument aucun projet comme je devais travailler tout le mois d'aout. Et sans mon job d'été, impossible de payer le loyer. Mais je m'en fous. A quoi ça sert de toute façon ?

Je n'ai plus envie d'écrire.

Je n'ai pas la force de réfléchir.

Je me sens immensément triste. Les larmes ne cessent de couler.

Je suis en miettes, en mille morceaux.

Je vais me coucher.

CHAPITRE 79

CAMILLE

DECEMBRE 2017

Après avoir déchargé les cartons de la camionnette dans son appartement parisien au 3e étage sans ascenseur, Camille s'assit sur son canapé, une tasse de thé brûlante dans les mains et soupira de contentement. Enfin, elle s'était décidée à affronter ses vieux démons. Elle était retournée à Dinard, avait vidé l'appartement, avait trouvé la force de replonger dans ses vieux souvenirs, même à travers les pages de son journal qu'elle avait apporté avec elle aujourd'hui. Elle n'en avait pas encore terminé la lecture. Elle était arrivée aux pages qu'elle n'avait pas très envie de relire.

Elle se sentait apaisée d'être de retour chez elle. Cet appartement de 2 pièces sous les toits en plein cœur de Montmartre qu'elle occupait seule depuis 10 ans était son Havre de paix. Il y faisait étouffant en été et plutôt frais en hiver, il n'y avait pas d'ascenseur dans l'immeuble et se situait à plus de 8 stations de métro de son travail. Peu importe, elle n'aurait changé pour rien au monde, tellement elle s'y sentait chez elle. Elle s'y était installée juste après avoir débuté dans le cabinet d'architecte où elle travaillait.

Elle consulta son téléphone et vit que Jonathan l'avait appelé puis lui avait laissé un message. Il proposait de la chercher à 19h30 pour l'emmener manger au restaurant. Elle répondit OK avec un smiley sourire. C'était parfait, cela lui laissait quelques heures devant elle pour prendre un bain, chose dont elle avait rêvé depuis son arrivée à Dinard et qu'elle n'avait pas pu faire faute de trouver une baignoire.

La chaleur du bain la réconforta et elle profita du parfum délicat de coco des sels de bain. Elle immergea entièrement sa tête quelques instants et sortit pour reprendre sa respiration de la mousse plein les cheveux.

Après être sortie du bain, elle réchauffa du beurre de cacao dont elle se servit pour masser son corps et hydrater ses cheveux. Elle avait besoin de prendre soin d'elle, de sa peau, comme si cette huile chaude qu'elle étalait sur sa peau venait panser ses blessures intérieures. Il lui en avait fallu du temps pour réinvestir son corps, pour ne plus se négliger.

Elle choisit un soutien-gorge en dentelle noire avec un string assorti sur lequel elle enfila une petite robe courte noire. Ce soir, elle avait envie d'être désirée par Jonathan, qu'il lui fasse l'amour. Elle voulait oublier les jours précédents, ne plus avoir aucun lien avec la Camille de Dinard. La pauvrette, la bonne copine, la bonne poire, l'intello, la fille de la folle, la nunuche, la coincée, l'angoissée, la fille du plongeoir qui ne sait pas nager.

Ici, elle était une autre personne. Elle connaissait Jonathan depuis 3 ans et il ne connaissait que la Camille de Paris. Plutôt sûre d'elle, indépendante, mince, musclée, raffinée, cultivée.

La sonnerie qui retentit la tira de sa rêverie. Elle enfila rapidement un long manteau, des escarpins et ajouta une touche de rouge à lèvres devant le miroir de l'entrée puis, elle sortit.

La neige s'était transformée en un petit crachin qui lui rappelait le temps Breton. Jonathan, qui l'attendait en bas, avait prévu le grand parapluie et elle s'abrita à son bras après l'avoir langoureusement embrassé.

« Où va-t-on ? » demanda-t-elle

« Dans une petite trattoria italienne. » répondit-il.

Il l'embrassa à nouveau et lui dit : « Tu m'as manquée. Tu m'as laissée sans aucune nouvelle. »

L'endroit en plein cœur de Montmartre était recouvert de tapisseries avec des vues de Venise, Rome et Vérone. Il commanda un verre de chianti en apéritif et ils trinquèrent.

« A ton retour… Ne me laisse plus sans nouvelles de toi aussi longtemps. » dit-il

Elle sourit et acquiesça.

« Alors comment c'était ? » lui demanda-t-il

« Très éprouvant, difficile de se confronter à un passé que tu as fui depuis plus de 15 ans. Mais je suis contente de l'avoir fait. L'appartement de ma mère est vide. Je reviens avec un carton de souvenirs, le reste est parti à Emmaüs. »

« Et que vas-tu faire de l'appartement ? »

« Elle le louait donc je vais résilier le bail. C'est relativement facile. J'ai aussi hérité de la maison de mes grands-parents en Bourgogne, celle dans laquelle vivait ma tante. Celle-ci est décédée il y a quelques années et n'ayant pas d'enfants, elle est revenue à ma mère.»

« Une maison en Bourgogne… On pourrait y passer un week end pour voir à quoi ça ressemble. Qu'en penses-tu ? »

« Pourquoi pas » répondit-elle sans conviction.

Il la regarda longuement, elle semblait ailleurs. Après quelques minutes de silence, il poursuivit :

« Ecoute Camille, j'ai bien réfléchi pendant ton absence et je me demande s'il ne serait pas temps qu'on s'installe ensemble. À quoi bon conserver deux appartements ? Le mien est grand, tu pourrais venir t'installer chez moi et libérer ton appartement »

Camille devint blême, elle ne s'attendait pas à cela.

« Mais… et tes enfants ? »

« Ce n'est pas un problème, ils t'apprécient tu sais. Ce sera justement l'occasion de créer plus de liens entre vous. »

Camille ne dit rien, elle réfléchissait. Pourquoi est-ce qu'elle devait maintenant se confronter à ces questions ? Juste après son retour de Dinard ? Elle rêvait d'une soirée paisible et calme, de se détendre autour d'un verre de vin et d'une pizza, de parler de banalités et de s’envoyer en l’air puis de s'endormir tranquillement sans se poser de questions. A côté de ça, Jonathan orientait la conversation sur une pente dangereuse et minée. Elle ne s’engageait pas affectivement. Elle ne voulait pas devoir le faire et avait espéré que cette situation correspondait aussi à ses attentes à lui.

« Je ne sais pas. C'est un peu compliqué de prendre ce genre de décision. Je ne me sens pas prête à tout ça. » répondit elle

Il soupira

« Camille, ça fait trois ans qu'on est ensemble. Que tu dors chez moi ou que je dors chez toi, qu'on sort en couple. J'ai envie de plus. J'aimerais partager ma vie avec toi, que tu sois là quand mes enfants viennent, qu'on organise des vacances. Tiens par exemple, pourquoi ne viendrais-tu pas passer les fêtes de Noël avec nous. J'emmène les enfants au ski à Val d'Isère pour la semaine. »

Elle n'osa pas lui dire qu'elle avait déjà accepté une invitation.

« Il faut que j'y réfléchisse. Je ne sais pas. »

« C'est dans quelques jours à peine… En plus tu es en vacances. »

Elle changea de sujets du tac au tac et enchaina sur un nouveau projet à l'étude qui l'attendait la semaine prochaine, la rénovation d'un loft de 250m2 de style industriel dans le marais. Un projet qui allait lui prendre beaucoup d'énergie selon elle.

Il l'interrompit en lui disant :

« Tu trouves des excuses Camille. Il ne s'agit pas de ton travail. Mais de nous. Je suis quoi moi pour toi ? Un passe-temps ? »

Il avait l'air très contrarié et termina son plat en silence.

Quand la serveuse vint avec la carte des desserts, il refusa la carte et commanda directement un café. Camille n'osa donc pas commander l'énorme dame blanche qui lui faisait de l'œil à la table à côté et demanda une infusion.

Elle reprit la parole :

« Laisse-moi du temps. Ce n'est pas toi le problème, c'est moi. Ce n'est pas facile pour moi d'enlever mon armure, j'ai peur de me rendre vulnérable. »

« Mais de quelle armure tu parles ? Trois ans ! Je pense que ça devrait aller comme timing pour baisser la garde, non ? »

Elle ne répondit rien. Elle n'avait rien à dire à part : « Ce qu'on est maintenant me convient » mais elle évita de rajouter de l'huile sur le feu.

Il la raccompagna jusqu'à chez elle. La pluie s'était arrêtée. Alors qu'elle entrait le code de la porte de son immeuble, il déclara :

« Je vais rentrer dormir chez moi. »

« Tu ne veux pas monter ? » demanda-t-elle visiblement déçue.

« Non, je ne préfère pas. Je te laisse réfléchir à tout ce dont on a parlé. Ce ne sont pas des paroles en l'air. J'ai besoin d'avancer et j'aimerais avancer avec toi à mes côtés. Mais je ne suis pas certain que toi, tu aies envie de la même chose que moi. »

Il déposa un baiser sur ses lèvres et partit.

Elle voulut dire quelque chose, le retenir ou s'excuser mais aucun son ne sortit de sa bouche.

CHAPITRE 80

JOURNAL DE CAMILLE

6 août 2000, musique en boucle « Lettre à France » Michel Polnareff

Cela fait 4 jours que je suis au lit. Je ne suis pas sortie de l'appartement. J'ai fini les paquets de pâtes et de petits pois carottes du placard. Je regarde des séries en boucles, cela me permet de ne pas penser.

J'ai fini par répondre au téléphone à maman. Je lui ai dit que je partais dans le Sud de la France pour trois semaines avec des amis de fac. Elle n'a pas cherché à en savoir plus.

Et c'était réglé. J'étais libre de rester enfermée encore trois semaines, ma mère était persuadée que j'étais en train de profiter des plages de Saint Tropez.

La nuit, je rêve de Ludo et quand je me réveille et je pleure…

Je me sens triste, si triste.

Je retourne nos conversations en boucle dans ma tête. A aucun moment, il n'a parlé d'une petite copine, d'une Fleur. Pourtant, il m'a semblé qu'il s'était beaucoup confié sur son université, ses rêves, son avenir, ses désirs. Et à aucun moment, ni le soir avant Noël, ni il y a quelques jours au restaurant, il n'avait évoqué qu'il n'était pas libre.

Comment a-t-il osé me proposer qu'on se revoie ? Et après ?? Il allait se passer quoi une fois l'arrivé de sa petite amie et de ses parents ? Evidemment, il allait me larguer !!

Tout m'avait semblé si sincère. Mais au fond, je n'ai aucune expérience et je n'y connais rien. Ludo est un manipulateur, comme mon père l'a été avec ma mère, comme Victor aussi ! Et je me suis fait avoir comme une idiote.

Je pleure le jour, je pleure la nuit… Il me manque. Son odeur me manque, sa voix me manque, ses mains me manquent, son sourire me manque, son regard me manque, sa peau me manque.

Je me sens vide, je ne sais que faire, j'ai les ailes coupées, je ne peux plus voler. Quant à rêver, n'en parlons même pas.

CHAPITRE 81

LUDO

DECEMBRE 2017

Geneviève s'était sentie mal durant tout le trajet retour de Cancale. Elle avait repensé à ce souvenir dans la boutique. Elle visualisait encore relativement bien cette jeune fille pataude et se souvenait du bruit fracassant dans l'arrière-cuisine lorsqu'elle avait renversé le plateau et qu'elle s'était ébouillantée. Difficile de faire des interprétations et d'avoir des certitudes tant d'années après, mais elle était quasiment sûre qu'elle avait évoqué l'arrivée de Fleur et de ses parents lors de l'échange qu'elle avait eu avec Mme Léopoldine. Et si tout cela était exact, cela pourrait expliquer pourquoi Ludo n'ait jamais plus entendu parler d'elle après.

Elle se sentait partagée entre l'envie impérieuse de livrer ces confidences à Ludo et la peur de sa réaction, même si au fond elle ne pensait pas à mal en parlant de Fleur ce jour-là.

Arrivés à la maison, Ludo rangea sa moto dans le garage, et en enlevant son casque, dit à sa mère :

« Tu vois, le dernier moment que j'ai passé avec cette fille, c'était sur cette moto. Je l'ai ramené à la boutique après une après-midi et une nuit ensemble à Saint Lunaire. Ce souvenir, je m'en souviens encore comme si c'était hier. J'ai eu beaucoup de femmes dans ma vie, mais je ne me suis jamais senti aussi vivant qu'avec elle. C'est vraiment quelqu'un de spécial. Je n'ai jamais compris ce qui c'était passé. Je lui ai écrit pleins de lettres après sa disparition. Je n'ai jamais eu de réponse. Ça me hante de ne pas comprendre. Mais ça, je te l'ai déjà dit deux fois… Je radote… »

Ne pouvant plus supporter de lui mentir ou de garder le secret, Geneviève se lança.

« Mais pour cette histoire, il y a peut-être une explication… »

Il la regarda, interdit…

« Je ne suis pas sûre de ce que je te dis, mais cette année-là, je suis allée avec Charlotte à la boutique de madame Léopoldine et cette fille… »

« Elle s'appelle Camille » la coupa-t-il

« Camille… était là. Mme Léopoldine lui a demandé de préparer du thé. A cette époque, je cherchais une robe pour l'arrivée de Fleur et de ses parents. Et il me semble dans mon souvenir que je l'ai expliqué à Mme Léopoldine. A ce moment-là, nous avons entendu un bruit fracassant dans l'arrière-boutique. Je m'en souviens comme si c'était hier. Camille avait fait tomber tout le plateau avec la théière et s'était ébouillantée la cuisse. Mme Léopoldine s'est fâchée et l'a renvoyée chez elle. »

Ludo sembla terrassé par cette information.

« Donc elle aurait appris pour Fleur…. Ce serait pour cela qu'elle m'a quitté… Elle a dû penser que je m'étais bien foutu d'elle… »

« Oui, c'est possible… Je suis tellement désolée Ludo, je ne pensais pas à mal… »

CHAPITRE 82

JOURNAL DE CAMILLE

10 août 2000, musique en écoute : « trouble » Coldplay

Toujours pas sortie de ma chambre.

Je vis les volets fermés, en pyjama et ne marche que pour aller de mon lit aux toilettes ou à la cuisine pour me chercher quelque chose à boire. Je n'ai plus faim et puis de toute façon, il n'y a presque plus rien à manger dans l'appart.

Je sens qu'il fait chaud dehors. Ça doit être la suite de la canicule du mois de juillet. Peu importe…

Je me fous bien de la canicule, de la pluie, des tornades, de la fin du monde. Le mien s'est terminé en préparant un thé dans une boutique.

J'ai reçu un message vocal de ma mère : « Bonjour Camille, j'espère que tu t'amuses avec tes amis. Je voulais te prévenir que nous partons demain en last minute en Grèce. Victor vient de prendre les billets. On rentrera le 19 aout. A bientôt. »

CHAPITRE 83

CAMILLE

Décembre 2017

Camille n'arrivait pas à trouver le sommeil après cette soirée catastrophique avec Jonathan. Elle avait l'impression d'un désordre intérieur. Les sentiments et les émotions tournoyaient dans sa tête et se mélangeaient sans qu'elle puisse identifier ce qui se passait.

La lecture de son journal avait réouvert de vieilles blessures profondes, en particulier sa passion pour Ludo. Elle avait beaucoup pensé à lui sur les derniers jours. Revoir les lieux où ils s'étaient aimés, relire les mots qu'elle avait écrit sur lui, ressentir encore des années après des frissons aux souvenirs de ses caresses.

Elle faisait n'importe quoi depuis quelques jours. Se rendre chez Matthias et vouloir se donner à lui, en espérant cicatriser les vieilles blessures sans se soucier de ce que lui pourrait ressentir. Qu'est ce qui lui était donc passé par la tête ? Revoir Jonathan qui l'aimait et qui attendait tant de choses qu'elle se sentait incapable de lui donner. Elle avait l'impression d'être monstrueuse. Elle avait toujours utilisé Matthias et aurait voulu que Jonathan se plie aussi à ses désirs à elle. Elle ne pouvait pas continuer perpétuellement à rester dans le passé, à passer à côté de sa vie à cause d'un homme qui s'était moqué d'elle il y a 15 ans ou à vivre dans la peur des hommes.

Elle se leva dans la pénombre et traversa l'appartement pour se servir un verre d'eau dans la cuisine. La pluie continuait à tomber sur le velux. Elle avait toujours aimé le bruit de la pluie clapoter sur le carreau. Elle se fit une tisane et s'installa au salon, se recouvrant du plaid du canapé. Cet appartement, qu'elle avait entièrement repensé était un petit cocon. Elle s'y sentait si bien. Si elle se décidait à s'installer avec Jonathan, que ferait-elle de cet appartement ? Le garder en bureau ? Mais pour y aller quand ? Au cas où ils se disputeraient ? Ça ne tenait pas la route ? Le louer ? Impossible. Il était à elle seul.

Ressentait-elle véritablement quelque chose pour Jonathan ?

Qu'allait-elle bien pouvoir lui donner comme réponse ? Était-elle prête à le perdre lui aussi ?

CHAPITRE 84

JOURNAL DE CAMILLE

25 août 2000

Margot est rentrée. Elle est revenue plus tôt de ses vacances sur la Côte d'Azur après avoir écouté mon message. Je n'avais pas parlé, j'avais juste collé le téléphone à côté de mon lecteur CD qui diffusait la chanson « La fille qui m'accompagne. » de Francis Cabrel. Notre chanson de code SOS pour dire qu'on a terriblement besoin de l'autre. La promesse qu'on s'était faite qu'on répondrait toujours présente à ce signal de détresse.

Je n'ai pas réfléchi. J'ai juste envoyé ce message après avoir écouté celui de ma mère partant en Grèce avec Victor.

Je pense que Margot a pris peur en me voyant et en découvrant le capharnaüm qui régnait dans l'appartement.

Elle a posé sa valise et a immédiatement tenté de comprendre ce qui s'était passé. Je lui ai tout raconté. J'ai pleuré dans ses bras.

Elle m'a forcé à me laver et m'habiller.

Elle a rangé les affaires. Puis elle m'a préparé à manger.

Je n'avais pas faim, j'ai la nausée, mon estomac est noué.

Je me suis forcée à manger, mais j'ai tout vomi.

Et je suis repartie me coucher.

CHAPITRE 85

LUDO

DECEMBRE 2017

Il devait en avoir le cœur net. Il devait revoir Camille. Il lui fallait la retrouver par tous les moyens.

Après les révélations de Geneviève, les idées fusaient dans sa tête. Il s'agitait au milieu du garage, tel Hercule Poirot sur le point de résoudre une énigme mais perturbé par un petit grain de sable qui bloque les rouages. Il lui fallait son Hastings… Dans les romans d'Agatha Christie, Hastings, par une remarque anodine, permettait toujours à Poirot de trouver la clef manquante de l'affaire. Geneviève lui proposa de monter et de réfléchir à cela à tête reposée. En remontant, il aperçut Charlotte qui faisait semblant de lire un livre dans le salon. Elle fulminait toujours à propos de la découverte qu'elle venait de faire.

Ludo s'installa à côté d'elle.

« Alors vous avez cherché le plateau ? » demanda-t-elle, sans lever les yeux de son livre.

« Quel plateau ? »

« Ben, le plateau de fruit de mer que vous êtes allés chercher. Enfin, c'est ce que maman m'a dit. »

Il fit non de la tête, l'air de dire qu'il voulait passer à autre chose.

Charlotte, qui tentait de masquer sa colère intérieure, le regarda agacée.

« Tu vas bien ? Tu en fais une tête ! »

L'air soucieux, il demanda :

« Dis-moi, Charlotte, tu te souviens d'une fille qui s'appelait Camille Morin ? »

Elle le regarda en tentant de cacher sa nervosité et répondit :

« Oui, la fille de la couturière. »

Il la regarda, lui faisant signe de poursuivre.

« Pourquoi cette question ? C'est quoi le problème ? »

« Tu sais ce qu'elle est devenue ? »

Charlotte soupira :

« Non aucune idée et c'est le cadet de mes soucis. »

Ludo perçut l'agacement dans sa voix. Il la regarda et bien qu'il lui était difficile de refreiner ses idées qui fusaient dans tous les sens à propos de Camille, il prit le temps de demander à sa sœur :

« Qu'est ce qui ne va pas ? »

Charlotte posa le livre sur ses cuisses, et laissa exploser son chagrin.

« C'est Guillaume… »

CHAPITRE 86

JOURNAL DE CAMILLE

28 août 2000, musique en écoute : « J'oublierai ton nom » de Johnny Hallyday.

Margot ne me lâche pas d'une semelle. Elle m'a amenée le petit déjeuner au lit, propose des sorties, regarde un film avec moi. Elle est très gentille mais son aide ne sert à rien. Je n'ai pas envie d'aller mieux.

J'écoute en boucle la chanson de Johnny Hallyday « J'oublierai ton nom ».

Cette chanson parle directement à mon cœur. Elle parle d'une rupture. Enfin, même si on ne peut pas vraiment parler de rupture dans mon cas…

« J'oublierai ton nom, de mille façons, et cette certitude me fait plus mal encore, j'aimais cette blessure c'était toi encore… »

Tant que je suis triste, que mon cœur est brisé et que j'écoute cette chanson, je me sens encore un peu avec lui. Aller mieux voudrait dire que la page est définitivement tournée, et je ne veux pas…

CHAPITRE 87

CAMILLE

DECEMBRE 2017

Ne retrouvant pas le sommeil, Camille avait repris la lecture de son journal, toujours installée sous le clapotis de la pluie sur le velux, une tasse de café à la main. Ça y'est, on arrivait au passage tant redouté…

Comme si devoir faire le deuil de cette histoire d'amour avortée n'aurait pas été suffisant. Il lui avait fallu encore affronter une ultime épreuve. D'une de celle qu'on n'oublie jamais vraiment. La décision n'avait pas du tout été difficile à prendre. Elle n'avait pas ressenti une once d'hésitation à l'époque. C'est l'après-coup qui a été difficile. La culpabilité… Un sentiment de faute…

Après cela, les nuits n'ont plus jamais été les mêmes. Elle avait régulièrement été hantée dans son sommeil par ces fantômes.

Elle s'était construite une autre vie, loin de celle de son enfance et de son adolescence, loin de sa mère, de Victor, de Dinard. A Paris, incognito. Elle avait comme tenté de faire table rase du passé. Cela fonctionnait plutôt bien, elle s'était fait des amis, elle travaillait dur. Elle avait une certaine renommée comme architecte. Ce travail lui plaisait vraiment. Concilier ainsi sa passion du dessin, son besoin de créativité avec sa sensibilité aux ambiances des lieux qu'elle visitait. Le plus douloureux avait été de devoir aussi faire table rase des personnes qui comptaient vraiment pour elle : Catherine et Pierre, Matthias et évidemment Margot.

Ils avaient tous compris et elle en avait eu la certitude lors de ces retrouvailles avec Margot. Cette amitié véritable traversait les années, intacte, pure et elles s'étaient retrouvées ensemble là où elles s'étaient quittées, comme si rien n'avait changé.

Ce qui la tracassait depuis hier soir était que cette manière qu'elle avait eu de devenir une autre en abandonnant celle qu'elle avait été était un frein à un engagement plus profond avec Jonathan. Il ne connaissait rien d'elle, elle lui avait tout caché. Mais cette autre Camille était très loin d'elle-même. Elle n'éprouvait plus d'émotion. Elle s'était totalement coupée de ses émotions.

Ce mode était incompatible avec un engagement de couple. Jonathan lui demandait de s'ouvrir à lui, de baisser les armes, de casser son armure, mais il lui était impossible de montrer ses failles. Si elle ouvrait cette armure qu'elle avait façonnée ne serait-ce qu'un tout petit peu, elle prendrait le risque de se retrouver confronter avec un champ calciné à l'intérieur d'elle.

Risque qu'elle n'était pas prête à prendre, vu la tournure des évènements de ces quelques derniers jours…

CHAPITRE 88

JOURNAL DE CAMILLE

1er septembre 2000

Comment écrire cela ?

Suis-je dans un cauchemar dont je vais me réveiller ?

Y a-t-il un Dieu dont nous serions les marionnettes qui tirerait les ficelles et qui déciderait d'une lignée de femmes avec un destin défini et des répétitions transgénérationnelles ? Ou suis-je simplement une sombre idiote sans cervelle ?

Margot insistait depuis plusieurs jours. Ce sont les vomissements qui lui ont donné l'idée.

« Camille, ce n'est pas normal toutes tes nausées et ces vomissements dès que tu avales quelque chose. »

« J'ai l'estomac noué, je te dis. Je n'ai pas faim. »

« Mais tu es sûre que ce n'est pas autre chose ? Tu n'as pas du retard dans tes règles par hasard ? » me demanda-t-elle

Je la regardais éberluée. Je ne calculais pas mon cycle, je n'avais aucune idée si j'avais du retard ou non. Comme je n'avais pas répondu, elle poursuivait de plus belle :

« Mais à part ces nausées depuis 15 jours, tu n'as rien remarqué d'autre ? Tu n'as pas les seins tendus ? Tu n'es pas fatiguée ? »

Oui j'avais les seins tendus, et alors ? Oui je n'avais qu'une envie c'était de me coucher et de dormir. Et alors ? Où voulait-elle en venir ?

« Mais enfin écoute, arrête de prendre cet air naïf ! On a quand même eu des cours de sexualité en bio ! Rappelle-toi !! Mme Schalcher !! Le cycle menstruel, l'ovulation, la fécondation !! Tu as eu des rapports sexuels avec Ludo, et visiblement beaucoup en 4 jours !! Dis-moi que tu t'es protégée !! Tu prends la pilule ? Ou tu lui as demandé de mettre une capote ? »

Le son de sa voix montait dans les aigües à chaque nouvelle question. Je pense qu'elle tentait de me réveiller, de me faire ouvrir les yeux. Peut-être que si elle avait eu un saut d'eau froide sous la main, elle me l'aurait versé sur la tête.

Je restais sans voix. Je ne voulais pas l'envisager. Cela ne me semblait pas possible.

Je n'avais pas osé lui dire que je ne prenais pas la pilule... Toutes les filles de mon âge la prennent. Mais moi, je n'ai jamais osé aller chez le gynécologue et maman ne me l'a jamais proposé...

On n'avait pas de préservatifs ce soir-là sur la plage. Ça c'était fait comme ça, lors du bain de minuit.

Et quand il m'a demandé si je prenais la pilule, j'ai répondu oui. Sans réfléchir. Je ne voulais pas tout gâcher.

« Et les MST, tu y as pensé !! Toi tu avais dû coucher deux ou trois fois avant lui ! Mais lui, avant toi, il en a eu ! Et plus d'une !! »

Margot était hystérique, elle déambulait dans notre collocation, telle une furie. On aurait dit que c'était elle qui risquait d'être enceinte ou d'avoir le VIH.

J'étais comme anesthésiée… Je m'en foutais en fait… Je me sentais morte de toute façon, alors au moins avec le VIH, ça irait plus vite.

« Mais Camille, tu vas te réveiller ou quoi ? Tu vas me dire quelque chose ! Tu es un vrai zombie depuis des jours ! »

Deux heures plus tard, elle revenait avec un test de grossesse. Je n'en avais jamais vu.

Je pensais que j'en étais déjà au stade de la fin du monde. Quand j'ai vu apparaitre ces deux petites barres roses, j'ai su alors que je ne pouvais pas tomber plus bas. Je suis restée enfermée pendant près de 30 min dans les toilettes, sans pouvoir bouger, fixant ces deux barres roses, l'œil hagard.

Au bout de 15 minutes, Margot a commencé à tambouriner.

« Ouvre-moi Camille ! Par pitié dis-moi quelque chose ! »

Quand je lui ai ouvert la porte, elle a tout de suite compris et elle m'a pris dans ses bras.

Je me suis mise à pleurer et je n'ai plus su m'arrêter. Je ne sais pas combien de temps nous sommes restés comme cela.

CHAPITRE 89

JOURNAL DE CAMILLE

8 septembre 2000

Margot est une véritable amie.

En effet, après le test de grossesse positif, je me suis retrouvée plongée dans une forme de léthargie. Je ne voulais plus parler, plus manger, plus boire. Je crois que je voulais juste mourir, sans avoir la force de mettre fin à mes jours.

Margot a fini par prévenir ma mère. Jusqu'à présent, elle me croyait revenue de Saint Tropez, profitant encore des quelques jours de vacances avant la rentrée à l'université.

Je ne sais pas comment elle a réagi quand Margot l'a appelée. Visiblement, Margot lui avait tout raconté car quand elle est arrivée dans l'appartement, elle ne m'a posé aucune question. Mais j'ai vu à son regard qu'elle savait ce qui se passait. Toutes les deux m'ont aidée à me lever, ce que je n'arrivais plus à faire seule et m'ont mise sous la douche. Je ne me suis même pas sentie humiliée par tout cela, je n'en avais plus rien à faire.

Elles ont décidé de me conduire chez le généraliste de Margot, qu'elle avait dû consulter pour une angine pendant l'année.

Margot a proposé de m'accompagner à la consultation comme je lui avais raconté toute l'histoire et ma mère est restée en salle d'attente. Il a semblé très inquiet de mon état physique. J'avais perdu beaucoup de poids, j'étais déshydratée.

Il a immédiatement organisé un rendez-vous chez une gynécologue. Je compris de l'échange que la grossesse était évaluée à 6 semaines. Il fallait donc prendre très vite la décision de la poursuivre ou non.

J'ai entendu plusieurs fois le mot délai pour l'IVG. J'ai entendu aussi qu'ils s'inquiétaient de mon état psychique. Ils parlaient de moi, de mon corps, de mon esprit comme si je n'étais pas dans la pièce. Mais au fond je n'étais pas vraiment là.

J'avais l'impression d'être hors de mon corps et d'observer la scène comme si tout cela ne me concernait pas.

CHAPITRE 90

CAMILLE

Décembre 2017

Incapable de se décider depuis la veille sur sa relation à Jonathan, s'agitant de façon stérile dans son appartement, Camille prépara un sac et fila à la piscine. Depuis son installation à Paris, elle avait pris des cours de natation à la piscine des amiraux près de chez elle. Des heures et des heures de cours. Le professeur avait dû redoubler de patience car elle avait régulièrement eu des attaques de panique dès que ses pieds ne touchaient plus le fond. De semaines en semaines, elle avait pu acquérir une assurance nouvelle, une confiance en elle. Une fois la technique des différentes nages maitrisée, vint le temps des entrainements et de l'endurance. Au départ, elle ne tenait même pas un quart de la longueur en crawl, tant elle était essoufflée. Puis elle avait réussi une demi-longueur et enfin une entière. Quelle victoire cela avait pu représenter pour elle. Elle avait utilisé des planches, des palmes, le poolboy. Tant d'outils qui l'ont aidée à parfaire sa technique.

Des années plus tard, la natation était devenue son sport favori et elle s'y adonnait deux fois par semaine. Elle ne faisait jamais moins que 2 km, parfois 3 les meilleurs jours. L'eau, mère de tous les dangers quand elle était jeune, était devenue son refuge favori. Une sorte de cocon dont elle ne pourrait plus se passer. Un peu comme son appartement à Montmartre. Quand elle était angoissée, c'était sa meilleure option pour s'isoler et réfléchir...

Ce jour-là, nager fut la seule option pour remettre un peu d'ordre dans ses idées.

Concentrée sur sa respiration et sur les mouvements, elle ne pensa à rien pendant les 45 minutes de nage.

CHAPITRE 91

JOURNAL DE CAMILLE

11 septembre 2000

J'ai eu rendez-vous chez le gynécologue. Cette fois-ci, c'est maman qui m'a accompagnée.

Elle m'a demandé ce week-end si j'avais pris une décision par rapport à cette grossesse.

Je lui ai répondu du tac au tac : « je ne le garderai pas. »

J'ai lu une incompréhension dans son regard, voire même de la pitié ou de la colère. Notre échange s'est arrêté là.

Chez le gynécologue, j'ai écouté toutes ses explications : les différentes méthodes médicamenteuses ou chirurgicales, l'obligation d'avoir une deuxième consultation afin d'avoir un délai de réflexion et de rétractation. Tout cela me semblait totalement inutile. Je n'avais besoin d'aucun délai. Je lui dis mais il ne voulut rien entendre. C'était la loi. Au cas où je changerais d'avis. Je savais bien que je ne changerais pas d'avis.

Vu que la grossesse avait été découverte tardivement, il fallait passer par l'IVG chirurgicale.

Peu m'importe en fait. La seule chose dont j'étais certaine, c'est que je ne ferais pas subir à un enfant ce que j'ai subi : l'absence d'un père. Enfant de père inconnu. Enfant pas reconnu. Enfant pas désiré. Un batard.

Je suis sortie de tout cela avec un planning de rendez-vous.

C'était peut-être la seule chose planifiée de mon futur. Le reste, c'est un grand trou béant. Le néant.

Ce soir, alors que nous dinions avec maman, enfin devrais-je dire elle dinait, car moi rien ne passait, je lui ai posé la question que je m'étais toujours interdite de lui poser :

« Qui est mon père et pourquoi as-tu décidé de me garder ? »

Elle me regarda fixement et je vis passer une lueur d'angoisse dans son regard. Elle aussi avait dû toujours redouter cette question.

Elle répondit :

« Je ne pense pas que le moment soit opportun pour répondre à ta question. »

Je la regardais froidement en disant :

« A priori, le moment n'a jamais été opportun. Alors peut-être bien que si justement, cela me semble être le bon moment de me dire la vérité. »

Louise inspira et commença :

« Ton père est un anglais. Il était venu en vacances deux étés de suite dans une maison qu'il louait avec sa femme et ses deux enfants. Ils m'avaient embauché comme jeune fille au pair. J'avais 18 ans le premier été où je gardais ses enfants. Il était plus âgé que moi, très séduisant. Je ne sais plus très bien si c'est moi qui l'ait séduit. Ou lui… Ça a été naturel en fait. Nous avons fait l'amour tout l'été, dès que ses enfants faisaient la sieste, dès que sa femme allait à la plage, chez le coiffeur, ou chez l'esthéticienne. Je me sentais si belle et désirable cet été-là. Puis ils sont repartis, me laissant seule. Je n'existais plus pour lui. Il ne m'a donné aucune nouvelle. Je lui en ai beaucoup voulu. L'été suivant, sa femme m'a recontacté, encore pour garder leurs enfants. Elle voulait du temps pour elle, ne pensait qu'à se faire bronzer sur la plage ou à sortir au restaurant avec lui ou des amis. A peine ai-je réintégré mes fonctions de jeune fille au pair cette année-là, il m'a rejoint dans ma chambre dès la première nuit. Je me suis dit que l'histoire allait se répéter à l'identique. Il me ferait l'amour toutes les nuits et me jetterait à la fin de l'été. Alors j'ai arrêté ma pilule et j'ai prié. A la fin de l'été, à mon grand désespoir, je n'étais pas enceinte. Alors j'ai proposé à sa femme de venir les aider avec les enfants pour les vacances de la Toussaint. Ils projetaient un voyage à Paris. Et le miracle est arrivé. Après ces congés de Toussaint, j'étais enceinte. J'espérais que ce serait une raison suffisante pour qu'il quitte sa femme, mais il a été odieux. Il a ricané et a dit que jamais de la vie, il ne vivrait avec moi et encore moins il ne reconnaitrait l'enfant que je portais.»

Je l'ai dévisagée, incrédule.

« Mais, tu avais 18 ans et lui quel âge ? »

« Il devait avoir 35 ans. »

« Mais tu l'aimais ? Ou tu as voulu le piéger ? »

« Je l'aimais mais il a trahi ma confiance. J'étais jeune et influençable face à lui. Alors, j'ai voulu me venger, l'obliger à vivre avec moi. Être enceinte n'a pas suffi. Je n'ai plus jamais eu de nouvelles d'eux. »

« Mais tu as décidé de me garder malgré tout. »

« Oui, je voulais que quelqu'un m'aime. »

CHAPITRE 92

LUDO

Décembre 2017

Le vent soufflait fort quand il gara sa moto à l'entrée des remparts de Saint-Malo. Sur la plage du sillon, la mer déchaînée ramenait des vagues gigantesques qui venaient se heurter contre les brise-lames. Les enfants emmitouflés dans des cirés jaunes sautaient dans des flaques avec leurs bottes ce qui ne manquait pas de faire râler leurs parents. Le carrousel face au port était ouvert et tournait au rythme de vieilles chansons d'époque. Ludo frissonna, il était trempé.

Il se remémora les dernières heures de la journée et la manière dont les choses s'étaient orchestrées pour qu'il se retrouve à nouveau devant cette galerie de photographies. La discussion avec sa mère et les révélations de celle-ci, les pièces du puzzle autour de la disparition de Camille qui se mettent en place, et l'échange avec Charlotte qui avait eu l'effet d'un catalyseur. Il l'avait écouté longuement lui parler de la découverte qu'elle venait de faire à propos de l'adultère. Elle n'avait bien sûr aucune preuve, mais il n'y avait pas beaucoup d'autres explications à la présence de son mari en plein après-midi dans un hôtel du Marais. Et ce n'est pas Ludo, coutumier de ce genre de choses qui aurait pu la rassurer. Il avait écouté Charlotte lui expliquer le vide de sa vie de couple, ses frustrations affectives et professionnelles, sa colère qu'elle cherchait à enfouir, mais surtout son impossibilité de décider de changer quoi que ce soit. Elle préférait ignorer le problème, continuer à se mentir, de peur du changement. Elle lui avait dit qu'elle ne prendrait pas le risque de parler avec Guillaume de ses découvertes, de risquer de le perdre et de briser la famille qu'ils avaient construite. Il l'avait entendue se persuader qu'elle prenait la meilleure décision pour ses enfants, qu'ils ne supporteraient pas un divorce, qu'il était plus raisonnable et adulte de continuer, qu'elle n'avait pas d'autres choix, qu'elle aimait Guillaume et ne pourrait pas vivre sans lui.

Et c'est le miroir de ce mensonge qui eut l'effet d'un catalyseur pour lui. Il était au clair avec son désir de divorcer. Il ne se sentait absolument pas coupable par rapport à Augustin, au contraire, il pensait que c'était ce qui pouvait arriver de mieux à son petit garçon. Ne plus avoir des parents malheureux ensemble mais heureux séparément. Et surtout, il devait retrouver Camille. Et comprendre.

Quand Ludo poussa la porte de la galerie, Margot, qui scrollait son téléphone depuis une heure pour tuer le temps, le reconnut immédiatement. Comme il restait immobile devant l'entrée, elle se leva et vint à sa rencontre avec un large sourire.

« Bonjour. Est-ce que je peux t'aider ? »

« Oui, je voudrais revoir les toiles de Camille. Je tiens à m'excuser pour mon attitude de la dernière fois. »

« Oui, tu semblais un peu déboussolé la dernière fois. C'est « la rencontre sur le plongeoir » qui a eu cet effet ? » demanda-t-elle.

Il la fixa et comprit qu'elle connaissait la vérité.

« Je voudrais comprendre, j'ai tant de questions sans réponse. J'ai besoin de ton aide »

Margot lui fit signe de la suivre dans une troisième salle plus petite à l'arrière de la boutique, où elle avait rangé les toiles de Camille.

Elles étaient toutes signées d'un paraphe aux initiales CM. C'était elle, Camille Morin.

Sur une table, étaient déposés de nombreux croquis réalisés au fusain certainement ceux qu'elles devaient dessiner assise sur le plongeoir, de longues heures durant. On y voyait différentes scènes sur la plage : des enfants construisant un château, d'autres ramassant des coquillages, d'autres revenant de la pêche à la crevette avec leurs épuisettes et leurs bottes, des adolescents en pleine partie de beach-volley, le départ ou le retour des catamarans, une mouette posée sur le bord de la piscine, une autre chipant un goûter sur une serviette de plage, une autre encore prenant son envol. Toutes ces scènes de vie banales et quotidiennes sublimées par son regard. Des scènes que Ludo connaissait bien après tous ces étés passés à Dinard, mais qui prenaient une autre dimension à travers le regard de Camille.

Il se tourna ensuite vers les peintures accrochées au mur.Et il fut saisi. Certaines toiles, de très grandes toiles, dégageaient une violence intense. Leurs couleurs étaient brutes, pures, violentes, chaudes. On aurait dit du fauvisme. Elles dégageaient une forme de rage. Difficile d'imaginer ce brin de fille qui semblait si fragile capable de peindre des toiles d'une telle violence et d'une telle intensité.

Sur un autre pan de mur, était accroché une série d'aquarelles d'un tout autre style. Elles semblaient raconter une histoire car elles étaient fixées les unes à la suite des autres. En s'approchant pour les voir de plus près, il fut comme hypnotisé. Il croyait même rêver tout éveillé. Ces aquarelles, disposées devant ses yeux, décrivaient chacune de leur rencontre.

La première aquarelle se nommait « La fille du plongeoir », et mettait en scène une femme assise seule sur le plongeoir. Très ressemblante à celle qui était exposée en vitrine. Son regard était happé par le jeu des couleurs qui se mélangeaient entre elle. Mélange magique de bleu, de jaune, d'orange, de rose, qui semblait dessiner des nuages rougeoyants de la fin d'été.

La 2e aquarelle, s'intitulait « Clodo et les fables de La Fontaine », et mettait en scène Ludo assis sur un banc déguisé en clochard. A côté de lui, une silhouette féminine. Une capture de la première scène de cette pièce de théâtre qu'il avait joué sur la scène de Dinard durant l'été de son bac.

La 3e aquarelle, intitulée « Nuit agitée », retraçait leur rencontre sur le passage de l'entre-deux-mers alors qu'il était alcoolisé en sortant du bar. A nouveau, il fut séduit par la maitrise de la technique de l'aquarelle, le mélange des couleurs et la précision du tracé au crayon des deux personnages. Il peinait à reprendre sa respiration tant il était bouleversé par ces souvenirs qui refaisaient surface.

La 4e aquarelle intitulée « Sauvée des eaux » la représentait dans la grotte avec Ludo nageant vers elle. Elle avait choisi un vert bouteille presque noir pour représenter la mer de cette crique. Le ciel aux nuages noirs et tumultueux représentait les tourments de cette tempête.

La 5e aquarelle était intitulée « Bain de minuit ». On y voyait un magnifique paysage de nuit sur la plage avec un couple enlacé sur la plage. C'était leur première fois. Il gardait encore le goût du sel sur ses lèvres.

La 6ème aquarelle intitulée « Des espoirs pleins la tête », les représentait sur une moto au bord de la mer.

La 7e aquarelle intitulée « Déconvenue » représentait un voilier fracassé par une tempête et emporté par les eaux.

Et enfin, la 8e toile intitulée « Deuil » était une toile d'une noirceur inouïe, représentant une jeune femme qui jetait à la mer une bouteille dans laquelle se trouvait un dessin d'enfant.

Il ne pouvait détourner les yeux des 2 dernières toiles, sans comprendre ou plutôt en comprenant trop bien ce qui était devant ses yeux.

Margot se tenait à côté de lui et le regardait. Elle s'apercevait bien qu'il était bouleversé mais n'osait pas parler. Au bout de quelques minutes, elle posa sa main sur son épaule, après s'être aperçue qu'il pleurait et lui dit :

« Tu veux t'asseoir ? ».

Il accepta la proposition et elle lui tendit un verre d'eau. Il aurait préféré un scotch vu les circonstances.

« Tu ne t'attendais pas à cela, n'est-ce pas ? » demanda-t-elle, avec empathie.

« Non, pas du tout.

Il la fixa et lui dit :

« Peux-tu m'aider ? »

Elle attendit.

« J'ai aimé cette femme. Je n'ai rien compris de ce qui s'est passé. Elle a disparu, j'ai tenté de la retrouver, je lui ai écrit des lettres. Je n'ai jamais eu de réponse. J'ai pensé qu'elle n'éprouvait pas de sentiments pour moi, mais je m'aperçois à travers ces toiles que c'était le contraire. »

Margot le regarda interdite par ce qu'elle venait d'entendre.

« Comment ça des lettres ? Jamais Camille n'a reçu de lettres. Pour elle, tu n'as jamais tenté de la revoir, ni de la retrouver. Pour elle, tu n'as même pas remarqué sa fuite. Sinon les choses auraient pu être totalement différentes. »

Comme il restait sans voix, elle continua :

« Elle a été dévastée quand elle a appris que tu étais déjà en couple. Elle s'est sentie trahie. Elle a pensé que tu t'étais moquée d'elle. Elle avait une telle vision négative des hommes, du couple. Tu as été la seule personne à qui elle a ouvert son cœur. Elle t'a fait confiance alors qu'elle s'était promis de ne jamais faire confiance à aucun homme. Quand elle s'est rendu compte qu'elle était enceinte, elle a décidé d'avorter. Jamais elle n'aurait supporté de faire subir à un enfant ce qu'elle-même avait subi. Pour elle, ne pas avoir été reconnue par son père a été la tragédie de sa vie. »

Ludo n'arrivait toujours pas à parler. Il s'était imaginé qu'il suffirait de tenter de retrouver Camille, voir si elle était heureuse dans sa vie, en couple ou en famille. Et si ce n'était pas le cas, reprendre là où ils s'étaient arrêtés. Avoir une deuxième chance. Il ne s'était jamais imaginé découvrir une réalité aussi tragique. Et comment était-ce possible qu'elle n'ait jamais reçu ses lettres ? Il était même allé jusqu'à les déposer en main propre à l'appartement de sa mère. Celle-ci n'était pas chez elle, et c'est le beau-père de Camille qui les avait prises et lui avait certifié qu'il les lui remettrait.

Le cerveau de Margot était en surchauffe.

« Mais tu dis que tu as écrit des lettres. Où sont-elles passées ? A qui les as-tu données ? »

« J'en ai posté certaines et je suis allé sonner chez elle. Je les ai données à son beau-père. »

Tout s'éclaira soudain pour Margot. Victor… Il avait brûlé les lettres. Et Louise… Etait-elle complice ?

Elle comprenait mieux soudain les propos de Louise quand elle était venue déposer les toiles :

« S'il vous plait, acceptez d'exposer et de garder ces toiles. C'est la dernière trace qui témoigne de son histoire d'amour. Victor a tout détruit sur son passage. Je ne veux pas qu'il brule aussi ces toiles. »

Que voulait-elle dire par « aussi » ? Se pouvait-il que Victor ait subtilisé et brulé les lettres ? Que Louise, sous son emprise, ait caché ces lettres à Camille ?

Margot était révoltée. Elle revoyait encore son amie dépérir à petit feu, se laisser mourir. Il aurait suffi d'une parole de Louise pour renverser la balance. Pourquoi ne lui a-t-elle pas dit que Ludo la cherchait ?

Elle se tourna vers Ludo. Elle venait d'avoir une idée.

« Écris-lui à nouveau. Je lui remettrai moi-même ta lettre. Il faut qu'elle sache que tu lui as écrit. Il le faut. Elle le mérite tellement ! »

CHAPITRE 93

JOURNAL DE CAMILLE

25 septembre 2000

Ça y'est, j'ai mis fin à la vie qui poussait à l'intérieur de moi.

Depuis hier, j'ai l'impression que j'ai mis mes émotions de côté et j'ai effectué chaque geste et dit chaque parole mécaniquement. Une technique bien pratique pour ne surtout pas souffrir et ne rien ressentir.

C'est Margot qui m'a accompagnée. Je ne pouvais pas imaginer que maman vienne avec moi. Je sais qu'elle ne comprend pas ma décision. J'ai l'impression que mon geste est trop agressif contre elle, comme si je lui crachais au visage que la décision de me garder avait été pire que la mort.

De retour ce soir dans mon appartement, je me sens très triste et très seule. Vide en fait. J'ai le sentiment que mon ventre est un cercueil. J'ai froid, j'aimerais me plonger dans un bain, mais je n'ai qu'une douche. Je la prends bouillante.

La faculté a repris et je ne m'y suis pas rendue. Je n'ai pas le courage de continuer. Je veux juste dormir et ne pas penser à tout cela. Oublier…

L'oubli viendra-t-il un jour ? J'ai calculé que si j'avais gardé le bébé, il serait né au mois d'avril. Est-ce que je vais y penser quand viendra le mois d'avril ? J'ai l'intime conviction que ça aurait été un garçon. J'aurai voulu l'appeler Aymeric. Je me suis toujours dit que si j'avais un fils, je l'appellerai Aymeric.

C'est drôle comme les nausées ont instantanément disparu. Les seins me font encore mal et sont tendus, par contre.

Margot me propose des tas de choses pour me changer les idées. Elle a ramené des DVD de comédies. Elle m'a préparé des toasts à l'avocat sur du pain grillé avec du piment d'Espelette. D'habitude, j'adore ça, on se mange souvent ça le soir dès qu'on est toutes les deux. Ce soir je n'ai envie de rien.

J'ai tout perdu : Ludo, ma grossesse, mon insouciance. C'est une partie de moi qui s'est évanouie dans ce bloc opératoire.

CHAPITRE 94

CAMILLE

Décembre 2017

Quand elle sortit de la piscine, avec les cheveux encore humides, Camille consulta son portable et s'aperçut qu'elle avait 4 appels en absence de Margot et un SMS.

Celui-ci disait : « La fille qui m'accompagne. »

Le référence au pacte. Situation d'urgence qui n'appelait qu'une seule réponse : être là pour l'autre.

Immédiatement, elle composa le numéro de téléphone de Margot qui décrocha dès la deuxième sonnerie. Elle reconnut la voix aiguë et stridente qu'elle prenait quand elle était excitée. Margot parlait si vite que Camille ne comprit qu'un mot sur deux :

« Je dois te faire lire une lettre. Au plus vite. Il faut qu'on se voie. Où es-tu ? »

« Qu'est-ce que c'est que cette histoire ? Je suis à Paris. »

« Alors j'arrive. Je prends le premier train et tu viens me chercher gare Montparnasse. »

« Mais… »

« Tu ne discutes pas. Je suis en train de fermer la galerie. Garde ton téléphone avec toi, je t'envoie un message dès que j'ai l'horaire d'arrivée de mon train. Ne sois pas en retard ! »

Camille n'eut pas le temps de rétorquer, Margot avait raccroché. Ce n'était décidemment pas aujourd'hui qu'elle allait avoir une explication avec Jonathan, ni lui donner une réponse à sa proposition.

CHAPITRE 95

JOURNAL DE CAMILLE

10 octobre 2000

J'écris d'une chambre d'hôpital, chambre que je partage avec une fille de 18 ans qui s'appelle Angèle. Je suis ici depuis maintenant 1 semaine.

C'est à nouveau Margot qui a contacté ma mère. Cette fois-ci, elles se sont mises d'accord pour m'emmener aux urgences.

Selon le médecin qui m'a examinée, mon état de santé nécessitait une hospitalisation et je ne pouvais pas rester à la maison. Je constituais un danger pour moi-même. Il a prononcé les mots de risque de passage à l'acte auto agressif (qui voulait dire qu'il pensait que j'allais me suicider). Il a parlé aussi d'anorexie mentale avec une perte de poids massive depuis 2 mois et de risque vital si la perte de poids s'accentuait.

Voilà comment je me suis retrouvée dans une unité pédopsychiatrique. La première fois que j'ai vu le psychiatre de cette unité, je lui ai demandé :

« Vous savez que j'ai 20 ans, je ne suis pas un peu vieille pour être en pédopsychiatrie ? »

Il avait un visage inquiétant au premier abord, était chauve et portait des lunettes sombres.

« Non mademoiselle, répondit-il, nous prenons ici des jeunes jusqu'à 21 ans. Vous êtes tout à fait à votre place. »

Je me mis à rire nerveusement et à répondre avec un accent un brin provocateur :

« Pour une fois que je suis à ma place… Vous savez que je suis une enfant illégitime ? Et que je portais un enfant illégitime lui aussi ? ».

« Je ne sais pas tout cela, mais vous allez me le raconter » dit-il calmement

Je le regardais fixement en arrêtant soudainement de rire.

Il ajouta :

« Nous avons tout notre temps pour comprendre toute votre histoire et ce qui vous arrive »

Son regard bienveillant, cette main tendue, l'impression qu'il était là pour moi ici et maintenant sans jugement et le temps qu'il faudra m'a touché. Alors les larmes se sont mises à couler sur mes joues et j'ai commencé à lui raconter mon histoire…

CHAPITRE 96

LUDO

Chère Camille,

Si tu ne devais lire que ma première phrase, je voudrais que tu lises ceci : « Ma rencontre avec toi il y a 20 ans a été l'occasion d'entrapercevoir une partie de moi jusqu'alors inconnue, celle qui rêve que les choix de vie peuvent être fait en fonction de nos désirs et non en fonction de ce que les autres attendent de nous. »

Je n'ai malheureusement pas eu l'occasion de te le dire. Enfin, si… J'ai tenté de te dire à quel point notre rencontre m'avait bouleversé en t'écrivant des lettres après ta disparition. Je suis même allé jusqu'à sonner à la porte de chez toi pour m'assurer que tu avais bien reçu ces lettres. Ton beau père m'a certifié que oui. Je sais aujourd'hui après avoir parlé avec ta fidèle amie Margot qu'il n'en était rien. A l'époque je l'ai cru. J'ai pensé que tu n'éprouvais rien pour moi. Je n'ai pas voulu t'importuner. Je n'ai pas insisté.

Je suis en colère. Pas contre toi, pas contre moi. Contre ce destin qui ne nous a pas permis de rêver notre vie ensemble.

Je te dois des excuses. C'est vrai que je n'ai pas été honnête avec toi. C'est vrai que j'étais déjà en couple ce soir de décembre 1999 et je te l'ai caché sciemment. Mon intention n'était pas de te mentir, ni de te tromper ou de me servir de toi à mes propres fins. Non, il ne s'agissait pas de cela. Si j'ai consciemment omis de mentionner mon engagement avec une petite amie, c'est parce qu'en ta présence, plus rien de la vie d'avant n'avait d'importance. Je me sentais à ma place à tes côtés. J'ai voulu profiter de ces instants volés, me rêver comme un homme libre, croire que tout cela était possible.

J'avais toujours traversé ma vie sans m'arrêter, droit devant, tête baissée avec des objectifs bien définis, tel un voilier naviguant vers un port. En te rencontrant et en passant ces quelques instants magiques à tes côtés, c'est comme si mon voilier avait découvert une île qu'il ne voulait plus quitter.

Après avoir vu tes œuvres à la galerie, j'ai compris trop tard que pour toi aussi, notre rencontre avait été bouleversante et avait pris un tournant tragique qui m'a anéanti.

Aujourd'hui, je suis libre, mon avocat a envoyé une demande de divorce à ma femme et je suis prêt à quitter le Canada et vivre où tu voudras. J'ai un fils, Augustin, avec moi, il a 10 ans.

Je ne sais pas s'il est encore possible pour toi de me pardonner. Peut-être es-tu heureuse et épanouie et si c'est le cas, je serai très heureux pour toi et alors ne tiens pas compte de cette lettre. Mais si comme moi, tu n'as pas oublié notre passion et que tu serais prête à t'engager corps et âme à mes côtés, alors sache que je t'attendrai en gravant ton nom à côté du mien tous les matins des vacances de noël là où nous nous sommes rencontrés pour la première fois, sur le plongeoir de la piscine de l'Ecluse.

LUDO

CHAPITRE 97

JOURNAL DE CAMILLE

24 avril 2001

Cher journal,

Aujourd'hui sera le dernier jour pour toi et moi.

J'ai décidé d'arrêter d'écrire à une personne qui n'existe pas, pour me concentrer sur le fait de créer des vraies relations avec des personnes vivantes.

Je suis sortie de l'hôpital il y a quelques jours. J'y suis restée 6 mois. Ça peut paraitre long, mais en fait pas du tout. C'était un temps nécessaire pour commencer à me construire.

Je ne sais comment remercier ce médecin, le Dr Pichard, qui m'a suivi, écoutée sans jugement.

J'ai l'impression d'avoir vécu une deuxième naissance grâce à lui.

C'est sûrement dû au transfert que j'ai fait sur lui, un transfert paternel sans doute.

L'équipe soignante a été incroyable. J'ai trouvé le soutien qui m'était nécessaire.

Je suis passée par des moments très difficiles, mais ils ont tous été là, le médecin, la psychologue, les infirmières et les jeunes qui eux aussi avaient leurs souffrances et leur lot de malheurs, mais qui néanmoins étaient là, avec l'espoir qu'on pouvait guérir de tout cela. Grâce à ce maillage, ce filet de sécurité, ces liens que j'avais créés, je me sentais de jour en jour plus sereine.

Et puis il y eu le dernier entretien avec le Dr Pichard avant ma sortie. Il m'a dit qu'il me sentait prête à poursuivre ma route à l'extérieur mais il me proposait de continuer le travail psychothérapeutique. Il consultait dans un centre de consultation et pouvait continuer à me voir toutes les semaines.

En guise d'au revoir et à méditer, il m'a dit : « Vous savez Camille, le travail de psychothérapie vous permettra de mieux comprendre vos désirs et d'éviter ces phénomènes de répétition transgénérationnelles. »

Comme je ne comprenais pas ce qu'il voulait dire, il ajouta :

« Par exemple, par rapport à votre histoire avec Ludo et la grossesse, vous n'avez pu envisager qu'une seule vérité, celle où il n'était pas sincère avec vous, que vous n'auriez pas pu être à sa hauteur et qu'il n'aurait jamais voulu de vous et de votre enfant. Cette vérité, qui était celle de votre mère, et qui est devenue une évidence pour vous, comme si votre destin était voué à être comme le sien. Mais vous n'avez pas envisagé d'autres hypothèses. »

« Lesquelles ? »

« L'hypothèse qu'il ait pu réellement tomber amoureux de vous, et que cette rencontre ait pu lui aussi suffisamment l'ébranler pour qu'il se sépare de sa petite amie. Je vous rappelle qu'ils n'étaient pas mariés. C'était juste une amie qu'on présente à ses parents. L'hypothèse qu'il aurait peut-être voulu de vous et de votre enfant à tous les deux. »

Je souris tant cette hypothèse me paraissait ridicule.

« Vous êtes un peu fleur bleue, là, Docteur ! »

« Non mademoiselle, pas du tout. Je pense juste que vous ne pouvez pas envisager cette hypothèse car ce serait une forme de trahison par rapport à votre mère et à votre filiation. Imaginez la culpabilité si Ludo avait tout quitté pour vous et accepté votre enfant, alors que votre père biologique lui n'a pas voulu de votre mère, ni de vous… Vous avez agi inconsciemment de telle sorte que tout se passe pour vous selon un schéma que vous portez en vous. Vous ne vous êtes pas rendue au rendez-vous fixé avec Ludo, vous ne l'avez pas confronté aux paroles que vous avez entendues dans la boutique et vous ne lui avez pas dit que vous étiez enceinte. Vous n'avez pas pris le risque de changer votre destin et cela parce que vous auriez ressenti trop de culpabilité par rapport à votre mère. Vous êtes restée sur le plongeoir, vous n'avez pas sauté à l'eau. »

L'entretien s'est terminé là-dessus et la démonstration m'est apparue comme magistrale.

En effet, peut-être qu'avoir le bonheur auquel ma mère n'avait pas eu droit aurait été trop difficile à assumer.

Voilà, aujourd'hui s'arrête ainsi notre relation mon cher journal. Je poursuis avec un autre confident, ce psychiatre en qui j'ai confiance.

J'ai beaucoup grandi en 6 mois à l'hôpital et j'ai l'impression qu'en fermant les pages de ce journal, je quitte un peu mon enfance et mon adolescence.

Une dernière chose, je vais t'enfermer dans le tiroir secret de mon secrétaire et je te réouvrirai un jour, je ne sais pas quand. Quand je serai vieille peut-être, qui sait.

Adieu.

CHAPITRE 98

CAMILLE

Décembre 2017

Elle avait passé la nuit chez Margot. La veille, elle avait fait la connaissance de ses filles, trop mignonnes et de son artiste bien sympathique. La maison dans laquelle vivait Margot ne reflétait que trop bien sa personnalité. Un mélange de styles divers et variés. Des meubles chinés en bois qu'elle avait repeint avec ses filles, des photographies immenses réalisées par son compagnon. Chez elle, pas de salle à manger, mais une grande table en bois au milieu de la cuisine invitait à la convivialité et au partage. Une table sur laquelle un enfant fait les devoirs, goûte une tartine au miel, dessine. Une table autour de laquelle on trinque un verre de vin rouge à la main, en dégustant un petit chèvre à la figue sur une tranche de pain de campagne avec une salade de mâche à l'huile de noix... Un endroit où l'on trouve l'Umami, cette 5ème saveur, cet équilibre parfait entre les 4 autres, qui fait du repas un moment exquis. L'Umami, c'est partager ce repas avec Margot et sa famille recomposée, où règne un parfait équilibre.

Trois jours auparavant, le train de Margot était arrivé à 18h52. Camille l'attendait sur le quai 3 de la gare Montparnasse, emmitouflée dans une parka rouge et chaussée de bottes de pluie. Inquiète de savoir ce que son amie lui réservait. Quand elle descendit du train, elle la serra dans ses bras et ne put même pas attendre d'être attablée à un café ou à un bar à vin. Elle sortit l'enveloppe de sa veste et la lui tendit, l'air grave.

Camille commença à lire, puis elle s'assit sur un des bancs installés sur le quai. Elle ne percevait même plus le va et vient des passagers devant elle. Elle resta plusieurs minutes les yeux fixés sur la lettre, la relisant plusieurs fois pour s'assurer qu'elle comprenait bien le sens des mots. Puis elles se regardèrent et des larmes coulèrent sur leurs joues.

Ce matin-là, elle entra dans la cuisine en combinaison de plongée.

Son amie la regarda d'un air horrifié :

« Ne me dis pas que je vais te déposer à ton rendez-vous avec cet accoutrement ? »

« Je suis un peu trop frileuse pour y aller en maillot de bain en plein mois de décembre… » répondit-elle en riant.

« Une robe fourreau, un long manteau de laine et tes yeux de biche rehaussés par un trait d'eye liner aurait pu faire leur effet. »

Camille sourit. Non, elles ne sortiraient pas leurs trousses de maquillage cette fois !

« Ça va être ta première fois, n'est-ce pas ? »

Camille la regarda, étonnée et lui dit :

« Que veux-tu dire ? »

« Je veux dire que ce sera la première fois que tu sautes du plongeoir. »

« Oui, en effet. Mais pas sûr qu'il y ait assez d'eau dans la piscine… je crois qu'elle est vidée en hiver. »

Margot ne dit rien et se resservit un café. Le soleil du matin pénétrait dans la verrière de la cuisine.

« T'as changé Camille… Tu as l'air sereine, sûre de toi. Je suis tellement contente pour toi. Tu mérites d'être heureuse. »

« Oui. Il y a eu tant de gâchis… »

Elle attacha ses cheveux dans une queue de cheval. Elle souffla et dit :

« On y va ! »

Margot répondit toute excitée en se levant : « Allez zou !! Si tu savais comme j'attends ce moment ! »

CHAPITRE 99

AUGUSTIN

Juillet 2018

« N'ai pas peur Augustin, à ton âge je n'aurais jamais réussi ce que tu as déjà accompli. Moi j'ai appris à nager à 30 ans. » lui cria Camille

Augustin la suivait à la brasse, buvait parfois la tasse, mais tenait bon. Il ne voulait pas se dégonfler. Elle lui avait dit qu'ils tenteraient d'atteindre le rocher. Il se sentait en confiance avec elle.

Arrivé au rocher, il s'assit à côté d'elle pour reprendre son souffle.

« Tu peux être fier de toi. » dit-elle

Ils restèrent un moment à contempler la vue.

« Maintenant que tu sais nager, tu pourras même apprendre à faire du catamaran comme ton papa. »

« Tu sais en faire, toi ? »

« Non je n'ai jamais appris. »

« Pourquoi ? »

« Quand j'étais petite, ma maman n'avait pas assez d'argent pour que je fasse des stages. »

« Et maintenant, tu ne voudrais pas apprendre ? »

Elle réfléchit et lui sourit en disant : « En voilà une bonne idée !

« Je suis sûre que papa il va t'apprendre, il en fait super bien. »

Camille reprit : « Allez, on retourne voir ton papa ! Il nous attend sur la plage. »

Ils sautèrent à nouveau à l'eau. Arrivés sur la plage, Ludo les attendait au bord de l'eau en souriant. Il porta Augustin dans ses bras :

« Bravo champion ! Tu as réussi ! Camille t'a aidé à vaincre ta peur !»

Augustin se précipita vers les serviettes et se jeta dans les bras de Geneviève qui l'enveloppa d'une serviette pour le réchauffer.

Ludo se tourna vers Camille, qu'il prit tendrement dans les bras. Il plongea sa tête dans son cou pour respirer son odeur dont il ne se lassait pas et lui murmura à l'oreille :

« Et pour la meilleure des professeurs, j'ai une petite surprise… »

Elle le regarda, intriguée.

« Mes parents gardent Augustin pour les 3 prochains jours. J'ai réservé 3 nuits dans un hôtel qui devrait te plaire sur l'île d'Yeu. »

Elle le fixa l'air coquin en disant :

« 3 nuits tous les 2 ? »

« Oui, 3 nuits ! J'espère que tu n'es pas trop fatiguée, car tu risques de ne pas beaucoup dormir… »

Printed in France by Amazon
Brétigny-sur-Orge, FR

21345098R00246